L'Étameur des morts

Georges J. Arnaud

L'Étameur des morts

ÉDITIONS DU MASQUE

CHAPITRE PREMIER

Les paludiers du Vieux-Salin de Sainte-Lucie découvrirent le cavalier, au matin glacé, là-haut sur le remblai de chemin de fer, pas très fier sur son cheval. L'animal inquiet tordait sans cesse son poitrail pour guetter le train de Narbonne. Celui de Perpignan les tracassait autant, homme et bête, l'un se dressant en ressort sur ses étriers, le rouan bronchant sur la caillasse du ballast. En tout cas l'homme donnait une silhouette hétéroclite avec son képi de travers, son mousqueton en bandoulière, son sabre-baïonnette ballottant sur le flanc du cheval et le profil de son ventre bedonné par sa sacoche.

— C'est un gendarme d'ici ? demanda l'Espagnol qui n'en menait pas large, clandestin sans papiers, venu nettoyer les bassins après récolte.

— Ici, ils vont par paires avec le bicorne et non le képi, le rassura son collègue. Celui-là nous sort de je ne sais où. S'il suit le rail depuis Narbonne, il est fou.

— Le cheval se serait habitué. Le rouan au contraire tremble à l'idée d'une locomotive qui surgirait sans prévenir. Pour moi, il a débarqué à l'écluse de Sainte-Lucie d'un chaland ou d'un coche d'eau. Mais pourquoi ne pas attendre le terminus ?

Sur son remblai, le mobile Morchailles apercevait les sauniers appuyés sur leur manche de raille, ce râteau de récolte du sel ; il soupçonnait leur curiosité, pis leur goguenardise.

Ceux qui lui avaient conseillé le remblai comme raccourci s'étaient peut-être moqués ou, rancuniers contre la gendarmerie, l'avaient jeté dans les dangers. Si un convoi surgissait son rouan pouvait se pétrifier de peur, refuser de descendre le talus. Déjà qu'il écumait au mors, transpirait par plaques gluantes. Maudit ce patron du coche d'eau refusant de les conduire au terminus, les abandonnant lui, la femme et la caisse de plomb, dans ce hameau d'écluse que semblaient ravager les fièvres du palus et la méfiance.

— Gendarme ou pas, cette pestilence ne peut se supporter et je débarque la caisse. La dame et vous pouvez rester.

— Je ne puis abandonner la surveillance de cette caisse, avait-il déclaré, d'abord arrogant puis conciliant devant l'hostilité du maître de bord et des passagers.

— Je préviendrai vos collègues une fois à La Nouvelle, mais c'est d'un étameur dont vous avez le plus besoin. Vos collègues en réquisitionneront un.

Toute la fin de journée, il avait en vain attendu. Ni collègues ni étameur, et à la pointe du jour suivant, il avait pris la route, enfin ce sentier le long des traverses entre étang et palus. La dame et la caisse sous la surveillance agacée de l'éclusier de Sainte-Lucie, un sournois à son avis. La caisse dans un ancien cabanon au toit de roseaux effondré où lui Morchailles, mobile honorable, avait dû coucher dans une demi-futaille puant la lie, mais ce n'était rien à côté de la pestilence s'échappant de la caisse de plomb. La dame avait eu droit à la chambre d'étage, au lit, au gros édredon rouge, certainement, aux petits plats de l'éclusière. Lui recevant une platée de haricots au gras de saucisse mais cependant une dame-jeanne de vin.

Il remâchait sa hargne contre le patron du coche, ses collègues, l'éclusier, l'étameur qui n'avait pas daigné venir, ce pays d'eau et de sel. Et ces sauniers qui se moquaient certainement, et cette grosse bête horrifiante de locomotive, qui pouvait faire de lui et de son rouan une telle bouillie qu'ils marqueraient à jamais le ballast d'une tache rouge, d'où les sauveteurs ne récupéreraient pas grand-chose.

Il y eut cette odeur de soufre qui lui irrita les narines et fit s'ébrouer le cheval. On lui avait dit, peut-être un passager du coche, que ce petit port du Languedoc importait du soufre d'un peu partout, mais surtout de Sicile. Du coup, il crut voir tout en jaune, la mer et les salins sur sa gauche, l'étang sur sa droite et jusqu'à ces habitations lointaines qui se tordaient dans l'horizon.

Il en avait plus qu'assez d'accompagner cette veuve et le cercueil de son mari, surtout le cercueil d'un de ces bandits communards, que la femme ramenait de Nouvelle-Calédonie. Des mois de voyage jusqu'à Bordeaux, puis les chalands, le coche d'eau pour finir. Et lui de surveillance depuis des semaines. Avec trois francs six sous pour son entretien au jour le jour. Et cette veuve si belle qui le méprisait, l'ignorait la plupart du temps, mais elle ignorait aussi bien le reste de l'humanité.

Côté étang, une écume effervescente recouvrait des algues que Morchailles guignait de plus en plus souvent. Un piège pour les sabots de son cheval ? Ou tapissant un sol ferme moins risqué que ce chemin de fer ? Quelques cadavres de mouettes y nourrissaient des crabes et le vent y arrachait des flocons de blanc d'œuf sale. Le rouan inclinait la tête vers ce chemin possible et finit par descendre du talus pour patauger dans une eau huileuse de sel. Peu après, un train de marchandises chargé de demi-muids de vin leur jetait aux yeux son vent froid de mécanique. Le gendarme flatta le col de cet animal pour son flair prévoyant. Le bas du remblai s'élargissait de plaques de sel plus que de sable. Et Morchailles aperçut ses deux collègues qui s'en venaient au pas nonchalant de leur monture.

Et première question, pourquoi le remblai des rails et

non le chemin de halage? À cause du conseil douteux de l'éclusier affirmant que des fondrières profondes le minaient. Et eux pourquoi ce retard? Une histoire confuse de brigadier absent, appelé plus au sud à la poursuite d'une bande de caraques voleurs de fleur de sel par sacs entiers expliquait, croyaient-ils, la désinvolture de la brigade.

— Des caraques? fit Morchailles, né en Vendée.

— Des gitans.

— Et l'étameur?

— Alors c'était bien d'un étameur qu'il s'agissait? Le message n'était pas clair. Le patron du coche d'eau nous a envoyé un garçon abruti qui ne savait s'expliquer. Et puis ce gendarme qui n'en était pas un d'après ce que nous en raconta le chenapan. Par ici on ne voit guère de mobiles.

— Diable, un étameur, fit le second gendarme. Il faudra aller le chercher à Sigean, mais pourquoi un étameur?

Un train, de voyageurs celui-là, fit ruer leurs chevaux de terreur. Ils durent les laisser aller dans l'étang où leurs longues pattes, aussi maigres que celles de flamants roses, soulevaient des filets d'eau à odeur forte. Il dut répéter son explication, ce qui le mit de méchante humeur. Les relents de poisson et de gaz des marais abasourdirent les chevaux qui remontèrent vers La Nouvelle.

— C'est une bien curieuse mission qu'on vous a donnée, camarade, lui dit le gendarme à moustache. Bien sûr, un transport de cadavre exige notre présence, mais jusqu'où irez-vous de la sorte?

— Jusque dans la Corbière, avoua Morchailles, se doutant qu'il allait du coup les effarer un peu plus.

— Les Corbières, rectifia l'imberbe. Elles sont nombreuses et difficiles. Vous l'a-t-on dit? C'est ce pays blanc-bleu que vous voyez au fond sur la droite. Que ces collines nues ne vous rassurent pas. Quand vous y serez en plein, vous en jugerez bien autrement. Elles vont jusqu'à l'Aude, là où cette rivière monte vers le nord avant de virer net vers la mer, et au sud elles se cognent aux Pyrénées.

— C'est que c'est grand et comme un désert quelquefois, dit l'autre gendarme. Vous avez le nom du village où le cercueil doit être remis?

— Je l'oublie toujours.

Il ouvrit sa sacoche à la recherche de son ordre de mission plié avec l'acte de décès.

— Les Courtales.

— Nous avons des cartes d'état-major à la brigade, nous trouverons bien. On pourra vous en donner une.

— J'ai un itinéraire à suivre, dit Morchailles, et il passe par ce Port-La-Nouvelle, Sigean, Fraïsse...

— Un de nos collègues était à la brigade de Tuchan, peut-être qu'il pourra vous aider, mais camarade, nous sommes dans l'hiver et parfois il est rude par là-haut. Aussi rude que les gens.

— Vous allez manger un morceau avec nous et nous enverrons l'étameur à Sainte-Lucie.

— Je retournerai avec lui mais merci pour votre offre. Elle me touche, seulement là-bas il y a la veuve du mort. Je préfère assister à la réparation de la boîte de plomb.

— Mais comment s'est-elle ouverte?

— Des mois de navigation par le bas de l'Afrique depuis le bagne de Nouvelle-Calédonie. La boîte a bourlingué dans la cale. À Bordeaux, il n'y avait rien et c'est au départ de Castelnaudary, à bord du coche d'eau que l'odeur, d'abord petite, a commencé.

Il aurait pu les faire rire avec ces histoires de voyageurs se suspectant les uns les autres de propager la puanteur, mais le cœur n'y était plus. Il regardait vers la Corbière qui l'attendait juste en face avec ses collines d'albâtre terni de bleu. Il lui faudrait se corriger, dire les Corbières, mais qu'elles soient plusieurs, comme l'avait fait remarquer le collègue, ne faisait qu'ajouter du souci.

— Le brigadier signera l'ordre de mission, le tenta le grand gendarme à la moustache triste. Les gens de Sainte-Lucie ne vous causeront aucun ennui avec la boîte.

Plus tard, ils galopèrent vers Sigean une lieue plus loin, dans un vent tailladant le visage. Morchailles apprit que ce vent-là était le Cers, qu'il soufflait des Corbières mais en apparence seulement. Leur forteresse détournait une partie de ce souffle du Nord, y ajoutait du rugueux deux cents jours l'an. Sigean avait encore ses portes en murailles d'autrefois, à l'entrée des chaussées.

Le brigadier tourna et retourna la feuille de route avant de la signer et d'y coller son tampon.

— Tout ça pour un rouge de la Commune, répétait-il mauvais. Nous en avons eu à Narbonne de ceux-là. Monsieur Thiers avait envoyé la troupe et le général Zentz.

Celui qui avait séjourné à Tuchan ne savait que dire sur l'itinéraire imposé.

— Comment ferez-vous pour les auberges? Si vous passiez par Ripaud encore, mais Fraïsse... Rien que des bergeries jusqu'à ce village et puis là un ou deux cafés. Une chambre peut-être pour la dame, pour toi collègue une cave à cause du cercueil.

Le brigadier avait envoyé chercher l'étameur du village, mais l'homme couvait au lit une méchante congestion.

— Peut-être quelque caraque, un gitan, mais ils roulent vers Perpignan avec leurs verdines. Vers la chaleur d'Espagne.

— L'estamaïre de Leucate alors, fit celui qui connaissait les Corbières.

— Oh là là, gémit le brigadier.

— Pas vingt ans, mais un drôle qui ne respecte rien. Il est sur un bateau mixte du port à étamer les casseroles et réservoirs de la cambuse. Surtout il la mène joyeuse avec les marins espagnols, à boire et à courir les gueuses.

— Le nom du bateau ? s'enfiévra Morchailles. Que je réquisitionne cet ouvrier.

— Tu sais, les grands mots le laisseront de bois. Il te faudra lui signer un reçu qu'il s'en ira présenter au receveur des impôts, sinon rien à faire, le menacerais-tu de ton sabre ou de ton mousqueton.

— Le mixte s'appelle *Castellon* et il apporte du soufre à chaque voyage. L'étameur couche à bord le temps de son travail, mange et boit plus que de raison avec l'équipage.

On apporta un casse-croûte que Morchailles toucha à peine, mais que la brigade aurait prolongé volontiers. De le voir trépigner, ils se reprirent et bientôt il galopa avec le brigadier et le gendarme venu de Tuchan, en direction du port, dans un vent hérissé en métal non ébarbé.

Dans le crépuscule, le *Castellon* luisait de jaune, enduit jusqu'à la flèche du grand mât de paillettes de soufre. Mais l'étameur n'était plus à bord et tirait sa bordée avec les permissionnaires du jour.

— On l'aura vite déniché, dit le brigadier. Ici c'est un port tranquille sans trop de mauvais lieux, deux ou trois et encore. En une demi-heure, le tour en sera fait.

Le tour fut fait mais l'étameur, ici tous les gens du coin disaient l'*estamaïre,* avait loué une voiture avec ses compagnons pour se rendre sur la route de Narbonne, dans une auberge que le brigadier connaissait.

— Mal famée, mais hors de ma juridiction.

— Il faut que je rejoigne Sainte-Lucie, la veuve et le cercueil et je crains de m'égarer dans les trous d'eau. Mon cheval refusera de suivre les rails.

— Venez à la brigade pour attendre demain. Je vous invite pour le souper de ce soir.

— Grand merci mais je vais attendre encore un peu.

— Écoute, collègue, dit le gendarme, regagne Sainte-Lucie mais emporte la sacoche d'outils de l'étameur. Il devra bien la récupérer demain quand il sera dégrisé et forcé de te rejoindre dans l'île.

— Il peut aussi faire la mauvaise tête, fit le brigadier agacé de ne pas avoir eu cette idée.

Morchailles se retrouva en route vers Sainte-Lucie, la sacoche en havresac et même une lanterne accrochée à la selle en cas de besoin. En suivant le canal de La Robine, cette branche du canal du Midi qui reliait Narbonne au port, il avait quelque chance de retrouver la veuve et la boîte d'ici deux heures. Le vent les harcelait lui et le rouan, les asticotait de cristaux de sel, au point qu'il devait protéger ses joues et que le cheval en hennissait de douleur. Jusqu'à ce qu'ils passent à l'abri d'une faible éminence de l'île, pas plus de dix mètres mais suffisants et qui ne laissaient que le canal et une bande de sol dur avant le marais.

Deux fois il dut allumer la lanterne pour trouver son passage, les pattes du cheval enfonçant de plus d'un demi-mètre dans la boue. L'éclusier avait dit vrai. Dans la lumière, il découvrit les naseaux ensanglantés par les gifles de sel, ce même sel qui enflammait ces minuscules entailles et rendait le rouan nerveux.

Le hameau fut sur lui dans une fièvre de bête malade attendant le pire dans la nuit. La maison de l'écluse avec son pignon d'étage, les cabanes aux toits de senihls, grands roseaux de marais. Pas une lumière, chaque volet bien tiré et même calfeutré de crainte que la vie, si vie était, ne fût révélée. Il alla droit au cabanon. La pestilence le rassura. Il leva sa lanterne pour vérifier que la caisse n'avait pas bougé, alla frapper chez l'éclusier, recommença par trois fois avant que la porte ne s'ouvrît. Là-dedans on s'éclairait au feu de cheminée seulement, et dans cette cheminée du bois d'épaves n'en finissait pas de lancer des étincelles dans toute la pièce.

— Et l'estamaïre ? demanda l'homme maussade.

— La dame ?

— Je suis là, dit-elle d'une voix un peu rauque. Toute une journée parti pour revenir seul ?

— D'abord je m'occupe de mon cheval et je reviens.

— Pas trop tard, fit le maussade, on va se coucher bientôt. Il reste un fond de soupe de poisson si vous avez faim.

— De l'eau douce pour les naseaux à vif de mon rouan.

— Ici on ne la gaspille pas pour si peu. Il faut aller la charrier d'en face à la source de la chèvre.

CHAPITRE DEUX

Portant le sac de charbon de terre sur son épaule, le cuisinier du mixte se précipita à l'échelle de coupée. L'étameur avait réussi à tout caser dans le *canote* du bord, sa carriole, sa forge, son enclume, son sac.

— Si j'oublie mon charbon, c'est pas la peine d'aller à Sainte-Lucie. Leur feu c'est sarments, souches de vignes et bois d'épaves gavé de sel qui pétarade comme un feu d'artifice et ne chauffe guère.

Le matelot embouqua le canal de la Robine. Un bout de voile bedonnant d'un Cers de côté les faisait cahoter sur les vagues courtes. Le Catalan désigna l'île de la Nadière :

— Des maisons de pêcheurs à ras de l'étang. Parfois, l'eau force les gens à grimper à l'étage ou sur le toit. Des pêcheurs. Des pauvres, des vraiment pauvres. Même l'eau, ils se la charrient depuis La Nouvelle ou de Sainte-Lucie.

En contrepoids sur le bordé, ils encaissaient le Cers en plein dos. Le vent, les paquets d'eau, la mousse puante d'écume et des grumeaux de sel.

Le *canote* vint buter contre la porte de l'écluse de Sainte-Lucie. Non sans mal, riant et jurant, ils hissèrent la carriole avec la forge, l'enclume, par-dessus le chemin de halage.

— Celui-là il nous flaire depuis longtemps, dit Philibert en désignant l'homme qui venait à eux. Hilarion l'éclusier, lourd de moins de graisse et de muscles que de vie fatigante, une vie de vent, de sel, de fièvre de palus, de mécaniques tournées à longueur de journées. Lourd des souvenirs d'épaves lugubres festonnant le bord de mer là-bas, au-delà des salins où le vieux s'approvisionnait en bois flottés. Les débris de tartanes, les cadavres gonflés comme des barriques s'y échouaient après les grandes tempêtes. Lourd aussi du trois-six qu'il distillait.

— Te voilà donc, l'artiste. On t'attend depuis le matin d'hier, mais toi tu fais la noce sur la route de Narbonne et tu me laisses avec cette veuve, un gendarme et le reste.

Sa face s'écaillait de rougeurs et de dartres sous les coups de Cers saturés de sel.

— Il y a de belles pitchounes sur la route de Narbonne?

— Il y a aussi des mauvaises boissons, ragea Philibert, et j'en ai le crâne défoncé. Des sirupeuses à migraine. C'est lui là-bas le gendarme?

— Le mobile. Il porte le képi, pas le bicorne.

À contre-courant du vent, la pestilence commença de les larder et le matelot espagnol cessa de pousser la carriole.

— C'est vous l'étameur en goguette, lança Morchailles.

— C'est vous le voleur d'outils des pauvres travailleurs?

Le brigadier de Sigean l'avait bien prévenu. L'insolence bouillait dans les veines de celui-là en même temps qu'un sang vif.

— D'un sens vous avez bien fait car je ne serais jamais venu. Ce qui m'attend là-bas dans la cabane en ruine ne m'attire guère.

J'ai du trois-six, dit Hilarion inquiet. De la muscate que tu n'as jamais goûtée.

Bien plus tard, au cours des veillées, l'étameur aurait

pu faire dresser les cheveux sur la nuque des hommes et cloquer la peau des femmes : « Quand j'ai respiré ça à plein nez, je me suis dit que j'allais devoir me battre avec la peur, avec l'immonde, et j'avais bien envie de m'en retourner à bord de mon mixte avec le matelot. Ce qu'il y avait dans la hutte en partie écroulée ressemblait fort à l'enfer. J'avais les narines, la gorge et tout mon intérieur déjà remplis de cette puanteur. » Mais il ne le raconterait jamais, ni à son retour ni plus tard, et ne fut plus d'une seule veillée.

Dans un geste rare, Hilarion lui prit le bras :

— Il faut le faire. On ne peut laisser un homme s'en aller ainsi en pestilences. Et tu es le seul qui réussira à l'enfermer à nouveau dans sa boîte.

— Il ne s'en échappe pas qu'en puanteur, fit l'étameur, pointant le bout de son espadrille sur le sol où serpentait un zigzag gluant qui venait de la Robine.

Le coche d'eau avait débarqué là cette cargaison d'épouvante et le zigzag, depuis, n'avait même pas séché, picoré par les volailles de l'éclusière.

Morchailles avait déposé la besace d'outils devant la porte du cabanon. La carriole fut poussée à l'abri du mur à l'est.

— Hilarion, des sarments, des souches mais surtout pas du bois d'épaves pour embraser mes charbons.

— Et un coup de trois-six dans du café bouillant. Depuis ce matin, on a gardé la cafetière dans les braises.

Devant eux, le hameau des pêcheurs s'emberlificotait dans les fumées de ses cheminées que le Cers rabattait. Le mobile bourrait une pipe, heureux malgré tout que ce demi-voyou fût là.

— Vous voulez voir ?

— Il sera toujours temps.

— Mais vous avez déjà scellé des cercueils de plomb ?

— Trois ou quatre fois oui, mais nos morts par ici sont des gens de grande fierté qui ne se répandent pas ainsi. Ils ont de la dignité, oui monsieur le mobile, de la dignité.

— Celui-là vient des tropiques, à fond de cale d'un bateau ayant doublé le fin fond de l'Afrique. Il a été chamboulé, roulé par les coups de vent. C'est un bagnard mort en Nouvelle-Calédonie, un ancien brigand de la Commune.

Philibert le regarda dans les yeux :

— Ce n'étaient pas des brigands pour moi. Si vous devez en plus l'insulter, moi je repars avec mon Espagnol et mon barda.

Hilarion apportait les sarments, les souches, du papier.

— Commence par la muscate. Ensuite tout sera plus facile.

Ils buvaient quand elle arriva, la veuve, et lança d'une voix un peu rauque :

— Vous voilà enfin, *estamaïre.* C'est bien ainsi qu'on vous dit dans le pays?

Le mouchoir rouge noué au cou nerveux, la casquette de toile qui tirait l'œil gauche vers la rigolade, trop penchée sur les cheveux châtains, visiblement l'agaçaient, lui donnaient l'inquiétude qu'il ne serait pas à même de maîtriser son défunt.

Le vent peut-être, soudain en rafales puissantes, le fit reculer, mais il y avait les yeux d'un noir profond, la peau d'un blanc pur, la bouche rouge comme fraîchement mordue par un amant. Le vent furieux la sculptait dans sa robe noire, n'épargnait ni sa beauté ni sa pudeur, effaçait les plis honnêtes du tissu, révélait plus que de la nudité, de l'offrande sauvage. Route de Narbonne, il en avait vu de ces grasses chairs faciles, mais cette statue vivante les humiliait au fin fond de leur vulgarité.

— Nous vous avons attendu longtemps, estamaïre. Mais nous sommes contents de vous savoir là.

L'Espagnol mania le levier du soufflet de la forge dès que les flammes enrobèrent les morceaux de charbon.

La femme pénétra dans la hutte qui peut-être servait de chai. Il hésitait à la suivre et elle reparut sur le seuil de l'ancien porche.

— Mais venez donc !

Dire qu'elle évoluait sereine dans cet enfer de puanteur, ne voyait même pas le serpentin de pourriture qui se grumelait de poussière. De prime abord, il ne put regarder le cercueil, posé sur deux bouts de traverses.

— La boîte en bois est ouverte, c'est celle en plomb qui a subi quelques dommages. L'espèce de bourrelet qui la couture s'est détérioré. Nous avons eu une grosse mer en doublant le cap de Bonne Espérance, mais l'océan Indien ne nous avait pas épargnés non plus.

Des mots pour dissimuler la terrible évidence. Une fissure béante comme une plaie, d'où s'échappaient des gaz infects et du gras sombre. Hilarion disait vrai. Ce mort-là essayait de s'en aller, de s'échapper et il fallait au plus vite l'en empêcher, souder ce plomb après en avoir tassé le contenu, sans ménagements s'il le fallait.

— Vous pouvez le faire ? Nous devons continuer notre voyage, le gendarme et moi. Nous allons dans les Corbières. Un long voyage. Croyez-vous que je trouverai une voiture à Port-La-Nouvelle ?

Que répondre ? Une voiture pour transporter un cercueil qui devait peser ses deux quintaux ? Aucun voiturier ne se laisserait convaincre à moins de les aligner, billet de cent francs sur billet de cent francs.

— Vous connaissez les Corbières ?

Morchailles entrait juste pour recevoir ce mot Corbières en pleines oreilles.

— Oui étameur, les connaissez-vous ?

— D'avril aux vendanges oui je les connais, mais ensuite il y a l'automne et l'hiver et ces mois-là, je suis dans mon pays du bord de mer, et je n'ai pas envie d'aller par là-haut. Il y fait plus sauvage qu'ici, peut-on dire.

Il laissa son regard errer sur la caisse ouverte sur le flanc. Le plomb grossier du sarcophage avait des reflets d'argent sale.

— Le bois est du kaori, un résineux de Nouvelle-Calédonie. C'est un bagnard ancien menuisier, ancien communard qui l'a bâti.

— Et quel autre sagouin a façonné le plomb ?

— Personne ne savait comment faire. Un charron a bien voulu établir un moule.

— D'ordinaire, on utilise du zinc que l'on soude à l'étain.

Tenant sa bouteille de trois-six, Hilarion les rejoignit. Dehors l'Espagnol entretenait la forge.

— J'ai un palan pour soulever les demi-muids et les embarquer sur le chaland du pinardier, mais c'est toute une machinerie qu'il faudra pousser jusqu'ici pour soulever le... coffre en plomb.

Lui aussi évitait en paroles bêtes le simple mot de cercueil. Il remplit le verre de Philibert. Le mobile refusa la gnôle.

— Nous étions six pour le porter, le traîner presque depuis le coche d'eau jusqu'ici, murmura Morchailles en espérant que la veuve n'entendrait pas. Nous l'avions enveloppé de sacs de jute. Le tout représente dans les deux quintaux pour le moins, des quintaux administratifs.

— Le kaori était seul disponible, dit la veuve. Le menuisier a accompli son travail avec des tenons et des mortaises plus des clous en cuivre. Mais vous devrez démonter la boîte en bois pour accéder plus facilement à l'autre.

Hilarion alla chercher un pied de biche. Le kaori collé à la colle de poisson éclata en plusieurs points, mais le sarcophage de plomb roula sans mal sur des rondins de bois. L'Espagnol poussa la forge jusque-là, avec une demi-douzaine de fers plantés dans la lave violette du brasier.

La fissure, les fissures bourrelaient la soudure des

deux parties, s'étiraient en lézardes sur les côtés. Et toutes bavaient de l'innommable, sécrétaient de l'homme. Philibert n'avait jamais connu de mort aussi indécent, aussi opiniâtre dans sa volonté d'empoisonner les nuits des vivants. Il produisait des cauchemars futurs sans se gêner et l'urgence de la tâche à accomplir gonfla le torse du jeune étameur. Il arracha sa blouse, son lainage, faillit jeter sa chemise sans col, mais l'expression attentive de la veuve l'en dissuada. Ce n'était pas tout à fait de la convoitise qui filtrait dans le noir du regard, mais plutôt de la moquerie de fille délurée.

Il préparait son combat. Ce mort il le vaincrait, l'enfermerait dans ce sarcophage précaire. La grossièreté de l'ouvrage n'en dissimulait pas la fragilité. En le soulevant sans son socle de kaori, on l'aurait cassé net.

D'abord il garda son calme, passa successivement les fers rouges sur toutes les cicatrices suintantes, comprit vite que la douceur ne valait rien contre cette volonté macabre.

Alors il se surprit à frapper le plomb avec une rage froide. Quand enfin il tarissait une source, une autre tout aussi répugnante naissait en une bulle verdâtre qu'il cautérisait d'un fer tiré de la forge.

— J'ai besoin que ce soit bien sec pour couler le plomb, cria-t-il face à cette femme, la femme de cette chose qui lui résistait.

Un moment, il sortit dans le plein vent, tourna sur lui-même, ouvrit sa chemise pour que le Cers décapât sa peau ruisselante. Les miasmes, cette rosée malsaine que le mort déposait sur ses mains, tout s'en alla dans la fureur de l'air. Il y retourna, sombre, le regard mauvais, bien décidé à en finir. Au début, savoir qu'un Communard gisait là-dedans le troublait, lui qui avait applaudi à la révolte de Narbonne. La ville s'était proclamée commune libre avec Émile Digeon pour chef des insurgés. Voilà qu'il le haïssait, ce rebelle, de s'obstiner ainsi. Pourquoi ? Pour empêcher la belle veuve de le trahir ? Pour la poursuivre au-delà de la mort de sa passion ? Philibert comprenait un tel attachement, une telle jalousie. Il comprenait mais n'en voulait pas pour celle-là qui attendait de lui qu'il réduisît à néant ces efforts posthumes.

Près d'une heure plus tard, il en finissait avec cette folie, croyait pouvoir verser son plomb bouillonnant lorsque Hilarion pointa son doigt noueux comme un sarment :

— Là, une perle noire.

Un coup de fer rouge et elle fusa. Mais il y en avait d'autres. Et il les escamota toutes. Le plomb coula sur les cicatrices de cette bataille. Il avait fini par arracher sa chemise sans penser à mal, sans penser offrir son torse qui, l'automne venu, s'ocrait des longues heures de pêche aux palourdes ou aux crabes dans l'étang de Leucate.

— Je crois que c'est gagné, se surprit à dire Morchailles, conscient d'avoir assisté à un combat hors du commun. Il faut le repousser dans la boîte de bois.

Hilarion trouva quelques clous assez longs pour rapetasser le kaori. Se trouvant imbécile avec sa demi-nudité, Philibert rendossa sa chemise humide, son lainage et sa blouse. Il poussa sa forge au-dehors. Hilarion se précipita :

— Donne-moi les braises. Ici on n'en voit jamais de si belles. On va manger la *bouille* à midi. J'avais prévu. Malgré le Cers, j'en ai une belle que Séverine va nous préparer.

— J'ai encore du travail à bord du mixte, se défendit mollement Philibert, et le matelot doit rejoindre son bord.

Mais l'Espagnol n'était pas pressé. Il vivait une aventure unique dans un paysage d'eau, de sel et de vent avec d'étranges personnes, et surtout un mort récalcitrant dans sa boîte. Engagé depuis des années sur des bateaux marchands pour y vivre des heures palpitantes, n'ayant connu que la routine des allées et venues entre la Sicile et Port-La-Nouvelle ou Barcelone, il trouvait enfin son aubaine et en profiterait jusqu'au bout.

Même le mobile fut du repas de *bouille*, que lui appelait bouillabaisse pour en avoir mangé à Marseille. Dans celle-là, il y avait un peu de tout et même de l'anguille ; Séverine, la femme d'Hilarion, émerveillée par les charbons ardents, les mignotait l'œil câlin, les entretenait de son soufflet crevé, chauffant sa fièvre des marais.

— Estamaïre, dit la veuve vers la fin du repas, il faut établir nos comptes. Vous avez bien fait votre ouvrage.

Épuisé, affaibli de rage, d'eau-de-vie et maintenant de cette piquette que récoltait Hilarion, il s'était cru oublié d'elle tout au bout de la table. Il n'avait pas dit trois mots. Ça le discréditait à ses propres yeux d'annoncer son prix, d'encaisser la monnaie, de saluer et de repartir avec le matelot catalan. Lorsque les soldats s'en retournaient de la guerre, leur soulagement d'être en vie, la petite gloire de l'accueil disparaissaient vite pour les laisser nostalgiques. Il avait combattu farouchement ce mort, la mort elle-même, mais n'était plus que l'estamaïre. Même Morchailles le regardait de haut. Avec son fichu métier qu'il disputait aux caraques, il n'était qu'une sorte de vagabond, de chemineau auquel on demandait ses papiers à chaque carrefour.

— C'est prévu dans ma mission, dit le mobile, et je signerai un bon que le brigadier de Sigean authentifiera.

— Peut-être, dit la veuve, mais je veux aussi récompenser ce garçon.

Philibert en aurait gémi de désespoir. De tous ces gens, il n'était que le dernier des derniers des manœuvres qu'on récompensait, qu'on appelait « ce garçon » avec condescendance.

— Il faut que je rentre à bord, dit-il le visage blanc d'humiliation. Oh ! Catalan, il faut qu'on y aille.

Debout, il n'en regardait aucun.

— Séverine a fait du flan, s'exclama Hilarion, tu ne vas pas nous quitter maintenant !

— Il faut me donner votre note, renchérit Morchailles.

— Je serai sur le mixte jusqu'à demain si vous voulez me voir. Alors, Catalan ?

La veuve se leva, sortit et revint avec son sac dans lequel elle fouillait.

— Estamaïre, je n'oublierai jamais ce que vous avez fait. J'aurais voulu que vous me parliez des Corbières où nous devons voyager par la suite. Connaissez-vous Fraïsse, Durban ? Ce sont nos futures étapes.

— Nous devrons déjà embarquer pour Port-la-Nouvelle, trouver une voiture, dit le mobile qui se levait à son tour.

Ils effaraient leur monde, Hilarion et sa femme qui vivaient rabougris dans leur île de plein vent, tassés sur eux-mêmes pour ne pas trop s'offrir, comme leur bicoque, comme leur vigne, leurs voisins pêcheurs qui n'avaient osé se montrer. Le Catalan ratissant un mot sur quatre souriait de ravissement.

— Le brigadier de Sigean enverra la chaloupe à vapeur de la douane, et moi je suivrai à cheval sur le chemin de halage du canal.

— Connaissez-vous un voiturier, estamaïre ?

— La Nouvelle en compte deux, trois.

— Il nous faudrait un landau ou un landaulet plutôt.

— Plus vous irez dans le pays, plus les routes seront étroites, serrées. Un landau ne passera jamais certains endroits. Ou alors vous devrez faire de grands détours.

— L'ordre de mission est précis et l'itinéraire établi une fois pour toutes, fit Morchailles, que l'eau-de-vie dans le café enflammait du cou aux cheveux, après avoir poissé ses moustaches.

— Estamaïre, faudra-t-il remplacer la caisse en bois par du chêne épais ?

— Il y a de bons menuisiers par ici.

— Oui, fit le mobile, mais je ne dispose pas de mon temps. Je dois faire au plus rapide. Ici, le brigadier m'établira un rapport de circonstances indépendantes de ma volonté, mais qu'en sera-t-il une fois par là-bas dans la Corbière ?

Le vin, l'eau-de-vie, pensa-t-il, me font donner du singulier à ce pays inconnu qui nous guette et ne manque pas de l'être, singulier.

— Salut la compagnie, dit Philibert, craignant de trop montrer son déplaisir de partir. Oh ! Catalan il faut tout rembarquer.

CHAPITRE TROIS

À cause de la tempête, le mixte resterait à quai le lendemain. Dans la soirée, Philibert termina ses étamages, alla seul dans un café et but de l'absinthe qui d'ordinaire le rendait batailleur. Mais ne trouvant personne à qui chercher querelle, il rentra à bord du *Castellon,* s'enroula dans son hamac parmi les ronfleurs de l'équipage.

Le matelot catalan qui s'appelait Miguel vint le secouer, hilare :

— *El feretro* encore cassé... *El difunto*.. pchtt...

Le plomb avait cassé lors du transbordement, de la chaloupe de douane jusque chez le voiturier et, quand Philibert y arriva, une vingtaine de badauds se pressaient à l'entrée et le gros Estrape, le loueur, hurlait de toutes ses forces. Un remous de l'air fit reculer la foule. La pestilence se répandait à nouveau. Un mort honnête se serait retenu, disaient les gens.

— Estamaïre, dieu merci vous êtes venu. Vous seul pouvez nous venir en aide.

Elle s'était changée, portait une tenue de voyage d'un gris flammé, un chapeau qu'elle attachait sous son menton d'un foulard noir. Elle se précipita sur lui, saisit ses épaules dans ses petites mains nerveuses. Elles trouvèrent les muscles, se firent presque caressantes mais il pensa que lui les souhaitait caressantes. Miguel, le Catalan, arrivait avec tout le barda, poussant la carriole au travers des badauds qui se pinçaient le nez, riant comme un fou. Philibert n'avait rien demandé mais il apportait les outils, la forge, le charbon.

— Philibert mon ami, fais quelque chose. Emporte-moi cette horreur. Je n'en veux plus dans ma remise, je ne travaille pas avec les morts, moi. Ces imbéciles ont cassé le cercueil, ces douaniers de malheur, gémissait Estrape.

Ils s'accrochaient à lui tous les deux. De son gros ventre, le voiturier essayait de repousser la veuve, mais celle-ci tenait bon Philibert.

— J'ai loué un coucou. Faut-il commander du chêne ?

— Partez vite ! clamait Estrape. Ça ruisselle et mes chevaux vont s'emballer, casser les longes et se foutre dans le port.

Il aperçut l'Espagnol avec son bonnet rouge de Catalan, ses dents découvertes par le rire, son haleine d'oignon déjà du matin.

— Il veut quoi celui-là avec son baragouin. Et cette carriole à bras...

Il détestait les carrioles, les charretons, tout ce qui n'était pas tiré par un cheval, une mule, voire un âne. La concurrence de deux bras et d'une échine le suffoquait de fureur.

— Ma forge, dit Philibert, et mon creuset.

Le coucou était en équilibre sur ses appuis de brancards. On avait adapté une rallonge arrière pour le cercueil de plomb. L'autre avait disparu. Le plomb exsudait tranquillement. Le gros alla repousser la foule de son ventre puis de son poitrail et dans le silence revenu, même les chevaux au râtelier n'en bronchaient pas une, le goutte-à-goutte se poursuivit. Philibert regrettait d'avoir traité le mort de sans-vergogne. Celui-là le défiait une fois de plus.

— Hé, cria Miguel *esta roto aqui... justo en médio, hombre*.

Il pointait son doigt à toucher la goutte verdâtre qui se formait. Guilleret, il revint à la forge, et en trois temps trois mouvements, puisant dans la paille d'écurie, et quelques sarments, il fit ronfler les charbons. L'apprentissage du métier lui plaisait.

— Sortez-moi ça, insistait Estrape. Je n'en veux plus.

La veuve excédée fouilla dans son sac. Philibert en eut les yeux exorbités. Une poignée de billets qu'elle agitait sous la trogne du voiturier.

— Taisez-vous à la fin et servez-vous pour le dédommagement.

— Et puis vous partirez. Je ne veux plus revoir la voiture. Vous devez me la payer. Une fois le voyage terminé vous n'aurez qu'à la brûler dans un coin. Ne ramenez que le cheval.

— Le mobile, où est-il? demanda Philibert.

— Il cherche un menuisier capable de fabriquer une bière.

— Où est l'ancienne en bois des îles?

— Elle s'est ouverte aussi. Elle est dans l'arrière-cour de ce monsieur le voiturier.

— Qui va la brûler sans tarder, ricana Estrape. Mes valets et moi l'avons ramassée à la fourche à fumier.

— Estrape, tenez-vous-en au respect des morts, fit le garçon choqué. Madame a déjà suffisamment d'ennuis pour ne pas l'importuner avec vos hurlements. Puisqu'elle vous dédommage.

Estrape le regarda de ses petits yeux fielleux :

— Toi, le tireur de carriole, tu fermes ta bouche. Espèce de demi-caraque. Étameur des Morts.

— Un demi-caraque à qui vous devez encore quatre francs pour l'étamage de vos abreuvoirs dans la cour arrière. Soi-disant que vous aviez d'autres choses à rétamer pour remettre sans cesse le paiement.

Tranquille, il remuait ses fers dans les braises que Miguel, enthousiaste, entretenait en emballant le soufflet.

Morchailles entra dans la remise, secouant déjà la tête :

— Non madame, aucun menuisier ne peut nous en fournir un avant deux jours. Nous avons déjà trop perdu de temps ici. J'ai des comptes à rendre. Le brigadier de Sigean a envoyé un télégramme à mon corps. Il va falloir s'en aller aujourd'hui même.

Le mobile les aida, Miguel et lui, à écarter la rallonge de plancher pour qu'il puisse appliquer ses fers et colmater avec du plomb et de l'étain fondus.

— Vous devrez coucher en plein air, ricanait Estrape. Vous n'atteindrez jamais Fraïsse avant la nuit. Autant faire le détour à Roquefort où il y a une auberge. Personne ne voudra de ça.

Cette fois, le mort se résigna très vite. Philibert s'écarta. Cette masse de plomb grossier le tracassait. Il se rendit dans l'arrière-cour, vit qu'on avait jeté le cercueil de kaori dans un coin où croupissait un caniveau. Le Catalan l'avait suivi. Lui aussi était scandalisé que la dépouille s'en allât dans une aussi grossière enveloppe. Sans mot dire, ils traînèrent le cercueil sous la grande citerne d'eau de pluie, ouvrirent le robinet et brossèrent le bois exotique avec une étrille à cheval.

— Pas besoin de le sécher, dit Philibert à son aide. Un bois résineux ne prend pas l'eau.

Estrape voulut les empêcher de rapporter le cercueil dans sa remise mais Morchailles s'interposa.

— Vous avez raison, étameur. Il serait indécent de le faire voyager ainsi. Mais comment allez-vous faire ?

— Je le démonte et on le refabriquera sur celui de plomb.

Tant bien que mal, ils le reconstituèrent avec quantité de clous de cuivre que le Catalan alla voler dans le magasin du mixte. Le voiturier trépignait et, bien avant la fin de l'assemblage, alla chercher son cheval de location.

— Oh ! gendarme, vous avez accepté cette carne ! s'indigna Philibert.

— Ce n'est pas celui qu'il m'a présenté, dit Morchailles, et pour lequel madame Torneilles a payé la grosse somme.

Estrape ne voulut rien entendre. Le temps de leur apostrophe, la veuve prit Philibert à part. Madame Torneilles, avait dit le mobile. La veuve avait un nom, même si c'était celui du mari enfermé dans son double coffre. De ce fait, elle s'écartait enfin du mort, devenait libre, indépendante.

— Estamaïre, combien vous faites-vous chaque jour d'hiver ? On me dit que c'est surtout un ouvrage d'été.

Philibert haussa les épaules :

— Ce que je gagne l'hiver est toujours ça de pris, mais il est vrai que l'été dans les villages des Corbières, je me fais de quoi voir venir les mauvais jours.

— Si je vous proposais cinq francs par jour pour nous accompagner durant ce voyage ? La moindre secousse peut être fatale. Nous ne trouverons personne capable comme vous de mettre les choses en ordre. Cinq francs et le défraiement de votre entretien. Nous ne coucherons pas toujours à l'auberge ai-je bien compris, mais nous mangerons aussi bien que possible.

D'abord il aurait souhaité qu'elle ne l'appelât plus *estamaïre,* mais on verrait plus tard, et puis qu'elle dénouât ce foulard qui donnait à son visage un dodu qui ne lui convenait pas. La veille, dans le vent de Sainte-Lucie, sa figure laminée de Cers et de tracas entretenait plus de mystère.

— Il faudrait que je prévienne les miens.

— Une femme ?

— Oh ! que non, je suis trop jeune. Mes parents, encore que la pensée des cinq francs par jour les rassurera au mieux.

— Le brigadier de Sigean les fera avertir. Nous partons presque tout de suite. Est-il vrai que nous ne pourrons atteindre Fraïsse avant la nuit ?

— Et à Fraïsse il n'y a qu'un café, qui peut-être donnera une ou deux chambres sans plus. Mais sur la route, il y a Maximilien qui nous acceptera.

— Un ami à vous ?

— Un berger. Un peu à l'écart de la route mais sans

plus. Si l'odeur des moutons ne vous effraye pas trop, car sa bergerie en regorge. Il nous fera la soupe, peut-être plus. Selon son état. Il souffre de la fièvre de Malte et parfois s'enferme et laisse son troupeau à la garde des chiens. Il grelotte, chargé de peaux de chèvre bien chaudes.

— Estamaïre, est-ce vrai qu'il y a encore des loups dans les Hautes-Corbières ?

— On le dit mais je n'en ai jamais vu la queue d'un. Mais chaque année, on se vante que le dernier vienne d'être tué.

— Vous nous accompagnez ou bien est-ce trop peu ?

— Cinq francs c'est bon. Mais qu'en dit le mobile ?

— Ça ne le regarde pas. Je crois que dans le fond, il sera satisfait de vous savoir avec nous.

Jusqu'ici, en cas de grandes décisions à prendre, il avait toujours quelqu'un sous la main pour soutirer un conseil. Il alla trouver Miguel. Le Catalan s'esclaffa :

— Tou loui as tapé dans el... *Tu haces tilin. Te gusta mucho*.

— On va les déranger là-bas, dans les Corbières. Au printemps, ils s'ouvrent largement. Les ruisseaux recommencent à couler, il y a des fleurs partout, le blé a le vert déjà tendre et la vigne donc. Plus on ira à l'intérieur, loin des deux routes principales, plus on les dérangera dans l'hiver. Ils s'économisent, vois-tu, se confinent, se ralentissent. Et puis c'est le temps des braconniers et des contrebandiers, l'arrivée du mobile les bouleversera. Enfin, il y a les réfractaires, les déserteurs.

Miguel se tordait de plus en plus de rire :

— Lui veillera sur la double boîte et toi tu seras au chaud dans le lit de la veuve... *la viuda*...

Lui aurait payé pour y aller, quitté le mixte.

— Il faudra du temps. Et je ne sais même pas où nous allons après Durban. Je me demande même si elle sait où doit reposer son mari. Tout est sur l'ordre de mission du mobile.

Morchailles fixait de grandes courroies en travers du cercueil. Il avait déposé tout son barda, mousqueton, sabre, sacoche, n'en était pas plus rassurant. Empêtré dans son équipement, il donnait presque envie de le narguer, mais ainsi désarmé non.

— Va, va, répétait Miguel.

Il y alla, mais le mobile n'en finissait pas d'attacher le cercueil d'un côté, de l'autre. Philibert le suivait, expliquait, se répétait, avait l'impression que le mobile n'écoutait pas.

Puis il s'arrêta, toisa l'étameur :

— Je n'ai pas à divulguer le contenu de mon ordre de mission, sauf aux commandants de brigades. Si vous nous accompagnez, madame Torneilles vous donnera tous renseignements utiles, mais moi je n'ai pas à le faire. C'est d'ailleurs une curieuse idée que de vous payer pour nous suivre.

— Parce que vous êtes capable de réparer le cercueil, vous ?

— Dans les villages, on trouvera bien un étameur.

— Non, gendarme. Il n'y en a pas ou alors c'est le dernier des derniers du village, car notre métier est celui des nomades, des vagabonds qui prennent l'air tout en travaillant un brin. Là-bas, ce sont des gens qui se battent dur contre une terre revêche, une terre qui parfois demande des trois quarts de journée avant de céder un peu de bien-être. Celui qui ne ferait qu'étamer quelques casseroles, quelques seaux ou quelques brocs mangerait une semaine par an et encore.

Morchailles, vexé, le prit de haut :

— Et vous croyez devenir indispensable ? Madame Torneilles devrait y réfléchir à deux fois avant de vous engager. La brigade de Sigean vous tient à l'œil et il doit en être ainsi à Durban, à Mouthoumet et...

Le sourire goguenard de Philibert l'arrêta net, furieux et le front rouge.

— Mouthoumet ? Nous passons donc par Mouthoumet. Merci gendarme, c'est tout ce que je voulais savoir. Mais nous n'y sommes pas encore, je vous le dis, surtout avec ce coucou attelé à un cheval pareil. Si l'on fait nos quatre lieues par jour il faudra rendre une action de grâces chaque soir. Ne vous inquiétez pas, des églises c'est pas ce qui manque le plus et chaque curé vous laisserait y abriter le cercueil pour la nuit, si l'on pouvait se risquer à lui faire quitter le coucou.

— Aucun curé n'acceptera la dépouille d'un Communard condamné au bagne, un ennemi de l'Église, fit le mobile.

Philibert alla vider ses braises dans l'arrière-cour de la remise. Estrape le surveillait pas à pas. Aidé par Miguel, il coinça sa carriole et tout son matériel à l'arrière du coucou, de chaque côté du cercueil. Le Catalan alla chercher le reste de ses affaires à bord du mixte, le temps de le laisser parler avec la veuve.

— Achetez une balle de foin au voiturier. Nous la répartirons sur le... la boîte.

La jeune femme resta songeuse un moment :

— Vous pensez que je dois dissimuler celle-ci.

— Je crois que c'est préférable.

— Cela ne me plaît pas du tout.

— Nous aurons besoin de foin et aussi d'avoine pour donner à cette bourrique l'envie d'avancer.

— Il nous faut des provisions, on me dit que nous ne trouverons pas toujours une auberge ou un simple café pour nous servir un repas. Des bougies aussi.

— Attendez Sigean pour les achats. J'y connais un boulanger qui fait des gros pains de douze livres qui se conservent des jours et des jours. Nous devons nous y arrêter. Le mobile l'a dit.

Dehors, les curieux, encore plus nombreux, s'alignèrent sans empressement pour laisser sortir le coucou attelé. Miguel tenait la bride du cheval et dans la voiture Philibert était assis à côté de la veuve. Suivait le mobile avec son rouan.

— *Adios hombre*, dit le Catalan en retirant son bonnet rouge. Que Dieu t'accompagne..

Soudain le cheval refusa et faillit échapper à la poigne de Miguel. Il le couvrit d'injures que la rosse écouta, les oreilles droites.

— Celui-là nous donnera du fil à retordre, murmura Philibert. Au premier buisson d'argelats, il comprendra sa douleur.

Lorsqu'il se retourna, il aperçut le bonnet rouge du Catalan et la bedaine d'Estrape qui agitait un poing rancunier dans leur direction.

Le mobile galopa un moment devant, les attendit et suivit derrière.

Une heure plus tard à Sigean Philibert remplit un sac de gros pains de douze livres, de saucissons, d'un demi-jambon et de cansalade, lard gras et maigre salé. Il prit aussi deux pots de saindoux. Mais il y joignit des douceurs, des biscuits secs, des bonbons. Il avait son idée. La veuve lui avait donné un billet dont il ne rapporta pas grand-chose, à part son sac plein à ras bord.

— Ce soir nous coucherons chez Maximilien le berger et il sera heureux pour le pain, la charcuterie et les bonbons. Ce sera le prix à payer pour le souper et la nuit dans la chaleur des bêtes. C'est que là-haut sur le col de Souil, le Cers est comme un démon.

Un gendarme vint chercher la veuve qui resta plus d'une demi-heure dans le bureau du brigadier. Assis dans le coucou, Philibert l'apercevait de profil. Elle paraissait mécontente et, lorsqu'elle sortit, il en savait la raison.

— Ils vous ont prévenue contre moi? murmura-t-il amusé. Je leur ai souvent joué des tours, surtout quand ils viennent dans mon village, Leucate. Un jour, j'avais enduit les sabots de leurs chevaux de glu, et toutes les feuilles, la poussière, le sable des rues leur faisaient des paturons énormes.

Pour la première fois, un sourire de très jeune fille creusa une fossette dans sa joue lisse. Il aurait voulu la caresser du bout de son doigt.

CHAPITRE QUATRE

Ce jour-là, Maximilien se trouvait à la descente des Estrons de la Vieille quand la voiture apparut au loin dans la plaine, du côté du bas de Montpezat. Derrière, venait un cavalier hérissé d'un canon de fusil, sur un cheval rouan. Ils pouvaient encore prendre le chemin de Roquefort au pont et lui ficher la paix pour la journée. Sinon il allait les surveiller au pas à pas.

Ce serait peut-être la seule voiture de la journée grimpant vers le col pour redescendre vers Fraïsse. Un de la bande à Rouque l'avait prévenu dans la nuit et il attendait un couple, non deux hommes et une femme. Le même Rouque, couvant son feu de ses mains violettes, lui avait raconté qu'un être en souquenille noire de cocher se montrait du côté de Fraïsse-Villesèque, avant de s'évaporer dans les airs. À force de se cacher dans les collines depuis des années, le déserteur en récoltait les parfums violents et aussi les peurs rampantes pour venir les lui jeter en vrac dans le creux de la nuit. De toujours il y avait eu un homme noir dans les Corbières.

S'il était sur les Estrons de la Vieille, c'était pour la vieille bergerie en ruine, celle de son grand-père Clément que le Cers achevait de désosser. Il avait déjà bien raclé le toit en cinquante ans et s'attaquait aux cintres. Maximilien avait vécu là une enfance bien chaude dans les replis de tendresse du grand-père et de la grand-mère, empestant le bouc au point de faire fuir les gens de Fraïsse quand il descendait trois fois l'an dans le village. La vieille était morte la première avant les années quarante et le vieux cinq ans plus tard, alors qu'il faisait le zouave contre Abd-el-Kader en Algérie. On les avait enterrés à Fraïsse puisque c'était leur commune. Lui aurait voulu qu'on les laisse ici à côté de leur bergerie.

Tout l'après-midi il suivit la lente montée de la voiture. Le soldat à cheval l'inquiétait. Enfin pas tout à fait un soldat ni un gendarme. Mais un uniforme, ça oui. Il envoya ses deux chiens pour arracher les bêtes aux arbousiers. Les brebis bouffaient les fruits à même les épines du sol, les chèvres se dressaient pour les cueillir de leur longue langue, grimpaient même sur l'arbre. Elles auraient le gros ventre par suite de cul bouché.

Depuis la veille, il avait les frissons de son mal et maintenant les quatre sueurs sous sa cape en peau de chèvre. Mais s'il la quittait, il aurait froid. Il préférait descendre, mais pas trop vite à cause de cet équipage qui ne lui disait rien du tout. Parfois il disparaissait dans les tournants, se laissait voir d'un côté, de l'autre. Ce n'était pas une charrette légère, ni un landau, ni un char à bancs. Une voiture de la ville plutôt avec sa demi-capote, mais qu'est-ce qui la rallongeait à l'arrière ? Des voyageurs assis à l'intérieur, il ne voyait pas grand-chose. Le soldat galopait parfois à l'avant comme pour ouvrir le chemin, l'imbécile. Où se croyait-il ? En région de guerre ? Quoique !...

Les chiens repartirent vers le haut, les chèvres refusant de quitter les arbousiers. Il y avait aussi quelques pommes d'azérolier desséchées qui les tentaient plus loin. Ailleurs, c'étaient les dernières figues confites d'un sucre durci, comme pétrifiées. Lui s'y serait cassé les dents mais pas ces bêtes du diable. À part sa cape en peau laineuse et les bons fromages, on ne pouvait rien en tirer. Il ne les aimait pas, les supportait comme il aurait supporté un clou dans sa chaussure.

Soit il retardait la descente du troupeau au risque de se battre ensuite avec la nuit, soit il brusquait les bêtes et s'enfermait dans sa bergerie, sourd aux appels et aux coups sur l'épaisse porte de châtaignier. La voiture atteindrait le col juste avant l'obscurité et ne pourrait poursuivre vers Fraïsse. Deux lieues d'un chemin impossible avec un risque de verser dans le vide à chaque tournant. La nuit montait de la mer, des étangs en brume tenace apportée par la renverse du vent. Le Cers s'amollissait de vent marin comme en témoignaient les moulins de Roquefort qui venaient de virer cap pour cap, présentant leur flèche de gouverne. Ils tourneraient la nuit. On leur apportait du blé d'un peu partout mais moins qu'avant, la vigne n'en finissant pas de gagner. Patience, se disait Maximilien, elle n'irait pas loin si le mal sourd qui la rongeait se répandait. De ses collines, il le devinait ce chancre à la couleur des dernières feuilles mortes. Un mal qui venait du nord et qui rendrait les terres au blé, à l'olive, aux brebis. Les vignerons ne voulaient pas des bêtes chez eux, s'affolaient pour leurs sarments, leurs bourgeons, leurs dernières grappes, ces *cingles* que les vendangeurs méprisent et laissent aux pauvres pour leur piquette, aux brebis pour leur gourmandise, aux chiens errants et aux sangliers.

Il ne serait jamais à temps au col. Ni avant la nuit, ni avant la voiture. Il se dressa sur un roc, la main en casquette, crut avoir mal vu. Celui qui tenait les rênes, il pensait le connaître. Pas sûr. Le soldat, lui, regardait dans sa direction avec une longue-vue télescopique. L'idée qu'il se retrouvait dans l'espèce d'œil de verre, à plus d'une demi-lieue et tout petit, lui déplut.

C'était bien l'estamaïre de Leucate, ce petit *drôle* qui au moins une fois l'an venait lui refaire ses instruments de laiterie. Un brave petit, amusant. Mais que faisait-il peinant sur ce chemin rude, à l'approche de l'hiver, alors que personne n'aurait besoin de lui ? Et qui l'accompagnait assis sur le banc, et pourquoi ce soldat armé jusqu'aux dents ?

Maintenant le troupeau coulait d'une seule traînée vers le bas. Même les chèvres que la nuit alarmait, n'essayaient plus de s'écarter. D'ordinaire, il jouissait de cet instant suave où tout se calmait, où se refermerait la bergerie sur lui et les brebis, où se réchaufferait une soupe préparée chaque dimanche. Dans la lueur hésitante d'un lumignon, il remplissait son broc de vin au tonneau, le mettait près de son feu pour le réchauffer. Une tête de chien sur chaque cuisse, guettant le bout de pain à peine trempé dans la soupe. Il se momifiait pour la nuit, n'avait que deux mètres à faire pour rejoindre sa paillasse. À côté, le suint des bêtes grésillait au plus profond de l'obscurité, le rassurait. Parfois la laine étincelait.

Les bêtes couraient maintenant vers les traces de sel qu'il répandait le matin au fond de la bergerie. Comme ça, elles ne faisaient pas de manières pour rentrer.

Un instant, il espéra que la voiture passerait le col et se laisserait entraîner dans la descente, mais elle brinquebalait sur les cailloux. Du chemin à son domicile il n'y avait même pas d'ornières. À part un acheteur d'agneaux au printemps, le vigneron qui lui livrait ses barricauds de vin, personne ne venait là. Une fois le facteur, une autre les gendarmes à cheval si par hasard il était là, qui voulaient en savoir plus sur les réfractaires et les déserteurs des collines. La bande à Rouque surtout.

Ce drôle de Philibert lui amenait de la visite. Une voiture inconnue, un soldat qui n'en était pas un et une silhouette dans le noir de la capote. Bien qu'averti par Rouque, il n'en flairait pas moins la femme. De sa jeunesse de zouave, il en avait conservé le merveilleux souvenir et pas seulement des femmes indigènes d'Afrique, mais de celles de Marseille, de Paris où il avait séjourné un an. Ici il n'en venait jamais, sinon il n'aurait pu rester seul ensuite, ni berger pour le reste de sa vie. Moins il en voyait, mieux il persistait dans sa colline. Sachant bien qu'il n'était pas, dans le fond, fait pour vivre avec une centaine de bêtes puantes.

— Maximilien, c'est moi, Philibert, lança l'estamaïre invisible.

— Je le sais bien que c'est toi, grommela le berger furieux et curieux en même temps.

Les bêtes étaient toutes rentrées, les chiens veillaient à la double porte. Personne ne se voyait. Mais lui savait que la femme descendait de voiture. Il y avait un joli ramage de jupons, une fraîcheur de parfum, une joie de vivre aussi pour les heures à venir. Le cadeau.

— Maximilien, on ne pourra jamais atteindre Fraïsse à cette heure avec le chemin risqué de la descente. Nous sommes trois et nous nous débrouillerons dans le fenil au-dessus des bêtes.

— Là où ça fermente le plus, où l'on respire une fois sur deux? À regret?

— Là où il fait chaud, tu sais bien. Le Cers nous a pelés comme si on était nus, pour commencer, et le marin escagasse bêtes et gens. À la fin, on se traînait dans le mou.

Maximilien en rougit que le petit parle de nudité en présence d'une femme, peut-être d'une dame de la ville.

— Je me le disais bien que vous n'arriveriez jamais à passer le col de jour. Depuis midi, je vous suis depuis le haut des Estrons de la Vieille et on ne peut pas dire que vous avanciez vite. Ce cheval est une carne. Mieux vaudrait atteler le rouan et monter la carne.

— Le rouan est immatriculé par l'État, lança la voix de l'espèce de soldat.

Il battit son briquet pour allumer le fanal de la voiture en prenant soin de le soulever bien haut pour que la lueur tombât sur eux, surtout sur lui le berger.

— Je vais allumer mon feu. Ma lampe aussi et une ou deux chandelles, qu'on y voie quelque chose.

Philibert entra avec lui puis le soldat avec le fanal :

— Pourquoi grognent-ils vos chiens? demanda-t-il agacé.

— L'uniforme, répondit Maximilien sans malice.

Que ce soit le facteur, les gendarmes, le garde-chasse, ils n'aiment pas. Et un jour de grandes manœuvres dans le pays, des régiments de Perpignan et de Narbonne se rencontrant pour jouer à la guerre, ils se sont enroués. Trois jours sans aboyer et les bêtes en goguette du coup.

Le feu de chêne vert et d'argelats les éclaira tout cru, y compris la femme qui se tenait sur le seuil. La lumière vive ne parvenait pas à colorer son teint que le berger hésitait à se décrire de lys ou de nacre, comme dans les romans qu'il relisait à longueur de soirée. Peut-être de nacre car les lys sauvages de la colline se fanaient souvent en langueurs violettes.

Il prit une peau de chèvre toute neuve, jamais servie, sentant la lavande dont il l'avait farcie. Il l'étendit sur un banc, s'inclina devant l'inconnue :

— Je vous en prie, madame. Le temps que je fasse réchauffer mon chaudron de soupe. Faut-il aussi battre des œufs en omelette, sortir le jambon, le pâté ? J'ai de la bonne confiture de figues, de la gelée d'arbouses et d'argeroles.

— Nous avons de quoi, dit Philibert, et je vais le chercher. J'ai monté deux pains de douze livres de Sigean, sachant que c'est ton préféré.

Le soldat sortit pour s'occuper de son cheval.

— C'est un mobile, expliqua Philibert. C'est peut-être plus qu'un gendarme.

— Mais que fait-il avec toi, avec... madame ?

— Viens voir.

Dehors, le fanal de la voiture donnait un peu de lumière. Morchailles avait trouvé l'ancienne écurie et son cheval broutait déjà un reste de foin oublié dans le râtelier cassé.

Philibert passa à l'arrière de la voiture à laquelle la carne était encore attelée. Sans broncher, apeurée par l'odeur des brebis et les grondements des chiens. L'étameur écarta le fourrage et Maximilien savait à quoi il avait à faire, prévenu par Rouque.

— Un cercueil.

— Double, bois exotique dehors, plomb dedans, mais un plomb façonné par des maladroits, qui parfois se fendille et je suis là pour empêcher que le mort ne se répande de trop.

Le berger se signa :

— Tu m'amènes un mort ? Tu me fais ça, Philibert ? Petit, je n'aurais jamais cru ça de toi.

— Nous allons mettre la voiture à l'abri et il restera là où on le mettra. On ne peut désormais le descendre de la voiture.

— Un mort, répétait Maximilien hébété. On ne peut pas l'abandonner ainsi comme un rien du tout. C'est sacrilège. Il faut qu'on le rentre.

— On ne peut bouger la double caisse sans risque. Non seulement il se répandrait dans l'air mais à terre. Je suis fatigué, j'ai faim.

La carne refusa d'entrer dans l'ancienne écurie, attelée au coucou et ils durent la libérer, la remplacer. Le mobile les aida. Avec le fanal, Philibert vérifia soigneusement le cercueil.

— Il gagne ses cent sous quotidiens, dit le mobile moqueur.

— Philibert tu es sûr que tout est bien ? Il y a toujours des chiens errants dans ces coins. Parfois ils attaquent les brebis, parfois même un mulet ou un âne. Et la porte de cette écurie est depuis longtemps cassée. C'était une bergerie pour les bergers qui venaient l'été. Ils mettaient leur mulet ici. J'aurais dû rester dans celle des Estrons de la Vieille, mais j'ai commis la sottise de vouloir me rapprocher de la route et des hommes.

Il n'en finissait jamais sur ce chapitre :

— Tu parles d'une route, un chemin qui ne vaut rien. Pas trois voitures par semaine et encore. Les gens de Fraïsse passent par Feuilla, Treilles.

Ils apportèrent du foin pour les deux chevaux, l'avoine serait pour le lendemain avant le départ, le coup de fouet surtout pour la carne.

— Celle-là, elle ne te mènera pas au bout. C'est quoi ces cent sous quotidiens ?

Philibert le lui raconta sans trop s'étendre. Ils rentraient dans la bergerie.

— Tu rapetasses les cercueils maintenant ? murmura Maximilien, mais il n'alla pas plus loin à cause de la silhouette qui se chauffait à son feu.

Il alla remplir son petit broc de vin, essaya de trouver les verres les moins culottés, décrocha le jambon, le boudin sec, le saucisson. Il retourna chercher le chaudron de soupe qu'il porta en écartant les jambes. L'étameur vint l'aider pour l'accrocher à la crémaillère. Maximilien en profita pour lui souffler qu'il gardait du sauvage dans sa resserre qu'il appelait souillarde.

— Un lièvre de près de dix livres.

— Non, ça ira pour ce soir.

— Tu parles une soupe de haricots secs, du trop banal pour cette dame. La veuve.

— Je l'ai prévenue qu'elle ne devrait pas faire la fine bouche au fur et à mesure que nous avancerions.

— On n'est quand même pas des sans-rien, fit le berger avec orgueil.

— Ici non, mais plus loin ?

Maximilien alla compter ses assiettes, quatre juste mais trois fourchettes seulement. Lui ne se servait jamais que de la cuillère mais qu'en penserait-elle ? Elle avait beau venir d'un pays d'indigènes sauvages, tout de même !

Le mobile s'installait sur un petit banc, étirait ses bottes. Il en prenait à son aise ce mi-soldat mi-gendarme.

— Pourquoi pas un vrai avec le bicorne, s'inquiétait Maximilien dans l'oreille du garçon. C'est pas catholique ça.

— Ça me tracasse aussi, chuchota Philibert. Je vais chercher du bois, il est toujours derrière ?

— Prends de l'auzine. C'est plus joli, tiens, il y a des souches d'olivier, pour la dame. C'est comme un feu d'artifice quand l'huile en gicle et s'enflamme.

Plus rien de son mécontentement du début. Même le mobile se lovait dans le calme du soir, dans la bonne chaleur, acceptait son verre de vin. Il n'avait plus d'absinthe, s'en excusait. Pour la dame un fond de moscatelle apporté de La Palme par un cousin. Elle ne le refusait pas, y plongeait sa bouche ronde que les flammes d'olivier vernissaient.

À part les pommes de terre, les haricots secs, Maximilien trouvait ses légumes dans la colline : des poireaux, des carottes, des céleris sauvages, ail et oignons. Et encore quelques herbes de sa connaissance. Ils n'avaient jamais rien mangé de tel et Morchailles en restait surpris, méfiant, comme si le berger lui faisait boire un charme. Il avait l'air d'un vieux sorcier même après avoir quitté sa cape en peau de chèvre. Le brigadier de Sigean l'avait mis en garde contre La... bon Dieu qu'il était entêté, LES Corbières. Il allait se faire mal voir s'il usait du singulier. Ça commençait bien chez ce vieux matois qui le regardait, bizarre. Et il n'arrêtait d'aller remplir son broc de vin. Les réfractaires et déserteurs annoncés par le brigadier de Sigean guettaient-ils dans le coin ? Les fusils de guerre, les chassepots jamais rendus en bandoulière ?

CHAPITRE CINQ

Maximilien et Philibert avaient dormi dans le fenil au-dessus des brebis dans l'acide du suint, de l'urine mais aussi la bonne chaleur animale. Madame Torneilles occupait la paillasse dans la pièce unique, auprès du foyer que le berger avait rechargé d'une montagne de chêne-vert. Il avait sorti des draps rugueux d'une autre époque, brodés d'abeilles en souvenir de Napoléon. Il avait aussi retrouvé un édredon gonflé, comme un nuage de grande pluie, en duvet d'oies sauvages. Un grand chaudron avait réchauffé des litres d'eau. À la fin il l'avait émue, la grande dame, ce vieux berger galant.

— Vous savez, là-bas on s'habitue à tout. J'ai vécu des mois dans une hutte avec juste la mer pour se laver.

— Une autre femme s'est ensauvée d'ici parce que je n'avais pas prévu tout ça.

— Mais, fit-elle interdite, demain je repars, je ne me sauverai pas mais je continuerai ma route.

— Vous me quitterez sans la rancune, c'est l'important.

Morchailles s'en était allé coucher dans l'écurie, sur le foin apporté sur le coucou, roulé dans sa capote, ne voulant pas quitter le cercueil. L'histoire des chiens errants le préoccupait, mais plus encore les mises en garde des collègues de Sigean. Il sentait rôder autour de cette bergerie. Il croyait flairer la graisse des chassepots, le poivré de la poudre.

— Il y a quelque chose qui me tarabuste, chuchota Maximilien alors qu'ils s'allongeaient dans le fenil. Ça sent le grand mystère et tu n'aurais jamais dû entrer dans ce jeu-là. Ne me dis pas que c'est pour les cent sous.

— Une belle somme pour un hiver qui s'annonçait mal.

— Il y a la femme, belle, fière jusqu'à l'insolence.

— Trop pour moi ?

— Qui sait. Tu sais où va ce cercueil ?

— Le mobile doit faire viser sa mission dans chaque brigade de gendarmerie. Il y aura Durban, puis Mouthoumet. Ensuite je n'en sais pas plus. Il s'est vendu par hasard et ne recommencera pas de sitôt.

Bien avant l'aube, il aida Maximilien à garnir les râteliers depuis le fenil. Le berger, retardé par leur départ, n'aurait pas le temps de sortir les bêtes bien loin alors qu'il bruinait. Et autour de la bergerie, elles avaient déjà raclé l'essentiel.

— Tu auras de la pluie, estamaïre, et pas qu'un peu. Essayez d'atteindre Fraïsse avant, sinon restez ici. Mais il y en aura pour au moins trois jours.

— Nous devons y aller dans ce cas.

Madame Torneilles était levée. Elle avait roulé les couvertures, plié les draps, relancé le feu et préparé le café dont déjà le mobile savourait un bol dans l'écurie aux quatre vents.

— Il souffle un vent de langue de chien, dit-elle, comme ils disent d'où je viens.

— Un marin de pluie, précisa le berger.

Ce pain de douze livres entamé, véritable meule de farinier, régnait au centre de la table avec la charcutaille et chacun se servait, debout, le pouce et la lame de couteau en tenailles. Elle n'était pas la dernière pour taillader des lichettes de jambon, une rondelle de boudin noir ou un petit cabrillon.

— Écoute-moi, estamaïre, vous aurez de l'eau. Une fois à Fraïsse continue sur le chemin de Villesèque. Je sais que ce n'est pas ta route, mais au cimetière tu peux éviter les maisons en tournant à droite. Il y a une bergerie vide, elle était dans la famille si on te dit quelque chose.

— Je pensais atteindre Matomègne des fois. Je connais le ramonet. Il nous abriterait dans une dépendance.

— C'est presque Durban. La pluie ne te laissera pas y arriver. Je vais te donner une toile pour le foin. Où que tu t'arrêtes, il te faudra nourrir les chevaux.

Madame Torneilles avait le visage de quelqu'un qui regrette de devoir partir. Elle regardait autour d'elle comme pour cueillir des images bien précises. Le vent marin poissait déjà la capote du coucou et le rouan du mobile s'énervait sous l'œil rond et désabusé de la carne.

La pluie les attendait au col de Pereille et Philibert aperçut la bergerie en retrait sur la droite. Il connaissait. Deux couples, vieux et jeune, une marmaille, pas même un recoin pour s'abriter. Gens et brebis mêlés.

— Ça descend ou ça monte? s'étonnait madame Torneilles.

— On va descendre. Et Fraïsse même dégringole en pente raide du haut de son château.

Déjà mille ruisseaux dévalaient la garrigue, emportaient le peu de terre, rétrécissaient le chemin. Une roue tourna dans le vide, l'autre racla de son moyeu la roche. Devant, le mobile finit par sauter en bas du rouan qui glissait des quatre fers.

Mais au cimetière, Morchailles refusa de tourner vers Villesèque, faillit même dégainer son sabre-baïonnette devant l'obstination de Philibert.

— On nous logera, dussé-je réquisitionner une écurie, une étable ou n'importe quoi.

Le dussé-je et l'étable désarmèrent le garçon. Il était vraiment d'ailleurs, ce pauvre mobile envoyé en pays inconnu. Une étable ! Il devait en exister une pour tout le canton, peut-être à Durban. Avec deux trois vaches qui ne voyaient jamais la lumière du jour, qu'on nourrissait et trayait sur place. Où avait-il vu des prés pour ces animaux-là, le mobile ? Tout juste si les moutons trouvaient à se remplir la panse. Et si vache il y avait, c'était chétive, donnant à peine plus de lait qu'une chèvre, ruineuse à nourrir, embarrassante comme un vieux meuble de jadis qu'on ne savait jamais où fourrer. On en trouvait dans des caves, ayant une fois pour toutes, en beuglant de détresse, descendu les marches de pierres. Nourrie comme le cochon, on la débitait pour l'en ressortir une fois morte. Il fallait attendre les Hautes-Corbières pour en découvrir à l'air libre.

Que virent-elles d'eux les femmes de Fraïsse, derrière leurs doubles rideaux, ceux de dentelles et celui de la pluie, sinon des silhouettes ? Les hommes regroupés au seuil des caves en aperçurent davantage. Le mobile, avec son képi avachi, son mousqueton à l'envers pour que l'eau ne pénétrât dans le canon et son sabre-baïonnette, leur faisait tendre le cou. Sur une place, une enflure de rue plutôt, son rouan piétina, tourna en rond et il décida d'approcher d'une de ces caves.

— On me connaît ici et quand on me verra avec ce maladroit, on n'en finira pas d'en parler, s'énerva Philibert.

— Trouvera-t-il un abri où nous puissions nous sécher, sécher nos vêtements ?

— Il y a le café, encore faut-il le dénicher. Dans ce pays, ils sont tout petits les cafés, ils sont juste bons pour les gens du coin, n'ont pas une vitrine pour attirer l'étranger. Le plus souvent, on se heurte à une porte fermée. Il est par-là, dans une encoignure, et la femme qui le tient doit avoir poussé les verrous. D'une année à l'autre, j'oublie son recoin.

— Vous plaisantez ?

Il secoua en vain la tête car elle avait sauté du coucou et se dirigeait vers l'encoignure. Ses vêtements alourdis d'eau la rendaient encore plus suspecte et l'Amélie, cachée dans ses rideaux de broderie amidonnée au sucre, ne lui ouvrirait pas. Déjà lui, l'estamaïre qui passait en mars-avril, n'obtenait pas toujours l'absinthe ou l'amer qu'il demandait.

Le mobile dépassa le coucou en criant quelque chose que Philibert ne déchiffra pas tout de suite. Là-bas, madame Torneilles s'acharnait de son poing sur la porte du café. Comment l'avait-elle déniché parmi toutes les portes identiques. Pas une enseigne, pas un signe pourtant ne le signalaient. Une vague odeur d'absinthe ?

Il crut comprendre que le mobile allait trouver le maire. Bigre, ça se corsait avec cet animal de Morchailles. Bientôt le village retiendrait son souffle, bâtirait toute une histoire, une tragédie, se confinerait au plus profond des maisons. Le Vendéen ne savait pas ce qu'était la vie par ici, et leur passage laisserait des froissements tels qu'il se demandait quel genre d'accueil lui-même recevrait au printemps.

Madame Torneilles avait disparu, madame Torneilles venait de pénétrer dans le café. Du coin de l'œil qui suivait le mobile, il n'avait vu qu'un bout de jupe, au moment où elle entrait. Il était seul sous la pluie, abrité par la capote tout de même, coupé du vent qui jusque-là leur jetait l'eau par seaux entiers.

— Estamaïre.

C'était le fils de l'Amélie, un fanfaron qui lui arrivait, un sac en jute le protégeant, formant capuchon de moine.

— On a une cave vide et au-dessus un plancher où tu pourras t'installer. La dame restera chez nous dans la chambre de Marnée qui est morte à l'automne. C'est vers le château.

— Mais le mobile.

— Quel mobile ?

Le *pilhart* grimpait à côté de lui, désignait la rue resserrée en un torrent gravillonneux. Philibert ne chercha pas à s'expliquer, on verrait plus tard. Morchailles allait les chercher et ça le réjouissait.

— Ta mère a ouvert à la dame ?

— On l'attendait.

Les toits crachaient des cataractes d'eau dans un bruit d'enfer et la carne, empêtrée dans la boue, refusait d'avancer. Il dut descendre, prendre la bride, tirer comme un forcené pour la faire marcher. Aussi garda-t-il sa question comme une pomme de terre brûlante en pleine bouche. Il en ressentait la même douleur de ne pouvoir la cracher. Et ce vaurien de pilhart qui restait tranquille sous la capote.

— À gauche, au fond.

Trois fois il dut s'y reprendre pour que le coucou s'engageât dans l'impasse, avec ce voyou qui lui criait de mauvaises indications, se moquait :

— C'est pas ta carriole d'estamaïre que tu mènes. Tu ne sais même pas conduire un cheval. J'en ferais mieux que toi.

— Hé bien viens-y.

— Pour me tremper ?

Il ne sauta à terre que pour ouvrir la cave avec une grosse clé. La carne s'y engouffra, croyant avoir aperçu un râtelier dans l'ombre. Il n'y avait que des vieilles comportes empilées et des tonneaux écartelés par le dessèchement.

Saturnin, il se souvenait maintenant du prénom du pilhart, faisait le tour du coucou.

— C'est une voiture de la ville, ça.

Lui aussi, il allait la poser sa question et ensuite s'enfuir, quand il saurait ce qu'était la longue boîte à l'arrière sous le ballot de foin. Mais les mains dans les poches d'une culotte ni longue ni courte il sifflotait, toujours faraud.

— Vous attendiez la dame, tu l'as bien dit ?

Saturnin sifflotait, donnait des coups de galoches dans les rayons boueux de la roue.

— Tu l'as bien dit ?

— Tu demanderas à ma mère.

— Tu sais qui elle est? Ce que nous faisons ici? Tu sais ce qu'il y a...

Le mobile arrivait sur son rouan, s'aplatissait sur l'encolure pour pénétrer dans la cave :

— Je vous cherchais... J'étais allé voir le maire mais il n'est pas là. En fait, je suis certain qu'il était chez lui mais qu'il ne voulait pas me parler. Je suis revenu et vous aviez disparu. Mais il y avait les traces de roues dans la boue.

Il expliquait avec force détails une histoire que Philibert trouvait sans intérêt. Il calait le coucou, dételait la carne.

— Trouve-moi de la paille que je le bouchonne.

— Pour moi aussi.

— Y en a chez mon oncle mais il ne m'en donnera pas. Nous on n'a pas de cheval. Rien, même pas un âne.

Le mobile prit une pièce de dix sous, la jeta en l'air d'une pichenette. Saturnin haussa les épaules, la laissa retomber au sol.

— J'ai pas besoin de vos sous. Je vais trouver de la paille sans ça.

Il ajusta son sac de jute sur sa tête et s'en alla.

— Écoutez, mobile, dit Philibert. Ce truc de la pièce par chez nous, ça peut marcher une fois, et encore, mais ça peut aussi vous attirer des rebuffades. Vous avez l'habitude d'acheter les gens dans votre pays?

Morchailles se sentit rougir et en devint furieux.

— Sur la pointe des pieds, monsieur le mobile, sur la pointe des pieds. Nous serions à la belle saison, avec tout le monde dans le plein soleil, ça serait le temps de l'indulgence, nous pourrions y aller carrément avec nos grosses galoches, mais l'hiver arrive avec ses inquiétudes. C'est pas une vie dorée que vous allez rencontrer ici. Le blé donne peu, l'avoine encore moins, la vigne voudrait bien avec le Nord qui demande du gros rouge pour les ouvriers des usines, les mineurs, mais il y a la grande menace, ce mal qui nous descend de par là-haut, de l'Hérault et d'ailleurs et qui va ruiner le vigneron. Il y a eu la guerre avec autant de déserteurs que de conscrits, je peux vous le dire. Certains rôdent encore par-ci par-là, traqués par vos collègues en bicorne. Il y a ceux qui marchent des jours et des nuits pour aller en Espagne acheter ce qui vaut trois fois rien, et des marchandes d'allumettes de contrebande, des Narbonnaises souvent, des braconniers, un tas de braconniers. Si vous ne voulez pas qu'on vous vole votre cheval, pire qu'on ne vous l'escagasse, surveillez-vous, monsieur le mobile. Vous avez joué le fort en vous rendant droit chez le maire pour qu'il réquisitionne un logis. Et le maire n'était pas chez lui et, tout le long de notre balade, ils n'y seront jamais si vous persistez.

Il prit une poignée de fourrage et commença de bouchonner la carne qui chercha à lui arracher ce foin des mains, tant elle était vorace. Il lui enfouit la tête dans un sac contenant quelques grains d'avoine dans le fond.

— Sers-toi de ta langue pour les glaner et laisse-moi sauver ta peau de vieille rosse.

Contrairement à toute attente, Saturnin revint avec un sac de paille et demanda s'il pouvait bouchonner.

— Régale-toi, petit, moi je vais voir si ta mère sait faire les punches.

C'était comme une rivière du ciel qui se déversait sur le village. Ses vêtements se remirent à fumer tandis qu'il courait chez l'Amélie. Dans la salle, faite de deux pièces à la cloison abattue, le poêle ronflait. Il n'y avait que quatre vieux jouant à la manille catalane et buvant du vin.

— Sers-toi, estamaïre, c'est l'habitude ici quand l'Amélie est occupée.

Il déposa les bagages de la veuve, ouvrit le placard à côté de la cuisine, prit une bouteille de rhum. Il trouva une casserole, du sucre et fit chauffer le tout sur le poêle. Quand le rhum se mit à bouillir, il battit son briquet, l'enflamma, versa le tout dans un bol. Les vieux le regardaient, ravis.

— Te voilà, estamaïre.

L'Amélie arrivait par l'étroit escalier, traînant avec elle un parfum venu d'ailleurs, celui de madame Torneilles. Du jasmin, lui dit-elle plus tard.

— Je vous dois un punch, dit-il.

— Et comment je vais en savoir le prix moi? J'ai jamais fait du punch, moi. Du vin chaud oui, mais pas de punch.

— Il y avait la valeur de trois rhums.

— Il ne ment pas, dit un vieux.

L'Amélie n'était pas grosse, seulement tassée, gigogne. En appuyant sur sa tête, on aurait pu l'enfoncer ainsi dans sa poitrine et dilater le corps, escamoter en partie les jambes.

— Tu devrais te changer tant tes habits fument. La dame l'a fait et j'ai porté son linge au grenier. Du fin, du très fin qui vient de Paris. Même la dame du maire n'a pas le même. Ce sont ses affaires? Je les lui monte.

— Estamaïre, demanda un vieux, c'est qui le militaire qui vous accompagne sur le cheval rouge et gris?

— Un mobile.

— Un mobile et c'est quoi?

— Un gendarme mais qui ne porte pas le bicorne et n'appartient pas à une brigade locale.

— Et celui-là, qu'est-ce qu'il fait avec vous?

— Vous le saurez bien assez tôt, Prosper, comme tout le village d'ailleurs. Il fait ce que la loi veut qu'il fasse, cria l'Amélie depuis l'escalier.

— Comme explication, fameux, dit Prosper perplexe.

— Dis-moi, estamaïre, murmura un autre, un bonhomme en souquenille noire de cocher, tu ne l'aurais pas aperçu en t'en venant par ici? Il rôde dans la garrigue.

— Que veux-tu qu'il ait vu, le gronda un gros, ce

sont des histoires à faire peur, à empêcher de courir les collines.

— Pourquoi pas un de la Secrète fouinant dans le coin? fit le premier d'un air entendu.

CHAPITRE SIX

Autour de la table, dans la cuisine séparée du café par un rideau de perles de bois, un papé grelottant mangeait avec une grande cuillère, presque une louche, pour ne pas s'en flanquer partout. Saturnin, face à la dame, n'était que regards sournois et rougeurs. L'Amélie tournait autour d'eux, lourde de mouvements et d'odeurs.

— C'est du sanglier, expliqua Philibert à madame Torneilles, qui contemplait le morceau piqué par sa fourchette d'un air pensif. Mais elle était ailleurs, loin de ce marcassin en sauce au vin.

— Il faut que je porte le souper du gendarme, fit Saturnin. Il ne peut pas quitter l'attelage qu'il m'a dit. Il m'a laissé prendre son sabre-baïonnette.

— Vous nous attendiez, madame l'Amélie? C'est ce que nous avons cru comprendre.

— Saturnin, c'est prêt pour le gendarme. Tu prendras le parapluie. Il y a du vin là-bas dans un petit tonneau. Ne confonds pas avec celui du trois-six. Tu en tireras une cruche qui doit se trouver sur l'étagère du fenestron. Rince-la.

— Avec quelle eau?

Confus de les voir rire, il se leva.

— Sur le plancher, il doit rester une ou deux paillasses garnies de balles d'avoine, il s'en arrangera. Dis-lui de ne pas fumer là-haut.

L'Amélie s'assit au bord d'une chaise pour faire manger le vieux. Elle effilochait la viande, la baignait de sauce épaisse, lui enfournait le tout par grosses cuillerées que le papé mâchait d'une bouche édentée. À chaque coup de mâchoire, son menton frôlait son nez.

Le dernier attardé quitta le café en grommelant, et Philibert se dit que c'était plus par dépit de ne pas satisfaire sa curiosité que de l'appréhension de se mouiller.

— On m'a dit que peut-être vous passeriez, fit l'Amélie dans un souffle.

— Quelqu'un d'ici ?

— Mange, papa. Je chaufferai ton lit avec le moine et tu auras ton café avec du rhum et du sucre, mais avale d'abord ce que tu gardes en bouche. Ne me demandez rien, madame.

— Êtes-vous veuve, comme moi ?

— J'ai un mari qui se garde.

Philibert fit signe à madame Torneilles, mais elle ne vit pas son mouvement de sourcils.

— Il se garde de quoi ? Je ne comprends pas.

L'Amélie essuyait la bouche de son père, le faisait boire. Il vida son verre de vin noir.

— Madame l'Amélie, j'irai coucher avec le mobile, dit Philibert pour rompre l'embarras de leur hôtesse.

— J'ai prévu pour toi, estamaïre, la chambre de Saturnin. Lui couchera sur la chaise longue dans la chambre du papé.

Puis elle prépara le moine, remplit de braises la cassolette en cuivre, disparut dans les étages. La maison étroite en avait deux autres et aussi un grenier.

— Quand je ne suis qu'estamaïre, dit Philibert réjoui, je n'ai pas droit à une chambre, juste à une écurie ou un galetas et quand je commande une absinthe, elle me répond qu'elle ne sait plus s'il en reste.

— Vous êtes toujours estamaïre, fit la veuve méfiante.

— Je vous accompagne et quelqu'un vous a annoncée. Et si vous voulez mon avis, il en sera désormais ainsi jusqu'au terminus. Pouvez-vous me dire quel est-il, en quel village ?

Saturnin revenait, secouait son parapluie à l'extérieur.

— Vous ne savez pas ? Le gendarme ? Il se lavait, tout nu dans une comporte. Il l'avait mise sous une gouttière et il trempait dedans. Il m'a dit de poser le panier mais je voulais remplir la vieille cruche de vin. Il m'a crié qu'il trouverait bien le bon tonneau. Je n'avais jamais vu quelqu'un se laver ainsi avec de l'eau de pluie. C'est dans leur règlement ? Qu'ils doivent se laver, mais combien de fois par an ?

L'Amélie cria quelque chose du haut de la maison, dans un patois que Philibert comprit à peine. Il différait de celui du bord de mer souvent. Saturnin fit lever son grand-père et l'entraîna vers l'escalier.

— Comment son mari peut-il se garder ? Je n'y comprends rien.

— Il se garde d'apparaître, de laisser même soupçonner sa présence dans le coin. Ce doit être un déserteur. Le plus souvent dans les collines.

— Mais la guerre est finie depuis quatre ans. Ce n'est plus un tout jeune homme !

— L'Amélie n'a pas quarante ans. Vous savez, ils sont nombreux ceux qui ne sachant que faire après tous ces désordres dans le Nord, ont fini par rentrer au pays. Certains ont oublié de se signaler aux gendarmes, d'autres l'ont fait, qui ont été renvoyés devant le conseil de guerre. C'était une grande pagaille. Ils attendent l'amnistie. Et elle ne vient pas vite.

— Pourquoi dites-vous que partout où nous passerons, il y aura quelqu'un qui nous attendra.

Philibert mit son doigt sur sa bouche, remplit les verres :

— Il est bon par ici ce vin. Profitons-en avant que le puceron ne fasse disparaître toutes les souches.

Il se leva en silence, s'approchait du rideau de perles.

— Quel puceron?

D'un coup, il passa dans le café, découvrit Saturnin tapi sous l'escalier :

— Le phylloxéra, dit-il en revenant dans la cuisine.

Le garçon alla s'asseoir à une table de marbre du café, boudeur.

— Je vais quand même aller voir notre gendarme. Je n'en raffole pas, mais puisqu'on doit le supporter autant se montrer aimable avec lui.

— Vous n'avez rien pour vous changer? Vous êtes détrempé et même vos galoches sont gorgées d'eau.

— J'ai quelques affaires dans le coucou.

Morchailles fumait sa pipe à l'entrée de la cave, regardant tomber la pluie. Le fanal du coucou était allumé. Philibert surgit de la nuit sous le parapluie du café.

— J'ai donné du foin aux chevaux, un peu d'avoine. Votre cheval n'en a jamais assez.

Il sentait bon. Le propre, le savon, il s'était rasé également. Son linge séchait sur une corde tendue. Le garçon prit son sac en grosse toile de matelas cousu par sa mère.

— Il faudra que j'aille chez le barbier une fois à Durban.

— Vous ne savez pas vous raser seul?

— Quand j'y suis forcé si.

— Si vous voulez, je vous raserai demain matin. Avant de partir.

— Il va pleuvoir, dit Philibert. Nous devrons rester ici.

Le mobile tapota sa pipe sur le talon de sa botte.

— Allons donc, ce temps-là ne va pas continuer.

— Si. Et la route sera inondée en plusieurs endroits d'ici Durban.

— C'est inadmissible, fit Morchailles irrité. Savez-vous à combien se montera la dépense ? J'ai bien soupé mais je ne peux me permettre chaque fois de faire de tels repas. Votre ami le berger d'en haut n'a rien voulu. J'ai laissé une pièce de quarante sous sur sa table.

— Il doit être content. Tout était offert de bon cœur.

— Je suis militaire et ne puis accepter. Combien me fera payer cette aubergiste ? À propos, je trouve son fils bien déluré. Mais n'y a-t-il pas un père et un mari ?

— Le repas doit être de vingt à trente sous.

— Comme ça, je veux bien. Elle devra me signer une note. La paperasserie, vous savez...

Philibert se réveilla deux fois au cours de la nuit. Il pleuvait toujours avec autant de rage. Des bourrasques secouaient les volets. Il s'enfouissait vite dans le lit étroit du garçon, dans la moiteur de l'édredon. Il avait descendu ses vêtements pour les mettre à sécher devant le poêle du café. Il avait rêvé qu'il se lavait dans une comporte et que le mobile le rasait avec son sabre.

Saturnin semblait avoir disparu dans la nuit, car l'Amélie lui confia le soin de porter le café et le casse-croûte à Morchailles qu'il retrouva comme la veille, regardant tomber la pluie, à croire qu'il n'avait pas bougé.

— Une vieille m'a apporté déjà un bol de soupe que je n'ai pas osé refuser. Elle croyait que j'étais un soldat démobilisé rentrant dans ses foyers. Je crains de l'avoir effrayée en lui disant la vérité. J'ai encore le bol et ne sais à qui le rendre.

La veille, il avait déjà fait son installation, un tonneau comme table, un autre plus petit pour s'asseoir. Philibert alla voir les chevaux. Le rouan hocha la tête mais la carne le toisa en montrant ses dents jaunes.

— Il nous faudra du fourrage si nous devons passer une journée de plus ici. J'ai comme l'impression qu'on me surveille. Cette nuit, plusieurs personnes sont passées dans l'impasse. Je les ai vaguement aperçues, surtout entendues. En sera-t-il ainsi tout au long de notre voyage ? Vous m'avez parlé de contrebandiers, de braconniers mais surtout de déserteurs. Y en a-t-il dans ce village ?

— Je le saurais que je ne vous en dirais rien. Les contrebandiers, c'est plus au sud, si jamais nous atteignons le bout des Corbières. Les braconniers restent au chaud par un temps pareil.

— Vous croyez qu'il y aura des inondations ? Je préférerais me trouver à Durban.

— Avec vos collègues, bien sûr.

Morchailles acheva son vin, son café.

— Voulez-vous que je vous rase ?

— Maintenant ?

— Vous en avez grand besoin. Cela vous donne l'air d'un galvaudeux. Une bonne apparence ne gâte rien et madame Torneilles vous trouvera plus agréable.

— Ce n'est pas une femme accordant son regard aux hommes, fit-il, presque furieux. N'oubliez pas qu'elle accompagne le corps de son défunt dans ce long voyage commencé depuis des mois.

— Vous êtes bien jeune pour en juger. Asseyez-vous sur ce tonnelet. Je vous barbouillerai longtemps pour que le rasoir vous paraisse de velours. Le mieux serait un peu d'eau chaude mais nous autres pouvons nous en passer.

Les joues blanchies de mousse, il vit entrer un gros homme en costume de velours noir et large cravate rouge.

— Monsieur le maire, dit-il à Morchailles qui, le rasoir en main, s'apprêtait à officier.

— Gendarme, je suis rentré trop tard hier pour venir vous saluer. Vous vouliez me voir ?

Le manque d'obséquiosité de Morchailles stupéfia Philibert qui peu à peu en tira des conclusions pessimistes. D'ordinaire les gendarmes se montraient respectueux avec le premier magistrat. Lui, juste poli et continuant de le raser. Il donnait plus d'attention au pauvre estamaïre qu'il était qu'à ce ventru furieux de s'être dérangé.

— L'Amélie vous a pourvu en gîtes et nourri. C'est une brave femme.

— Une veuve ? demanda le mobile.

Coincé, le maire en resta muet.

— Je n'ai vu que le garçon, Saturnin. J'en ai conclu qu'elle était veuve.

— Son mari est absent pour l'heure.

Morchailles secoua son rasoir pour en faire tomber la mousse de savon.

— Ce garçon, Saturnin m'a posé des questions nombreuses sur ma présence dans ce village. J'ai eu l'impression que je l'inquiétais. D'ailleurs, j'ai aussi l'impression d'inquiéter beaucoup de monde par ici. Vous n'ignorez pas, monsieur le maire, la raison de cette présence.

Le maire ne put s'empêcher de regarder en direction du coucou.

— C'est cela même. Un cadavre ne peut être déplacé sans être accompagné d'un représentant de l'ordre, vous ne l'ignorez pas. J'accompagne donc le corps de feu Constantin Torneilles jusqu'à sa dernière demeure. Le saviez-vous ?

— Comment l'aurais-je su ?

Le mobile barbouillait à nouveau les joues de Philibert :

— Maintenant à rebrousse-poil, mon ami.

— Je suis à votre disposition pour vous fournir aide et assistance, récita le ventru.

— Si la pluie continue nous serons forcés d'attendre ici qu'elle cesse. Y a-t-il vraiment des inondations ?

— Si vous allez vers Durban, certainement. Si vous passez par Embres pour vous diriger vers Tuchan, ce sera plus facile.

— Je dois me signaler à la gendarmerie de Durban. Nous avons besoin de fourrage, monsieur le maire, pour ces deux chevaux.

— Je dispose d'une écurie avec une place pour un animal et à côté une chambrette plus décente que ce plancher au-dessus.

— Du fourrage suffira, monsieur le maire. Comment s'appelle notre hôtesse?

— On dit l'Amélie. Son mari l'appelle toujours ainsi. Lui c'est Rouque, Antoine Rouque.

— J'espère pouvoir le remercier pour son hospitalité avant notre départ. Maintenant, je dois vous montrer le certificat de décès comme l'exige la loi et vous m'en ferez justification.

Le maire prit le papier à bout de bras et le lut à voix haute. Philibert retint la date et le lieu du décès et jusqu'au nom du médecin des morts, le docteur Miraillon.

Une heure plus tard, un homme apporta une balle de fourrage sur un charreton, se présentant comme le domestique du maire. Philibert et Morchailles purent nourrir les chevaux.

— Vous connaissez ce Rouque?

Philibert chercha à ne pas répondre. Il n'avait jamais connu que l'Amélie depuis qu'il faisait l'estamaïre à la belle saison dans ces villages. Il avait commencé à quinze ans, cinq années auparavant avec un patron, puis seul, alors que c'était la guerre contre les Prussiens. Il rôdait dans les Corbières au mois de septembre 70, portant la hotte de vendanges plusieurs jours. La défaite de Sedan l'avait surpris du côté d'Albas, un pays au-dessus de Cascastel. Il avait même pris peur, avait préféré rentrer chez lui au bord de mer. Tout le monde s'effrayait.

— Il a dû aller travailler dans un autre coin, ici c'est de plus en plus dur.

— Saturnin m'a dit qu'il était parti à la guerre comme les autres, qu'il en était revenu un beau jour. Mais j'ai compris qu'il regrettait d'en avoir trop dit. C'est un de vos fameux déserteurs, estamaïre?

— Ils n'ont rien de fameux les pauvres. Moi aussi

j'en ai trop dit. Ils ne sont qu'une poignée vous savez et je ne pense pas que Rouque en soit.

— Une poignée ?

Il alla mouiller un linge sous la pluie, en tamponna la tête de son cheval, lui nettoya les yeux. Il alla placer un baquet au-dehors pour faire boire les bêtes.

— Plusieurs centaines, estamaïre, plusieurs centaines à ce qu'il paraît et organisés en bandes à ce qu'on dit.

— Allons donc, ce sont des inventions. Il n'y a pas de bandes, pas de malhonnêtes gens par ici.

Il remit le bol, la bouteille du café, les restes dans le panier :

— Je vais rapporter tout ça.

— Plusieurs personnes ont couché sur le plancher du haut pendant quelque temps. Des hommes car il y avait des débris de tabac, des traces de souliers à clous de grande pointure, enfin plusieurs indices. Il y avait aussi de la poudre à fusil sous une table bancale. Je suis certain qu'on y a serti des cartouches.

— Nous sommes en période de chasse. Et ce sont des vendangeurs de septembre qui ont dû coucher là-haut.

— Et ceci, monsieur Philibert, c'est du plomb de chasse ?

Entre pouce et index, il tenait une balle de plomb.

— Pour le sanglier ? Je croyais qu'on se servait de gros plombs, de chevrotines.

Madame Torneilles était levée. Il ne l'avait jamais vue dans cette robe d'un beige tourterelle, si bien ajustée à sa taille fine. Il essaya de ne pas regarder ses hanches. Elle balayait la salle du café où il n'y avait encore personne.

— Comment se porte notre mobile ? Mais vous avez fait peau neuve, monsieur l'étameur. Vous voilà joliment rasé.

— C'est le mobile... s'excusa presque Philibert.

Elle eut un rire léger.

— Vous n'avez plus l'air d'un bandit des grands chemins. Mais avez-vous réellement vingt ans ou bien seize ?

— J'ai passé mon conseil de révision, protesta-t-il. Mais comme soutien de famille, je ne suis pas parti.

Assis dans un coin, il la regarda à la dérobée une fois qu'elle passa le rideau de perles. Il aurait voulu lui parler de Morchailles, de ses soupçons. Faudrait-il inquiéter aussi l'Amélie, lui faire comprendre que son faraud de Saturnin parlait un peu trop ? On disait bien qu'il y avait des bandes qui attaquaient les maisons isolées et rançonnaient les voyageurs, mais lui n'avait pour seuls ennemis que les caraques, les gitans qui faisaient le même métier.

CHAPITRE SEPT

Lorsque madame Torneilles frappa à sa porte, il rêvait qu'un violent orage venait d'éclater dans un terrible coup de tonnerre. Il se dressa sur son lit et tout de suite sut qu'il ne pleuvait plus.

— Philibert, levez-vous vite ! Il faut aller voir là-bas où se trouve le coucou... On vient de tirer des coups de feu.

Il enfila son pantalon, sa chemise, alla ouvrir pieds nus. Madame Torneilles apparaissait avec une charlotte de nuit en dentelle, ayant jeté son manteau sur sa chemise. Derrière, l'Amélie se drapait dans un fichu violet tricoté. À mi-escalier Saturnin, en chemise battant ses mollets de coq, essayait d'ouvrir les yeux.

— Je vous en prie, Philibert.

— Il ne pleut plus, ce fut tout ce qu'il trouva à dire avant de prendre sa blouse en drap épais.

L'Amélie lui alluma une lanterne sourde. Elle l'accompagna sur le pas de la porte :

— Fais attention, murmura-t-elle. Si tu vois des ombres reviens ici.

— Quelles ombres ?

Quelques volets filtraient des rais de lumière pauvre, lumignons de veilleuse pour la plupart. Trois zébrures plus vives venaient de lampes à pétrole allumées dans l'instant. Il remonta la rue étroite, ralentit en approchant de l'impasse, s'aplatit contre le mur pour risquer sa tête. Le fanal brillait tout au fond, faisant luire la capote du coucou.

— Monsieur le mobile, monsieur Morchailles, c'est moi Philibert l'estamaïre.

— Avancez au ralliement. Halte. C'est bien toi mon garçon? Tu es seul?

— Je quitte à peine mon lit. Madame Torneilles m'a réveillé en me disant qu'on avait tiré des coups de feu.

— Approche.

Le mobile restait invisible et Philibert, peu rassuré, hésitait à chaque pas. Le fanal crépitait, il faudrait bien changer sa bougie. Il aurait fallu une lanterne à huile qui aurait mieux éclairé.

— Je suis seul, monsieur Morchailles, je vous l'assure, je n'ai d'ailleurs rencontré personne en venant ici.

Le mobile se dissimulait derrière un demi-muid et il ne repéra que la brillance de son canon de mousqueton.

— Ils ont ouvert facilement la porte, ils avaient la clé, l'Amélie Rouque est donc leur complice. Il faut que j'aille à Durban alerter mes collègues. Faire une déclaration sur les balles que j'ai tirées.

Philibert restait à l'entrée du porche.

— Ils voulaient voler les chevaux? demanda-t-il ne sachant que dire.

— Le cercueil plutôt. Ils ont essayé de pousser le coucou en dehors de cette cave.

Le mobile sortit de sa cachette mais s'arrangea pour que sa silhouette n'apparût en contre-jour. Philibert alla regarder le cercueil. On l'avait effectivement déplacé, s'il en jugeait par les traces laissées sur la rallonge de la voiture. Il colla son oreille contre le bois de kaori, essayant de surprendre le sifflement du gaz. Il secoua la tête, dit que tout paraissait en ordre.

— Il était 2 heures du matin, dit le Mobile, et je venais de me lever pour constater que la pluie avait cessé et que l'impasse n'était plus un torrent. J'ai entendu un bruit de clé qui tournait dans la serrure. D'ailleurs, elle y est toujours Je pense qu'ils étaient trois, peut-être quatre. Sans lumière, donc connaissant parfaitement l'endroit. La clé, cette facilité pour se déplacer sans bruit dans une cave encombrée, tout accuse les Rouque. Antoine Rouque, porté déserteur, à tous les coups dirige une bande qui a essayé de s'emparer de feu Constantin Torneilles.

— Mais que peut-on faire d'un mort, murmura Philibert apeuré.

— On pourrait penser que le cercueil de plomb, ces livres de métal onéreux les tentaient. Le tout représente une belle somme et l'on a fabriqué des cartouches et des balles là-haut. Ne l'oublie pas, mon garçon. Des milliers de balles auraient pu être fondues à partir de ce cercueil.

— Non, personne n'aurait eu une aussi abominable volonté. Je ne vous crois pas. Par ici on respecte les morts. Il n'y a jamais eu de profanateurs de sépultures, jamais.

Soudain le mobile pointa son fusil vers l'impasse.

— Halte, ou je tire.

— C'est moi, Saturnin. Ma mère m'envoie aux nouvelles. L'estamaïre est parti depuis longtemps et là-bas elles s'inquiètent. Dans la rue, il y a des gens aux fenêtres qui s'appellent.

Morchailles, un peu stupide, redressa son fusil et le jeune garçon entra. Le mobile désigna la clé sur la serrure :

— Tu la connais cette clé, où était-elle avant cette nuit ?

— Toujours au même endroit, répliqua Saturnin d'une voix endormie.

— Sois plus précis, quel est cet endroit ?

Saturnin tendit le bras, fit un pas de côté et montra l'encoche taillée dans la pierre à près de deux mètres du sol.

— La clé est toujours là.

— Par chez nous, dit Philibert, c'est l'habitude. On ne craint pas les voleurs. Il en a toujours été ainsi.

Morchailles décrocha le fanal, le souleva au-dessus de sa tête pour aller voir. La clé avait laissé son empreinte dans la poussière.

— Je retourne au lit, dit Saturnin, moi j'ai envie de me recoucher. Qu'est-ce que je leur dis, que vous avez tiré sur des rats ?

Il s'en alla, faisant racler ses galoches sur le sol qui séchait rapidement.

— Où sont les bougies ? demanda Morchailles. J'ai besoin de lumière pour rédiger mon rapport.

— Là en pleine nuit ? Vous en trouverez un fagot dans le coffre sous le siège avant. Bonne nuit, mobile.

— Écoute-moi, petit, je n'aime pas m'entendre appeler ainsi. Je suis maréchal-des-logis et je voudrais que tu t'en souviennes à l'avenir.

— Comme vous voudrez, mais c'est bien long à dire. Le grade correspondant est bien sergent ? Je peux vous appeler sergent ?

— Je suis de la cavalerie, ragea Morchailles, et non de la piétaille.

Dans la cuisine, les deux femmes buvaient du tilleul. Lorsqu'il annonça à l'Amélie que le gendarme l'accusait de complicité, elle porta sa main à son cœur, l'enfonçant dans sa molle poitrine :

— Que va-t-il m'arriver ? Mon Dieu, déjà que Rouque...

Puis elle se tut.

— Il croyait que vous aviez donné une clé à ces visiteurs nocturnes, ignorait la présence de celle-ci dans l'encoche du porche. Il s'obstine, têtu comme une mule. Dit qu'on voulait peut-être voler la boîte de plomb pour en faire des balles. On lui a dit tant de bêtises sur ce pays qu'il l'imagine peuplé de gens de sac et de corde, prêts pour une autre révolution contre le maréchal Mac-Mahon.

Il refusa la tisane, se serait volontiers assis aux côtés de madame Torneilles. Le manteau avait glissé de ses épaules, découvrant la dentelle délicate qui s'ouvrait au jaillissement du cou gracieux. Dans les relents froids de la cuisine, le parfum de cette femme ne se galvaudait pas, gardait sa force, à l'image de cette personne tranquille dans sa volonté comme dans son mystère. À peine osait-il effleurer l'idée qu'elle pût être nue sous sa longue chemise, tant il redoutait que d'autres nudités, taquinées route de Narbonne par exemple, ne vinssent y mêler des images vulgaires.

— Allons nous coucher, dit la jeune femme. Demain tout paraîtra moins préoccupant.

— Je vais rester debout, dit l'Amélie. Je ne pourrai retrouver mon sommeil désormais. Écoute-moi, estamaïre, ils ont trouvé la clé, ne se sont pas cognés aux embarras dans la cave. Mais qui sont-ils donc ? On ne vole pas le plomb d'un mort... Pardonnez-moi, madame. Je ne devrais pas parler ainsi, mais que me faudra-t-il faire si je suis accusée ?

— Ce qui préoccupe le maréchal-des-logis, ce sont les coups de feu tirés dont il doit rendre compte. Nous risquons d'être retenus à Durban, le temps que la brigade vienne enquêter ici.

— Maréchal-des-logis, fit madame Torneilles, pourquoi le désigner de la sorte ?

— Il l'exige. Dans son trouble, car il est troublé, il m'a dit que je devais l'appeler ainsi, comme il aurait aussi bien tapé du poing sur la table. Il se veut le maître de notre équipée.

Lorsqu'elle quitta la cuisine, il mourait d'envie de la suivre dans l'escalier, de rester quelques secondes encore dans son voisinage. Elle partit, le fumet de cent ans de préparations lourdes s'en donna à cœur joie. Il pouvait démêler les civets des grillades, les aillades des oignonades, l'huile d'olive du saindoux ou de la graisse de canard.

— Ne soyez pas effrayée, l'Amélie. Il va réfléchir maintenant et se montrera moins têtu.

— Les gendarmes de Durban sont venus plus que de nécessaire. Ils croient surprendre Rouque ici, même pas lui mais quelque chose, une cigarette, une casquette, peut-être une odeur. Celle du romarin, et du thym et du fenouil de tous ceux qui dorment dans le plein air ou dans quelque capitelle ou dans un acest.

Dans ces cabanes de pierre, les capitelles, il était habituel de répandre sur le sol du romarin, du thym et de la lavande, mais surtout du fenouil pour s'isoler du sol. Devenaient-ils finauds ces gendarmes qui avaient maintenant connaissance de cette pratique. Mais on s'imprégnait aussi bien des odeurs de garrigue en suivant les *carrairados*, ces chemins que les troupeaux se frayaient dans la broussaille. Et la plus introuvable des cachettes restait l'*acest,* creusé en plein massif de buis, dans lequel on pénétrait à quatre pattes.

— Ça fait mauvais effet, tous ces hommes qui en ont eu assez de la guerre et s'en sont revenus chez eux sans la permission des chefs. Mac-Mahon n'aime pas ça, lui qui veut le retour des rois et crache sur la République.

Mourant d'envie de la questionner, il l'écoutait. Croyant qu'elle le lassait, elle pensa le retenir avec des prunes à l'eau-de-vie qu'elle lui servit dans un grand verre. Elle ne s'oublia pas, les croquait les larmes dans les yeux en pensant à son Antoine exilé dans la garrigue.

— Ni lui ni ses compagnons de Villesèque, Saint-Jean ou Embres ne sont venus par là cette nuit. Il fallait être fou pour penser surprendre ce gendarme.

— Qui connaissait la cave de l'impasse ?

— Quand ils s'en revenaient après les batailles perdues, l'éparpillement de leur régiment, ils venaient frapper ici, les pauvres. Je les logeais en me disant que quelque part plus haut dans la France, quelqu'un en faisait autant pour mon Antoine. Ils passaient une ou deux nuits sur le plancher de la cave. Quelques-uns, des vieux souvent, leur indiquaient comment éviter les routes et surtout les carrefours où attendaient les gendarmes à cheval. Ils finissaient par s'en aller. Même des Catalans, c'est dire. Des Catalans qui avaient besoin de nous, les Gabatches comme ils nous appellent.

Le trois-six parfumé des prunes lui montait à la tête, le faisait dodeliner et l'Amélie croyait qu'il approuvait ses récits.

— À Leucate vous en avez eu aussi qu'on m'a dit. Ils devaient *affeinter* les douaniers qui surveillent les côtes.

— Je vais me coucher, l'Amélie. Non, plus rien. Vous devriez monter vous aussi. Bon, alors bonsoir.

Il avait espéré retrouver, dans l'escalier, le parfum de madame Torneilles mais il avait trop attendu. Il finit par s'endormir, se réveilla parce que la cloche de l'église sonnait. Il découvrit qu'il était dimanche et que c'était la messe que l'on sonnait. D'un coup, il pensa à la clé de la cave.

L'Amélie, empesée dans une robe luisante, s'affairait dans la cuisine à la recherche de son missel, de son chapelet. Goguenard, Saturnin lançait des croa croa pour se moquer du curé qu'elle allait voir.

— J'ai porté son déjeuner au gendarme, finit par dire le garçon. Il vous attend. Il veut s'en aller aujourd'hui même. Il veut payer maman.

Madame Torneilles descendit à son tour, parla de la messe annoncée mais ne manifesta pas l'intention d'y aller. L'Amélie endossa un manteau, se coiffa d'une cravate catalane. Comme le faisaient la grand-mère et la mère de Philibert.

— Il n'y aura personne au café mais Saturnin reste là. Vous ne partirez pas sans m'avoir revue ? Peut-être pas du tout à cause des inondations. Le Barrou doit recouvrir les routes, et par le chemin de Matomègne, vous ne passerez pas avec la voiture.

Morchailles était déjà prêt. Il avait même attelé la carne qui piaffait, non d'impatience de partir mais de l'envie de rester au râtelier.

— Nous devrons faire demi-tour, maréchal-des-logis, prédit Philibert. L'eau ne se retirera pas de sitôt.

— Nous passerons donc par Villesèque. Avec un nom pareil, on ne prend pas de risque, fit-il guilleret.

— Il faut que je prévienne madame Torneilles.

— Inutile, la voici.

Elle arrivait suivie de Saturnin qui portait les bagages. Elle pénétra dans la cave, alla droit au coucou, débarrassa le cercueil de quelques brins de fourrage, comme si elle le caressait.

— La brigade de Durban nous trouvera d'autre foin, murmura Morchailles, j'ai jugé inutile de prendre celui envoyé par le maire.

— L'Amélie vous dit au revoir, estamaïre. Mais elle ne pouvait tarder plus longtemps à se rendre à l'église. Tout est réglé.

— C'est le bon moment pour partir, dit le mobile. Nous ferons nos comptes plus tard.

— Nous pourrions rejoindre la campagne de Matomègne par l'ancienne tuilerie si le chemin n'est pas trop défoncé, proposa Philibert. C'est ainsi que je fais lorsque je vais travailler là-bas. De Matomègne, on rejoindra aisément Durban, le Barrou s'écartant fort de la route. Sauf à un endroit, mais assez élevé pour ne pas être sous les eaux.

Lorsqu'ils sortirent de Fraïsse, où seuls les hommes mécréants les suivirent des yeux, Morchailles prit son mousqueton et le coinça en travers de sa selle, à portée de main.

CHAPITRE HUIT

Morchailles scrutait ce chemin qui, selon l'étameur, conduisait jusqu'à un domaine puis à la route de Durban. Le coucou pouvait l'emprunter mais le gros ruisseau beige, en bordure, inquiétait le mobile. Plus loin, le chemin s'insinuait entre des collines, merveilleux emplacement d'embuscade. Ces deux jours d'attente dans la cave des Rouque lui restaient en travers de la gorge. Bien avant l'intrusion nocturne de ces inconnus s'intéressant au cercueil, un sentiment de solitude menacée l'avait tenu en alerte. Il avait vérifié chaque recoin de la cave, redoutant quelque malice de villageois hostiles. Au bout de l'impasse passaient des silhouettes d'hommes, de femmes, un peu trop fréquentes pour un village de si faible population. La curiosité la plus bon enfant aurait entraîné ces gens-là jusqu'à lui sans nul besoin d'une grande hardiesse. Ils auraient pu venir deviser amicalement, essayer de lui arracher quelques éclaircissements. Au lieu de quoi on l'épiait, on tournait autour, on le hérissait de méfiance. L'étameur l'avait bien laissé tomber, à l'aise avec cette population, cette fausse veuve de Rouque, cette autre veuve authentique, gardienne farouche de ses sentiments les plus naturels. Philibert lui devenait suspect d'alliance avec des insatisfactions cachées, des projets vagues de rébellions, des rêves inquiétants de violence.

Ses collègues de Sigean n'avaient sur ce pays que des idées toutes faites, vieilles de dix, vingt ans, d'avant la guerre, d'avant la Commune de Paris et celle de Narbonne. Ils l'avaient mis en garde mais doutaient en fait de l'imminence des dangers. Des rumeurs, échappées de ces collines blanches, venaient-elles s'échouer dans la plaine ? Jusqu'à la douceur marine qui berçait Port-La-Nouvelle, Sigean d'une langueur dont lui-même avait dû se défendre ? Le brigadier en conservait une vague inquiétude trop mêlée de vieux radotages.

— Le détour par Villesèque nous prendra la journée, maréchal-des-logis. Il y a bien une auberge par là-bas mais est-elle ouverte l'hiver ?

— Qu'y a-t-il par là pour expliquer tant d'insistance ?

— Si vous vous méfiez, allons à Villesèque.

Il fit claquer sa langue, langage connu de tous les chevaux du monde, sauf de la carne qui contemplait sur sa droite une vigne aux grappillons noirs nombreux. Il lâcha les rênes sur les genoux de madame Torneilles, serra quand même la mécanique, alla cueillir de ces grains oubliés par les vendangeurs. La carne s'en régala. Il en apporta au rouan mais le mobile refusa, disant qu'il risquait la colique.

— Alors maréchal-des-logis, Villesèque, Matomègne ou le Diable en Catalogne ?

Sans trop savoir pourquoi, le mobile poussa son cheval dans cette draille suspecte, au creux d'une doline broussailleuse. Le gros ruisseau dévalant des collines ne lui disait pas grand-chose. Le coucou brinquebalait tant que la veuve en descendit et suivit, en cueillant quelques brassées de lavande au mauve déteint.

L'ennui, avec la carne, était sa gloutonnerie qui la faisait s'arrêter devant chaque cep de vigne garni de grappillons. Il devait lui cingler la croupe d'une badine en osier pour qu'elle repartît. Devant, le rouan n'en finissait pas de broncher sur les plats de roche, les trous de boue. Morchailles essayait de rester bien assis, digne, mais lorsqu'il se retourna et vit que le garçon marchait en tenant la bride de la vieille rosse, il refusa de l'imiter.

— Plus loin, après la butte, nous devons apercevoir le chemin de Matomègne. Il a été refait récemment. Il est bien roulant. À Durban il vous faudra demander des fers spéciaux pour la suite du voyage. Vous aurez le choix de maréchaux-ferrants.

— Il est ferré réglementairement. Je ne peux rien y changer.

Bien sûr qu'un chemin plus praticable apparut, mais il s'enfonçait un peu trop dans les buissons de genêts piquants, ces fameux argelats, les levées de terrains. Morchailles regardait la colline sur sa droite et soudain le rouan se mit à grimper droit à travers les argelats, les chênes-kermès au risque de déchirer sa robe rouge. Mais le maréchal-des-logis se sentait plus d'aise à dominer le chemin, toute la région. Si on les attendait en guet-apens, il allait surprendre son monde.

Tout ce qu'il aperçut furent deux silhouettes liant des fagots de sarments dans une grande vigne. Deux femmes sans âge qui ne levèrent même pas les yeux vers lui, croyant à une escapade du fils des maîtres. Mais le bruit du coucou les fit se redresser, agiter la main lorsqu'elles reconnurent ce chenapan d'estamaïre qui les faisait bien rire lors de son passage du printemps. Que faisait-il à tirer cet équipage malvenu dans ce chemin, et cette dame endimanchée qui venait ensuite, une brassée de lavande dans les bras, était-elle une invitée des maîtres ?

— Holà ! cria le mobile, les faisant sursauter.

Elles se retournèrent et il fut impressionné par leur visage à la maigreur ravageuse sous la coiffe catalane.

— La route est-elle inondée jusqu'à Durban ?

Du chemin, Philibert cria qu'elles ne comprenaient que le patois et il traduisit leurs réponses quand il eut lui-même posé la question.

— Les propriétaires de Matomègne n'ont pu, ce matin, aller à la messe de Durban en empruntant le gué sous le moulin, mais on pourra passer par la rive droite du Barrou.

Les visages de ces femmes poursuivirent le mobile. Il se doutait qu'il en verrait d'autres aussi décharnés que cette terre dont ils étaient les fruits âpres, creusés par le vent froid d'hiver, le soleil brûlant d'été, la sécheresse quasi permanente. Morchailles ne s'en laissait pas conter par ces ruisseaux gonflés qu'il savait pressés de s'évanouir en rocailles. Ici on n'était pas fait pour la boue, les prairies gorgées d'eau, les élevages plantureux, les blés de printemps. Ces orages énormes ne laissaient finalement que ravinement des gens et de la terre. Peut-être des âmes, ajoutait-il dans sa suspicion en perpétuelle faction.

Lorsqu'il aperçut les bâtiments du domaine, il fut quelque peu déçu, se souvint qu'on n'usait pas de ce mot, mais de celui de campagne pour garder une certaine mesure. Philibert, avec sa faconde des gens du bord de mer, l'avait entretenu dans l'illusion qu'il allait découvrir une de ces chartreuses, manoirs ou au moins maisons de maître de son pays.

Il rejoignit le coucou où la veuve et le garçon étaient remontés.

— Nous ne marquerons qu'une courte étape.

— Il est l'heure de dîner, répondit Philibert, et comme c'est dimanche nous aurons peut-être la chance d'être invités. Vous à la table des maîtres, moi à la cuisine mais ça ne me contrarie pas, au contraire.

— Je n'aime pas forcer les gens. Nous traversons leurs terres et nous nous en excuserons. Nous piqueniquerons plus loin puisque nous avons de quoi.

L'Amélie avait rempli leur panier avant de partir à la messe. Ils auraient pu, avec les provisions de Sigean, les cadeaux de Maximilien le berger et ceux de l'Amélie, survivre une semaine sur les routes.

— Voyons monsieur le mobile, se moqua madame Torneilles, après la bergerie, l'étape villageoise, pourquoi pas une halte plus mondaine chez les maîtres occultes de ces pays ? Nous avancerions dans l'élévation sociale.

Visiblement, il n'aimait pas cette façon de présenter les choses, cette impertinence a priori envers des gens certainement très convenables. Il lui arrivait d'oublier qu'elle était la veuve d'un révolutionnaire assoiffé de sang. Ces bandits n'avaient-ils pas fusillé un archevêque, des prêtres, des juges, des gendarmes ? Les maîtres de cette campagne n'allaient tout de même pas l'asseoir à leur table ? Ou alors tout s'emmêlait dans ce pays, pour étaler une surface factice sous laquelle l'on se déchirait ?

On ne les laissa pas continuer. Que ce soit par le gué du moulin ou par la route, ils ne traverseraient jamais un Barrou déchaîné, qui avait bien inondé Saint-Jean et que l'on entendait gronder à un kilomètre. On les empaqueta dans de si bonnes raisons que le mobile fut le seul à persister dans la consternation générale.

— J'ai un temps limite pour accomplir ma mission et je veux me retrouver à Durban ce soir.

— Vous allez vous faire emporter par le courant.

L'étrange était que ces gros propriétaires n'ignoraient rien du transport que lui, Morchailles, escortait. Ils ne marquaient ni effroi ni révérence pour cette double boîte sur laquelle madame Torneilles avait disposé ses brassées de lavande pauvres en couleur. Ils disaient qu'ils avaient toute la place nécessaire pour abriter le coucou, mais qu'ils ne supporteraient pas la pensée que le militaire puisse coucher dans la paille à côté. Non, il pouvait avoir sa chambre comme les autres. Morchailles ne voulait pas quitter son cercueil de la nuit. La tentative de Fraïsse pouvait se renouveler ici. Cette campagne, que la proximité des vignes s'efforçait de rendre plus aimable, n'en recelait pas moins une sauvagerie qui, à chaque pas de son rouan, lui sautait aux yeux. Chez lui, les espaces non cultivés se paraient d'une accueillante végétation. Ici, ronces, broussailles, buissons d'épines cernaient les vignes et les champs, comme une jungle hostile en réserve de conquête.

— Nous ne pouvons refuser votre repas, dit-il, mais nous l'abrégerons pour passer ce ruisseau avant la nuit.

— Vous serez surpris de ce que deviennent les ruisseaux chez nous, dit leur hôtesse amusée. Malgré ses grandes roues, votre coucou pourrait fort bien y disparaître.

— La pluie a cessé depuis une heure du matin, les eaux se retirent vite chez vous, répondit-il.

Englouti parmi les domestiques, la famille du ramonet, Morchailles découvrait que ce mot désignait une double tâche de régisseur et de domestique-maître, Philibert eut du mal à se dégager de leur joie. Visiblement, on aimait le voir arriver avec ses histoires du bord de mer, un pays que beaucoup n'avaient jamais vu, sinon parfois du sommet des plus hautes collines au-dessus de Fraïsse. On le situait mal, l'estamaïre, dans cet horizon d'étangs parfois rouges, de sable blanc, de cette mer qui pouvait apparaître noire, de ces pyramides de sel, de ces voiles comme des ailes d'oiseau, et c'était ce qui les enchantait tous, cette origine exotique. Il apportait des parfums d'iode, des relents plus forts de saumures mais on s'en grisait.

C'était une conspiration chaleureuse pour prolonger ce repas abondant, remplir son verre, faire attendre le café et les liqueurs, mais Morchailles tenait bon. Le soleil luisait en ce début d'après-midi, soutenu par un Cers léger. Il ne se laissait pas séduire, même si le garçonnet de la maison écarquillait les yeux de voir un gendarme sans bicorne discourir avec ses parents.

Le soleil s'étirait du côté des grandes collines lorsqu'ils s'en allèrent. La veuve ne paraissait pas regretter ce départ, souriait de la bouderie de Philibert. Elle lui demanda si c'était la petite servante en caraco rose qui lui donnait cet air morose.

— Elle vous frôlait tout au long du repas et j'ai bien vu qu'elle laissait sa main sur votre nuque, le temps d'un clin d'œil. Je me doutais que vous deviez plaire aux filles et aux femmes durant ces mois de vagabondages. Je vous appellerai désormais l'Étameur des cœurs.

— Vous pouvez vous moquer. Quand nous serons dans l'eau jusqu'au cou, vous comprendrez mes craintes.

Le chemin privé abordait la route très vite. Et comme annoncé, le Barrou grondait plus loin, entrechoquant des pierres, roulant des débris informes. Ils aperçurent les brancards d'une charrette, des futailles, une sorte d'outre laineuse, une brebis peut-être. Le gué n'était pas envisageable et Philibert, qui chaque printemps y poussait sa carriole, ne l'aurait pas situé.

— Il y a bien un pont mais il doit être reconstruit, du moins on en parle depuis des années. À voir cette furie, je ne pense pas qu'on passera. Mais nous avons à supporter un entêté, moi je dirais même un *cabourd.*

— Ça veut dire ?

— Fou, dérangé.

Plus loin, ils roulèrent dans deux pieds d'eau, le temps pour la rivière de côtoyer la route. Puis dans le soir venant, la route fut libre et la carne accepta d'aller plus vite, Philibert lui promettant un sac d'avoine où plonger sa tête.

— Vous entendez ?

Une sorte de ululement de mauvais présage.

— Le pont refuse la rivière. Elle enrage, doit le contourner de chaque côté.

— Je vais voir, annonça le mobile qui lança son rouan au trot.

Du coup la carne ralentit pour bien montrer qu'il ne fallait pas compter sur le même empressement chez elle.

— S'il revient au galop, ce sera mauvais signe, annonça Philibert à sa compagne, sinon il nous attendra au pont, estimant que nous pourrons le traverser.

CHAPITRE NEUF

Il revint au galop, le mousqueton en sautoir, la bride de képi sous le menton. Il y avait un grand risque à traverser ce pont très en dessous de l'eau. Philibert expliqua que le Barrou se jetait plus loin dans la Berre qui devait être déjà bien grosse, assez pour refuser cet affluent.

Bientôt ils eurent plus de deux pieds d'eau et le pont se trouvait à une portée de fusil.

— Écoutez, fit madame Torneilles lui saisissant le bras.

— Le tocsin et je l'entends depuis un moment sans vouloir vous inquiéter. Durban est inondé. La Berre arrive de la Serre de Quintillan et s'engraisse de tous les ruisseaux descendant de la montagne. Durban a besoin de grandes digues pour s'en protéger, mais pour cette fois encore devra s'en passer. Les gens vont se réfugier vers le vieux château.

La carne s'arrêta, pencha la tête pour renifler cette eau qui lui venait presque au poitrail.

— Elle n'ira pas plus loin, monsieur le maréchal-des-logis, cria, rieur, Philibert. Comment allez-vous nous sortir de là ? Je pense que nous devrons remonter vers Matomègne. La nuit nous tenaille et ce tocsin n'annonce rien de bon. Vos amis gendarmes ont bien autre chose à faire que signer votre ordre de mission.

Le mobile lui lança un regard furieux mais son rouan refusait lui aussi, inspiré par sa collègue. Sans plus attendre, Philibert descendit précautionneusement dans l'eau, dit qu'elle n'était pas aussi glacée qu'il l'eût craint. Prise par la bride, la rosse accepta de pivoter sur place et le coucou repartit vers Matomègne. Philibert ne remonta s'asseoir qu'une fois l'attelage hors d'eau. Le mobile suivait, mal résigné, se retournant avec un profond regret vers le pont englouti.

— Cher garçon, vous devriez vous changer à l'arrière du coucou tandis que je guiderai le cheval. Votre pantalon dégoutte d'eau et vous risquez d'attraper mal.

— Moi et mon pantalon en avons vu d'autres, dit-il, troublé par ce soin qu'elle prenait de lui. Je vais plutôt allumer le fanal.

À peine venait-il de le faire qu'une lumière apparut au bout de la route. Le mobile eut un geste pour prendre son fusil mais, craignant d'être ridicule, n'alla pas au bout de son intention.

— Holà, cria la voix du ramonet de Matomègne, c'est bien vous tous ? Estamaïre ?

— Nous sommes saufs. Le pont de Durban est sous l'eau et le tocsin de l'église sonne à toute volée.

— C'est bien parce que nous l'avons entendu depuis Matomègne que je roule pour vous prévenir. Monsieur et madame s'inquiètent.

— Allons, il est inutile d'insister. Demain le Barrou sera plus bas. Mais je crains que la Berre n'en finisse pas d'inonder Durban. Peut-être même Villeneuve et Cascastel. Nous avons bien des désastres depuis quelques années.

Il avait attelé une petite charrette légère pour aller plus vite et fit demi-tour plus loin, tout en continuant de crier ce qu'il avait à dire, égrenant les malheurs de la demi-décennie.

— Il a fallu cette sotte guerre, cette révolution et maintenant ce phylloxéra. On dit qu'il s'attarde dans l'Hérault et ne nous vient que lentement, mais j'ai vu quelques dizaines de pieds qui me soucient. Nous avons des vignes jeunes, nous autres, pour répondre à la demande. À trente francs et même plus l'hecto, on a arrêté le blé, l'esparcet, la graine de luzerne pour planter du cep. Là-dessus cette cochonnerie, que madame m'en excuse, nous arrive. Combien resterons-nous dans les campagnes si la vigne est ruinée ?

Il passa devant avec son attelage plus léger, disant qu'il allait prévenir « Monsieur et Madame ».

— Vous irez vite vous changer, insista madame Torneilles, et vous donnerez vos affaires à la jolie servante en caraco rose, qu'elle vous sèche tout ça et vous le repasse. Elle s'en fera une joie.

Comment protester, dire qu'il se moquait bien de la petite Pauline, qu'il était là assis dans ce coucou parce qu'il avait craint de ne plus jamais la revoir, les cent sous n'ayant pas pesé lourd dans sa décision.

Une fois de plus au souper, on vint le chercher à la cuisine où il buvait l'absinthe avec les domestiques, domestiques de maison et domestiques de propriété. Madame Torneilles s'était étonnée de ne pas le voir à la même table qu'elle. Morchailles mordillait sa longue moustache d'inquiétude. Le coucou et son fardeau se trouvaient sous clé dans un bâtiment des écuries, mais il en avait le tourment constant. Il prêta l'oreille aux propos d'un oncle de cette famille, lequel s'offusquait des villages où l'on s'était réjoui de l'amendement Wallon en janvier dernier.

— Ils verront ce qu'ils verront avec la République. Il faut souhaiter que le maréchal Mac-Mahon ne s'en laisse pas conter et résiste.

— On dit qu'il démissionnerait, dit un autre personnage.

Il y avait là une réunion de famille et Philibert ne connaissait que le maître de la campagne et sa femme.

— Ces élections de l'an prochain m'inquiètent fort. Cet Albert Torneilles qui se présenterait comme candidat républicain est-il de votre famille, madame ?

Philibert, agacé par le personnage, regarda la veuve comme si elle eut été outragée. Mais elle gardait sa tranquille sérénité et une méprisante indulgence.

— Mon beau-frère effectivement, mais j'ignorais qu'il était républicain.

On fit signe au malotru d'éviter le sujet, mais trop lourdaud, il apostropha Philibert :

— On me dit que vous venez du bord de mer. Ils sont tous rouges par en bas hein ?

Sans attendre de réponse il continuait d'assener des sottises, des vantardises, des menaces :

— Nous ne les laisserons pas faire, croyez-moi.

Il eut un rire satisfait :

— Une chance que les fusils soient aussi chers, surtout les derniers modèles. Les meilleures gâchettes sont toutes de notre bord. Il n'y a que des braconniers chez les Rouges, avec des lacets de laiton, des pièges à alouettes, à lapins. Ou des fusils à pierre ou à rouet. Dernièrement à Lézignan, on arrêta un braconnier qui utilisait une antiquité d'avant Louis XV. Il ne savait pas qu'il avait en main de quoi se payer tout le gibier qu'il aurait voulu.

À la fin du repas, Morchailles demanda à Philibert de vérifier la double boîte.

— Vous pensez qu'elle a souffert du passage dans le chemin creux ?

— Accompagnez-moi.

Philibert comprit par la suite que les propos de cet oncle de la famille l'avaient profondément alarmé. Morchailles n'était certainement pas pour la République, mais sa mission était d'accompagner ce mort jusqu'à sa dernière demeure, et il s'exécuterait contre toutes les tentatives pour l'en empêcher. Il portait sur lui la clé de cette remise où avait été poussé le coucou. Ensemble, ils flairèrent la boîte sous toutes les soudures, se regardèrent en secouant la tête. Elle ne paraissait pas en mauvais état. Enfin le mort devenait raisonnable.

— Cet imbécile avec son histoire de fusils de chasse ignore que des centaines de chassepots n'ont jamais été rendus. Avec ces débandades malheureuses, certains ont été jetés dans les fossés mais d'autres sont cachés un peu partout en France.

Il commença de bourrer sa pipe. Les rodomontades de l'oncle l'avaient profondément marqué puisqu'il ajouta :

— Je vais dormir ici. Le ramonet doit m'apporter une paillasse.

Pour sa part, Philibert partageait le galetas d'un domestique, lequel, rabâchant sur la cueillette des olives, l'endormit. Le lendemain, Pauline lui apporta un broc d'eau chaude alors qu'il s'était réveillé seul dans la pièce. Un soleil printanier réchauffait le matin glacé. Il referma la porte d'un air dégagé alors qu'elle remplissait son pot de toilette.

Elle lui tapa sur les mains lorsqu'il voulut la saisir :

— Il ne faut pas, je suis presque promise.

— Presque ? Ça ne compte pas.

— Un bouillé m'a demandée. Il gagne trois francs par jour.

Un bouillé, c'était un laboureur, un privilégié par rapport au brassié qui n'avait que ses bras à offrir.

— Si tu veux m'embrasser, il faut que tu m'emmènes ensuite à Leucate. J'aimerais bien habiter au bord de mer.

L'autre fois au printemps, il avait fait mieux que l'embrasser, mais c'était une futée qui pensait l'embobiner avec son histoire de bouillé. Il se dirigea vers la table de toilette :

— Un bouillé te conviendra mieux qu'un trimardeur comme moi qui passe six mois sur les chemins. S'il est si fort laboureur, tu seras gâtée ma Pauline.

L'allusion la fit rougir.

— Rien n'est décidé.

— Les noces de bouillé sont les plus belles, dit-on. Si tu m'invites, je viendrai, sois-en sûre.

Elle claqua la porte en sortant et il sourit. Dans le petit miroir dont le cadre imitait le bambou, il se fit un clin d'œil. Passé le premier réflexe coquin de prendre Pauline dans ses bras, madame Torneilles lui était apparue comme chez l'Amélie Rouque, avec son cou gracieux dans la corolle de dentelles de sa chemise de nuit, ses boucles noires sur sa nuque frémissante.

Il s'attabla pour le déjeuner de soupe, de petit salé froid et de café pour terminer. Comme toujours le maréchal-des-logis avait attelé la carne. Madame Torneilles apparut, son sac de cuir à la main. Il se précipita pour l'en soulager.

— Quoi, se moqua-t-elle, où sont les cernes?

Interloqué, il ne savait que comprendre.

— Peut-être ne viennent-ils que plus tard, quand on prend quelques années. À vingt ans ils n'existent pas.

Lorsqu'il sut ce qu'elle avait voulu dire, ils roulaient déjà sur la route de Durban et, rougissant, il chercha comment lui faire admettre qu'il avait dormi seul dans le galetas d'un journalier préoccupé par la récolte d'olives.

— Bon signe que la route par ici ne soit pas sous l'eau, fit remarquer le mobile. Le Barrou ne gronde plus. Nous aurons de l'eau sur le pont mais nous passerons.

La voiture, qui aurait pu parler de diligence? la voiture qui s'en allait deux fois la semaine de Durban à Narbonne en passant par Thézan, traversait justement le pont recouvert de plusieurs pans de boue. Le voiturier retint son double attelage, cria au mobile qu'on trouverait bien des dégâts dans Durban. Sous la capote de toile cirée s'agitaient, parmi les sacs et les bagages, une demi-douzaine de voyageurs impatients de reprendre la route.

La Berre sur leur droite se pavanait encore largement. Un peu moins marron d'avoir en amont déposé sa boue sur des lieues et des lieues. Les roues du coucou la projetaient en gerbes sur l'arrière.

— Nous allons à la gendarmerie, et là nous saurons si nous passons par Villeneuve-Cascastel ou grimpons vers Albas directement. Le chemin est difficile. Les cahots y seront nombreux.

— C'est bien pourquoi je vous paye cent sous par jour, dit-elle. D'ailleurs je vous dois vingt francs.

Il se recroquevilla une fois de plus dans son rôle d'étameur salarié à la journée. Pourquoi rêver au-delà, fabriquer ce qui ne pourrait jamais exister entre lui et la veuve ?

CHAPITRE DIX

Dans ce village de Durban, les maisons même se drapaient d'une boue qui avait levé comme une pâte à pain, atteignant les premiers étages, tombant comme guenilles de limon des toits les plus bas. Des hommes se déplaçaient en mouvements ralentis dans cette bouillasse, le pantalon roulé au-dessus de leurs genoux. La veuve eut un petit rire infime pour ces mollets blancs et poilus. C'étaient aussi quelques femmes, la première jupe accrochée à la ceinture, les jupons s'alourdissant de gadoue, qui portaient vers les fontaines les premières nécessités, casseroles, poêles et bassines. On ne regardait même pas leur équipage et le mobile, avec son uniforme inconnu, laissait indifférent. D'un magasin de toilettes, on sortait des portemanteaux chargés de vêtements souillés, un mannequin d'osier effrayant, la boue s'y accrochant en lambeaux de chair corrompue. Madame Torneilles désigna l'enseigne café-hôtel-restaurant.

— Allons-nous séjourner ici ou pourrons-nous poursuivre ?

Deux femmes poussaient en bout de balai des polochons de vase hors de leur corridor.

— Ils ne nous recevront pas. Le mobile a dit qu'il espérait passer par Albas, est-ce loin ?

— Trois lieues.

— Ne compte-t-on jamais en kilomètres par ici?

— Alors disons onze à douze. Si le chemin n'est pas parti.

Des tombereaux emportaient, vers une retenue d'eau en colline, un fouillis de meubles, de matelas, de linges, non pour les jeter mais pour les laver à grande eau.

— J'en avais tant dans ma cheminée, disait quelqu'un, que j'ai dû ramoner avec un fagot de sarments.

Philibert comprenait que des ruisseaux venus des hauteurs s'étaient joints à la Berre pour engloutir en partie le village.

Devant la gendarmerie, Morchailles poussa un soupir de soulagement, alla attacher son rouan à l'un des anneaux scellés. Il se retourna, l'index levé, pour leur intimer l'ordre d'attendre.

— Le voilà fier comme Artaban de retrouver les siens. Il en ferait une de tête, dit Philibert, si sortant de là, nous avions disparu.

La veuve sans tourner la tête le jaugea d'un de ces regards en biais dont elle déshabillait les gens.

— Chiche?

Il prit la badine d'osier, allait l'abattre sur l'échine osseuse de la carne lorsqu'elle lui saisit le poignet :

— Non, pas pour l'instant. Il nous rattraperait vite.

Sauter du coucou en dansant, s'emplir les poumons de cet air gâté par la fange pour fêter cette complicité lui vint d'abord à l'esprit, mais comme elle le guettait au travers de ses cils recourbés, il ne broncha pas, mais ses mains tremblaient. Un bracelet brûlait son poignet là où la petite main l'avait agrippé. N'avait-elle pas dit « pas pour l'instant », laissant entendre qu'ils pourraient, seuls tous les deux, s'enfuir.

— Ils vont encore essayer de le voler. Ils ont essayé à Fraïsse mais Morchailles les a entendus, les prenant pour des Rouges alors que c'étaient des Blancs.

Pourtant la nuit d'avant, Morchailles s'était montré

décidé à empêcher quiconque de s'approcher de la double boîte.

— Il n'a pas aimé les paroles du gros homme, un oncle de la famille je crois, hier au soir.

— Ne soyez pas naïf. La loi veut qu'un représentant de la force publique accompagne un corps que l'on transporte, mais rien n'empêchait qu'on le convoyât de brigade en brigade.

— Toutes ne sont pas montées, celle de Tuchan, par exemple, est à pied.

— Ils m'ont choisi un mobile qui n'a pas à se soucier des habitants de par ici. Les gendarmes sont toujours plus ou moins liés par le quotidien. Morchailles a reçu une mission bien précise. À moi d'en comprendre la combinaison. Quoi qu'il en soit, je ne veux pas terminer la journée dans ce village détrempé. Ces pauvres gens n'ont nul besoin de notre présence et de nos regards curieux. Pourquoi le chemin d'Albas serait-il parti comme vous dites ?

— En certains endroits les parois ont pu céder, car la pluie fut d'une grande sauvagerie, et par ici comptez double de dégâts sur les montagnes de droite. On a trop fait de charbon de bois et quand ce fut bien pelé, on a planté la vigne. On pensait s'en tirer à la paresseuse avec pas grand-chose à faire jusqu'au mildiou des années cinquante. On ne greffait pas, on ne sulfatait pas, on ne soufrait pas, on vendangeait gros avec plus de fumier que nécessaire. Les brebis étaient là pour en fournir par tombereaux et pour ravager plus encore la terre. Maintenant avec la pluie, il arrive que la terre descende, tant elle est peu épaisse sur la roche. La vigne aux longues racines résiste mais il faut tout remonter.

— Hier soir au souper, nos hôtes ne s'inquiétaient pas comme le ramonet pour ce puceron qui arriverait.

— Ici, ils vendent vite et bien puisque l'Hérault est défaillant. Ils s'enrichissent du fléau qui en frappe d'autres, des voisins, mais dans un, deux, trois ans, ils déchanteront.

Elle se pencha pour regarder la fenêtre de la gendarmerie où brillait une lumière, à cause du ciel encore bas et menaçant par moments.

— Qu'ont-ils à se raconter? Le brigadier tamponne l'ordre de mission et nous poursuivons. Morchailles en prend à son aise. Je dois y aller. Mon beau-frère Albert, candidat républicain pour les élections de février, doit les rendre circonspects.

Elle sauta du coucou, pénétra dans la gendarmerie, le laissant ravi sur son banc, heureux d'avoir une passion pour une telle femme. De sa vie, il ne rencontrerait pas la même et ce serait certainement une triste vie.

Bien avant qu'elle n'apparût hors du corridor, il perçut le bruissement de ses jupes, certain que cet air tiédasse de gadoue se dissipait pour lui ouvrir un passage de fraîcheur. Le plus fort, Morchailles suivait comme un gros chien qu'on aurait grondé.

— On ne fera pas le détour par Villeneuve et Cascastel. Si le chemin devient trop étroit, on prendra vers la borde de la Salce ou le Prat Salat.

— J'y passe une fois tous les deux ans. Non loin coule un ruisseau salé dont il faut écarter les troupeaux qui s'en feraient péter le ventre. Mais ce chemin-là sera terrible pour notre... pour ce que nous transportons. Le coucou se couchera d'un côté, de l'autre, se désarticulera sur ses ressorts déjà bien fatigués.

— Vous êtes là pour tout réparer, estamaïre, fit-elle.

Le mobile détachait son cheval sans grande joie. Il serait bien resté un jour avec ses collègues. Ils lui en avaient raconté sur le pays, sur les réfractaires, les déserteurs, les propriétaires, gros, moyens et même petits qui s'offusquaient de la République. Pour leur soutirer plus, jusqu'à la lie sournoise et nourricière des enquêtes, il aurait fallu deux repas de francs camarades, une journée. Il devait se contenter de peu, imaginer le reste en se souvenant des regards qu'échangeaient les hommes de la brigade et des réticences du chef. Des chassepots ramenés en fraude de la débâcle? Non, certainement pas par ici.

— Les Courtales où le corps doit reposer, connaissez-vous ?

— Il y a quelques endroits ainsi nommés. Mouthoumet doit savoir. Ils patrouillent dans tous les villages et hameaux. Sinon vous êtes bon pour Couiza plus à l'ouest, la prochaine brigade.

Des noms de villages de plus en plus étranges, comme nourris de malignité. Déjà, mais ce n'était qu'une impression fausse peut-être, ses collègues d'ici lui paraissaient moins accueillants que ceux de Sigean. Prudents, ils ménageaient leur canton, ne voulaient provoquer l'hostilité d'aucune faction. La République, oui bien sûr, mais la Monarchie avait encore ses chances. Ne rien brusquer avec ces élections qui approchaient et la menace d'une démission du Président.

Son cheval à la bride, il s'approcha de Philibert.

— On va franchir la passerelle. Il paraît que c'est très glissant. Les collègues disent que vous connaissez plus loin.

Philibert hocha la tête. Qu'avaient-ils raconté sur lui ? Un jour, il s'était battu avec des gitans, juste dans le milieu de Durban et les gendarmes l'avaient prié de décamper, le temps que les caraques soient forcés d'attendre sur place. La différence entre eux et lui ne leur venait à l'esprit que lorsqu'ils s'affrontaient, sinon ils exigeaient parfois son livret de nomade. « Moi je suis artisan patenté, protestait-il. Les caraques sont des voleurs d'ouvrage. »

Avant de franchir la passerelle au-dessus d'une Berre encore ivre de ravages, Philibert se pencha pour un dernier regard à ces gens empêtrés dans la boue. Personne n'avait pris garde à eux, personne n'avait paru le reconnaître, lui l'estamaïre de Leucate, qui séjournait dans le village jusqu'à des deux semaines, enfoui dans un entassement d'ustensiles, des faisceaux de couverts, de grands chaudrons, des brocs à étamer.

— Ils n'auraient pas pu nous recevoir, murmura-t-il à

madame Torneilles. Ce sont de braves gens, vous savez...

— Auriez-vous peur que j'en garde mauvais souvenir ?

— Un jour ils construiront des digues pour se protéger de la rivière. Ils ne peuvent pas continuer à vivre ainsi.

— Maintenant, dites-moi ce qu'est une borde.

À sa moue, elle se justifia :

— Ce n'est pas un mot français.

— C'est une maison isolée... Une ferme, une campagne. Oui, on dit une campagne. C'est aussi une bergerie par ici.

— Mon mari disait qu'il n'y avait guère de châteaux. Pas plus que de hobereaux, mais que de gros propriétaires se prenaient pour des seigneurs.

Pour la première fois, elle se laissait aller à une confidence sur son mari. Il en resta songeur au point de ne pas répondre, ce qui l'agaça :

— Alors est-ce encore ainsi ?

— Il y a de belles bordes. Les châteaux sont tous des castellas, des châteaux en ruines et je ne connais pas de seigneur. Il y a des monsieur ceci, des monsieur cela. Je vous montrerai certaines bordes où vivent jusqu'à soixante personnes au service d'un monsieur et d'une madame. J'y trouve mon compte, et durant toute une semaine parfois.

Maintenant le chemin grimpait dur, se dégageait des abords boueux de la rivière ; mais des éboulis de terrain, de pierrailles les attendaient. Comme annoncé, le coucou se dandinait fort, tanguait comme une barque de pêcheur par mauvaise mer. Ils durent tous mettre pied à terre.

— Étameur, qui sont ces gens de la ferme du Prat-Salat ?

Le mobile l'interpellait sans se retourner, tenant sec son rouan. La carne, elle, menaçait à tout moment de s'effondrer, les pattes éparses. Philibert sortait de sa poche des petits bouts de sucre qu'il lui donnait avec parcimonie.

— Ils font du vin, des olives, du blé encore un peu et de l'esparcet.

— Du fourrage si j'ai bien compris.

— Ils en livrent à Durban et à Fontjoncouse. Ils ont un moulin double avec des meules farinières et des meules à olives. Si l'eau manque, le moulin marche au sang.

— Que dites-vous? s'effraya madame Torneilles.

— Je veux dire qu'on attelle un âne ou une mule pour faire tourner les meules. C'est un moulin de sang.

Lorsque le chemin de la borde s'ouvrit sur leur droite, Morchailles l'examina comme il l'eût fait d'un individu suspect se présentant soudain à lui. Il hésita quelque peu, remonta sur le rouan, dit qu'il allait sur la route voir si celle-ci était vraiment mauvaise avant de s'engager vers la borde.

— Pourquoi perd-il son temps? demanda la veuve. On dirait qu'il est effrayé.

— Ce sont des Républicains. Je n'y passe qu'un jour, mais j'ai pu me faire mon idée. Ils sont aussi fiers et durs que d'autres, riches, sauf qu'ils penchent pour la République. Allez savoir pourquoi.

— Et les gendarmes de Durban l'ont mis en garde?

— Ce chemin-ci passe à travers les bordes et rejoint la route là où elle n'a pas dû souffrir de la pluie. On ne sera pas obligé de s'arrêter.

Morchailles revenait le visage boudeur. Philibert comprit qu'on ne passerait pas et tira la carne sur le chemin rocailleux. Lorsqu'il se retourna pour voir si les deux autres suivaient, il découvrit une tristesse de défaite, de retraite à leur équipage. Jusqu'ici le coucou ne lui était pas apparu aussi déglingué, rouillé par la boue, tiré par une rossinante en fin d'existence. Derrière venait le mobile comme un vaincu, lui et son rouan giflés de fange rougeâtre.

— Madame Torneilles, fit-il, la voix haute mais sans crier, où êtes-vous?

— Ménagez sa pudeur, lança le mobile, gêné.

Profondément vexé de son propre manque de tact, il continua de tirer la rosse jusqu'à un plat où il la laissa souffler. Depuis leur départ de Port-La-Nouvelle, il n'avait jamais pensé que cette femme pouvait éprouver le besoin de s'écarter quelques instants d'eux. Quel comportement imbécile pour un garçon qui se croyait finaud !

— C'est gentil de m'attendre, fit-elle d'une voix ironique. Vous pouvez continuer maintenant.

Il n'osait la regarder. Plus loin, ils passèrent devant une olivette, terre plantée d'une centaine d'oliviers. Morchailles ne cessa de les regarder tout le temps où il les longea.

Il n'avait jamais rencontré d'arbre exprimant vraiment autant de souffrance à vouloir arracher d'un sol aussi ingrat ces fruits minuscules. Combien en fallait-il pour une pinte d'huile ? Ils se tordaient, entrelaçaient leurs branches, se fendaient, se crevassaient, paraissaient supplier le ciel de mettre un terme à leur martyre, leur feuillage secoué de frissons d'un vert terne au recto, argentés au verso.

— Sont-ils morts ? demanda-t-il à voix basse, plein de respect pour ces silhouettes hagardes.

— Oh ! Que non, dit Philibert. Ils ont peut-être de quatre à cinq siècles mais ils produisent encore. La récolte a été faite et à Prat-Salat on doit écraser les olives. L'huile neuve sur du pain grillé et aillé, voilà qui me ferait plaisir à midi.

Jamais comme à cette heure, Morchailles ne regrettait son Ouest avec ses laitages, ses beurres, les douceurs subtiles de sa cuisine qui apaisaient les sens au lieu de les enflammer. Ce barbare d'étameur empesterait fort après un tel manger dont la simplicité même s'apparentait, dans l'esprit du mobile, à une frugalité de préhistoire brutale. Quel imbécile avait donc vanté la civilisation méditerranéenne qui, en somme, se résumait en odeurs fortes de bouc et d'olives, de poissons saumurés et d'herbes de sorcière ?

CHAPITRE ONZE

Madame Torneilles, en voyant ces centaines de brebis boueuses qui s'échappaient des bergeries, parla d'un flot qui inondait la cour de la ferme. Enfermées durant les quatre jours de pluie, elles allaient vers l'ouest. Vers le ruisseau salé, expliqua Philibert, qui devait être fangeux lui aussi.

— Nous dérangeons, dit le mobile.

C'était certain. Dans une remise, des femmes triaient les olives, ôtaient les feuilles qui donnaient l'amertume. De la petite construction où tournaient les meules, on sortait le tourteau qu'on allait plonger dans les grands chaudrons d'eau bouillante.

Monsieur pensa que Philibert venait pour l'étamage annuel, du moins il en donna l'impression, avant de cligner de l'œil :

— Tu es en avance, garçon, repasse au printemps. Ici c'est la folie. Quatre jours à tenir et les bêtes et les gens dans une vapeur de fin du monde. Nous avons pensé devenir tous fous.

La maison principale n'avait rien d'une maison de maître ni même de gros propriétaire. La famille s'entassait dans deux chambres, les domestiques de ménage dans le grenier, ceux de culture où ils pouvaient. Des ânes brayaient, un cri à faire dresser les cheveux de ceux qui l'entendaient pour la première fois. Les gens criaient pour surmonter les différents vacarmes, pour libérer leur hargne, les enfants hurlaient.

— Viens prendre un flacon d'huile tout de même, de la vierge.

À l'abri du moulin, il changea d'expression :

— Ce sont les gendarmes de Durban qui vous envoient ? Ils cherchent à me piéger. Ils obéissent aux Blancs, à monsieur Cassignac, tu sais de qui je parle. Il raconte que j'abrite des réfractaires et des déserteurs. Au moindre incident, la brigade me tombera dessus. Je préfère que vous passiez votre chemin. Vous avez besoin de quoi ?

— De rien.

— Si ! Les roues du coucou grincent. Mon charretier les graissera. Il y a un cassoulet qui cuit dans un chaudron. Vous en emporterez.

— Je pensais atteindre votre borde de l'Escassié. La nuit nous prendra pas loin sans que nous puissions arriver jusqu'à Albas.

— Non, pas l'Escassié. Va au Planal de la Lèbre juste en face, à deux cents pas de la route. Tu y trouveras des souches pour le feu, du sel, du poivre, huile, vinaigre. Des châlits que mon beau-père avait rachetés à l'armée.

— L'Escassié est visible de la route et mon gendarme va s'étonner qu'on n'y aille pas. Surtout si la cheminée fume.

— Risque pas.

Le charretier graissa les roues du coucou puis tourna autour de la carne, l'air pénétré. Celle-ci lui montrait les dents. À la fin, l'homme fit signe à Philibert.

— Ton cheval, il est cuit. Il ne verra pas dimanche prochain. Et dimanche, c'est la foire aux chevaux de Villerouge, tu aurais pu le vendre.

— C'est une carne de voiturier.

— Oh ! Alors tu vas t'embêter. Si jamais il crève en route, tu pourras en trouver à Quintillan. Un certain Fournès vend ses chevaux. Il faisait deux fois la semaine Quintillan-Durban pour les colis et les voyageurs, mais il est trop vieux.

— Quintillan n'est pas sur notre route. Nous rejoignons la route de Villerouge-Terménès. C'est le mobile qui décide. Sur son ordre de mission, l'itinéraire est écrit une fois pour toutes.

Le charretier cracha. Il chiquait.

— Petit, par Quintillan, Palairac, Davejan, ce serait mieux pour ce que vous transportez. Sur la grand-route c'est pas la même. Tu m'as compris ?

— Le mobile n'en démordra pas.

— Pour en finir avec Torneilles, ils sont capables de tout.

— Qui ça ils ?

Le charretier haussa les épaules, commença de s'éloigner.

— Il y en a qui ont obtenu le droit de chasser dans la forêt domaniale de Terménès. Tu en connais beaucoup, toi, qui peuvent obtenir ce passe-droit ? Je vais te donner un peu d'avoine.

La forêt de Terménès n'était pas très éloignée de la route Villerouge-Mouthoumet qu'ils emprunteraient d'ici deux jours, si la carne survivait jusque-là. Il l'examina à son tour et, parce qu'il découvrait encore une lueur de méchanceté dans son œil, il ne crut pas à la prophétie du charretier.

Ils mangèrent tout en roulant. Ils avaient rejoint la route habituelle que les pluies n'avaient pas ravagée.

— Pas très accueillants vos républicains, dit Morchailles goguenard. Ils se sont débarrassés de nous avec quelques louches de cassoulet et du pain frais. Plus un flacon d'huile d'olive, j'oubliais. Le vin bien sûr. Par ici on le dirait de moindre valeur que l'eau.

— Et l'autorisation de coucher dans une de leurs bergeries.

— Celle du col de l'Escassié ? J'ai relevé son nom sur ma carte d'état-major.

— Non, sur la droite en allant vers Albas, la bergerie

du Planal de la Lèbre. On y sera mieux. Il y a de quoi se chauffer, de quoi coucher.

— Que t'a dit le charretier après avoir examiné le cheval ? J'ai bien vu à son visage qu'il n'en avait pas une bonne opinion.

— Il dit qu'elle va crever sous peu.

— Et comment trouverons-nous un autre cheval ? demanda madame Torneilles.

— À Quintillan, paraît-il. Ou à la foire de Villerouge.

— Quintillan n'est pas sur mon ordre de mission, constata le mobile après avoir consulté son document. Si pareil malheur nous arrive, ne trouverons-nous pas un animal à Albas ? Ou alors à Villerouge ? Je peux réquisitionner un cheval pour traîner la voiture jusqu'à Villerouge.

— Pour réquisitionner, vous aurez besoin du maire. À Fraïsse, vous n'avez pas pu mettre la main dessus.

Il était encore grand jour quand ils furent à hauteur de la bergerie du Planal de la Lèbre. Le mobile voulait pousser jusqu'à Albas mais Philibert lui soutint qu'il ne connaissait personne qui les logerait.

— Arrêtons-nous ici et demain, en partant à la nuit nous atteindrons Villerouge.

— Quelle distance ? demanda la veuve.

— Cinq lieues, une vingtaine de kilomètres.

— Cette carne se traîne. Avec un cheval plus vif, nous devrions effectuer le trajet en trois, quatre heures. Une diligence fait parfois ses douze kilomètres dans l'heure.

— Vous verrez quel chemin relie Albas à Villerouge et comprendrez qu'on ne peut tenir un train d'enfer.

Le mobile se décida pour la bergerie du Planal de la Lèbre. Il avait un instant, en haut du col, regardé la bergerie de l'Escassié, le sourcil froncé, comme flairant quelque énigme.

La carne trouva un peu de foin dans le râtelier abrité sous quelques tuiles. Philibert lui donna des poignées de l'avoine du charretier, en réservant pour le lendemain. Le mobile avait décidé de s'enfoncer dans les chemins d'alentour, son mousqueton en travers de ses cuisses, à la fois par méfiance et parce que ce pays austère et orgueilleux le fascinait.

Lorsque le feu éclaira la pièce unique séparée de la bergerie par une claie de bois, madame Torneilles s'assit sur la pierre de l'âtre. L'étameur poussa la casserole de cassoulet dans les braises.

Le mobile fit entrer avec lui des bouffées de garrigue. Il avait dû patrouiller à travers des fourrés de fenouil sec et de romarin.

— Toute une dame-jeanne de vin, dit-il en contemplant la bouteille, ces gens sont généreux. Pour nous voir partir, ils nous auraient accablés de cadeaux.

— Nous laisserons casserole et bouteille ici, dit Philibert faisant l'innocent. Ils savent que je ne lésine pas sur le travail quand je passe au printemps et m'en ont su gré.

Il avait fini par s'endormir sur l'un des châlits lorsque les cris les surprirent tous les trois. Dans la rougeur finale de l'âtre, Morchailles put éclairer le fanal.

— On égorge un cochon dans le coin, dit-il.

Madame Torneilles restait assise sur sa paillasse, regardant la porte.

— Je vais voir, dit Philibert.

— Non moi, restez ici.

Ils avaient poussé le coucou dans la bergerie pour plus de sécurité. Les cris déchiraient toujours la nuit.

— Sommes-nous menacés? demanda madame Torneilles.

— Je ne pense pas, murmura Philibert.

Il y eut un coup de feu.

— Est-ce le mousqueton de Morchailles, demanda-t-elle, comme l'autre nuit à Fraïsse?

Le mobile ne revint que vingt minutes plus tard.

— Un piège à loup dans un passage pour sanglier. Un mâle d'au moins cent kilos s'y était pris la patte, et quelqu'un l'a abattu d'un coup de fusil pour l'empêcher de nous alerter de ses cris. On m'avait dit que nous entrions dans un pays de grande sauvagerie et je commence à le croire.

— On ne chasse pas chez vous? demanda madame Torneilles sèchement. N'y a-t-il pas des chasses à courre?

— On tue proprement.

— Pour le plaisir. Ici c'est pour survivre.

— Tout de même, un piège à loup. Un homme aurait pu y laisser une jambe. Et ce coup de feu d'une arme récente?

— L'hiver, il arrive que les loups de par là-haut descendent jusqu'ici, intervint Philibert.

Il essaya de se rendormir. Les braconniers viendraient chercher l'animal plus tard. Peut-être étaient-ils à proximité. Des réfractaires ou déserteurs passant la nuit dans la borde de l'Escassié et que le Prat-Salat n'avait pu prévenir.

Le mobile les réveilla en pleine nuit, disant qu'il était 4 heures.

— Nous essayerons d'avoir du café et un déjeuner à Albas, mais il faut partir.

Philibert, le fanal à la main, crut d'abord que la carne s'était sauvée, avant de la découvrir allongée sur le flanc gauche dans le recoin du mur, comme si elle avait voulu se cacher pour en finir. Arrivant derrière, Morchailles jura, fort en colère.

— Cette saloperie est en train de crever.

L'étameur posa le fanal près de la tête du vieux cheval. Il n'y avait plus de méchanceté dans cet œil larmoyant.

— Mon Dieu, dit madame Torneilles, que pouvons-nous faire pour cette pauvre bête?

— Rien sinon l'abattre, cria le mobile toujours aussi furieux.

La veuve s'agenouilla pour caresser l'encolure de la bête. À droite, le rouan regardait la scène avec une lippe de mépris.

— Il faudra l'atteler si vous voulez pousser jusqu'à Villerouge, mais c'est à Quintillan qu'on trouvera un cheval pour un prix raisonnable.

— Je n'ai pas le droit d'atteler mon cheval. C'est un cheval de selle. Il n'y a qu'en temps de guerre qu'on peut en faire un cheval de trait pour une période limitée.

— Il ne vous reste plus qu'à galoper jusqu'à Albas, essayer de convaincre le maire, si vous le trouvez, mais je parie que non. Et dans ce petit village le nombre de chevaux est plutôt réduit. Vous trouverez plus d'ânes et de mules, des gros percherons de labour. Il y a eu la réquisition de la guerre. À Narbonne, on en chargeait des wagons par dizaines chaque jour, laissant le pays sans animaux de trait pour la folie d'un empereur.

— Je ne compte pas quitter la voiture et sa charge. Cet endroit me paraît éminemment suspect. Ce sanglier cette nuit, je ne crois pas qu'il soit tombé par hasard dans le piège à loups. J'y vois une sorte d'avertissement. Ou bien l'on a voulu jauger ma vigilance.

— Allons donc maréchal-des-logis ! s'exclama Philibert. Vous voyez des ennemis partout. Je ne sais ce que vous ont raconté les collègues de Sigean et de Durban, mais vous ne devriez pas en tenir compte.

— Votre charretier de Prat-Salat, vous le connaissez bien ?

— Je l'ai déjà vu au printemps dernier.

— Et les autres fois ?

— Il ne travaillait pas là.

— Il vous a donné de l'avoine pour la carne. Vous lui en avez fait manger hier au soir. Il a commencé par dire qu'elle crèverait bientôt et malgré tout vous apporte de l'avoine. J'ai toutes les raisons de penser qu'elle était trafiquée. Les charretiers connaissent toutes les malices.

— L'homme n'avait aucune raison de nous nuire.

— Qu'en savez-vous ? D'où vient-il ? Qui est-il ?

— À Prat-Salat, on n'aurait pas engagé un...

Dans le regard du mobile, il devinait une certaine jubilation.

— Un quoi?

— Un sale type. La carne était à bout, fatiguée par des années de voiturage. Estrape de Port-La-Nouvelle n'est pas un brave homme.

Madame Torneilles se releva :

— Nous ne pouvons laisser la bête ici sans prévenir quelqu'un.

— Elle est bonne pour l'équarrissage, dit le mobile, tout préoccupé de la situation nouvelle.

— Devrais-je aller moi-même au prochain village? demanda-t-elle sans acrimonie, prête à se mettre en route.

— Non, dit le garçon. J'irai moi, mais je ne trouverai rien à Albas. Je devrai pousser jusqu'à Quintillan.

— Pourquoi pas Villerouge? s'énerva le mobile.

— Parce que, monsieur le maréchal-des-logis, dimanche il y a une foire aux chevaux et que les propriétaires ne m'en vendront ou loueront aucun, dans l'attente de la bonne affaire qu'ils feront en fin de semaine.

— L'ancien voiturier de Quintillan amènera lui aussi ses bêtes à Villerouge, rétorqua le mobile. Ce que vous voulez, c'est me faire passer par Quintillan, Palairac, Davejan, par des chemins mal entretenus, réputés dangereux. Vous voilà surpris, mon garçon, mais les collègues de Durban m'ont conseillé d'éviter cet itinéraire-là. On y fait des mauvaises rencontres.

— Vous préférez la route du haut par Villerouge-Félines? En bordure de la forêt domaniale de Terménès où chassent vos amis?

L'étonnement de Morchailles, s'il était joué, pouvait être convaincant. Philibert en haussa les épaules.

CHAPITRE DOUZE

Depuis qu'ils avaient quitté le Planal de la Lèbre, la veuve marchait gaillardement, portant un grand sac en bandoulière avec quelques affaires. Ils apercevaient le clocher d'Albas sur la hauteur, véritable donjon imposant surveillant les maisons agglutinées au pied. Un vent léger soufflait du sud avec des parfums glacés de montagnes enneigées...

— Ne devrions-nous pas voir des gens dans les vignes ? demanda-t-elle. Certaines n'ont plus de sarments mais d'autres si.

— C'est le moment de la taille, dit-il, lui-même impressionné par l'absence de journaliers. Le soleil gâché de brumes manquait de franchise et de la terre, déjà assez sèche pour qu'on se risquât à nouveau entre les ceps, montait une tiédeur dernière.

Elle lui demanda la distance d'Albas à Quintillan, si par malheur ils ne trouvaient aucun cheval avant.

— Trois... douze kilomètres en suivant la route vers Cascastel, et à l'entrée de ce pays on tourne vers Quintillan. Mais avec ma carriole, j'emprunte un vieux chemin qui coupe droit. Sauf qu'il y a un gué sur la Berre, et que nous devrons peut-être nous mouiller un peu si la rivière est toujours grosse après ces pluies. On s'économise plus d'une lieue, vous savez. Il y a des bergeries où on peut trouver à s'abriter en cas de mauvais temps. Je connais les pâtres et même la pastresse des Fonts Frèdes. Ce sont des sources à côté d'une grande borde où cette femme vit seule depuis peut-être cinquante ans. On la dit un peu breiche... Sorcière, si vous préférez. Elle m'a donné des herbes qui guérissent la fièvre et chassent la fatigue. Dans les années cinquante, elle a même apprivoisé un loup qui revenait chaque hiver la voir. Quand on l'a su dans la région, on a organisé une battue, mais on ne l'a jamais vu. Juste les traces tout autour de la bergerie.

— Estamaïre, dit-elle gaiement, vous cherchez à me faire peur? Vous voulez vous débarrasser de moi et aller seul à Quintillan?

— Oh! que non! madame Torneilles. Si vous m'accompagnez, je serai le plus heureux des hommes.

— Des hommes c'est vite dit, mettons des jeunes garçons.

Elle lui rabattait son caquet mais, quelques centaines de pas boudeurs après, il retrouvait son exultation.

— Il n'y a pas une seule cheminée qui fume sur les toits des maisons, est-ce normal?

— On rentre le bois des années à l'avance et il est bien assez sec pour ne pas fumer.

— Allons, allons, ne me racontez pas d'histoires. C'est l'heure du café ou de la soupe matinale.

À l'entrée du village, elle lui prit le bras :

— Il y a là-bas l'enseigne d'un maréchal-ferrant. Pourquoi son marteau ne tape-t-il pas sur l'enclume? Non monsieur l'estamaïre, il n'a pas abandonné son brochoir pour activer son soufflet. Il ne fait pas rougir ses charbons. Pas aussi longtemps. Et son portail est fermé, comme sont fermées les portes et les fenêtres de cette rue. Nous allons entrer dans un village mort.

Malgré lui, Philibert s'arrêta, se retourna comme pour trouver quelque secours dans cette solitude ensoleillée de blême.

— Où sont les habitants? chuchota-t-elle.

— Plus haut, il y a un petit café qui n'ouvre pas de

bonne heure. Deux sœurs le tiennent. Si l'on tape, elles ouvrent une fenêtre du premier, regardent et décident si elles descendront vous accueillir ou non. Elles me connaissent.

Tenant fermement le bras du garçon, elle toisait ces façades aux volets revêches...

— Voyons, répétait Philibert, c'est tout à fait étrange. Si petit qu'il soit ce village est d'ordinaire vivant et les gens vous interpellent avec amitié, heureux de vous revoir.

— De vous revoir au printemps. À Port-La-Nouvelle on me disait que l'hiver est différent dans ce pays.

— Mais c'est comme une journée de printemps, et tout le monde sait qu'il faut profiter de ces occasions-là avant que le plus dur ne commence, le lendemain souvent.

Il remarqua un volet ouvert, celui d'un fenestron, tapa à la porte.

— Un oubli, lui disait la veuve. Il n'y a personne. Se terrent-ils fenêtres et portes closes, ou ont-ils fui le village ? Y aurait-il une épidémie ?

— L'été la fièvre typhoïde, mais pas l'hiver. On dit qu'il y eut aussi le choléra dans la région.

Il eut beau frapper aux volets extérieurs de la porte du café, les deux sœurs ne se montrèrent pas.

— Estamaïre, ils ne voulaient pas être présents au moment où nous traverserions leur village et s'en sont allés.

Pouvaient-ils savoir qu'ils viendraient quémander une aide ? Que leur cheval était mourant ? Toutes les Corbières savaient que le coucou transportait la dépouille de Constantin Torneilles, communard condamné au bagne de Nouvelle-Calédonie. Nul ne souhaitait se compromettre, ni dans une tristesse de compassion, ni dans quelque air de triomphe. La République, à une voix de majorité, ne ferait pas de sitôt exulter les siens. Les élections à venir pouvaient la confirmer ou la chasser et Constantin Torneilles ne trouvait pour l'instant personne qui le pleurât.

Il y avait une vieille femme tout au bout de la rue, assise dans une cendrée de soleil fragile. Philibert retint la veuve qui voulait courir. L'aïeule risquait de rentrer chez elle et de se claquemurer.

— Elle parle toute seule, fit madame Torneilles.

— Elle égrène son chapelet.

En lui masquant le chétif rayon de soleil où elle balbutiait, le garçon la fit frissonner, lever les yeux.

— On dirait de l'ambre, murmura la veuve impressionnée.

— La cataracte. Mamée, je suis l'estamaïre de passage chez vous.

— Pardi ! Je le savais bien que le printemps arrivait, cria-t-elle d'une voix vibrante. Ils se moquaient de moi, mais j'avais raison.

— Mamée, où sont-ils donc ? On n'a vu que vous dans le village.

— Mais non, ils sont tous ici. Au cimetière.

Dans un soupir Philibert libéra son angoisse :

— Qui enterre-t-on, mamée ?

— Personne.

À nouveau elle fila son chapelet.

— Vous ne voulez pas rentrer, mamée ? Le temps se gâte.

Philibert jouait avec son ombre, espérant que la vieille percevrait la fraîcheur.

— On m'appellera pour le dîner.

— Allons voir au cimetière, proposa madame Torneilles. Elle n'a plus sa tête, mais peut-être dit-elle vrai.

Mais le cimetière sur la route de Villerouge était désert. Même la cloque en forme de hutte contre un mur n'abritait pas le demi-mendiant du village.

— Il y a là un mystère que je préfère abandonner vite, dit la jeune femme. Poursuivons notre chemin vers Quintillan.

— Quelqu'un aurait pu me prêter une charrette pour nous y rendre.

— Nous ferons le chemin à pied en suivant votre raccourci.

— Nous en aurons bien pour trois heures.

— Nous avons du pain et du lard, l'eau ne doit pas manquer sur notre parcours.

À plusieurs reprises, il se retourna vers le village juché sur sa colline, et la dernière fois en quittant le chemin de Cascastel pour la traverse.

— Dans moins d'une heure, nous serons aux Fonts-Frèdes. Vous n'avez jamais parlé patois? Votre défunt devait pourtant le connaître?

— Je ne suis jamais venue dans les Corbières. Nous nous sommes connus à Paris durant le siège.

Mais un froissement d'herbes sèches la fit sursauter en pleines confidences.

— Un lapin, une perdrix, un blaireau, rarement une genette. On affirme qu'elles regrettent le temps où l'homme les élevait en animaux de compagnie. Aux Croisades, le chat arriva qui empestait moins.

Au bout d'une heure, elle pointa son doigt vers une pente douce, ocrée.

— La terre bouge, coule vers le bas.

— Des brebis, dit-il. Les brebis de la pastresse, Maguiloune. Vous la voyez, elle, dans les branches d'un arbousier, le seul de l'endroit. Elle empêche ses bêtes de s'en gaver. L'arbouse constipe, mais soigne beaucoup de maladies. Elle nous a vus, mais ne sait qui nous sommes. Sans ma carriole, je deviens un inconnu pour bien des gens. Un maraudeur, qui sait?

— Elle a un fusil à côté d'elle.

— Une vieille pétoire qu'elle charge par le bout du canon.

Il mit ses mains en porte-voix :

— Maguiloune c'est moi, l'estamaïre de Leucate.

Ils crurent qu'elle ne se détacherait pas de l'arbousier chargé encore de fruits rouges et de fleurs pour l'année à venir.

— Bon, c'est toi, garçon. Mais tu t'es trompé de saison. En voilà une idée de venir par ici alors que nous allons avoir la neige.

— Mais n'est-ce pas une journée de printemps aujourd'hui ?

— Toi tu es de la mer et la neige tu n'en connais même pas l'odeur, dit la pastresse.

Madame Torneilles s'attendait à quelque virago hirsute, vêtue d'oripeaux, et découvrait une femme mince, belle, les yeux verts étoilés de rides fines, les cheveux teints en roux, en chignon sous le chapeau de paille noire.

— Nous allons à Quintillan, dit Philibert, essayer de louer ou d'acheter un cheval à Fournès, le voiturier.

— Qu'avez-vous fait du gendarme qui vous accompagne depuis La Nouvelle ?

Rieur, Philibert regarda la veuve qui ne cachait pas sa stupéfaction.

— Nous avions une carne que nous avons laissée mourante un peu avant Albas. Mais pourquoi le village est-il abandonné ?

— On enterre Clauze de Cascastel. Un homme que tout le monde détestait. Il n'aurait jamais pensé voir autant de monde à sa sépulture. Pas tout un village et sûrement personne. Et les gens vont s'attarder dans les cafés, manger un morceau avant de rentrer à la nuit. Un peu de prudence n'a jamais fait de mal à personne. En attendant, vous allez partager mon repas. J'ai fait un salmis hier au soir et il faut juste le réchauffer. Estamaïre, allume donc le feu dans le foyer en pleine murette.

Philibert lui demanda si on passait le gué de la Berre sans trop se mouiller, mais elle pensait qu'ils en auraient jusqu'aux genoux, assurant que l'eau n'était pas froide, la source de cette rivière sortant déjà chaude de la Serre de Quintillan.

— Comment me connaissez-vous ? demanda la veuve avec timidité. Comment savez-vous autant de choses sur notre voyage ?

La pastresse puisait des assiettes en fer dans un trou de la murette, les agitait sous le nez de Philibert :

— Il faudra me les étamer pour leur ôter leur goût.

Madame Torneilles, vous êtes de Paris et, comme toutes les personnes des villes, vous pensez que la campagne, à l'exception de quelques besogneux penchés sur la terre, est un désert. Sachez qu'il y a toujours des dizaines d'yeux pour suivre tous vos gestes. Il n'y a pas un endroit où l'on est moins seul.

Elle remplissait les assiettes de morceaux de viande nappés d'une sauce suave. Philibert pensait à de la perdrix.

— Je suis une endevinaïre comme on dit par ici, une devineresse, une pythie si vous voulez. Ils sont venus à deux ou trois me raconter ce qu'ils avaient vu depuis Durban jusqu'à la bergerie du Planal de la Lèbre, sans oublier le Prat-Salat.

Elle se pencha vers Philibert :

— Le maître de Prat-Salat est dur mais droit.

— Son charretier? demanda la veuve.

Maguiloune trancha dans un pain énorme, une meule de vingt livres peut-être bien.

— Autrefois il travaillait dans la plaine de Narbonne pour un comte. Une bonne place, et pourquoi venir s'engager à la Prat-Salat, chez un républicain raide avec ses journaliers.

— Pensez-vous qu'il aurait donné de l'avoine empoisonnée?

— N'en parlons plus. Comment trouvez-vous mon plat? Hé bien ce sont des fauconneaux. Toute une nichée qui allait prendre son envol pour s'occuper de mes volailles. Il a bien fallu que j'en termine avec les dégâts qu'ils me causent. Leur chair libère en nous une grande énergie, l'amour de la liberté et une audace nouvelle. Repassez plus tard, à la neige et je vous ferai goûter à mon civet de jeunes corbeaux, à ma matelote de couleuvre.

Madame Torneilles souriait :

— Comme les gens de par ici, vous aimez vous moquer des étrangers en les faisant frémir.

Sans se fâcher Maguiloune plongea sa cuillère dans la

casserole et en déversa le contenu dans l'assiette de la veuve. Quatre têtes de jeunes rapaces.

— Il y en a deux autres dans le fond, dit-elle.

Madame Torneilles garda son teint de nacre, sourit :

— En Nouvelle-Calédonie, les Canaques savent aussi délicieusement apprêter des animaux étranges. Vos fauconneaux étaient sublimes, mais nous devons aller trouver ce Fournès.

— Il ne vous louera pas, mais vendra. Toutes ses bêtes sont hors d'âge, c'est-à-dire qu'elles ne peuvent plus tirer un véhicule à la vitesse réglementaire des diligences, mais ce ne sont quand même pas des carnes. N'en donnez pas plus de cent cinquante francs. Proposez votre cheval mort. Fournès fait aussi l'équarrisseur, d'accord avec celui de Durban. Vous tirerez quelque chose de la carcasse. Il viendra la chercher à la bergerie du Planal de la Lèbre.

— Quand va-t-il neiger? demanda madame Torneilles.

— Demain. Peut-être cette nuit. Elle viendra des Pyrénées. Vous allez jusqu'à Mouthoumet, je sais et même au-delà. Allez-vous passer par ici ou par Villerouge?

— Le mobile ne veut pas s'écarter d'un pouce de l'itinéraire inscrit dans son ordre de mission.

— Voilà qui est fort dommage pour vous. Mais d'un autre côté la neige par ici, entre Quintillan et Palairac, vous interdirait de poursuivre.

— La route par Villerouge est-elle vraiment... dangereuse? demanda la veuve.

— Je n'ai que des rumeurs, peut-être des racontars. Les gens du Terménès ne viennent pas me faire leurs confidences. Estamaïre, il te faudra ouvrir l'œil et le bon. Je ne sais ce que tu fais dans cette équipée, mais je sais que tu es brave. N'avez-vous pas rencontré la souquenille noire dont on se donne les quatre sueurs dans le pays? Cette nuit, on m'a volé des œufs et le pain qui trempait pour mes poules. Philibert, garde-toi.

CHAPITRE TREIZE

La rive de galets atteinte, il se retourna. Madame Torneilles, au milieu du courant, de l'eau aux genoux, ses jupes et jupons chiffonnés dans sa main gauche, paraissait hésiter. Il lui cria qu'elle n'avait rien à craindre, qu'elle pouvait continuer. Elle sourit, le rejoignit.

— Elle n'est pas du tout froide, estamaïre, laissez-moi un instant s'il vous plaît. J'ai grand besoin de faire ma toilette. Donnez-moi mon sac.

Elle en sortit un savon parfumé au jasmin, un linge.

— Vous allez continuer vers la route et m'y attendre. Je serai rapide, mais pour moi c'est une occasion qui ne se renouvellera pas de sitôt.

Ahuri, il se retrouva sur le chemin, grimpant le long d'un ruisseau clapotant sous des mauves. Il apercevait la route, quand il s'assit sur une pierre les yeux fermés. Il se laissait emporter vers la Berre, rampait dans les touffes de romarin, écartait à s'en faire saigner les mains les argelats, ces genêts épineux, les buis arborescents, effrayait un renard ou un lapin et madame Torneilles, nue au milieu de la rivière redevenue limpide, relevait la tête, fixait sa cachette. Le menton dans les feuilletages d'ardoise et la crotte de lapin, l'œil exorbité, il découvrait cette beauté que les potelées de la route de Sigean à Narbonne avaient égarée en étreintes nombreuses.

La jeune femme puisait l'eau dans la coquille de ses mains et la versait sur sa chevelure défaite. Son savon luisait sur une pierre hors d'eau avant de glisser sur ses jambes, entre ses cuisses, moussait le bas-ventre de neige, accompagnait de bulles irisées le retroussis bleu des bouts de seins. Torsadés en herbes d'eau, les cheveux noirs effrangeaient les épaules et le haut des bras. Il pria pour qu'elle pivotât, découvrît l'arrondi des hanches, cette cambrure qu'il guignait depuis des jours. Et la femme pivota.

— Vous dormez, estamaïre ?

Ivre de regrets, de rêves, de désir, il titubait en se relevant.

— Le vin épais de la bergère a l'air de vous assommer. J'en ai terminé avec ma toilette. Si vous voulez en faire autant, je vous prête mon savon, mais mon linge est mouillé.

— Nous avons plus d'une heure de marche encore jusqu'à Quintillan, grogna-t-il en s'élançant vers la route, courant presque.

— Hé doucement. Que vous prend-il ?

Ses galoches claquaient sur la route pierreuse, rythmant son dépit. Il cherchait un souvenir, lecture ou récit d'école, une légende ancienne. Comment nommait-on ces filles imaginaires qui trouvaient asile dans les fleuves et les rivières, et pourquoi enrageait-il d'en avoir perdu l'essentiel ?

— Vous voulez me distancer, me perdre ? plaisanta-t-elle essoufflée, quand elle l'eut rejoint. M'en voulez-vous d'avoir gaspillé quelques minutes à ma toilette ?

La route grimpait vers Quintillan qui furtivement se laissait entrevoir, puis elle plongeait en tournants successifs dans la garrigue et les vignes. Il y eut un homme seul, occupé à tailler, qui ne les entendit pas, mais plus loin ce fut un couple et, au fur et à mesure, la campagne se peupla d'une dizaine de gens au travail.

— Je suis soulagée, lui confia la veuve, je craignais que la déception d'Albas ne se renouvelle.

Lui soudain réalisait que Maguiloune l'avait appelé de son prénom au lieu de dire « estamaïre » comme d'ordinaire. Cette femme ne laissait jamais le hasard décider pour elle. En usant de son prénom, elle avait voulu le mettre en garde. Mais contre qui, contre quoi ? La souquenille noire, la neige ou cette cavalcade avec un mort rétif, un mobile obtus et une veuve trop belle ?

Pourtant tout s'enchaîna à merveille, en une mécanique bien huilée. Fournès le voiturier était dans son écurie et les écouta, peu surpris. Comment savait-il que leur cheval était mourant, peut-être mort ? Il leur montra les siens qu'il irait vendre à Villerouge, mais rien n'était certain. Lui aussi pénétrait dans le sortilège de cette veuve au sourire de tendre impertinence.

— Tenez, je vous fais celui-là à deux cents, mais vous me laissez la carcasse de l'autre. Je vous raccompagne en voiture jusqu'à la bergerie du Planal de la Lèbre. J'emporterai mes instruments pour découper la bête.

— La découper ! s'exclama madame Torneilles.

— Seul un équarrisseur équipé pourrait la soulever avec un palan et l'emporter dans un tombereau. Moi je dois la débiter sur place.

— Mais qui achètera ?

— C'est mon affaire, madame. Il y a des amateurs, des façonneurs.

Philibert crut bon d'intervenir pour en finir avec cette conversation macabre que le voiturier entretenait avec jovialité.

— Deux cents, c'est trop. Madame ne peut pas mettre autant.

— Que fera-t-elle, s'installera-t-elle dans la bergerie qui appartient au Prat-Salat en compagnie d'un défunt et d'un gendarme ? Ce n'est pas sérieux, estamaïre. Il lui faut un bon cheval qui emportera la dépouille de son mari jusqu'au bout. Je le garantis. J'ai bonne réputation par ici et je quitte mon métier la tête haute. Cent quatre-vingts francs disons.

— Cent cinquante, insista Philibert.

— En napoléons, précisa madame Torneilles.

— Vous avez des napoléons ? Dans ce sac que vous traitez avec tant de négligence ? Ne me l'avez-vous pas confié pour traverser le gué ? faillit se fâcher Philibert.

— Je vous en compte huit, dit-elle avec un sourire que le vieux voiturier n'eut pas l'envie de détruire.

— Bien madame. Par respect pour vous et votre défunt. Topons là, madame. Je vais atteler ma grosse charrette. J'aurais bien pris le char à bancs mais il faudra que je charge les morceaux de votre bête. Nous y serons à la nuit.

Lorsque Fournès empaqueta dans une toile des scies, des coutelas, des couperets, Philibert aurait préféré que madame Torneilles n'y assistât pas. Lui-même avait quelque compassion pour la carne, certainement morte à cette heure. Que le charretier de Prat-Salat l'eût empoisonnée ou non, son heure approchait et cette dernière course dans des chemins rudes l'avait achevée.

Ils chargèrent des bâches et Philibert n'eut pas besoin d'explication.

— La patronne nous prépare un bon souper car je vais travailler toute la nuit au dépeçage. Et demain matin, j'emporterai le tout à Durban. Si je ne fais pas affaire, j'irai jusqu'à Sigean, ma foi. Si tu m'aides, estamaïre, il y aura cinq francs pour toi.

Il ne répondit pas. Trancher, scier, découper la carne ne lui serait pas possible. Ils grimpèrent sur la charrette alors que le crépuscule faisait frissonner madame Torneilles, la pâlissant encore. Une odeur de civet de lièvre allait les accompagner durant tout le voyage, s'échappant du faitout dont madame Fournès avait attaché le couvercle. Derrière la charrette suivait un cheval de trait pommelé que le voiturier appelait Bijou. Philibert le regardait à la dérobée espérant surprendre, dans l'œil doré par le soir, la méchanceté de la carne mais celui-là, bonasse, trottinait sans manières.

Ils descendirent vers Cascastel où le voiturier proposa de boire un remontant, mais ils refusèrent et ils s'en allèrent vers Albas. Déjà la nuit noyait les gorges de la Berre et l'on entendit claquer un fouet lointain et des cris féroces.

— Ça, c'est une charrette de sept, décréta Fournès, qui s'en vient de Villerouge. Il faut trouver à se garer. Certainement la bande à Ginestre, des sauvages devant lesquels il faut s'écarter au plus vite. Parfois ce sont des tombereaux de minerai qu'ils conduisent grand train à La Nouvelle, quand la forge catalane de Saint-Pierre-des-Champs n'en veut plus.

Ils trouvèrent une sorte d'encoche dans la roche et en manœuvrant y casèrent la charrette attelée et Bijou. Dans les gorges retentissaient des hurlements, des claquements de fouets, des rires épais. Puis brièvement, les trois aperçurent des lumières, celles de plusieurs fanaux.

— Sept barriques énormes, quatre chevaux et trois charretiers. Je ne veux pas savoir pourquoi ils n'ont pas pris vers Talairan, Thézan. Dans Albas, ils ont dû écorner plus d'un angle de maison.

Philibert connaissait la bande à Ginestre. Deux frères et un cousin, plus des commis transportant à longueur d'année des barriques, buvant et mangeant comme des ogres, se battant pour des riens, terrorisant même les gendarmeries des villages traversés.

Dans un roulement de torrent, les roues ferrées arrachant parfois des étincelles au chemin, la longue charrette les croisa. Outre le bruit, l'odeur de sueurs animales et humaines mêlées dans le suri, celles de vin, de cuir et de graisse de moyeu les suffoquèrent, si bien qu'ensuite madame Torneilles trouva délicat le fumet du civet de lièvre de madame Fournès.

— Hé bien qu'ils aillent au diable, fit le voiturier soulagé. J'ai craint qu'ils ne s'arrêtent pour nous asticoter. Mais leurs chevaux ivres de coups et d'avoine trempée dans le trois-six ne peuvent être freinés sur-le-champ.

— C'est comme un train, murmura Philibert, un train lancé à toute vapeur.

— Les Ginestre ne sont pas de vos amis, madame Torneilles, croyez-moi. Je n'en dirai pas plus, mais essayez de ne plus jamais les rencontrer. Ils n'étaient pas du voyage, les silhouettes étaient celles de commis.

Elle se pencha pour regarder dans les gorges. L'énorme charrette de sept, là-bas au bout, allait disparaître dans un virage serré. Les fanaux qui se balançaient projetaient l'ombre des barriques sur les parois.

Albas avait retrouvé un peu de vie avec quelques lampes allumées et deux trois personnes qui bavardaient dans le noir.

— Bonsoir, disait le voiturier. Il paraît qu'on aura la neige bientôt.

— Bonne nuit, Fournès.

— Celui-là se moque, il sait quelle sera ma nuit. Mais au retour, je lui montrerai mon argent, et il ne rira plus d'aussi bon cœur.

Madame Torneilles, une fois sur le dernier tronçon du chemin, serra le bras du garçon.

— Je crains qu'il ne soit arrivé quelque chose à Morchailles et à mon mari.

Au même instant, Fournès arrêta son cheval.

— Estamaïre, il y a des taches blanches dans le rec à côté de nous. Je les remarque depuis un moment. Veux-tu aller voir de quoi il s'agit?

Le garçon sauta de la charrette, descendit vers le rec, le ruisseau où coulait encore un pan d'eau.

— C'est du papier, j'en vois une demi-douzaine de feuilles.

— Qui est assez stupide pour gaspiller du papier?

Philibert en ramassa trois et revint vers la charrette, s'arrêta sous le fanal :

— C'est *la Dépêche*.

— *De Toulouse?*

— Oui monsieur Fournès, *de Toulouse*.

— Mais alors, il y en a tout un paquet qui s'est perdu... Non, il ne s'est pas perdu... On l'a jeté par là, regarde dans le rec de l'autre côté.

Philibert en aperçut quatre.

— Ceux qui achètent le journal à Albas et peut-être même à Villerouge ne l'ont pas eu aujourd'hui. Tu peux me lire ce qui est écrit ?

Le garçon retourna au fanal, énonça quelques titres. On y parlait d'un voyage de Mac-Mahon et d'un discours de Gambetta.

— Il pourrait être visé ce Gambetta, mais non il ne s'agit pas de lui, continue de lire mon garçon. Remonte sur la charrette à côté du fanal. Nous n'allons pas tarder d'arriver au Planal de la Lèbre.

Philibert ne parvenait pas à lire. Alors madame Torneilles décrocha le fanal et le tint au-dessus de *la Dépêche*. Elle s'assit à côté de lui, et sa hanche s'écrasa sur la sienne aiguë, si aiguë qu'il la trouva inconvenante. Mais l'haleine de la veuve ricochait sur le journal et remontait à son visage, humidifiée par le papier mouillé, avec un parfum de salive.

— Là, dit-elle. Juste un petit paragraphe.

Philibert ne l'avait pas vu, égaré dans un émoi catastrophique.

— « La dépouille mortelle de Constantin Torneilles est acheminée, à l'heure où nous écrivons ces lignes, vers sa dernière demeure en terre audoise, dans les Hautes-Corbières qu'il a tant aimées. Nous nous inclinons devant les restes de ce défenseur de la liberté durant les heures cruelles de l'année 1871, même si nous ne partageons pas ses idées extrémistes. C'était cependant un républicain ardent. Bientôt il reposera à jamais dans le tombeau familial. Il était le frère d'Albert Torneilles, candidat républicain aux élections de février prochain. »

Fournès fut certainement soulagé de s'écrier, en plein silence pesant :

— Il y a de la lumière dans la bergerie du Planal. Nous y arriverons dans quelques petites minutes, les amis. C'est que j'ai faim moi, avec ce civet qui me chatouille les narines depuis notre départ.

CHAPITRE QUATORZE

Lorsque la silhouette du mobile fut projetée en image de lanterne magique par la lumière du fanal, Philibert se détendit, presque heureux de revoir Morchailles. Durant toute la journée, l'appréhension d'un drame l'avait préoccupé. Madame Torneilles souriait elle-même.

— Vous avez également trouvé ce journal? leur dit-il.

— Et aussi un cheval, s'indigna gaiement la veuve. C'était bien le plus important.

— Un cavalier est passé au grand galop, dispersant les journaux dans tous les sens. Je suis sorti aussi vite que j'ai pu mais déjà il avait disparu au loin.

Il contourna la charrette, examina le pommelé :

— Il a déjà beaucoup travaillé mais il vivra encore quelques années.

— Je pense bien, dit Fournès, toujours jovial en descendant lourdement de la charrette. Bonsoir, monsieur le gendarme. Vous avez une carcasse à enlever?

— La bête n'est pas morte. Elle respire encore. J'ai dû attacher mon cheval dans la bergerie, car il avait peur.

— Pas morte! s'exclama madame Torneilles. Vous croyez qu'elle a une chance de s'en tirer?

— Non madame, dit Morchailles, et elle souffre beaucoup.

— Pourquoi ne pas l'abattre alors? cria Philibert.

— Je suis comptable de mes cartouches. Comment justifier dans mon rapport que j'ai tiré sur un cheval mourant? On pourrait m'accuser d'avoir usé d'une balle pour une autre raison. D'avoir aussi tué ce sanglier pris dans le piège à loup.

— Un sanglier pris dans un piège à loup? s'étonna le voiturier.

— Il y est toujours et j'ai entendu un grand remue-ménage dans le buisson en question. Je pense que des renards se sont occupés de lui.

— Voilà qui rendra certains furieux, murmura le voiturier, qui ouvrit la toile enfermant ses ustensiles d'équarrisseur.

Madame Torneilles et Philibert, le fanal en main, allèrent regarder la carne. Une écume épaisse lui faisait une barbe rosâtre et chaque fois que l'animal soufflait voletaient des duvets de cette mousse.

— Ne vous inquiétez pas, madame, j'ai un merlin. Dans deux minutes, elle aura cessé de souffrir.

Philibert s'agenouilla, approcha son nez de la mousse, en trouva l'odeur singulière. Il rejoignit le mobile qui inspectait les dents de Bijou. Un heureux caractère, ce cheval qui se laissait tripoter les mâchoires sans broncher.

— Plus de quinze ans c'est sûr, mais tout dépend de ce que l'homme en veut.

— Cent soixante francs et la carcasse de l'autre.

Il y eut comme un coup de mailloche sur une grosse caisse de fanfare. Morchailles cessa de parler. Fournès sortit de l'écurie :

— Si nous mangions le civet? Il faudrait le faire réchauffer avant. Vous avez quelques braises là-dedans?

Le mobile n'avait pas entretenu le feu. Il avait passé la journée sur le qui-vive, le mousqueton en main, sans s'écarter du coucou et de son rouan. Lorsque les renards s'étaient attaqués au cadavre du sanglier, il avait d'abord pensé qu'on l'encerclait mais étant allé voir, il avait aperçu une demi-douzaine de lueurs rousses bondissant dans les halliers.

— Monsieur le voiturier, ne trouvez-vous pas que cent soixante francs est un prix trop fort pour une bête de plus de quinze années ? Sans compter la carcasse de l'autre.

— Nous avons topé, dit, toujours aussi gai, le voiturier, et il n'y a pas à y revenir. J'en ai pour la nuit à dépecer la bête, à la charger dans ma charrette. La viande ne peut être vendue en boucherie. Moi aussi j'ai flairé cette mousse qui lui barbouille les naseaux et je n'en aime pas l'odeur. Il a pu manger quelques plantes dangereuses, des pousses de laurier rose par exemple. Il y en a par ici. Ou n'importe quoi.

— Une avoine empoisonnée.

— Je n'ai rien dit de tel, monsieur le gendarme.

Tout en discutant, il relançait le foyer, y plaçait la marmite du civet. Il alla ensuite chercher une bonbonne de vin dans sa charrette et une miche de pain.

— Estamaïre, je compte sur toi pour m'aider cette nuit. Tu auras cent sous.

— Ce garçon est payé pour nous accompagner, dit Morchailles, et nous partirons dès que nous aurons pris notre repas. Je veux atteindre Villerouge à l'aube.

Consterné, Fournès se releva et les examina les uns après les autres, comme s'il ne devait jamais les revoir.

— Vous ne devriez pas voyager de nuit, vous savez. Tout à l'heure, nous n'avons eu que le temps de nous garer, une énorme charrette-de-sept nous arrivait dessus, lancée à fond avec ses quatre chevaux et ses conducteurs ivres. Il peut y en avoir d'autres, si un propriétaire a vendu tout son vin et qu'on l'emporte vers Narbonne. Pourquoi éviterait-on Thézan et une route plus facile, je l'ignore. Pour ne pas payer les acquits de régie, certains prennent de grands risques et il ne fait pas bon se trouver sur leur route, indépendamment de tout le reste bien entendu.

— Quel reste ? demanda madame Torneilles.

— Oh ! Madame, vous le savez fort bien malgré votre jolie figure d'innocence. Toute cette équipée est bien mal venue en ce moment. Attendez le jour. D'ailleurs comment ferai-je sans une aide pour tout hisser dans la charrette ? Certains morceaux dépasseront le quintal, le quintal ancien bien sûr, pas celui de cent kilos. Sans parler de la neige qui nous arrive.

— Je préfère partir, dit madame Torneilles.

Très vite, la bergerie s'emplirait des relents de la viande découpée, de la fadeur du sang, de la puanteur des viscères. Rien de comparable avec la pestilence prisonnière du cercueil transporté et qui, depuis leur départ de La Nouvelle, résistait aux rudesses des chemins. Si elle ne pouvait affronter cette nuit de dépeçage, Philibert lui-même se voyait mal, avec son peu de linge de rechange, s'empêtrer dans le gluant fétide.

— Mais je fais une mauvaise affaire, cria Fournès qui perdait de son sourire, vous ne pouvez m'abandonner seul avec cette bête et je dois en finir avant l'aube. Vous me laisseriez en grand danger savez-vous ? Des chiens errent dans les montagnes, finiront par en descendre. Déjà le fumet du sanglier en partie dévoré par les renards a dû les prévenir d'une bombance à faire.

— L'estamaïre est à mon service, je le paye fort bien et je lui défends de travailler à une tâche aussi répugnante. S'il le fait notre contrat est rompu, car je ne supporterai pas qu'il s'assoie ensuite à mes côtés. Je vais vous remettre votre argent. Huit pièces en or.

— Ce n'est pas bien ce que vous faites, vous trois. Mais soit, je scierai les morceaux plus petits.

Même le mobile ne put continuer à manger. Il alla détacher Bijou pour l'atteler au coucou mais, si aimable jusque-là, le pommelé se montra rétif.

— Ce n'est pas un cheval de corbillard, murmura le voiturier à l'oreille de Philibert. Il flaire l'homme mort. Il faut le faire entrer à reculons.

Le mobile l'avait déjà compris, mais Bijou renâclait,

sans cependant montrer les dents, et dans son œil larmoyait comme une supplication. Madame Torneilles lui donna un morceau de pain et il lui lécha la main.

— Écoutez-moi, dit Fournès. Écoute-moi, estamaïre, en sortant d'Albas avant le cimetière il y a une cabane bassette, presque une levée de terre quand on ne sait pas. Tu appelleras Sidoine. S'il n'est pas ivre il te répondra. Tu lui diras que je t'envoie, que je suis ici et que j'ai grand besoin de lui. Qu'il aura trois francs, un repas de minuit et du bon vin. S'il ne répond pas, pauvre de moi !

Il poussa à la roue pour dégager le coucou d'une vieille croûte de fumier de brebis.

— Je ne vous en veux pas, madame, ni à vous gendarme, ni à toi estamaïre et au printemps tu peux passer sans crainte, on aura du travail à te donner. Je vous comprends et je n'ai pas d'opinion pour les uns ou pour les autres, mais plus vous irez par là-bas plus vous risquerez. Oh ! Les braves gens ne vous feront pas de mal, mais quand on leur parle de ce qui s'est passé à Paris, de ceux qui ont été envoyés en Algérie ou en Nouvelle-Calédonie, ils se méfient et laissent les forts en gueule trop parler.

Plus tard, dans la montée d'Albas, madame Torneilles dit que le voiturier était quand même un brave homme. Le premier, Morchailles situa ce gros tas de boue où un homme vivait à proximité du cimetière. Cette cloque de misère entrevue le matin par la veuve et Philibert.

— Appelez, vous, dit-il, moi je fais peur.

Il ôta son képi et s'éloigna. Philibert appela deux fois et une voix comme d'outre-tombe lui répondit. Il expliqua l'affaire et Sidoine lui fit répéter deux fois.

— Bon, trois francs, le souper de minuit et un cheval à découper, je suis son homme. Le voiturier de Quintillan est de parole. Je coupe droit par le haut, j'y serai vite. Mais qui êtes-vous, vous autres ?

— Des voyageurs pour Villerouge.

— Ça roule fort depuis le début de la nuit, vous

aurez du monde en face. La route est toute à ces enragés et ce n'est pas une heure pour les rencontrer.

L'inquiétude de Philibert fut trop perceptible pour que la veuve ne s'en préoccupât. À sa question, il désigna le mobile qui allait devant, même pas une silhouette, juste la luisance de son baudrier, le claquement des sabots de son cheval, peut-être aussi un peu de son savon à barbe, il avait dû se raser durant leur absence, mais surtout le relent graisseux de son mousqueton.

— Ça trafique, vin peut-être ou bien alors alcool qui est de plus gros rapport. Si ces tourne-loi l'aperçoivent, le soupçonnent ils peuvent s'énerver.

Plus loin, ensommeillés, ils approchaient du hameau de Saint-Rome, une grosse campagne, un domaine aurait dit Morchailles. Philibert flaira la neige. Certains printemps où il quittait la mer dans la tiédeur, elle le surprenait dans ces hauteurs. Toujours des collines, mais de plus en plus dominées par les Pyrénées et les flocons arrivaient de par là-bas. Il croyait déjà en sentir un ou deux sur son visage, et dans l'heure elle pouvait tomber gros. Le pommelé se secoua lui aussi, comme pour se préparer et le rouan marqua un arrêt que le mobile prit pour du caprice. Il gronda entre dents et docile le cheval repartit.

— Y a-t-il une auberge à Villerouge ?

— Même deux. Il y a du charroi, une voiture de poste qui part de La Roque de Fa pour Thézan et Lézignan deux fois la semaine, mais je n'en suis pas certain.

— Je voudrais coucher dans un lit à la fin, me prélasser un peu. Morchailles ne pense qu'à Mouthoumet, mais pourrait-on joindre Mouthoumet dans la journée ?

— Sept à huit lieues... Excusez, une trentaine de kilomètres avec une route meilleure ensuite. Ce Bijou marche bien pour le moment, mais au bout de trois heures que fera-t-il ? Il vient de Quintillan et a juste reçu un peu d'avoine. Il faudra bien les soigner le Rouan et lui à Villerouge, avant de poursuivre, mais on peut atteindre Mouthoumet ce soir. Même si nous n'avons guère dormi. Il y a une auberge. On y mange très bien mais je ne sais si les lits y sont douillets, car je couche dans la paille, d'habitude.

CHAPITRE QUINZE

Comme ils atteignaient Saint-Rome, un grondement proche jeta Philibert en bas de la charrette pour saisir la bride du pommelé et le tirer dans l'ouverture d'un chemin. Le mobile, qui depuis un moment oscillait sur son rouan, se réveilla et faillit être projeté dans le ruisseau. Un attelage flamboyant, tiré par au moins six forts chevaux, surgissait de la nuit dans une poussière de flocons de neige, confirmant l'appréhension de Philibert. Dans cette lumière vive qui courait sur la route comme un gigantesque feu follet, tout devenait monstrueux, les chevaux, la charrette, les barriques et surtout les hommes.

Philibert ferma les yeux quelques secondes et, quand il les ouvrit, ne retrouva que le noir. Loin vers Albas, la boule de feu roulait, se perdait dans les chênes verts.

— Ils disposaient de lanternes au pétrole avec des projecteurs, dit madame Torneilles. Est-ce bien prudent de repartir, mobile ?

— Il le faut, madame. Dans un peu plus d'une heure, nous serons à Villerouge. Nous soignerons les chevaux, déjeunerons, repartirons au plus vite avant que la neige ne nous enferme dans ce village.

La grosse campagne de Saint-Rome avec ses bordes, ses bergeries, ses ramonétages, dormait sans se soucier de la folie extérieure. Philibert les enviait tous, hommes, femmes et enfants, se souvenait de Rolande qui avait été engagée pour s'occuper des quatre vaches de la propriété. Elle venait de la région de Foix et était la seule capable de traire. On la méprisait un peu, pour ne pas l'admirer. Son odeur était un enchantement pour Philibert qui n'avait souvent connu que des filles empestant la chèvre. Elle fleurait la crème, le foin coupé. Tenue à l'écart, elle l'avait par deux fois pris dans le coin qu'elle occupait au-dessus des quatre laitières ariégeoises. Personne ne lui disait jamais où coucher et Rolande y avait pourvu sans façon. Bien avant l'aube, elle se levait pour donner du foin, se recouchait un peu, puis commençait la traite du matin. Une fois par an, elle en menait deux au taureau et comme, dans ce pays de moutons et de chèvres ils étaient pour ainsi dire inconnus, elle allait, poussant ses deux bêtes jusqu'à Albières, ce qui lui prenait la semaine aller et retour. Elle revenait avec ses vaches saillies pour retrouver les deux autres avec leurs pis engorgés. Les chevrières n'avaient pu les leur vider. Les deux, trois nuits où il travaillait là, il rêvait avec cette fille de grasses prairies, de montagnards taciturnes dansant gravement autour de grands feux de la Saint-Jean.

— Nous arriverons vers 5 heures, rageait madame Torneilles, aucune auberge ne sera ouverte.

Elle se trompait. Avec le charroi des grosses pinardières, la diligence de la Roque de Fa et celle qui, une fois la semaine, s'en allait jusqu'à Carcassonne, on s'énervait déjà ferme dans l'une comme l'autre. Aucune ne s'intitulait auberge, chacune se voulait de son temps et les enseignes fraîchement peintes depuis la guerre annonçaient Hôtel-Restaurant.

— Vous ne pouvez demander une chambre, s'indigna le mobile, nous repartirons dans deux heures.

— Cela me laisse le temps de me reposer et d'y faire ma toilette. J'ai commandé de l'eau chaude et vous devriez en faire autant, vous deux. Votre uniforme aurait besoin d'être aéré et le reste aussi.

Rouge de confusion, le regard rond, il la regardait s'en aller, suivre l'aubergiste qui la guidait vers l'étage. Une bonne affaire pour celle-là, le prix d'une chambre pour deux, trois heures.

Morchailles dut se fâcher afin que le coucou pénétrât dans l'écurie et fût parfaitement immobilisé à l'horizontale. Il s'occupa des deux chevaux, l'étameur lui paraissant assez novice en la matière.

— Nous devrions ensuite vérifier l'état de notre chargement, proposa le mobile. Je vous aiderai à descendre votre carriole.

Dehors la neige faisait palpiter le jour naissant. Les deux valets d'écurie, les conducteurs, les rouliers s'en excitaient à l'avance, s'enivrant des calamités à venir. Surtout un roulier transportant depuis Toulouse un déménagement pour Maisons, et qui apprenait que pour atteindre ce village, il aurait droit à un chemin tortueux, raviné, souvent désert, sans beaucoup d'endroits pour faire étape, avec des cols vite bouchés si la neige persistait.

— Quoi des petits cols de rien du tout, même pas cinq cents mètres. Moi dans les Pyrénées, j'en ai franchi de quatre, cinq fois plus hauts.

— Oui mais par ici, c'est pas la même chose.

La carriole d'étameur descendue, Philibert laissa les bouquets de lavande en place. Leur parfum le rassurait. Mais les autres les surveillaient, chuchotaient et le roulier de Toulouse s'effarait :

— Vous dites un mort...

Morchailles les toisa et ils se dispersèrent.

— Étameur écartez un peu ces plantes odoriférantes. Il faut avoir le courage de bien renifler la chose.

Peut-être que les planches de kaori s'étaient imprégnées là-bas à La Nouvelle. Il les avait soigneusement nettoyées, mais pas assez et à un pan de la double boîte respirer n'était plus un réflexe normal. D'instinct les poumons se rebellaient, n'en voulaient pas de cet air équivoque. Morchailles se cassa en deux et le garçon crut que ses moustaches effleuraient le bois exotique. Aussi sec, il se redressa, l'œil confus.

— Le bois... commença-t-il.

— Oui, le bois, approuva Philibert.

— En tout cas, ici c'est impossible. À Mouthoumet, les gendarmes nous aideront, nous n'aurons pas tous ces curieux...

Ils auraient dû regarder en dessous, voir si la planche qui prolongeait la voiture gardait sa couleur d'origine. Ils replacèrent les gerbes de lavande, hissèrent la carriole.

— Allons déjeuner, dit sèchement le mobile.

Dans la salle, on se passionnait pour les allées et venues d'une servante et de la patronne, qui ne cessaient d'emporter des brocs d'eau bouillante tirée d'une chaudière installée sur un foyer différent de la grande cheminée. Là, on faisait griller de la saucisse, du boudin, de la cansalade, lard gras et maigre faiblement salé. Une femme de charge battait un saladier d'omelette, et dans une énorme cafetière passait le café.

— La dame prend un bain, leur confia la fille qui les servait et avait trimbalé six brocs, affirmait-elle, autant que sa patronne. Pendant la guerre, une Anglaise venant d'Espagne avait eu la même exigence, mais s'était contentée de moitié moins d'eau chaude. Mais la dame payait large.

Le jour coulait comme une crème avec cette neige, et devant l'auberge deux douzaines d'hommes, vêtus de noir, tapaient du pied. Le gendarme se dressa légèrement sur sa chaise pour effacer la buée d'un carreau :

— Ne manquait plus que ça.

Philibert ne vit pas tout de suite la couronne mortuaire faite de laurier au travers duquel les baies rouges de houx s'entrelaçaient.

— Vous croyez que c'est...

— Ils ont bien des têtes de... de ce qu'ils sont, grogna Morchailles en avalant son verre de vin.

Madame Torneilles descendit, en vêtements nouveaux, parfumée, et tout un monde de graillons, de mots rudes, de sans-gêne se recroquevilla comme il put, pour lui ménager un espace digne d'elle.

— Un instant.

— Non madame, je vous l'interdis. Ce ne serait pas raisonnable. Ce genre de manifestation peut nous attirer des inconvénients dont vous n'avez pas idée.

— Vous ne m'empêcherez pas d'aller remercier ces braves gens.

D'un pas décidé, elle quitta la salle et tous les voyageurs se précipitèrent aux fenêtres. Les deux douzaines d'hommes qui attendaient formèrent un cercle autour d'elle, l'absorbèrent et présentèrent leurs dos aux curieux. Philibert se resservit une tranche de jambon de montagne, une de boudin grillé et mangea sans se préoccuper du reste. Morchailles, raide sur sa chaise, devenait impressionnant de colère rentrée. Le garçon remarqua que sa barbe bleuissait ferme ses joues.

— Monsieur le maréchal-des-logis, vous ne vous êtes pas rasé ce matin. Que diront vos collègues de Mouthoumet ?

Le mobile lui lança un regard terrible, porta la main à son visage. Il se leva, alla vers la cuisine et repassa avec un petit broc d'eau chaude. Il disparut en direction de l'écurie.

Madame Torneilles revint bien avant le mobile, se fit servir un café au lait de vache, elle insista deux fois là-dessus, des tartines grillées avec du beurre et de la confiture.

— Je vais voir si on a du beurre, dit la servante. Ici on n'en sert pas. Vous en trouverez à partir de Mouthoumet.

On lui en apporta un bout informe qu'elle trouva rance.

— Ces messieurs au-dehors vont nous accompagner un peu. Jusqu'à Félines. Ils sont si touchants avec leur couronne faite de tant de gentillesse, dans un pays où il n'y a pas de fleurs l'hiver. Nous attendrons la fin de cette tourmente à Félines, dans une maison de la famille de mon époux. Mon beau-frère a fait déposer un message dans cette auberge à ce sujet. Ces gens du dehors sont de vrais Républicains vous savez, et qui osent se montrer et défier ceux qui nous détestent.

Elle se pencha vers lui et il aurait mordu dans cette bouche pleine, fleurant le café au lait :

— Savez-vous qui les a prévenus ? Surtout pas un mot à Morchailles. Non pas mon beau-frère, Antoine Rouque, le mari de l'Amélie, qui se cache depuis quatre ans dans la garrigue et qui a marché jour et nuit pour annoncer notre venue. Car à Durban même les Républicains avaient autre chose à faire avec ces inondations. Où est notre pandore ?

— Il se rase. Nous repartons donc, malgré ce qui tombe ?

Ce n'était plus une épaisse buée qui filtrait le jour mais la neige drue. Le cercle noir des Républicains lui-même disparaissait.

— Si le vent se lève, ce sera la tourmente.

— Auriez-vous peur, estamaïre ?

— En bord de mer, on ne connaît pas trop ça. Une fois tous les dix ans et encore. Juste une trace.

S'il en tombait, autant accepter l'avantage qu'elle apporterait, recouvrant le cercueil d'une gangue qui peut-être gèlerait dans la nuit, et le dispenserait d'allumer sa forge et de recommencer sa bagarre avec le mort. Ce dernier avait failli l'emporter chaque fois et il se souciait peu de l'affronter. Mais il était payé pour cela. Cinq francs par jour. Elle ne lui en avait pas donné le total mais il y aurait renoncé pour peu de chose, connaître son prénom surtout. Il avait essayé d'en accoler plusieurs dizaines à son nom, mais ils ne tenaient pas.

— Je vais régler la dépense. Les chevaux ont-ils mangé ? Faut-il prévoir de l'avoine ?

— Je vais voir.

Morchailles rangeait son rasoir, sa petite glace portative. Il avait commandé un peu d'avoine, suffisamment pour aller jusqu'à Mouthoumet.

— Attelons le pommelé.

Devant le rideau de flocons, Bijou dressa les oreilles, avança. Le rouan, aussi discipliné que son maître, suivit. Les hommes en noir approchèrent et l'un d'eux déposa la couronne sur le cercueil. Le mobile détourna la tête, talonna son cheval et la neige effaça sa personne réprobatrice. Mais il fit demi-tour, revint.

La veuve tardait. Du néant blanc sortit une longue charrette attelée de deux percherons. La plupart des hommes en noir y grimpèrent. La moitié environ. Ils durent trouver de gros parapluies dans le fond du véhicule, car ceux-ci s'ouvrirent, en fleurs chagrines au-dessus d'eux. Le maréchal-des-logis découvrit autre chose en même temps que Philibert. La quinzaine de ces gens-là s'étaient assis en face-à-face, et chacun de ceux qui ne tenaient pas un parapluie, serrait un fusil de chasse entre ses jambes. Un parapluie et un fusil pour deux.

— Nous pouvons y aller, dit gaiement madame Torneilles en grimpant, toujours aussi légère, dans le coucou. Nos amis préfèrent nous protéger jusqu'à Félines.

— C'est intolérable, explosa Morchailles, je n'en veux pas. Ces imbéciles n'ont rien à faire avec nous. Je suis chargé d'une mission bien précise.

Parce qu'il parlait nerveusement, le rouan ne cessait de bouger, esquissait deux pas en avant puis reculait, butait contre le coucou. Il tourna la tête vers Bijou et essaya de lui mordre l'oreille.

— Vous agacez votre cheval, dit madame Torneilles. Que vous importe que ces gens nous suivent ? Ils pourraient tout aussi bien aller à la chasse.

— Par temps de neige, c'est interdit, répliqua-t-il, conscient que leur dispute avec son ton dérisoire ne concernait en rien son véritable enjeu.

— Disons qu'ils s'en vont à la chasse aux loups. On en aperçoit parfois dans le coin, savez-vous ?

Le mobile rompit net et Philibert fit claquer les rênes sur l'échine de Bijou. Dans Villerouge, la neige laissait parfois quelques éclaircies où les trois parties du cortège pouvaient se voir en entier, mais la dernière maison passée, chacune se retrouva invisible des deux autres. Philibert se dit que le mobile y puiserait un apaisement.

— Pourrions-nous être, plus loin, arrêtés par la neige ? demanda madame Torneilles, enfouie dans un ample manteau au col de fourrure.

— Vos amis derrière le sauraient mieux que moi.

— On ne voit pas le bord du chemin, ce cheval vous paraît-il capable de se guider dans cet aveuglement ?

— Un cheval de voiturier d'ici, madame.

Le mobile se laissa rejoindre par la droite :

— Je n'y vois rien et mon cheval hésite. Le pommelé m'a l'air plus sûr de lui.

— C'est un calme qui en a vu d'autres, ironisa Philibert.

Il éprouva le besoin de taquiner Morchailles :

— Si vous voulez, laissons les autres derrière nous passer. Ils connaissent la route à merveille.

— Nous n'avons nul besoin d'eux.

— Monsieur le mobile, dit madame Torneilles, prenant appui de sa main gantée sur le genou de Philibert, afin d'avancer son buste le plus possible, vous avez insisté pour nous lancer vers Mouthoumet, mais je n'irai pas au-delà de Félines.

Mais Félines, sous la neige depuis la veille, somnolait dans son inactivité. Même les portes de caves, où d'ordinaire s'entassaient les oisifs forcés, se muraient de congères. Philibert arrêta le coucou et la charrette aux deux percherons les rejoignit. Un homme, protégé d'un parapluie, en descendit.

— Nous allons voir, madame, si quelques-uns seraient prêts à nous succéder. Mais raisonnablement vous ne pourrez passer Bedos, le Cers y entasse haut la neige. C'est là que la route de Termes rejoint celle-ci.

Sa voix râpait contre une arrière-pensée, un peu genre enfant rétif raclant de sa galoche le chemin.

— Il n'y aurait pas vergogne à rebrousser chemin. Sûr que les auberges ne voudront pas de la voiture, mais chez moi l'écurie est assez large pour la contenir, et nous serions honorés, ma femme et moi, si vous acceptiez notre invitation. Savez-vous que je figure sur une photographie avec votre défunt ? Un ami possédait un appareil et ça devait être en 68... Je vous la montrerai. Marceau Vernet pour vous servir.

— Nous n'avons pas l'intention d'aller plus loin, fit madame Torneilles, trouvez-moi seulement l'ancienne forge.

CHAPITRE SEIZE

Au cœur d'une bourrasque qui s'acharnait à faire disparaître ce petit village, Philibert, étreint par la certitude d'une catastrophe proche, tenait Bijou par la bride, appréciant l'haleine amicale et chaude de l'animal. Les hommes de Villerouge pataugeaient dans les deux trois ruelles, quémandaient des renseignements, toujours abrités sous leur parapluie, le fusil en bandoulière. Parti en reconnaissance, l'expression était de lui et digne d'un militaire, Morchailles revint courbant l'échine, penché sur son rouan comme pour lui confier ses dernières désillusions.

— Il faut trouver cette vieille forge ! cria madame Torneilles, car il fallait crier pour s'entendre, les flocons emprisonnant les sons.

Bijou s'ébrouait et le garçon se demandait si ce n'était pas la fièvre qui le faisait frissonner. Il lui trouvait les naseaux chauds et secs, mais l'œil attendri de voir l'homme en souci de lui.

— Voilà, dit Marceau Vernet, nous avons pour vous l'ancienne forge qui appartient à votre famille. Le forgeron est mort et sa veuve vit chez sa fille. Ce ne sera pas confortable mais vous laisserez la tempête au-dehors. Il faut continuer, tourner sur la droite, attention à la borne d'angle.

Lui et ses amis suivirent à pied sous leurs parapluies

bombés face au vent, fusil en travers du dos. Philibert pensa à ces soldats de Rome qui attaquaient en se protégeant sous leur bouclier.

— La tortue, dit-il à la veuve, qui ne comprit pas l'allusion.

Une silhouette extravagante les attendait, celle d'un vieillard desséché au garde-à-vous, portant un uniforme en lambeaux, un bonnet à poil mité.

— Guérin Faget, le père du forgeron mort. Il aurait été grognard de la Garde à Waterloo. On le surnomme Cambronne, car il prétend s'être trouvé à côté du général au moment de la fameuse réplique. Mais il n'aurait eu que douze ans. Il est au service de votre famille et détient la clé.

Des châles gris de toiles d'araignées protégeaient la forge, les enclumes, les voilaient de mélancolie, faisaient de ces objets rugueux des reliques. L'œil avisé de Philibert dénichait les outils, le reste de charbon, le soufflet rapiécé maintes fois.

— Vive l'empereur, chevrota le grand-père, vive la République. Napoléon était son fils, l'autre un simple bâtard. Bienvenue à tous.

Son index se pointait vers le plancher au-dessus des toiles d'araignées.

— Une cuisine, une chambre. Tout est en place. Ma bru a tout laissé, trop heureuse d'aller empoisonner l'existence de sa fille à Maisons, après avoir usé mon fils de patenôtres. Vous verrez, il y a des crucifix et des images saintes partout. Je vais vous apporter du vin. Au service des Torneilles depuis toujours, mon capitaine.

— Pour un ancien grognard, il n'y connaît pas grand-chose en grades militaires, murmura le mobile.

Suffoquant, tant la neige laissait peu d'air respirable, leurs accompagnateurs s'acharnèrent pour faire entrer le coucou dans la forge. Ils avaient replié leurs parapluies mais les rouvrirent quand la voiture fut à l'abri. Morchailles attendit leur départ pour faire entrer son cheval. Le rouan, décidément de mauvaise humeur, essaya une nouvelle fois de mordre Bijou et on dut l'attacher plus loin.

Madame Torneilles recula tout d'abord devant les tentures, grises de poussière épaisse, qui dérobaient l'escalier. Effrayée, elle jetait des regards tout autour d'elle, comme si elle cherchait quelque chose.

— Sait-on quand ce forgeron est mort ? On dirait que des siècles ont laissé les araignées encoconner cet endroit. Encore quelques années, et toute la maison sera prise dans un étui géant de soie. En se baissant, on peut monter sans les frôler.

Armé d'un vieux balai déplumé, Philibert se lança dans l'escalier. Madame Torneilles souriait vaguement, le comparant à Don Quichotte se battant contre les moulins à vent.

— Magnifique, dit-elle, découvrant l'étage sans toiles. Les araignées se sont contentées du bas.

Elle avança dans la demi-obscurité, ouvrit la fenêtre puis les volets et une trombe de neige la fit reculer. Philibert se porta à son secours pour refermer les montants.

— Nous n'aurons guère plus de lumière. Il n'est que 10 heures du matin et nous voilà dans un crépuscule. Il fait froid.

— Je vais faire un feu de charbon, annonça le garçon.

Le mobile essuyait son rouan mais dit qu'il s'occuperait aussi du pommelé. L'ancien grognard de la garde pénétra dans la forge un sac sur son dos, une bonbonne de vin à la main.

— C'est que dans une heure, je ne pourrai plus passer, dit-il. Le boulanger m'a donné une belle miche chaude. Vous trouverez quelques provisions là-dedans. Vous comprenez, je vis seul maintenant et je me contente de peu.

Il s'approcha du coucou, posa la main sur la neige qui recouvrait le cercueil. Les gerbes de lavande avaient-elles disparu ? se demanda Philibert.

— Vous verrez qu'ils vont nous la confisquer, la République, murmura-t-il au garçon, surveillant le mobile du coin de l'œil. Une seule voix de majorité et une chambre monarchiste. Vous devriez aussi allumer la forge. Du temps de mon fils, elle réchauffait toute la maison, la cheminée la traverse de bas en haut. Il y a tout ce qu'il faut. Les Torneilles ont essayé de la vendre, mais personne n'en a voulu. Nous sommes trop près de Villerouge, vous comprenez. Ne vous inquiétez pas pour les bruits, les rats, les loirs. Ne soyez pas trop curieux.

Il refusa que Philibert le raccompagnât. Il enfonçait dans la neige jusqu'aux cuisses. Le garçon le suivit de loin, le vit pénétrer dans une cave ouverte.

— Vous voulez vraiment allumer la forge ? grommela Morchailles.

— Avec quelques coups de soufflet, en moins d'une heure nous pourrons vivre en bras de chemise.

— Et vous croyez que ça sera bon pour lui ?

Il désignait le cercueil dans sa gangue de neige.

— Ce matin à l'auberge, tout comme moi vous avez eu un doute, je l'ai lu sur votre visage.

— Justement, si la forge ronfle, je pourrai facilement fondre mon plomb.

— Alors, il faudra fermer le portail à double tour. Nous sommes dans un petit village dont nous ignorons tout. Ces chasseurs ridicules avec leurs parapluies sont repartis. Moi j'espérais que la brigade de Mouthoumet m'aurait envoyé une patrouille, mais ils n'ont pas dû pouvoir passer. Il y a des endroits très difficiles où les congères doivent s'accumuler si j'en crois ma carte.

— Vous jugez les gens à votre façon et moi à la mienne. Ce sont des braves gens, et même ceux qui n'apprécient pas le retour de cette dépouille la respecteront. Le danger pouvait être sur la route avec un temps normal d'hiver, froid sec et venteux. Cette folie de neige nous protège. Peu se risqueront au-dehors.

Rapide, il faisait déjà ronfler les charbons, se promettait d'en prendre une ou plusieurs pelletées pour la cheminée du haut. Morchailles bouchonnait Bijou, s'en occupait comme de son rouan et Philibert en fut touché. Lorsque le mobile s'approcha en bourrant sa pipe, il pensa que c'était le moment de cette question qui, depuis le départ, lui venait sans cesse aux lèvres.

— Monsieur le maréchal, vous avez une idée, vous, du prénom de madame Torneilles ?

Avec les mordaches, énormes pinces de forgeron, Morchailles saisit un brandon, le déposa dans le fourneau de sa pipe, tira avec satisfaction sur le tabac embrasé.

— En quoi cela vous intéresse, dit-il enfin. Elle ne vous autorisera jamais à l'appeler aussi familièrement. Et comment le saurais-je ?

— Votre ordre de mission doit bien le signaler.

— Pas du tout mon jeune ami, pas du tout.

Madame Torneilles descendait, s'immobilisait en bas de l'escalier, les bras croisés :

— En voilà des façons. Vous vous chauffez tranquilles alors que là-haut je gèle.

— J'allais monter des braises, fit le garçon penaud, et aussi ce sac que Cambronne nous a apporté, cette bonbonne de vin.

— Il nous reste des provisions dans le coucou.

Elle monta dans la voiture mise en équilibre, et il remarquait qu'elle ne passait jamais par l'arrière du coucou, comme pour éviter le cercueil. Certes, elle l'avait couvert de lavandes séchées, les attachant pour les faire tenir en place, mais c'était l'unique révérence qu'elle rendait à son mari mort. Si d'une façon il s'en choquait, de l'autre il en retirait une honteuse satisfaction, n'osant pas s'avouer qu'en l'absence d'un profond chagrin, elle pourrait à nouveau se laisser effleurer par des sentiments frivoles.

Il monta les braises, du bois, surtout des souches de vignes. Dégottant un gril, il proposa de placer sur les braises des tranches de lard, de jambon. Dans le sac, ils trouvèrent des pommes de terre, un bocal de foie de porc conservé dans l'huile, des chandelles de cire estampillée d'une abeille par le moule. D'ordinaire, c'était le lys royal, mais le vieux grognard ne voulait que l'abeille impériale.

En plein repas, des coups violents ébranlèrent le portail de la forge. Le mobile se précipita dans l'escalier et Philibert eut l'idée d'ouvrir la fenêtre. Deux silhouettes, lui sembla-t-il, se dissolvaient à quelques mètres. Morchailles surgit dans la rue, essaya de se lancer sur les traces profondes laissées par les inconnus, mais il enfonçait trop et, levant la tête vers le garçon, il haussa les épaules.

Lorsqu'il remonta, il tenait à la main un carré de tissu blanc cloué sur un morceau de bois. Philibert ne comprit pas tout de suite ce que c'était, madame Torneilles si.

— Un drapeau, dit-elle, un drapeau monarchiste.

— Une provocation, dit le mobile. Il ne faut y attacher aucune signification.

— N'essayez pas d'atténuer l'affaire. Ces gens-là ont affronté une tempête terrible pour effectuer ce geste symbolique. Nous ne pouvons pas le prendre à la légère. Vous nous devez votre protection. Votre mission ne consiste pas seulement à veiller sur un transport mortuaire. Nous ne pouvions attendre à l'auberge que cette neige cessât et que les routes fussent praticables. Ici il sera plus aisé de nous méfier.

Madame Torneilles les quitta pour aller se reposer dans la chambre unique. Dans l'armoire, elle avait trouvé des draps et des couvertures. Ni les uns ni les autres n'avaient dormi depuis la bergerie du Planal de la Lèbre, nuit ébréchée par les cris du sanglier. Devant la cheminée, les jambes écartées par la chaise, accoudé au dossier, le mobile tirait sur sa pipe. Ne cessant d'aller à la fenêtre, Philibert espérait que ce mur de neige allait quand même cesser de s'élever.

— Bientôt nous en aurons un mètre dans la rue,

dit-il. Nous voici habitants forcés de l'endroit, voués au même sort mais dépourvus de l'essentiel. Eux ont tué le premier cochon de la fin de l'année en attendant le second, ils ont des sacs de haricots, de févettes, de pois chiches.

— Il y a bien un épicier, un boucher ?

— Peut-être le premier avec trois fois rien en rayon, quant au second, vous croyez-vous en ville ? Nous approchons des pays où ils en viennent à saler aussi les chèvres, baignent les canards dans leur graisse et si celle-ci manque, dans de l'huile. En ai-je vu de ces jarres où l'on puisse de quoi nourrir la soupe de légumes, mais sans faire de folie. On mange ce que l'on produit.

— Vous voilà content, vous qui disiez que ces habitants étaient de braves gens qui ne nous voulaient aucun mal. Sauf que deux d'entre eux ont bravé la tempête pour enfoncer un drapeau blanc dans le trou de la serrure.

Le silence qui suivit n'était pas réduit à cette cuisine mais il gagnait au-delà de la fenêtre, des murs, régnait sur le village, la campagne, les garrigues, plus loin que le canton. Une neige pareille ne se contentait pas de quelques maisons, de quelques bourgades. Philibert se disait que peut-être elle recouvrait le bord de la mer. Comment s'en dépêtrer ensuite, survivre alors que les gens des Corbières seraient eux-mêmes naufragés et robinsons ?

— Étameur, nous avons besoin de sommeil. Je sens que je ne pourrai lutter si je n'ai pas deux heures à dormir. Nous allons établir un tour de garde, ne serait-ce que pour alimenter ce feu. Je peux m'enrouler dans ma capote et dormir dans un coin.

— Nous ne sommes pas en caserne pour prendre chacun son tour, mais si cela vous rassure, allez-y.

— Ne le prenez pas à la légère. J'ai fermé à double tour, poussé un verrou mais je ne suis pas tranquille. Je sais que la couche épaisse et molle de neige nous protège, mais depuis Sigean, à chaque pas de mon rouan, tous mes sens se révulsaient. Trop de vent mélangé d'un soleil qui glace plus qu'il ne chauffe, trop de parfums comme pour masquer du gâté, une nourriture forte, un vin fort. Des gens qui parlent une langue que j'ignore et qui pour le français s'appliquent comme des écoliers. J'ai combattu en pays étranger, en Italie. Je croyais que ce serait la même chose mais le pire, voyez-vous, c'est que la plupart des gens de par ici, neuf sur dix au moins, se veulent français. Ils ne sont donc pas mes ennemis et moi je les redoute comme tels.

— La politique, dit Philibert qui ressentait les premières atteintes d'un sommeil exigeant.

— Oui la politique, les Blancs, les Rouges, les entre-deux.

— Vous devriez dormir, maréchal. Tout vous paraîtra différent au réveil. Je veillerai. Je vous promets de ne pas fermer les yeux.

Lorsque le mobile ronfla, il descendit. Le feu couvait dans la forge, poussant une bonne chaleur dans toute la maison. À côté, le tas de charbon était important, celui des souches de vigne et de chêne vert aussi. Le charbon venait de mines locales. Il en existait d'infimes avec parfois deux mineurs qui rampaient sous la terre, remplissaient une de ces grandes corbeilles d'osier, appelées banastes, qu'un compère tirait au moyen d'une corde. Des familles prenaient à ferme une mine comme d'autres prenaient un ramonétage, une métairie. Ils payaient une redevance au propriétaire et se détruisaient la vie pour trois fois rien. Certains de ces propriétaires étaient des flambards, qui s'en allaient menant grand train, charrette anglaise, dog-cart, tilbury, alezan, barbe, genet d'Espagne, faire la foire à Lézignan, Carcassonne ou Narbonne. Ceux-là, plus les gros propriétaires, plus quelques fielleux moins riches préféraient Constantin Torneilles mort, mais ce cercueil qui le contenait les endiablait tout de même. Que préméditait la veuve, il avait peur de l'apprendre un jour. N'était-ce pas un martyr qu'elle ramenait jusqu'à son village natal ? Qu'avait-on besoin d'un lieu de pèlerinage laïque et républicain, pis, communard ? Le sacrilège au milieu de toutes ces Dames qu'on honorait dans les Corbières, Notre-Dame-de-Faste, de l'Olive, parmi celles dont l'estamaïre avait entendu parler et ces humbles petites saintes de rien, comme sainte Raphine.

Il jeta quelques morceaux de charbon dans la forge. Sous ces voiles gris que poussières et araignées drapaient en velum, le coucou-corbillard était comme dans une chapelle étrange, et l'effroi d'une cérémonie funèbre insolite en train de se dérouler, bouleversa Philibert. Les chevaux tournaient la tête vers la voiture. Avec leurs sens développés, ils paraissaient assister à un mystère. Faisant un grand écart, le garçon remonta à l'étage où le ronflement de Morchailles refoulait l'étrange. En bas, Philibert avait cru flairer une odeur vivante, inconnue, qui n'était ni la délicate de la veuve, ni la forte en cuir du mobile. Un relent pitoyable de souffrances.

Et de ce mur de neige, qui parfois se lézardait furtivement, une éclaircie allait-elle naître enfin où persisterait un vain espoir. Que les gens de Félines n'aillent pas se mettre en tête que la venue de ce coucou mortuaire était pour quelque chose dans cette malédiction blanche. Bien qu'allant à peine sur ses vingt ans, il en avait déjà connu des paniques du genre, des suppositions bourrées de faussetés, des rumeurs naissant comme un feu de forêt et se mangeant leurs kilomètres de villages.

Il se servit un verre de vin au regret de quelque chose de fort, du rhum par exemple. L'attendrissaient le punch de Fraïsse, la brave l'Amélie et son déserteur d'Antoine, capable en coupant droit dans les collines de venir prévenir les amis de Villerouge. Que n'étaient-ils là ces paladins en parapluie à veiller pour lui d'inquiétude ?

Morchailles s'assit, le regard farouche.

— Vous êtes là à boire de ce vin trop fort et vous ne vous rendez compte de rien ?

Il se levait d'un bond, n'en oubliait pas de secouer sa capote, de la plier.

— Cette fois, nous n'y coupons pas.

CHAPITRE DIX-SEPT

Enrobée dans l'ardeur des charbons, la pestilence sucrait imperceptiblement l'air. Le garçon allant, venant entre l'étage et la forge, agitant l'air, n'en avait pas été importuné comme le mobile dans son sommeil. Philibert alluma le fanal du coucou, se glissa sous la rallonge. Faite d'auréoles claires vers l'extérieur, plus sombre au centre, la tache, grosse comme une pièce de cinq francs, grignotait la planche. En son centre, de la taille d'une tête d'épingle, se formait une goutte. Philibert, figé dans sa rage, accumula, durant une demi-minute les pires insultes envers ce mort qui depuis des jours et des nuits le tourmentait, ne cherchant qu'à s'évader.

— Étameur? Dites-moi?...

Philibert rampa en dehors de la rallonge, se releva lourd de malédictions rentrées.

— Le bois est déjà transpercé. Pour ce faire, il faut que le coffre de kaori soit déjà bien imbibé.

Le couvercle de neige n'avait pas complètement fondu dans la chaleur de la forge.

— Cela risque, murmura Philibert, cela risque d'être une sale corvée...

Il leva les yeux, désigna un gros crochet vissé dans la poutre maîtresse. Les velums des araignées l'utilisaient comme point d'accrochage.

— Il y a un palan à chaîne quelque part dans le fatras de ces ferrailles, là-bas.

— Étameur, nous ne pouvons soulever le cercueil et vous le savez bien. Il se cassera en deux et nous en aurons partout, sur nous, sur le sol. Vous nous voyez tout balayer à grands coups de pelle pour remplir à nouveau la double boîte.

— Si j'avais suffisamment de plomb, maréchal, je coulerais un autre cercueil. Il suffirait d'un pétrin, comme moule. Mais il faudrait une carcasse en fer pour le consolider. Et vingt-cinq kilos de plomb au moins.

— Vous ne pouvez étamer le bois extérieur, ce kaori ?

— Vous n'y connaissez pas grand-chose en étamage, maréchal.

— Je veux dire bâtir une enveloppe extérieure.

— Qui serait tout aussi fragile que le reste et ne supporterait pas le moindre cahot. Et une fois passé Mouthoumet, qu'allons-nous trouver sous les roues du coucou, des ornières qui seront trop écartées ou trop étroites, de la caillasse, pour ça comptez-y, des *recs* qui cisaillent la chaussée, enfin un peu de tout quoi. Et le reste.

Tout en parlant, ils s'écartaient du coucou. Des deux chevaux, le plus sensible était le rouan dont les naseaux pinçaient fébrilement l'air, lui trouvant une douceur de caroubes gâtées. Philibert savait que le miel, la lie de vin et bien d'autres produits sucrés pouvaient, au dernier terme de leur corruption, s'échauffer en une puanteur onctueuse.

— Monsieur le mobile, estamaïre, êtes-vous en bas ?

Du haut de l'escalier, madame Torneilles appelait à mi-voix, sans cette aisance tranquille qui pouvait passer pour de la désinvolture ou de l'insolence. Philibert eut l'image d'une pécheresse passant la tête à la porte de la sacristie, pour héler discrètement le prêtre en pleine messe. La veuve savait que son défunt une fois encore cherchait à les harceler avec la seule arme à sa disposition. Lui Philibert, simple estamaïre forain, amoureux de cette femme, n'aurait pu une fois mort la tourmenter de la sorte. Ce Constantin Torneilles, tout communard qu'il était, se comportait comme n'importe quel jaloux trivial. Et on allait en faire un martyr, le promener encore longtemps pour exhorter les Républicains indécis, faire de son mausolée un lieu de pèlerinage ?

— Moi, à sa place, j'aurais honte, ne put-il s'empêcher de murmurer à Morchailles.

Puis, agacé de lui voir lever les yeux vers la veuve invisible, il précisa :

— À sa place à lui, pas à sa place à elle. A-t-on jamais vu un mort aussi acharné à se rappeler au souvenir? Vous qui en avez vu sur les champs de bataille, en Italie...

— Estamaïre, je vous entends grommeler je ne sais quoi. On n'y voit pas tellement depuis ici. Votre fanal est bien bas. Voulez-vous les chandelles de Cambronne ?

— Ne vous inquiétez pas, répondit Morchailles. Mais lui aussi avait ce ton mi-apeuré mi-confus que l'on prend dans les églises. Nous vérifions un peu tout, la voiture...

— Pouvez-vous me monter mes bagages? Et dites-moi comment se procurer de l'eau? Il paraît qu'il faut énormément de neige pour obtenir un litre.

— Nous nous en occupons, madame.

Essayant de ne pas respirer, Philibert sortit les valises, les sacs du coucou, les monta en deux voyages jusqu'au palier puis les porta dans la chambre. Madame Torneilles y avait allumé une chandelle, et son parfum de cire n'allait pas arranger l'atmosphère autour d'eux. Il aurait fallu brûler du thym ou du romarin.

— Philibert ?

L'avait-elle déjà appelé par son prénom? Il faillit connaître cette extase inattendue de ses treize ans, lorsqu'une jeune femme réputée légère, quelque cousine lointaine, l'avait au cours d'un banquet embrassé trop longuement au coin de la bouche.

— Mon ami, vous allez remédier à tout cela n'est-ce pas ? Je suis si heureuse de vous avoir engagé. Jusqu'ici vous m'avez été d'un grand secours, même en dehors de votre... profession.

— Je suis votre estamaïre personnel aux gages de cinq francs par jour, répliqua-t-il, étonné de secouer si vite le charme et de retrouver cette langue pointue qui faisait sa réputation.

— N'oubliez pas non plus... de l'eau, beaucoup d'eau.

Il hésita en haut des marches, comme devant plonger dans une mare trouble et fétide. Allait-elle encore vouloir prendre un bain ? Déjà, elle s'était lavée dans la Berre, puis à l'auberge de Villerouge. Qu'avait-elle donc à sans cesse se savonner, se parfumer, se pomponner, effarant, scandalisant ceux qui l'auraient vue en veuve ployant sous les crêpes noirs, rancie de chagrin. Croyait-elle qu'une propreté méticuleuse, s'envelopper d'un nuage de savonnette et de parfum, la protégeraient de cette obsédante présence d'un mari mort depuis des mois ?

Tirant une comporte de bois, le mobile approcha du vantail. Lorsqu'il l'ouvrit, un pan de neige vertical, moulé par le battant, les emmurait. Saisissant le fourgon de la forge, le garçon essaya de l'enfoncer dans la masse, pensant la faire écrouler, mais son tisonnier long d'un mètre restait insuffisant.

— Restera toujours la fenêtre pour sortir, plaisanta le mobile. Le vent a dû pousser dans cette rue le triple de neige.

— Je n'aime pas rester enfermé, ragea Philibert, attaquant encore la congère. Morchailles, lui, emplissait la comporte de neige.

— Il nous faut un chaudron. Une pleine comporte ne donnera que deux ou trois litres. Il en faut bien davantage. Nous aurons bien besoin de nous nettoyer lorsque nous en aurons terminé avec l'autre. Nos corps et nos vêtements.

Ils trouvèrent une pelle, une sorte de houe et se démenèrent. Pas de chaudron mais une bassine en zinc qu'ils enfoncèrent dans les charbons. Ils travaillèrent jusqu'à la nuit qui ne parvint pas à s'imposer à cette blancheur. Il resterait des traînées blêmes jusqu'au lendemain.

— Nous soupons, nous attendons le creux de minuit, proposa le Mobile. Nous ne pouvons pas la mêler à ça.

— À moins de tout calfeutrer, elle y sera mêlée, murmura Philibert. Ma grand-mère se protégeait du froid en bourrant le dessous de ses portes de charpie. Tout l'été, elle déchiquetait de vieux draps et aux premiers froids, avec une lame de couteau, calfatait sa maison comme son mari, le pêcheur mort en mer, calfatait sa barque catalane.

Le souper tarda car les haricots ne voulaient pas cuire. Chacun son tour s'acharnait sur les braises, mais les fayots s'entêtaient à rester immangeables.

— La neige ne tombe plus aussi fort, constata Morchailles qui, affamé, se tenait debout à la fenêtre. Mais demain nous ne pourrons pas encore partir, et comment nous procurer de quoi manger? Savez-vous où se trouvent les boutiques?

— Dans la rue principale.

Madame Torneilles s'étonnait du peu d'eau qu'ils avaient obtenu. Morchailles en avait réservé une pleine comporte qu'elle ne découvrirait que si elle descendait, ce qu'elle se garderait certainement de faire.

— Vos collègues de Mouthoumet essayeront bien de vous rejoindre non?

— Utilise-t-on des traîneaux dans le coin, ricana le mobile sans se retourner de sa fenêtre.

— Mais oui, dit Philibert qui pêchait un à un les haricots pour les essayer sous sa dent. On s'en sert pour descendre le bois des collines, mais on peut les atteler en temps de neige, m'a-t-on raconté.

— Croyez-vous qu'il y en aurait dans ce village ? Et d'abord je voudrais bien voir le maire, je suis même surpris qu'il n'ait pas songé à nous rendre visite. Mon ordre de mission dit que toutes les autorités énumérées dans le document me doivent aide et assistance. Connaissez-vous ce magistrat ?

— Les maires, les gendarmes sont des gens que je ne fréquente guère. Ils me prennent toujours pour un romanichel alors que je suis artisan.

— Vous l'avez déjà dit. Cela vous préoccupe on dirait, mais pourquoi ne pas avoir un métier différent ? Chez moi aussi les romanichels sont étameurs, ferblantiers, vanniers. Et surtout chapardeurs, voleurs de poules et parfois même de chevaux qu'ils savent maquiller.

Sous ses molaires, un grain lui parut moins ferme que les autres. Il attendit cinq minutes avant d'annoncer que l'on pouvait passer à table.

— Ils sont quand même encore un peu fermes, dit madame Torneilles.

— Écrasez-les à la fourchette, conseilla-t-il. Lui n'avait pas très faim à la pensée de cette bagarre qui l'attendait avec feu Constantin Torneilles.

Lorsqu'il descendit chercher deux brocs d'eau pour madame Torneilles, il cessa de respirer autant qu'il le put, à la limite de la suffocation. Les chevaux incommodés tiraient sur leur longe et il eut l'impression que le rouan essayait même de ronger sa corde. Il remonta en grande hâte et sur le palier renifla ses épaules, sa poitrine. Un grand courant d'air aurait pu dépouiller ses vêtements du relent de mort, et quand il vit que madame Torneilles était dans sa chambre, posant les brocs il se précipita à la fenêtre et se pencha aux trois quarts dans l'air glacé.

— Mais devenez-vous fou ? lança Morchailles.

De la porte à la fenêtre, il avait laissé une traînée presque humide, une aspersion qui renseigna le mobile et justifia à ses yeux la ruée insensée de l'étameur. Le vent du nord brûlait ses poumons, son visage, ses mains, décapait sa blouse. Il l'ôta et la laissa flotter, à la façon d'une lavandière rinçant son linge dans un courant d'eau pure.

— Est-ce à ce point, murmura le maréchal-des-logis avec un œil inquiet pour la porte de la chambre.

— Lorsque ma grand-mère calfatait sa maison avec de la charpie l'air s'y confinait et toutes les odeurs, même les plus agréables, se viciaient en quelque chose d'innommable. La neige calfate la maison, va nous faire subir le pire. Ce sera une nuit d'enfer, monsieur le maréchal, peut-être la pire de toutes celles que nous avons déjà vécues l'un et l'autre.

Il revint dans le centre de la cuisine sans refermer la fenêtre.

— Je crois que j'ai suffisamment aéré.

Lorsque les vitres furent poussées, il désigna le toit en face :

— Il n'y a presque rien sur les tuiles. Le Cers a donné un sacré coup de balai, ce qui explique la hauteur de neige dans les rues. On pourrait aisément sauter de cette fenêtre. Et c'est pour l'instant la seule issue.

— Au risque de disparaître dans cette couche assez molle.

— Le vent la durcit.

Madame Torneilles sortit de la chambre :

— Et mon eau ?

Elle vit les deux brocs et les souleva :

— Je viendrai vous souhaiter le bonsoir. À propos, il y a deux matelas dans mon lit, venez donc en prendre un. Vous serez mieux que sur le carreau. Et dans l'armoire, il y a encore des couvertures. La bru du forgeron semble avoir tout abandonné de ce qui se trouvait dans cette maison. Peut-être est-elle monarchiste et n'a rien voulu emporter d'une famille de républicains ?

Ils posèrent le matelas dans un coin. Morchailles invita le garçon à dormir.

— Nous attendrons minuit pour notre pénible ouvrage. Croyez-vous que nous y arriverons ?

Enroulé dans sa couverture, il eut l'impression de tournoyer dans un puits d'ombre sans fond. Mais sa vigilance restait éveillée car il entendit madame Torneilles souhaiter le bonsoir à Morchailles. Elle s'approcha même du matelas où il dormait, se pencha car son rêve eut des senteurs de jasmin.

— Pauvre garçon, il dort comme un enfant. Sans son aide, comment aurais-je pu trouver ce cheval à Quintillan ? Il a été d'un grand dévouement.

Ensuite, il y eut une odeur de tabac à pipe, mêlée à celle des charbons incandescents. Lui roulait dans des lieux familiers comme la maison de ses parents, celle de sa grand-mère, le café de Fraïsse et la bergerie de Maximilien, mais rendus étranges par cette inquiétude qui ne le quittait plus.

Lorsque le mobile le secoua, il le sentit mais ne parvenait pas à s'évader de ces endroits habituels.

— Réveillez-vous, chuchotait le maréchal, réveillez-vous, je suis certain qu'on marche sur notre toit. Vous avez dit vous-même qu'il n'y avait guère de neige dessus.

Alors dans son sommeil il entendit cet écrasement des vieilles tuiles. Souvent friables et insuffisamment cuites, elles éclataient déjà sous la grêle. Il se leva. Morchailles avait saisi son fusil, suspendu sa giberne autour de son cou.

Au même instant des cris abominables montèrent de la forge en dessous. Comment des chevaux pouvaient-ils hurler d'une voix aussi humaine ?

CHAPITRE DIX-HUIT

Morchailles arracha de son cadre la porte donnant sur l'escalier pour la repousser aussitôt avec la même violence, lorsqu'une fumée brûlante et grasse se précipita dans la cuisine. Projetant des débris de suie sur les meubles et les murs, elle tourbillonna avant de s'engouffrer en hululant dans la cheminée. Durant quelques secondes, les deux hommes disparurent dans ce nuage crasseux et, lorsqu'ils se revirent, le mobile crut que son compagnon allait ouvrir à nouveau la porte :

— Surtout pas. Vous allez provoquer un appel d'air et l'incendie nous dévorera.

Saisissant le matelas à pleins bras, il alla l'enfoncer dans le conduit de l'âtre, dispersant du bout de sa botte les braises encore vives. Philibert l'aida, repoussant la masse de laine et de crin aussi loin qu'il le put, avec un manche de balai qui se brisa net.

— Les chevaux, d'abord les chevaux! cria Morchailles.

Cette fois, l'ouverture de la porte ne créa aucun appel d'air, et avant de descendre vers ce cratère palpitant de coulées rouges qui rongeaient tout le rez-de-chaussée, Morchailles lui ordonna d'aller réveiller madame Torneilles et de la faire fuir par la fenêtre de sa chambre.

L'étameur hésita avant de pousser le battant. Surpris, il découvrit une chambre de quiétude, avec plusieurs chandeliers donnant une lumière tendre et madame Torneilles debout, habillée, en train de vérifier et de fermer ses bagages alignés sur le lit. Elle était d'un calme impressionnant alors que tout autour d'elle, invisible mais rageur, grondait l'incendie.

— Tout brûle, madame... Tout et depuis le bas, la forge.

— Mais qui peut crier de la sorte ?

— Les chevaux semble-t-il, plus sûrement le rouan.

— On dirait une voix humaine. Le cercueil ?

— Plus tard madame, je rejoindrai le mobile mais d'abord vous devez fuir par cette fenêtre.

— Ces cris sont véritablement atroces !

Il repoussa la porte, alla ouvrir la fenêtre, les volets, se pencha. La hauteur de neige était suffisante pour qu'on pût sauter dedans, mais il n'imaginait pas la jeune femme enjambant le rebord et basculant dans le vide. Quelques lignes de lumière pâle striaient les volets les plus déglingués des maisons d'en face. Le village finirait bien par se réveiller. Les cris du cheval deviendraient vite intolérables pour le dormeur le plus endurci.

— Vous descendrez dans ces congères molles. Il n'y a même pas trois mètres. Laissez-moi faire.

— S'il vous plaît, d'abord mes bagages. Tout ce que je possède au monde s'y trouve. Je ne pourrais me résoudre à les perdre. Je vais les passer moi-même à l'extérieur.

Du lit, il arracha les draps, les saucissonna, les attacha. Les coinçant sous sa galoche, il vérifia la solidité du nœud en tirant dessus. Madame Torneilles, sans précipitation, allait et venait, jetant ses sacs, son nécessaire de voyage au-dehors, se penchait pour repérer chaque trou qu'ils creusaient dans la neige. La maison ronflait, devenue une immense forge alimentée en souffle d'air puissant. Philibert avait l'impression que ses plantes de pieds grillaient dans ses galoches.

— Votre manteau vous gênera, madame.

Toujours aussi sereine, elle l'ôta, le roula avec précaution, alla le jeter avec les mêmes attentions que pour ses bagages. Elle agita la main d'un geste rassurant :

— Quelques personnes sont là complètement effarées. Aucune n'aurait donc l'idée d'aller chercher une échelle ?

Il lui fit lever les bras et ce mouvement moula son corsage sur ses seins que la cruauté du moment tendait. Il ne put éviter de les effleurer lorsqu'il attacha le drap. Elle eut un petit rire amusé.

— On dirait un enlèvement de fiancée ou encore le sauvetage de la belle enfermée dans un donjon.

Le sinistre prenait des fureurs d'ouragan et elle plaisantait, alors que le carrelage se hérissait de flèches de fumée.

— Ne trouvez-vous pas une odeur insistante de lampe à pétrole ? demanda-t-elle. Une lampe à la mèche mal réglée.

— La fumée en est comme de la graisse en fusion, dit-il.

Elle marcha vers la fenêtre, se retourna et pouffa de voir ce drap tire-bouchonné sur lui-même faire une traîne que le garçon glissait derrière un pied du lit, misant sur le poids de ce dernier en bois massif, d'une autre époque.

— Asseyez-vous et lorsque vous commencerez de vous laisser glisser, essayez de regarder la façade pour mieux vous en écarter.

— On est allés chercher des échelles ! cria une voix d'homme à l'extérieur.

— Et aussi des flambeaux.

C'était risible avec cette lueur qui embrasait le ciel. Philibert raidit la corde de drap tandis qu'elle lui obéissait scrupuleusement.

— Allez-y.

Lorsqu'elle eut basculé, elle réussit à pivoter, lui fit un petit signe de la main :

— Ne prenez aucun risque, mon cher Philibert.

Il libéra les draps centimètre après centimètre, et lorsqu'elle commença d'enfoncer dans la couche de neige, elle lui cria qu'elle était bien arrivée. Il courut se pencher et la vit qui se débattait entre dix mains venant à son aide. Pour finir, ce groupe confus et mal éclairé par la découpe de lumière tombant de la fenêtre, parut s'entremêler d'un excès de dévouement.

— Je vous en prie, criait-elle, je peux m'en tirer seule. Il me faut mon manteau et aussi mes bagages.

Du fond d'une rue en face arrivaient des flambeaux en procession. Philibert se souvenait d'avoir accouru sur un feu de maison avec le sentiment honteux d'aller au spectacle. Et ces gens devaient connaître la même exaltation douteuse. Furieux, il leur cria de se dépêcher un peu plus et de ne pas dormir debout.

— Saute, mon garçon. On voit les flammes qui montent de l'arrière de la forge. Tu ne t'en sortiras pas sinon.

— Est-ce toi, estamaïre ? Mais que fais-tu donc dans cette forge qui brûle ?

De l'église tomba enfin le premier tintement mal assuré d'une cloche. On pouvait penser qu'un glas s'ensuivrait, il était d'usage de le faire sonner dès que la mort était passée. Il y en eut un autre tout aussi dérisoire et isolé dans la clameur sourde qui finissait par monter du village, et enfin le rythme dramatique du tocsin enchaîna ses coups. Cette alarme sonore exalta tout un chacun dans l'esprit de sacrifice et annonça à la contrée que Félines vivait des heures tragiques, chaque cloche de village possédant sa personnalité propre.

Madame Torneilles, ayant réussi à échapper à cette mêlée de braves gens empressés, ramassait ses bagages en lui criant à son tour de ne pas s'attarder.

— Les flammes sont gigantesques à l'arrière, mon ami.

D'ailleurs leur clarté plus vive rendait les flambeaux inutiles.

— Ne peut-on faire taire celui qui crie ainsi ? Est-il en train de brûler vif ? supplia-t-on.

Philibert entrouvrit avec lenteur la porte de la chambre, découvrit la cuisine encore intacte. Le feu se propageait plus franchement du côté de l'impasse. Mais lorsqu'il en fit de même avec la porte donnant sur l'escalier, son premier réflexe fut de la repousser et de se précipiter la tête la première par la fenêtre.

Et pourtant, la main sur le bouton de porcelaine déjà chaud, il hésitait et soudain tirait la porte à lui.

— Étameur, à moi, je suis perdu !

Il respira un grand coup et plongea dans l'escalier, en plein brasier où se multipliaient des sortes d'arbres de feu. Une forêt d'autodafé. Et tout de suite ses vêtements se rétrécirent sur lui, se racornirent, roussirent, prêts à s'enflammer. Son corps lui-même exhala toute son eau.

— Mobile, où êtes-vous mobile ?

Ses galoches trébuchèrent sur les marches que la chaleur gondolait. Il faillit descendre sur le ventre, se raccrocha à la rampe qu'il lâcha tant elle brûlait. Les arbres de feu naissaient de ruisseaux, incandescents eux-mêmes, se nourrissant à ce torrent de flammes descendant comme lave de volcan de l'énorme cheminée de la forge. Au-dessus festonnait en ramages mous un feuillage de fumée glauque.

On pouvait se faufiler dans cette végétation flamboyante au risque de s'y enflammer. Il tourna la tête et poussa un hurlement à la vue de Bijou, toujours attaché à son rastel pour les ânes. Excepté au cirque, aucun cheval ne s'asseyait jamais, et pourtant le pommelé était assis sur ce qui restait de son arrière-train. Assis dans le fatras de ses cuisses réduites en cendres, de la poudre blanche de ses os carbonisés, assis avec sa tête exagérément relevée, car la longe fixée au rastel n'avait pas brûlé, elle. Ses pattes avant s'agitaient encore faiblement dans une boxe post-mortem de défense. Saisi par la mort, alors qu'il tentait de détruire ce maudit râtelier qui l'empêchait de fuir.

C'était donc bien le rouan qui hurlait de cette voix d'homme torturé. Il le vit entre deux épaisseurs de cette fumée gluante de pétrole. Lui aussi luttait contre son attache au grand râtelier des chevaux. Il s'arc-boutait avec une fureur démoniaque.

Dans un geste absurde, alors que le mobile continuait de l'appeler à l'aide, Philibert ne put supporter de voir Bijou ainsi attaché et essaya de dénouer la longe. Il dut y renoncer, apercevant du coin de l'œil une sorte de christ gigantesque crucifié sur le mur d'en face. Un christ en uniforme de mobile.

— Morchailles.

Il faillit bêtement ajouter : « Est-ce bien vous ? » Entre deux cris du rouan, l'homme appelait et n'avait plus que le mot d'étameur à la bouche.

— Étameur, venez m'aider à les retrouver, j'ai perdu mes yeux !

Juste comme Bijou s'enfonçait encore plus dans les restes poussiéreux de son arrière-train, paraissant chercher une assise encore plus confortable, Philibert découvrit l'œil dans la tête noircie par le feu, un œil de pierre précieuse, émeraude peut-être, qui reflétait un au-delà paisible.

— Je viens, cria-t-il, encore fasciné par le spectacle de ce regard fixe de bête morte.

Là en face, le rouan enrageait d'exaspération. Sa crinière achevait de se carboniser et, à chaque saccade de la tête, projetait des noirceurs de poils agglomérés. Cet animal finirait par se libérer et il deviendrait plus dangereux que l'incendie lui-même.

— Étameur, ils jettent des pleins bidons de pétrole par le canon de la forge. C'est plus qu'un ruisseau, étameur, un fleuve de pétrole. Comment ont-ils pu en amener d'aussi grandes quantités sur le toit ? Vous n'apercevez pas mes yeux quelque part ?

Philibert crut qu'il plaisantait, que ses paupières avaient peut-être brûlé, se collant ensuite et lui dérobant provisoirement la vue.

— Étameur, méfiez-vous du rouan, je le sens proche de moi, prêt à nous piétiner pour échapper aux flammes !

Philibert n'écoutait pas, entendait mais ne pouvait voir autre chose que les yeux de Morchailles sortis de leur orbite, qui paraissaient rebondir sur ses joues luisantes de suie. Deux boules blanches et noires qui oscillaient au bout d'un cordon élastique qu'il se refusait à appeler nerf optique.

— Où êtes-vous, étameur ? Y a-t-il entre nous deux un fleuve de feu impossible à traverser ?

Juste quelques échappées de flammes. Les arbres flamboyants étaient beaucoup plus sur la gauche du jeune homme, presque à côté de la forge.

— J'arrive, murmura-t-il. Je vais essayer de nous sortir de là.

Le rouan, tout en hurlant à la mort, se dressait autant que possible sur ses pattes arrière pour essayer de fracasser le râtelier pourtant bien vermoulu. Mais attaché court, il avait le plus grand mal à ajuster ses coups de sabots.

— Il a perdu un fer, dit Morchailles, je l'ai entendu tinter sur le mur. Y a-t-il des maréchaux-ferrants capables dans le coin ? Croyez-vous qu'ils auront des fers réglementaires ?

Philibert faillit l'injurier d'avoir, en un pareil moment, ces préoccupations de sous-officier discipliné et soumis à l'ordre supérieur.

Seulement, il voyait les yeux qui se détachaient des joues et dansaient au bout de leur cordon. Il savait bien qu'un nerf n'avait aucune résistance, peut-être un tendon ? N'empêche que les deux petits œufs dansaient.

— La brigade de Mouthoumet est montée et le maréchal de ce village doit posséder les fers réglementaires.

— Vous me rassurez et si vous pouviez retrouver mes yeux, ce serait encore mieux.

Le rouan, dans un dernier effort, toujours arc-bouté sur ses pattes avant contre le mur, venait d'arracher le râtelier et le secouant comme un chien le fait d'une guenille ou d'un gibier, il le fracassait. Plus méthodiquement que rageusement, et cette obstination calculée effrayait Philibert.

Le rouan, estimant qu'il s'était débarrassé de la plus grosse partie du râtelier, pivota sur lui-même, envoyant sa longe et des débris de bois dans tous les sens. Il aperçut Philibert qui se glissait à travers les flammes et poussa un cri encore plus épouvantable que tous les autres.

— Il charge, hurla Morchailles, je le reconnais à la voix, il charge ! Il est de la cavalerie et se croit en pleine bataille de Reichshoffen !

Le rouan lui fonça dessus et Philibert ne put que plonger au hasard devant lui. Il glissa dans une mare poisseuse à l'odeur caractéristique. Ses vêtements, desséchés par la chaleur, s'imbibèrent comme une éponge, absorbèrent tout le liquide puant en quelques secondes. Lorsqu'il se releva, il pesait quelques kilos de plus, quatre ou cinq de pétrole qui tout de suite se vaporisa.

CHAPITRE DIX-NEUF

Lui aussi se colla contre le mur tandis que de ses vêtements fusaient des vapeurs hautement inflammables. Allait-il s'embraser sous le simple effet de cette chaleur horrible ?

— Étameur, où êtes-vous ? Le rouan vous a-t-il blessé, je l'entends qui s'acharne là-bas sur quelque chose.

— Je suis proche, mobile, mais trempé de pétrole des pieds à la tête et je risque de m'enflammer comme une torche si je bouge. Je vais essayer d'ôter mes vêtements les plus imbibés.

Face au portail, le rouan, accroupi sur ses pattes arrière, boxait le bois puis, comprenant la vanité de ses coups, il pivota avec une grande agilité. Chaque fois qu'il effectuait un mouvement brusque, les débris du râtelier sillonnaient l'air d'un sifflement. Cul tourné vers l'obstacle, le cheval entreprit de le fracasser méthodiquement, éclat après éclat, planche après planche, les tire-fond fauchant l'air comme vol de martinets.

— Puis-je vous rejoindre, étameur, en glissant le long du mur ?

— Un tas de ferraille nous sépare, mobile.

Il ôta sa blouse, sa laine, resta en chemise à tordre comme une serpillière. Il l'ôta et de son pantalon ruisselait le pétrole dont l'odeur l'indisposait. Il se déculotta, piétina la toile forte, ainsi que son caleçon. Son corps humide le terrorisait. Il guignait un vieux foin poussiéreux épargné au-delà du mobile, pour s'en bouchonner.

— Me voici, monsieur le maréchal-des-logis.

Était-il l'heure de plaisanter devant le spectacle désolant de ce gaillard privé de ses yeux ? Une simple façon d'envoyer paître cette émotion qui lui nouait la gorge, et aussi cette peur de flamber d'un coup.

— Je suis devant vous. Je vais vous emmener vers l'escalier qui fume beaucoup mais pas plus pour l'instant. Nous n'en finirons pas de contourner ces colonnes de feu qui grimpent vers le plafond. Nous n'aurons que très peu d'espace pour nous faufiler. Il faut que vous colliez votre corps étroitement au mien.

— N'allez-vous pas, étameur, essayer de les retrouver ? Penchez-vous vers le sol, peut-être aurez-vous la chance de les retrouver ?

Là-bas, le rouan dépeçait le portail, se battait contre les ferrures qui se croisaient mais n'irait pas loin, car le mur de neige bouchait sa fuite, conservant l'empreinte du portail tant il avait été tassé par le vent du nord. Son épaisseur était celle de l'impasse, au moins trois mètres et sa hauteur invisible.

— Je peux vous atteindre. D'un seul coup la voie est libre et le pétrole sur mon corps a fini par sécher. Sinon j'étais une véritable mèche à la merci d'une étincelle.

Le rouan attaquait la neige à belles dents. Il tourna la tête vers les deux hommes, comme pour les narguer et Philibert lui vit un grand collier de barbe blanche. Il était capable d'en avaler des masses, de s'en gonfler le ventre pour trouver le chemin de la survie. Mais d'une intelligence rare, il comprit qu'il n'y parviendrait pas, et dans un élan que l'étameur prit pour du dépit se rua en direction de Bijou. Il avait détesté cet ancien cheval de voiturier et allait certainement s'en venger. Mais c'était l'escalier qu'il visait et il commença de l'escalader.

— Je vous tourne le dos, expliquait Philibert, tout en surveillant le rouan. Si ce dernier échouait dans son escalade, sa nature vindicative le jetterait sur les deux hommes pour les tuer.

— Votre main droite ici sur mon épaule droite.

— Mais elle est nue, s'écria Morchailles en la retirant vivement.

— Je suis nu entièrement avec juste mes galoches à cause des cendres brûlantes. Ne soyez pas bégueule. À l'armée, on a l'habitude de la nudité des autres.

— Pas chez les gendarmes, dit Morchailles choqué.

Pour la première fois, le rouan dérapa et glissa jusqu'au bas des marches, ses pattes écartelées. C'était un spectacle effrayant et drôle en même temps. Effrayant, car le rouan n'avait plus un poil sur la tête, pas plus que de crinière. En secouant son encolure, il avait dispersé ses crins carbonisés et la peau, éclatée sous les morsures du feu, l'ensanglantait des naseaux aux oreilles. Un vrai cheval d'Apocalypse, animé d'une véhémence surnaturelle.

— Nous serons ridicules, disait Morchailles, vous nu, moi sans mes yeux. Sans mon képi. Vous n'avez même pas cherché à les retrouver...

— Vos yeux, hurla Philibert excédé, ils sont sur vos joues en pendeloques !

Sur-le-champ, il maudit cette méchanceté jaillie de sa bouche comme une vomissure, mais trop tard. La main tremblante du Mobile étreignait, écrasait ces petites horreurs blanches et noires.

— Mais non voyons, ce sont des fientes d'oiseaux. Ils doivent nicher dans la poutraison du plafond. Un œil ne serait pas aussi...

Il se tut, laissa tomber sa main. Son visage n'offrait plus que des traînées de suie. Les deux boules avaient disparu. Sanglotant de sa cruauté, Philibert prit la main avec douceur, la posa une fois de plus sur son épaule.

— Collez-vous, encore, mieux, cuisse dans cuisse, genou à l'arrière de mon genou, ventre contre cul et si besoin est serrez-moi le cou très fort. S'il le faut, je vous porterai, mais je vous jure que je vous sortirai de ce brasier.

— Vous êtes obscène, dit Morchailles, et ce que vous me demandez me dégoûte profondément.

— Hé bien une fois sain et sauf, vous me corrigerez de l'affront. Mais en attendant, marchons ainsi encastrés.

Ils suivirent un chemin compliqué entre les monceaux de braises, les colonnes de flammes, les piliers de bois soutenant habituellement le plafond à moitié carbonisé. La chaîne du palan fut obstacle comme les ferrailles, comme le gros soufflet rapiécé qui, on pouvait se demander comment, avait sauté au centre de la forge, gonflé en un crapaud gigantesque.

Devant eux, la carcasse du coucou bouchait le passage. Elle avait fini par se renverser sur le côté gauche avec la carriole réduite à ses membrures de fer, et le cercueil qui bouillonnait comme s'il avait accumulé de la chaleur pour encore des heures et des jours. Des jets colorés en jaillissaient en feux d'artifice quand les gaz, jusque-là comprimés, fusaient. Les réserves de plomb et d'étain s'alliaient, coulaient en mélasse cloquée qui laminait tout sur son passage.

— Nous allons patauger dans du plomb fondu, prévint-il. Vos bottes et mes galoches nous en protégeront mais nous aurons chaud aux orteils.

Le cercueil avait perdu sa forme d'origine et se moulait peu à peu au contour du cadavre. Grossièrement pour l'instant. On eût dit un sarcophage primitif épousant son contenu, mais des frémissements annonçaient le pire.

— Nous avons chaud aux pieds mais nous voilà en bas de l'escalier. Les marches en sont bombées comme des douves de tonneau.

— Nous risquons de glisser. Non, ce n'est pas une raison pour vous écarter de moi. Oubliez votre vergogne, maréchal-des-logis. Nous approchons de la fin de ce cauchemar.

— Tout le village sera à nous attendre. Pourquoi n'ont-ils pas essayé de faire la chaîne pour jeter des seaux d'eau.

— La fontaine a dû geler.

— À coups de pelle, dans ce cas, dans toute cette neige.

— L'impasse est inaccessible.

— Vous êtes trop confiant, étameur, ils ont souhaité que nous brûlions tous. Ils m'avaient bien dit, à Sigean, de me tenir sur mes gardes.

— Allons donc. Il y a plus de braves gens que de canailles chez nous. Et même ces dernières se compteraient sur les doigts de la main dans tout le pays.

Pour s'entendre, ils hurlaient là où le ton de la confidence eût mieux convenu.

Le bombé de la marche se brisa net, le bois rongé à vif par une combustion sournoise. La jambe de Philibert s'enfonça dans le trou jusqu'à la cuisse et les échardes s'entrecroisèrent dans sa chair. Il serra les dents. Morchailles avait eu le réflexe de retirer la sienne et n'avait rien. Il se redressa, se demanda si leur double poids leur permettrait d'atteindre la cuisine, quinze marches plus haut. Quinze marches toutes pareillement arrondies et certainement mangées à cœur.

— Ne me lâchez pas nom de Dieu, cria-t-il. Vous me faites perdre mon temps.

— Étameur, ne voyez-vous rien d'inhabituel sur la droite ?

— Accrochez-vous, nom de Dieu.

— Montez seul, étameur. Vous êtes léger et dégourdi. Sans moi, vous vous sauverez.

— Ne faites pas le généreux. Pour la décoration, on attendra d'être à l'air libre.

— Et le cercueil, le voyez-vous ?

— Le plomb bouillonne comme dans un chaudron de sorcière. Tout cet entassement du plomb des Canaques mêlé au mien s'écoule, dépouille notre ami communard. Bientôt, il apparaîtra dans la sobriété d'une statue. Une fois refroidi, il sera brillant de neuf.

— Arrêtez, vous ne respectez rien. N'avez-vous rien aperçu sur la droite ? Avant de perdre mes yeux, j'ai cru voir une effigie dans l'ombre juste à côté de l'escalier. Comme une idole païenne, monstrueuse, murmura le mobile dans son oreille.

Philibert lui fit nouer ses bras autour de son cou et juste à ce moment, il y eut une grande clameur qui ne pouvait venir que des gens rassemblés devant la maison, juste sous la fenêtre de la cuisine.

— Entendez-vous ?

— Votre rouan doit faire le zigoto à la fenêtre.

Avant la clameur parvenue jusqu'à eux, le rouan était apparu soudain aux sauveteurs et curieux arrivés en masse sur les lieux. On ne savait d'ailleurs trop différencier les uns des autres, tant leur paraissait vain tout effort pour éteindre ce feu. Hardis et déterminés, des hommes avaient essayé d'escalader la neige de l'impasse, manquant de disparaître entièrement dans la couche molle. On parlait de faire le tour, d'utiliser des appartements donnant sur cette satanée rue tronquée, mais personne ne pouvait s'aventurer plus loin. Un mur de flammes rongeait cette façade, commençait de faire fondre la neige qui ruisselait dans des conduits cachés, sans grande efficacité contre le feu.

On en était aux grandes discussions pour essayer de trouver comment porter secours aux deux disparus. Quelqu'un avait appliqué une échelle, était même grimpé, mais une bourrasque de feu et de flammes l'avait jeté en bas dans la neige, et personne n'avait osé renouveler l'exploit.

Et le cheval apparut. Au début, nul ne reconnut un cheval dans cette tête abominable, aux yeux exorbités où certains prétendirent avoir vu des éclairs. Une vieille femme s'enfuit en criant « La Bête, la Bête qui revient », sans que l'on sût à quelle légende elle pouvait bien faire allusion.

Quelqu'un dit que c'était peut-être un cheval. Qu'aurait fait un cheval dans une cuisine? Peu de monde en vérité avait assisté à l'arrivée du coucou et des voyageurs. Les hommes de Villerouge s'étaient fait quelque peu remarquer, mais comme ils avaient vite disparu on ignorait à peu près tout de ces inconnus. La veuve Torneilles, qui n'était jamais venue dans le coin, voyageait, disait-on, en compagnie d'un gendarme et du cercueil de son époux, mais on n'en savait pas plus.

— Oui le cheval du gendarme, ajouta un voisin qui avait aperçu Morchailles, cavalier au dos courbé sous la tempête, aller et venir dans le village.

— Il n'a pas l'air commode en tout cas.

Comme pour bien se faire comprendre, le rouan lança son cri effroyable et la foule recula. On n'avait jamais rien entendu de tel. Là-dessus, le tocsin reprit avec encore plus d'ardeur, recevant les échos des villages sous le vent. On n'osait pas trop se le dire, mais dans le creux de la nuit on basculait peu à peu dans l'épouvante. Tout le canton vibrait de sonneries entrecroisées.

— Il faudrait l'abattre, il est comme fou avec ses yeux qui lui sortent de la tête et cette bave aux dents.

— Et cette tête d'écorché vif? Le poil ne repoussera plus jamais et la belle affaire qu'un cheval chauve.

— Mais il va sauter.

Quelques-uns coururent chercher des fusils mais ils s'y prenaient trop tard. Le cheval sauta. On crut qu'il allait basculer au pied du mur dans la neige où, en essayant de s'en dépêtrer, il pouvait causer des blessures terribles. Le maire ordonnait qu'on s'éloignât davantage. Il sauta sans basculer car il plana au-dessus des têtes, dans les tourbillons d'un vent mal calmé. Il plana, vola finit-on par dire plus tard, et retomba dans suffisamment de neige pour amortir le choc. Ce contact plutôt rude avec le sol le laissa indifférent, car sur-le-champ il se redressa et prit le galop, secouant un reste de râtelier. Un de ceux partis chercher son fusil tira bien une cartouche mais le rouan, dans un hurlement encore plus méchant, s'en allait sur la route de Davejean. Ses cris de dément dans la nuit firent plus que les différents tocsins pour glacer le cœur des gens.

Philibert escaladait son Golgotha, le corps du mobile sur le dos, les bras de ce dernier en étau autour de son cou. Pour deux marches gagnées, il dérapait sur trois, reprenait son élan, finit par accrocher la dernière marche solide, se hissa jusqu'au sol de la cuisine. Il souffla alors que l'incendie, devenant chalumeau, les houspillait. Une dernière fois, il regarda vers le bas de la forge. Le mort levait vers eux son bras frangé d'une manchette de plomb, dans un geste de suppliant abandonné.

Se redressant le dos brisé, les muscles tétanisés, croyant flamber de tout le corps, il ne comprit pas tout de suite pourquoi, lorsqu'ils parurent ainsi à la fenêtre, les femmes se retournèrent en bloc, sauf deux qui usèrent de leurs mains plaquées sur leurs yeux. Intrigué, malgré le danger du feu à ses trousses, il se pencha fortement en dehors de la maison et, grâce à quelques coups de reins irrésistibles, fit passer le corps massif du mobile par-dessus sa tête et le fit tomber dans la neige. Il s'assit alors tranquillement sur le rebord de la fenêtre, ayant complètement oublié sa nudité. Il voyait bien les mères entortiller leurs enfants dans leurs jupes, mais il pensait qu'il avait une tête à fabriquer du cauchemar.

Seule madame Torneilles, assise sur une chaise à la droite, en retrait de la foule, le fixait hardiment, souriait même. Il la vit applaudir et comme personne ne faisait chorus, elle se leva pour lui crier : « Bravo ! »

CHAPITRE VINGT

Lorsqu'une bourrasque de flammes roula jusqu'à lui, il sauta et, pénétrant dans cette neige molle et froide, ressentit un tel bien-être qu'il souhaita s'y endormir. Des mains rudes, accompagnées de jurons grondeurs, l'en retirèrent. Tout autour de lui, enfoncés dans la neige jusqu'à la taille, les hommes formaient un cordon protecteur dissimulant son impudeur.

— Ah ! Estamaïre, dit un, il a fallu que tu nous en fasses une à ta façon.

Une laine mal cardée empestant la sueur de cheval l'enveloppa de la tête aux pieds, le faisant gémir de souffrance. Ces poils aussi durs que des crins exacerbaient chaque brûlure.

— Je vous en prie, laissez-moi dans la neige, elle me fait du bien, calme la douleur.

Dix bras musclés le soulevaient, emmailloté comme un nourrisson, l'emportaient. On le secouait sans ménagement il ne savait où. Il aperçut un homme qui levait haut un fanal d'écurie dans le couloir d'une maison voisine, et on l'engouffra là-dedans comme pain dans un four. Ce galop de forcenés ne cessa qu'une fois au premier étage, dans une chambre pleine d'odeurs de bougie et de table de chevet. Il se crut chez sa grand-mère qui oubliait des jours durant de rincer son vase de nuit.

— Faites sortir les femmes et les enfants, cria une voix bourrue, inamicale.

Encore un qui n'avait pas supporté qu'il apparût sans vêtements. Il faillit l'apostropher, lui demander s'il aurait dû se laisser brûler dans sa blouse gonflée de pétrole pour épargner quelques modesties.

Sans prendre de gants, on le démaillotait, arrachant ses chairs calcinées mais aussi les plus saines. Il craignait de se vider de son sang. On lui souleva la tête et on versa dans sa bouche un trois-six d'enfer. Il s'étrangla, toussa à cause de cet alcool trop fort, fut désormais brûlé à l'intérieur tant que sur son corps.

— Allez, encore un coup, estamaïre, ça te fera dormir pendant qu'on te soignera.

Il serra les lèvres, les dents.

— Mais madame, protestait une voix venue du rez-de-chaussée, une voix aigre de femme teigneuse, vous ne pouvez pas monter dans la chambre du jeune homme.

— Vous ne m'en empêcherez pas, répliqua la voix nette de madame Torneilles. Il faut que j'aille embrasser mon sauveur et prendre soin de lui. Il nous a tous sauvés et mérite bien qu'on le veille.

Une nouvelle rasade d'eau-de-vie essaya de couler dans sa bouche, glissa sur son menton, se répandit comme une flamme sur sa poitrine. Il s'arc-bouta, croyant avoir reçu des coups de couteau, mais ils furent quatre à l'immobiliser dans le lit pour tamponner ses plaies avec la même eau-de-vie. Ils en badigeonnèrent son corps. Il croyait mourir.

— Ah ! Non madame, vous ne rentrerez pas, lança la même voix bourrue, inamicale de tout à l'heure. Nous le soignons parfaitement bien.

La veuve flaira l'odeur du trois-six :

— À la gnôle ? Vous êtes en train de l'assassiner, oui ! Vous ne faites qu'enflammer ses brûlures au lieu de les apaiser. Au siège de Paris, nous usions plutôt de baume, d'onguents sinon de graisse de cheval.

Elle cria à destination des femmes massées au rez-de-chaussée :

— Au lieu de jacasser, apportez de l'huile, du saindoux, mais si vous avez de la graisse de canard plus fine, ce serait préférable, ainsi que des crèmes.

Elle les accablait par tant d'exigence. Passe encore pour le trois-six, produit gratuit de leurs résidus de vendanges mais de l'huile, du saindoux qu'il fallait payer chez l'épicière? Malgré tout, le mot d'ordre circula, chacune espérant que la voisine serait moins regardante.

— Voulez-vous bien me laisser passer? s'irritait madame Torneilles.

Elle repoussait de ses petites mains ces balourds qui ne servaient à rien dans cette chambre rance, les déménageait comme des meubles lourds en direction du palier, tandis qu'ils échangeaient des regards entendus, des regards qui recelaient plus que des outrages infâmes à l'adresse de cette Parisienne, dont on disait le plus grand mal depuis des années.

Avant que le corps de Philibert ne lui apparût couturé de traînées de feu, elle bouscula le dernier carré de défenseurs de la vertu outragée, essaya de passer entre ces bourgerons amidonnés d'une vieille sueur de travail. Ces entêtés scandalisés ne voulaient pas lui céder le terrain et surtout la nudité d'un aussi joli garçon.

Pendant ce temps commençaient d'arriver du rez-de-chaussée, comme des offrandes réticentes, un huilier parcimonieux, un fond de beurre passé, mais on avertit qu'on n'arrivait pas à mettre la main sur la graisse de canard, que par contre on était allé chercher du saindoux chez le boucher charcutier.

— J'étais infirmière, lança madame Torneilles, à bout d'énervement, oui messieurs, infirmière durant cette Commune qui vous a fait si peur. J'ai soigné les victimes de monsieur Thiers, les grands brûlés à cause de ses obus incendiaires.

Plus que le mot d'infirmière, peu usité dans le pays où l'on parlait de garde-malade, rôle souvent réservé aux bonnes sœurs, celui de Commune fit sursauter ces gros farouches. Ils la virent, torche incendiaire au poing, cette pétroleuse de malheur. Et ils se retirèrent. Ce n'était pas une femme selon leur idée, mais un être sans foi ni loi auquel on pouvait abandonner sans déchoir la chambre. Et puis quoi, l'estamaïre n'était-il pas aussi d'une autre race, une sorte de caraque, un vagabond ? Qu'ils restent ensemble les deux, ils s'en lavaient les mains, allaient descendre boire un café arrosé.

Philibert préférait fermer les yeux avec une telle conviction qu'il en grimaçait, croyant se vêtir d'innocence. Dans le tapage qui n'avait cessé depuis qu'on l'avait jeté sur ce lit, il avait en vain réclamé un drap pour sa nudité. Avec le silence offusqué qui suivit l'annonce de madame Torneilles, sa demande se renouvela, faible, enfantine.

— On étouffe, entrouvrez la fenêtre qu'il puisse au moins respirer un air meilleur.

C'est alors que la rumeur arriva du premier, venant du rez-de-chaussée à cet étage comme l'huile, le saindoux, murmurée dans un effroi grandissant. Philibert en surprit le motif :

— Le mobile est là-bas chez les Demestre et vous savez ce qu'il réclame avec des cris ? Ses yeux. Il veut qu'on aille fouiller les décombres. Et comme il voulait se lever pour y aller lui-même, il a fallu le garrotter.

— Et le bâillonner, ajouta un chuchotement. Il dit qu'il a vu le diable en personne dans la forge.

On finit par trouver un drap qu'on installa au pied du lit. Ainsi madame Torneilles pourrait le tirer sur lui sans que le tissu entrât en contact avec ses plaies.

— Vous voilà comme un zèbre, dit-elle moqueuse, mais avec une parcelle de gentillesse dans la voix. Comment avez-vous fait ces marques ? Êtes-vous passé sur un gril de grandes dimensions, comme Saint-Laurent ?

Se refusant à soulever les paupières, il parla des marches d'escalier brûlantes sur lesquelles, à plusieurs reprises, il s'était étalé, avec le poids du mobile sur le dos.

— Même avec tous ces tocsins qui se répondent de tous les villages, le docteur Miquelet de Mouthoumet ne pourra jamais arriver jusqu'ici, disait-on dans la montée d'escalier.

— Il y a deux hauteurs d'homme de neige au col de Bedos, mon père dit qu'on n'a pas vu ça depuis cent ans.

— Le garçon de Louiset et celui de Gaston vont essayer de passer. Ils sont partis à pied.

Madame Torneilles se pencha pour lui parler à l'oreille :

— Ne jouez donc pas l'effarouché. Croyez-vous que je n'ai jamais vu d'hommes nus ? En voilà des manières stupides.

Une autre nouvelle disait que madame Pagès, veuve d'un médecin de Narbonne, avait envoyé du laudanum pour calmer les souffrances des blessés, mais qu'on avait dû en donner une forte dose au mobile.

— En voulez-vous ? demanda madame Torneilles à Philibert ? Cela vous fera dormir.

— J'ai déjà avalé du trois-six, je me sens partir dans le sommeil. Avez-vous vu Morchailles ?

— Le malheureux perd la raison.

Délicatement, elle nettoyait ses plaies que la couverture de laine non cardée avait gâtées, y laissant des poils qu'elle devait ôter de ses ongles longs. La danse de ces doigts légers sur sa chair finissait par le troubler.

— Il aurait vu comme une effigie, m'a-t-il dit quand je l'ai chargé sur mon dos. Y aurait-il eu quelqu'un dans la forge ? Un des incendiaires peut-être. Personne ne parle de ce pétrole déversé à flots dans la cheminée. Ni des criminels.

— Le mobile a dû avoir une vision lorsque la chaleur intense a fait jaillir ses yeux hors des orbites...

Philibert revoyait le malheureux crucifié contre son mur, incapable de se sauver.

— Le rouan a réussi à s'échapper?

— Il a fait un bond prodigieux et a disparu. Il doit galoper dans la campagne et semer l'effroi. Je n'ai jamais rien vu de tel, même pendant le siège et la Commune.

On apporta un fond de flacon de laudanum, mais Philibert le refusa.

— Ramenez-le chez les Demestre. Il est possible que le gendarme se réveille durant la nuit et en ait besoin.

La main si douce de la jeune femme calmait ses souffrances mais avivait son esprit, et il s'efforçait d'appeler à son aide l'image horrible du mobile énucléé, espérant ne pas offenser ce dévouement d'un surcroît d'indécence. Comme si elle prévoyait trop d'impulsivité, madame Torneilles étendit le drap sur le bas de son corps et il soupira de soulagement.

— Demain, vous serez frais et dispos, dit-elle. Tout votre corps est brûlé mais jamais en profondeur.

— Où allez-vous loger?

— Chez le vieux Cambronne, autrement dit Guérin Faget ,qui travailla pour la famille. Il a mis une chambre à ma disposition. Ne vous inquiétez pas. Mes bagages sont déjà chez lui mais je ne vais pas me coucher tout de suite. Assurez-moi que vous vous sentez bien et je m'en irai.

Elle ne laissa qu'une veilleuse dans un verre où surnageaient un peu d'huile et le lumignon. Il se laissait aller à une rêverie ensommeillée, croyait encore sentir la caresse légère de cette main de femme, cherchant d'autres images moins troublantes mais revenant sans cesse à celle-là.

Les hommes commençaient de quitter l'étage, se regroupaient dans la rue pour contempler la forge qui achevait de brûler de l'intérieur, laissant les murs apparemment intacts. Le toit avait fini par s'écrouler et l'on estimait que le feu éteint, il n'y aurait plus qu'une carcasse de maison vide.

— Il faudra retrouver le pauvre monsieur Constantin

dans ce fatras, murmurait-on avec appréhension, craignant qu'on ne leur demandât cette corvée.

Madame Torneilles traversa pour se rendre au chevet de Morchailles. Elle le contempla de longues minutes, ainsi ficelé et bâillonné. Le laudanum le calmait, mais parfois des soubresauts violents l'arrachaient à sa couche.

Des hommes, les coudes sur le dossier des chaises, assis à l'envers veillaient le mobile et elle perçut leur hostilité. Dans l'autre maison, on l'avait laissée approcher de l'étameur mais ici on lui interdisait de s'occuper du gendarme. Il était leur blessé, leur brûlé et non le sien et elle n'était pas la bienvenue.

Le vieux Cambronne attendait au-dehors, à l'écart des groupes, regardant brûler la vieille forge. Pensait-il au mobilier et aux affaires dont sa bru n'avait pas voulu lorsqu'elle était repartie chez sa fille? Elle lui posa la question, ajouta que les Torneilles l'indemniseraient mais le vieillard répondit qu'il s'en moquait.

— Est-il vrai que le gendarme, enfin le mobile, aurait aperçu quelque chose dans la forge au moment où tout brûlait?

— Une hallucination alors qu'il était déjà énucléé.

Ils se dirigèrent vers la maison du vieillard. Celle-ci donnait sur l'impasse mais on pouvait y accéder par une autre rue. Elle voulut contempler l'incendie.

— La neige est moins haute, remarqua Cambronne, mais on ne pourrait encore approcher.

— Si ce n'était que moi je laisserais les restes de mon pauvre mari ensevelis sous ces ruines, mais quel scandale dans le pays. Il faudra donc le rechercher, l'exhumer, du moins essayer de reconstituer ce qu'il en restera. Quelle tristesse et quelle stupidité de vouloir à tout prix donner une sépulture déterminée à Constantin.

— Oh, les Torneilles possèdent un magnifique tombeau, une chapelle mortuaire. Chaque fois qu'on y ensevelissait l'un d'eux, j'y assistais, là-bas aux Courtales. Mais vous avez peut-être raison. Remuer les cendres quand elles sont froides n'est jamais une bonne chose. Croyez-vous que votre beau-frère, monsieur Albert, arrivera bientôt ? J'ai entendu dire qu'hier au soir il donnait une réunion vers Carcassonne ?

— Il viendra très certainement. Dès que la nouvelle lui parviendra. Savez-vous si on a envoyé quelqu'un prévenir les gens de Villerouge ? Là-bas il doit bien y avoir le télégraphe ?

— Peut-être à Lagrasse. On savait, madame, que votre convoi approchait de chez nous et la chapelle des Courtales aurait été nettoyée et préparée par monsieur Pétrone.

— C'est le ramonet des Torneilles ?

— On pourrait presque dire le régisseur ou le ramonet-maître. Votre mari a dû vous dire qu'il avait été élevé par ce Pétrone ? On dit qu'il a éprouvé beaucoup de chagrin en apprenant sa mort.

CHAPITRE VINGT ET UN

Avec le redoux, un vent marin mollasson remplaçait le Cers et emportait la neige dans ses brumes; tous les villages du canton et au-delà se mirent en route vers Félines. On avait dû ronger son frein sans pouvoir apporter son aide, alors que les tocsins se répondaient à des lieues à la ronde. Les chemins emplâtrés de neige ne laissaient ni homme ni cheval parcourir seulement quelques pas. Seul ce rouan du diable avait su trouver les sentiers et les endroits dénudés où galoper et clamer sa fureur. On l'avait entendu de partout et partout on s'était signé chez les femmes, on avait essayé de faire le bravache chez les hommes.

On attela les charrettes, on se regroupa entre voisins, entre parents. On emporta des paniers de victuailles, pensant que tout Félines avait brûlé et qu'il faudrait nourrir les habitants affamés. On empaqueta aussi des couvertures, des ustensiles, tout ce qu'il fallait pour installer une cuisine de campagne, voire un campement.

Les files de voitures, de cavaliers solitaires, de marcheurs se rejoignaient peu à peu, s'enfonçaient entre les congères. Partout des pelleteurs ouvraient les routes. Peu à peu, on apprenait que l'incendie n'avait pas ravagé tout Félines, mais juste une rue ou deux. Et pour finir ne resta en maigre désastre que la vieille forge des Torneilles. Pas grand-chose quoi! Oui mais on soupçonnait quelque saleté, peut-être même un crime et on allait y voir.

— Mais, s'étonnait-on, il n'y a plus personne depuis longtemps dans cette forge et on parle de plusieurs blessés ?

— La veuve de monsieur Constantin ramenait le cercueil de son mari, en compagnie d'un gendarme et d'un goujat. Elle a dû s'arrêter dans la forge au gros de la tempête.

— Pourquoi un gendarme ? Parce que c'était un Rouge de Paris ? demandaient les Blancs

— Parce que c'est la loi pour tout déplacement de cadavre, protestaient les Républicains, qui tout de suite adoptaient dans leur cœur le communard.

— Mais qui est ce goujat ?

Dans les Corbières, on appelait goujat un garçon d'une vingtaine d'années, et on désignait également ainsi le fils de quelqu'un, le goujat de Sébastien par exemple.

Les dévoués de Laroque de Fa travaillaient depuis le milieu de la nuit à dégager le col de Bedos. Des tombereaux de neige avaient été pelletés, pourtant, c'est à peine si l'on pouvait passer à pied. Les tocsins avaient bien fait leur travail et, malgré ce sentiment d'impuissance qu'on avait ressenti depuis, on s'était quand même dépensé physiquement pour dégager la route. Et enfin ce fichu marin, qui amollissait les corps et les esprits, était venu à la rescousse et en quelques heures avait volatilisé la neige.

— Les gendarmes de Mouthoumet vont arriver, annonçait-on. Et aussi le docteur Miquelet.

— Il ne se déplace presque plus tant il est vieux. On aurait dû faire venir celui de Villerouge.

Oui, mais on restait fidèle au chef-lieu de canton et au vieux médecin, qui aurait bien voulu qu'on l'oubliât dans sa demi-retraite. Il finit par apparaître dans son cabriolet avec les gendarmes à cheval. L'homme qui menait la voiture ne surprenait pas mais on aurait préféré l'éviter. On connaissait bien son costume de velours noir, sa chemise blanche avec un lacet et son chapeau en taupe, noir également. Il n'était qu'angles aigus et même le rebord mince de son couvre-chef évoquait la lame. On se chuchotait qu'il s'aiguisait depuis des années à se faufiler, surtout de nuit, le long des façades obscures, quand nul ne pouvait le voir. Mais on n'ignorait pas qu'il errait des heures dans Mouthoumet, à la recherche d'on ne savait quel mystère. Depuis que monsieur Constantin habitait Paris et qu'il s'était mélangé à ces gueux de la Commune, celui-là devenait encore plus mince, une ombre, mais en acier bien trempé prêt à dépecer. Nul ne se risquait à troubler son mutisme.

On se montrait déférent, et jamais on ne lui disait Pétrone sans placer avant un « Monsieur » respectueux.

Souvent, il conduisait le docteur Miquelet dans des courses nocturnes et urgentes, quand le brave médecin s'en allait assister à l'accouchement d'une femme, à des lieues de son lit. Monsieur Pétrone le faisait bénévolement sans jamais refuser. Veuf depuis des années, on disait qu'il avait perdu le sommeil, depuis que Constantin Torneilles avait quitté la campagne des Courtales pour s'en aller étudier à Montpellier, puis Paris. On préférait ne pas s'attarder sur la mort de son épouse.

Les gendarmes s'attendaient au pire, vers Bedos, en voyant ces colonnes de véhicules qui arrivaient d'un côté de Massac et de l'autre de Termes, et qui toutes butaient contre le mur de neige à peine fracturé d'un couloir large de trois pans. Tout de suite les nouveaux venus crachaient dans leurs mains pour pelleter, voire piocher car le Cers l'avait tassée, cette neige-là, en un mur de quatre mètres de haut sur plus de vingt de long.

— À croire que ce maudit vent s'est régalé de nous en faire un bloc de mortier.

Il fallait faire avancer le cabriolet, à travers toutes ces charrettes que les gendarmes ordonnaient d'envoyer dans les fossés. Et comme le déblaiement prendrait encore au moins deux heures, vingt bras soulevèrent le cabriolet pour lui faire contourner l'obstacle par le bas, à travers les genêts craquants de gel. Plus loin apparut l'épais nuage qui, malgré le marin, s'accrochait encore à Félines.

— Ça fume, dit le docteur.

Il se tourna vers son cocher, mais la vue de ce profil taillé dans un granit verdâtre le découragea. Le brigadier vint chevaucher à ses côtés.

— L'incendie ne serait pas totalement circonscrit, dit-il.

— Leur fontaine a dû geler comme la rivière. Avec la douceur, ils vont pouvoir travailler à l'éteindre.

Les embarras interdisaient l'accès de Félines, car ceux de Davejean et de toutes les campagnes, même des mineurs de Fourques avec chacun un seau de bois au bras, arrivaient. Certains s'en étaient venus à travers la montagne. Les gendarmes s'égosillèrent longtemps, avant que le cabriolet ne se faufilât entre les grosses charrettes et les culs rebondis des percherons.

Le maire se précipita vers le brigadier. Ce dernier, homme du Nord, avait soupçonné dès le premier tocsin la méchante affaire. Il s'appelait Wasquehale et savait que son nom les amusait fort, tous ces gens des Corbières, quand ils se retrouvaient loin de lui. Depuis ces bruits non contrôlés sur la disparition de centaines de fusils chassepots, et sur le retour dans le pays de soldats n'ayant pas daigné se faire démobiliser et considérés comme déserteurs, il désespérait de pouvoir un jour écrire un rapport formel. Mais que faire de tous ces racontars, de ces vagues accusations, de ses propres recherches vaines ? Il y avait des déserteurs et des réfractaires qui se cachaient à peine disait-on, mais lui ne pouvait tout de même pas demander leurs papiers à tous les hommes qu'il rencontrait.

— Brigadier, certains commencent à s'échauffer, crient contre les Blancs, les accusant d'avoir voulu faire flamber le cadavre du malheureux monsieur Constantin.

Son regard entendu incita Wasquehale à regarder autour de lui, et il vit les deux groupes séparés par la largeur d'une rue, face à face avec des airs de rien mais prêts à se jeter les uns sur les autres. Il s'en voulut d'avoir pensé qu'ils s'étaient écartés en signe de révérence pour son autorité.

Soutenu par monsieur Pétrone, le vieux docteur Miquelet descendait du cabriolet. Le ramonet-maître s'occupait de sa sacoche.

— Dites-moi Delpech, c'est bien joli vos messes basses, mais où sont mes brûlés s'il vous plaît ? M'avez-vous fait venir pour entendre des sornettes ?

— Venez, docteur... Ils sont dans deux maisons. Le garçon s'est levé, mais le mobile est effrayant de démence. Il faut le tenir saucissonné et bâillonné. On lui a fait prendre du laudanum, mais l'effet ne dure guère.

Le brigadier reconnut, dans le jeune homme qui apparaissait sur le seuil d'une maison, cet étameur de Leucate qui venait chaque printemps dans le pays. Depuis son installation à la brigade de Mouthoumet, il le soupçonnait d'être trop honnête pour ne pas dissimuler quelque filouterie.

— Je vais interroger celui-là qui était avec le collègue et la veuve.

— C'est un héros, brigadier, et faites attention. Les Républicains ne cessent de le féliciter pour sa conduite. Je vais vous ouvrir la salle de la mairie si vous voulez.

Wasquehale repéra quelques énergumènes dans les deux camps, tout aussi braillards les uns que les autres. Comment étaient-ils déjà arrivés dans Félines alors que lui, ses hommes et le docteur, avaient eu autant de mal ?

Lorsque monsieur Pétrone se fut débarrassé de la sacoche du docteur penché au chevet de Morchailles, il revint dans l'impasse où ne restaient plus que des tas de neige séparés par des rigoles de fonte. On avait pas mal déblayé à coups de brouettes et même de seaux. On salua le ramonet-maître qui s'approcha du portail fracassé.

— C'est le cheval du mobile qui aurait démoli les deux battants, lui dit un des sauveteurs. Ensuite, il a réussi à monter à l'étage et s'est envolé de la fenêtre de la cuisine.

À l'intérieur de la forge, un énorme brasier croûteux rongeait les débris. La partie arrière de la maison, en s'écroulant, n'avait pu étouffer ce foyer. Le vieux Cambronne arriva, ruminant un tabac déjà mâchouillé. Il faisait sécher ses chiques pour les reprendre plus tard. On l'accusait même de ramasser celles crachées dans le caniveau. Lui n'avait jamais été impressionné par Pétrone. Il disait qu'un seul homme pouvait lui faire baisser les yeux, le petit Caporal.

— Alors vous le reniflez, oui ? Il y en a encore des litres là-dessous qui n'ont pas flambé. Macarel de macarel, comment ont-ils fait pour en apporter autant par les toits ? Combien de bidons ?

Il tendit son bras revêtu d'une manche de capote très élimée.

— Ils sont passés par l'ancienne maison basse de cet Espagnol qui y fut trouvé pendu voici quelques années. Jamais plus personne n'a voulu y habiter. Allez voir comme elle empeste le naphte. De là, ils sont passés par chez Molinier puis par chez les Mercier qui ne sont pas là pour le moment. Comme ça, ils ont pu atteindre le toit de la forge, facile à trouver avec sa grosse cheminée. Sans le petit étameur, ils y passaient tous. D'abord il a fait descendre la veuve avec des draps, est allé chercher le mobile. C'est un coup des Blancs. Contre monsieur Albert.

— Contre monsieur Constantin, fit monsieur Pétrone, de sa voix étrange, une voix très douce qui sentait le retenu, la contrainte. Les domestiques agricoles, au début surpris par tant de modération, ne s'en réjouissaient pas longtemps, auraient même préféré qu'il hurlât, les agonît d'insultes plutôt que de recevoir les pires remarques dans un paquet de soie, comme ils disaient à propos de ce ton calme.

— Des saloperies de monarchistes. Ils y étaient à Waterloo vous savez, en face de nous.

Monsieur Pétrone le planta là et Cambronne le rappela :

— Madame veuve Torneilles se trouve au chevet du mobile ou peut-être auprès de l'étameur.

Lorsqu'elle s'était présentée chez les Demestre pour se rendre au chevet de Morchailles, très tôt dans le matin, la veuve s'était heurtée à un refus poli de la maîtresse de maison.

— Les hommes veillent le malheureux et suffisent bien. Il n'a besoin de personne d'autre.

— Je voudrais quand même le voir. Est-il toujours garrotté et bâillonné ? A-t-il eu des cauchemars cette nuit ?

— Écoutez, madame, nous ne sommes pas des révolutionnaires ici. Sans votre communard de mari, ce pauvre gendarme n'aurait certainement pas perdu la vue.

Madame Torneilles hocha la tête et prit un air dédaigneux.

— Je vois. Ceux qui portaient les bidons de pétrole cette nuit sont peut-être passés chez vous, et c'est moi qui serais responsable de l'incendie ? Méfiez-vous, madame, les gendarmes pourraient bien vouloir en savoir davantage.

Madame Demestre en suffoqua de fureur malgré une pointe de crainte. Si cette endiablée allait jeter sur eux la suspicion ? Alors que des Rouges grondaient dans le village ?

Un jeune gendarme accosta madame Torneilles, lui demanda si elle était bien la veuve, et lui dit que le brigadier voulait entendre son récit du drame, là-bas à la mairie.

— Le jeune étameur s'y trouve déjà.

Le matin elle l'avait trouvé réveillé, en train de boire du café dans son lit et déclarant qu'il voulait se lever. Dans cette maison, propriété de Républicains, on l'avait bien soigné et beaucoup l'avaient fourni en vêtements, les siens ayant brûlé.

Elle attendit dans le couloir que le brigadier la reçût. Mais soudain les altercations du matin reprirent au-dehors et Wasquehale sortit en courant, ajustant son bicorne. Elle rejoignit Philibert, assis devant une table. Sur le côté, un gendarme rédigeait le procès-verbal et lui jeta un regard sévère.

— Avez-vous vu monsieur Pétrone, le ramonet-maître ? Il est arrivé avec le médecin tout à l'heure.

— Je n'ai vu personne, dit-elle. Comment vous sentez-vous ?

— Bien, mais j'ai l'impression que la peau de mon corps s'est toute rétrécie et qu'elle va éclater.

— Il faut que le docteur vous voie.

Sur la petite place, le docteur Miquelet essayait de ramener le calme. On lui connaissait des sympathies républicaines, mais les adversaires le respectaient et avaient besoin de ses services. Il finit par obtenir un peu de calme, s'adressa au brigadier :

— Je veux voir le petit étameur maintenant.

— Il n'a pas l'air en mauvais état.

— Par contre le pauvre mobile... Vous avez prévu son évacuation ?

— Une ambulance avec un major a quitté Carcassonne ce matin très tôt. J'ai pu envoyer un télégramme, mais je ne connaissais pas encore son état. Nous pensions, à Mouthoumet, avec ce concert de tocsins, que l'incendie ravageait tout le village et j'avais préféré donner l'alerte. Je vais envoyer un de mes hommes pour qu'il expédie une autre dépêche. Je vais faire venir un escadron pour éviter les troubles de l'ordre public.

— Ce ne sont pas de mauvais bougres, mais avec

l'approche des élections, ils se montent la tête. Nous avons tout de même la République, avec une seule voix de majorité monsieur le Brigadier, mais nous l'avons, ajouta-t-il ironique.

CHAPITRE VINGT-DEUX

Ils se reconnurent sans s'être jamais vus et avancèrent l'un vers l'autre sans empressement. Monsieur Pétrone sortait de l'impasse de la forge lorsque madame Torneilles apparut sur le seuil de la mairie. Le ramonet-maître avait l'apparence d'un clergyman tel qu'elle en avait rencontré quelques-uns en Nouvelle-Calédonie. Cet homme manquait d'épaisseur, son corps semblait ne disposer que de deux dimensions dans la hauteur et la largeur fort réduite.

Monsieur Pétrone attendait l'ennemie depuis des années et ne s'était pas trompé. La Parisienne ne le décevrait pas, en lui jouant la comédie de la veuve étreignant le vieux serviteur attaché à son jeune maître. Belle, mince, élégante rien qu'à sa façon de poser le bout de sa petite bottine sur le sol, elle laissait deviner des nerfs solides, une assurance que seule une misère de naissance pouvait fourbir, une indifférence pour les conséquences de ses actes.

— Vous êtes Pétrone, lança-t-elle à plus de dix mètres, le touchant au cœur de sa susceptibilité.

Depuis des décennies, nul ne s'était permis d'oublier le « monsieur ». Durant une seconde, il redevint le petit berger de douze ans malmené par les autres domestiques, ignoré par les maîtres. Tout ce qu'il avait conquis en cinquante ans pouvait devenir simple défroque, que d'un fleuret imaginaire cette inconnue disperserait aux quatre vents. D'entrée, elle lui jetait au visage le mépris qu'elle réservait aux larbins, qu'ils fussent d'un haut niveau dans la domesticité.

Ne pouvant se résoudre au « Oui madame », il inclina la tête et s'immobilisa, si bien qu'elle dut franchir les derniers pas.

— Nous allons gagner les Courtales, dit-elle.

— Les Courtales sont fermées, inhabitables. Depuis des années, monsieur Albert n'y loge plus. Le ramonétage de Mouthoumet vous attend avec une femme de charge, Mathilde. Tout y est prévu pour votre séjour.

Cette voix douce, étrange chez un tel homme, avait une portée inattendue et quelques personnes éloignées, pouvant entendre ce que monsieur Pétrone répondait, en concluaient que les Courtales étaient refusées à la veuve du Communard, laquelle devrait se contenter d'un ramonétage.

— Avez-vous une voiture au moins ?

— Je vais en trouver une. Sans difficulté.

— Mes bagages sont chez Guérin Faget, autrement dit Cambronne.

Elle lui tourna le dos et voyant Philibert sur le seuil de la mairie le rejoignit. Le garçon avait assisté à l'entrevue et quand ces deux-là avançaient l'un vers l'autre avec une certaine lenteur, il en avait attendu un choc et des étincelles, mais ils avaient préféré se mesurer du regard et de quelques paroles. Il se doutait bien que Pétrone haïrait sur-le-champ madame Torneilles, après l'avoir détestée des années sans l'avoir jamais vue.

Dans la demi-heure, le ramonet-maître trouva le char à bancs, fit charger les bagages et attendit assis dans la voiture, tenant les rênes.

— Salut, estamaïre, dit-il, lorsque Philibert se hissa en grimaçant dans le véhicule, chaque mouvement réveillant ses brûlures.

Juste à ce moment-là, il y eut un grand tapage du côté de la sortie du village vers Villerouge. Un mélange d'acclamations et de huées et dans la minute apparut, tirée par deux chevaux de labour, la charrette de la veille avec ses bonshommes alignés, fusils en bandoulière et chapeaux de feutre noir de Quillan. L'escorte des Républicains de Marceau Vernet avait fini par triompher des congères de la route.

Monsieur Vernet sauta à terre dès qu'il aperçut madame Torneilles sur le char à bancs. Il salua monsieur Pétrone de la main mais vint du côté droit :

— Dans le courant de la nuit, nous avons essayé de revenir, madame, nous doutant bien que vous étiez en grand danger. Des amis avaient recueilli des renseignements, assisté à des allées et venues suspectes, mais nous n'avons même pas réussi à franchir une centaine de mètres hors de Villerouge. Même à pied nous n'avons pu avancer. Impuissants et pleins de rage, nous avons de loin vu les flammes s'élever au ciel, puis entendu le tocsin malgré le vent de Cers. Nous avons appelé à la rescousse et toute la nuit il a fallu piocher et pelleter dur, mais nous appréhendions le pire. Nous avons appris que le pauvre mobile avait perdu la vue et que ce garçon vous sauva tous les deux. Vous allez aux Courtales ?

— Non à Mouthoumet, puisque les Courtales ne sont pas habitables, paraît-il. On m'a réservé un ramonétage. N'est-ce pas Pétrone ?

Maurice Vernet tressaillit, aurait certainement voulu l'avertir que depuis toujours, on n'omettait pas de dire *monsieur* Pétrone, que même de hauts personnages de la région ne se seraient pas aventurés à le traiter avec tant de désinvolture.

— Nous allons vous escorter, madame, car les esprits bouillonnent fort depuis cette nuit. Stupidement peut-être, car d'ici quelques jours il n'y paraîtra plus rien mais les criminels eux courent toujours.

— Monsieur Vernet, cria une voix coléreuse.

Le brigadier Wasquehale arrivait à grands pas dans le crissement de ses bottes dégraissées par la neige...

— Que signifie cette mascarade, ces hommes armés de fusils ? La chasse est fermée en période de neige et l'on ne doit pas se promener avec des armes.

— Monsieur le brigadier, j'ai eu le tort hier de croire que madame Torneilles se trouvait en sécurité dans cette forge, que la présence de la brigade, de votre brigade à Mouthoumet suffirait à décourager les canailles qui ont allumé cet incendie criminel. Vous n'étiez pas sans savoir que le retour du pauvre Constantin Torneilles provoquait des mouvements divers dans le pays, qu'on avait tiré sur votre collègue à Fraïsse et qu'on avait empoisonné l'un de leurs chevaux. Des inconnus rôdaient autour de ce petit convoi, prêts à commettre l'irréparable. Vous auriez dû envoyer une patrouille à leur rencontre, et d'ailleurs le mobile Morchailles s'en est étonné. Vous ne vouliez peut-être pas déplaire aux Blancs qui se remuent beaucoup depuis quelque temps, ménager la chèvre et le chou et nous voilà en plein drame. Nous sommes là pour protéger madame Torneilles et nous allons l'escorter à Mouthoumet, que cela vous plaise ou non.

Livide, le brigadier ne répondait pas. Marceau Vernet était un personnage très important dans la région. Il avait même l'estime de l'autre camp, du moins de ceux qui s'inclineraient devant la décision populaire.

— Autre chose, monsieur Wasquehale, essayez donc d'en savoir plus sur la bande à Ginestre. Ceux-là terrorisent les Corbières depuis quelques années et même paraissent bénéficier de la neutralité de certaines brigades. Ils sont plus dangereux que la poignée de malheureux déserteurs et autres qui attendent l'amnistie. L'autre nuit, leurs commis emportaient du vin ou de l'alcool vers Port-la-Nouvelle. Mais les deux frères et leur cousin n'étaient pas du voyage. Vous savez qu'on y trafique beaucoup et qu'on peut s'y procurer en secret certaines marchandises et notamment des barils de pétrole. Il paraît qu'il en a fallu des quantités pour provoquer un incendie aussi rapide et aussi important. Les

Ginestre, les deux frères et les cousins, connaissent le pays mieux que quiconque, et là où personne ne pourrait passer par temps de neige, eux trouveront les chemins praticables sous le couvert.

— Si vous portez accusation, donnez les preuves, ne sut que répondre le brigadier, ou taisez-vous.

— Je vous donne un commencement de piste pour votre enquête future.

Monsieur Pétrone, agacé, claqua les rênes sur le dos de son cheval qui se mit en route. Mais la charrette aux deux percherons suivit presque aussitôt. C'était toujours le même encombrement sur la route de Laroque de Fa, mais les voitures s'étaient rangées sur un seul côté. Les hommes se trouvaient tous dans Félines à faire la chaîne pour essayer de noyer le dernier brasier, tandis que les femmes commençaient de s'organiser, allumaient de petits feux pour préparer le repas de midi. Certaines applaudirent quand passa le char à bancs, mais d'autres regardèrent la veuve avec méfiance. Assis à même le plancher, Philibert étirait ses jambes, essayait de distendre la peau de son corps. Il avait l'impression que plusieurs plaies mouillaient ses vêtements.

— Monsieur Albert n'a pas encore paru, dit soudain la jeune femme. Est-ce si long de revenir de la gare de Lézignan puisque, m'a-t-on dit, il aurait pris le train à Carcassonne ?

Monsieur Pétrone resta figé et ne parut entendre qu'une minute plus tard.

— J'ignore ce que fait monsieur Albert.

— Il vous a bien donné des ordres pour préparer le ramonétage, cependant.

— Je n'ai pas besoin d'ordres pour convenir de ce que je dois faire. Il n'était pas possible d'accéder aux Courtales, ni de s'y installer. La maison y est glaciale et même des feux constants dans les cheminées ne la rendraient pas habitable avant des jours. Il y a des fuites au toit qui doivent être réparées. J'ai seulement fait nettoyer la chapelle funéraire et ouvrir le compartiment qui recevra le cercueil de monsieur Constantin. Cercueil que j'ai commandé au menuisier de Mouthoumet et qui sera prêt demain matin très tôt. Un cercueil en chêne, car pour une autre essence de bois, il aurait fallu attendre plus longtemps et le faire venir de Narbonne ou de Carcassonne.

— On ne retrouvera plus rien de monsieur Constantin, dit la jeune femme. Dans la forge régnait une chaleur d'enfer. C'était un creuset de haut fourneau. Il ne restera que quelques traînées de plomb.

— Je retournerai là-bas cet après-midi, quand les sauveteurs auront noyé les dernières braises et je retrouverai monsieur Constantin.

Placé comme il l'était, Philibert découvrait le profil aride de Pétrone et celui vibrant de madame Torneilles. Celle-ci dissimulait mal la fureur qui la tourmentait. Les décisions tranchées du ramonet-maître lui paraissaient intolérables.

— Vous allez glaner quelques misérables, pitoyables restes. Vous ne pourrez même pas affirmer qu'ils appartenaient à mon mari. Allez-vous ramasser tout cela à la pelle pour pouvoir remplir votre beau cercueil de chêne ?

Ce profil, telle une paroi rocheuse, parut s'effriter d'émotion, s'affaiblit brièvement en un tracé plus humain.

— On ne peut cependant pas l'abandonner dans ces décombres, murmura monsieur Pétrone. Ce serait sacrilège. Il doit rejoindre le tombeau de sa famille, y reposer en paix.

— J'en déciderai seule, répliqua madame Torneilles.

Philibert s'émut de tant d'insensibilité. Dans ce sentiment de répugnance qui lui faisait refuser toute intervention de cet homme, madame Torneilles basculait dans une cruauté qu'il ne lui connaissait pas. Il la savait ironique, voire cynique, mais ce visage inattendu l'attristait.

— N'avez-vous pas vous aussi surpris quelques rumeurs, quelques signes avant-coureurs de cette tragédie ? N'auriez-vous jamais eu l'idée de venir à notre rencontre afin de protéger le cercueil de votre cher disparu ? On me répète que vous vous considérez comme un second père, que vous auriez eu le soin de veiller sur lui, de le diriger tant qu'il ne fut qu'un enfant.

Non satisfaite, elle s'acharnait, ajoutait des accusations mal fondées, le repoussait sans vouloir l'entendre, se moquait sans pitié de ce rôle qu'il avait tenu auprès de son mari enfant. Philibert souffrait, y voyant une déclaration passionnelle d'une femme à l'amour exclusif, ne supportant aucune ingérence, quelle qu'elle fût. Elle avait donc aimé son mari, l'aimait encore alors qu'il l'en avait crue détachée, presque indifférente de voyager durant des jours avec son cercueil. Les caprices involontaires du mort cherchant à s'échapper de ce méchant sarcophage bricolé, au lieu de l'éloigner d'horreur l'avaient-ils bouleversée, émue ? Il ne savait plus qu'en dire, que penser. Cette agression constante contre le vieux ramonet devenait insupportable, et il trouvait monsieur Pétrone pathétique avec sa propre passion envers le défunt.

On les attendait à Laroque de Fa pour les applaudir, on criait « estamaïre » pour le féliciter et il était horriblement gêné.

Madame Torneilles abandonnait sans peine sa colère pour sourire, pour confirmer que sans le garçon elle aurait péri. Qu'il était allé chercher le mobile au fin fond du brasier pour le ramener à l'air libre. Oui, le malheureux avait perdu la vue dans cette atroce tragédie, oui, on avait déversé du pétrole par la cheminée de la forge. Et le char à bancs poursuivait, laissant tout ce monde dans l'effervescence d'une juste indignation. Philibert ne put s'empêcher de se dire qu'elle se transformait en excellent agent électoral de son beau-frère, et il en garda un malaise diffus.

La charrette des chasseurs les précédait depuis un

moment et ces hommes graves surveillaient les bas-côtés de la route, attentifs dans les endroits les plus douteux. Philibert n'aurait jamais imaginé, au départ de Port-La-Nouvelle, pénétrer insidieusement dans une affaire aussi pleine de violence et de menaces. Il pensait à son ami Manuel, le matelot du mixte, qui aurait certainement goûté la saveur amère de cette aventure, lui qui se lamentait de la routine de ses voyages maritimes. Philibert ne regrettait rien mais son sentiment pour madame Torneilles lui apparaissait présomptueux. Comment aurait-il, sinon séduit mais attiré sur lui l'attention d'une femme aussi jolie qu'étrange? Passionnée certes, mais faite de contradictions, de sentiments troubles, d'inquiétantes lucidités.

— Le ramonétage est accueillant, dit soudain monsieur Pétrone, comme désireux d'un apaisement. Il y aura du feu dans toutes les cheminées, et cette Mathilde est une brave personne, même si elle quitte rarement les communs des Courtales. Je me suis permis de faire venir un cuveau de bain de la grande maison pour votre cabinet de toilette. J'ai recommandé à cette femme de faire chauffer de grandes quantités d'eau. De Paris, monsieur Constantin m'avait écrit que vous aimiez prendre de nombreux bains. Ce fut sa dernière lettre, avant son arrestation, qu'un de ses amis en fuite me posta depuis Lyon.

CHAPITRE VINGT-TROIS

Inutile de soulever le rideau en broderie, amidonné peut-être au sucre, pour donner un nom à chaque curieux qui patientait en face du ramonétage, Philibert les reconnaissait tous à travers une rose de fil de coton très ouvragée. Toujours les mêmes qui profitaient de l'oisiveté forcée pour se retrouver, faire des raisonnements à perte de vue sur tout et sur rien, sur le futile et le douloureux, sur le graveleux ou la politique. Lorsqu'au printemps il installait sa forge dans un recoin de l'auberge pour une huitaine de jours, ils arrivaient, bavardaient en le regardant travailler. Aujourd'hui, ils n'auraient jamais osé interpeller monsieur Pétrone mais le guettaient, lui l'estamaïre, le coureur de chemins. Il leur avait toujours apporté les histoires des autres villages, des nouvelles de l'un, le bonjour d'un autre. Et voilà qu'il était le héros d'une singulière affaire. Il avait sauvé la dame de monsieur Constantin, un mobile aux yeux crevés, devait en savoir long sur l'incendie, avait peut-être son idée sur les inconnus qui l'avaient allumé. Alors pourquoi tardait-il à paraître pour leur livrer par le menu son trop-plein de souvenirs palpitants.

— Mathilde, pouvez-vous me monter un supplément d'eau chaude, au moins deux, peut-être trois cruchons... J'ai tout juste de l'eau jusqu'aux chevilles dans ce cuveau.

Eperdue Mathilde, qui là-bas aux Courtales faisait surtout chauffer la pâtée des volailles et des cochons, ne savait plus où donner de la tête. Monsieur Pétrone le lui avait bien recommandé de faire chauffer tout un chaudron, mais pouvait-elle imaginer qu'il ne suffirait pas? Qu'elle aurait dû prendre le plus grand. Mais elle n'avait pas osé car celui-là ne servait que pour ébouillanter les cochons saignés. Elle n'avait pu le mêler aux besoins de toilette d'une si grande dame, aurait eu l'impression de commettre un sacrilège.

— Elle chauffe, madame, elle chauffe.

Philibert préféra quitter cette chambre, où à cause du feu dans la cheminée il avait trop chaud, où il ne restait presque rien de place pour aller et venir entre le grand lit, la commode, l'armoire et la table de toilette. Il avait peur de renverser le pot en porcelaine, peur de salir les descentes de lit. Il rejoignit Mathilde qui se démenait pour des riens, se lamentait en patois. Lui, l'estamaïre, elle le connaissait. Deux ans plus tôt, elle lui avait apporté toute la vaisselle des vendangeurs à étamer, mais il ne se souvenait pas d'elle.

— Elle n'en a jamais assez, on dirait qu'elle la boit, était-elle en train de dire quand il entra et elle sursauta, apeurée d'avoir été surprise en plein blasphème.

» Il faut que je fasse le souper tout de même. J'ai déjà bien eu du mal pour le dîner dans une maison que je ne connais pas. Pourquoi m'a-t-il choisie moi, monsieur Pétrone?

— Mathilde, cria madame Torneilles, si vous ne pouvez vous déplacer, demandez à Philibert de me monter les cruchons.

La brave femme plaqua ses mains contre ses joues soudain toutes rouges de honte. Comment pouvait-on demander à un jeune homme une telle chose depuis son bain?

— Mais oui, dit le garçon. Je vais remplir les cruchons pour vous remplacer.

— Mon Dieu ce n'est pas convenable, allez plutôt m'en chercher de la froide, à la fontaine.

— Non, vous les avez vus dehors, incrustés comme des arapèdes ? Ils me sauteront dessus, voudront me soutirer ce que j'ai vécu cette nuit, ne se contenteront pas du meilleur, voudront aussi que je vide la lie, le dégoûtant. Comprenez que je suis prisonnier de cette maison tant qu'ils seront en face.

Elle hochait la tête, tandis qu'il remplissait à coups de broc plus petit les cruchons en tôle émaillée.

— C'est quoi, l'arapède ?

— Un coquillage qui s'accroche aux rochers et ne veut jamais lâcher prise.

Lorsqu'il frappa, elle demanda d'une voix presque tendre si c'était bien lui. Il pouvait entrer. Du cuvier, tapissé d'un grand drap pour préserver des échardes et des regards, ne sortait que sa tête menue. Ses cheveux noirs se répandaient en telle profusion que son visage n'apparaissait que par éclats de nacre.

— Je vous préfère, dit-elle, car cette pauvre Mathilde s'effare d'un rien et me donne toujours l'impression que je me comporte comme une créature de peu.

Elle lui demanda de verser l'eau chaude dans le cuveau.

— Il a été spécialement fabriqué pour la mère de Constantin et d'Albert par un tonnelier du village. C'est une petite merveille avec ces cercles de cuivre et ce joli bois finement poncé. Il paraît que ma belle-mère était une personne très raffinée, très surprise par certaines rudesses de la campagne. Elle finit par mourir de langueur vers les trente et quelques années. N'est-ce pas d'une grande tristesse ?

Philibert écoutait à peine, se demandait s'il devait verser sur le drap, mais elle dégagea son bras gauche et ce mouvement souple d'une chair tendre lui parut d'une folle audace. Jusqu'à la main aux doigts fins, aux ongles brillants qui le suffoquait de trop de bonheur. Elle souleva le côté du drap :

— C'est là qu'il faut vider vos cruchons, mon cher. Est-elle brûlante ? Dans ce cas épargnez ma jambe.

Le filet d'eau coula vers le drap collé au bois à moins d'un pan de la cuisse ronde, du genou étroit et pincé d'une fossette à l'extérieur. Pour l'intérieur, il ne put dire.

— Oh ! Elle est parfaite. Elle va monter haut j'espère, jusqu'à ma taille. Mathilde en prépare-t-elle d'autre ?

Incapable de parler, sinon de grogner, il inclina la tête.

— Qu'avez-vous, Philibert, vous boudez ? Vous croyez que je vous traite en petit valet de chambre ? Loin de moi cette intention. Je suis votre amie, Philibert, pas votre patronne. Mais je vous dois de l'argent. Je demanderai à mon beau-frère de vous indemniser largement pour la carriole, la forge, vos outils. Je me demande comment il peut tarder à accourir. On a voulu faire brûler sa belle-sœur, on a aveuglé un pauvre mobile, mon défunt a disparu peut-être à jamais, et il s'attarde certainement à serrer des mains sur son parcours, à faire des promesses qu'il ne tiendra pas. Et Pétrone, savez-vous où se trouve ce Pétrone ? Savez-vous que je regrette de ne pas vous en avoir parlé auparavant, de ne pas vous avoir questionné sur lui ? C'est un personnage. Très inquiétant mais il le sait et moi je ne marche pas vraiment. Fait-il peur dans le pays ?

— On le respecte, madame, on ne dit d'ailleurs jamais Pétrone, mais monsieur Pétrone.

— J'ai bien vu qu'il réprimait un sursaut d'indignation quand je l'ai simplement appelé Pétrone, mais le bougre sait maîtriser ses émotions. Est-il dans la maison ?

— Je ne l'ai vu nulle part. Je peux me renseigner.

— Oui mon ami, et lorsque vous remonterez apportez-moi encore deux brocs d'eau chaude et tenez, prenez ces linges de toilette et dites à Mathilde de les faire chauffer au feu.

La femme de charge gémit à la pensée de sortir chercher de l'eau. Il lui demanda d'ouvrir la fenêtre et d'appeler un garçon qui taillait un roseau, assis sur une borne angulaire.

— Vous lui donnerez cinq sous et il vous charriera toute l'eau dont vous aurez besoin pour remplir dix cuveaux.

— C'est que je n'ai pas cinq sous sur moi. Je reçois dix francs par mois seulement.

— Moi je suis sans le sou. Mon argent a brûlé avec mes vêtements. Je demanderai à madame Torneilles. Il ne sera payé qu'une fois l'eau rentrée. Dites-moi où est monsieur Pétrone ?

— Il a dû ramener le char à bancs à Félines.

— Il emportait des pelles, des pioches ?

— En cas, il a dû les prendre dans notre remise, sur la route de Laroque.

Avec ce « notre », elle pensait s'octroyer une infime part de la grande propriété des Torneilles, mais ne faisait que confirmer sa condition servile. Les domestiques de vigne, de terre ou de maison s'appropriaient toujours ainsi la richesse des maîtres, sans réaliser qu'ils en étaient eux-mêmes l'ossature.

Elle ouvrit la fenêtre pour appeler le pilhart et sans se montrer, Philibert remonta deux cruchons chez madame Torneilles.

— Il est allé rendre la voiture et fouiller les décombres. Il n'en fait qu'à sa tête. Philibert, je ne veux pas qu'il exhume ce qui reste de mon époux, je veux que ce soit vous.

Sa défiance habituelle des propositions trop flatteuses se mêlait ici de sentiments plus sournois. N'y avait-il pas dans cette demande comme l'amorce d'un marché secret, d'un contrat aux clauses si subtiles qu'il pouvait les imaginer très proches de ses vœux les plus audacieux ? Lorsqu'une fois encore, il versa précautionneusement l'eau, il lui sembla que la ronde cuisse s'était quelque peu avancée, et cette sorte de faveur accordée avec une indifférence calculée donnait encore plus de valeur au contrat en question. Hardi avec les femmes de cabaret, il restait naïf avec les filles de son âge, embarrassé avec les plus âgées et les plus coquettes. Il ne savait pas qu'ainsi, un peu nigaud, il augmentait ses chances d'un charme de jouvenceau inexpérimenté.

— Je suis furieuse contre ce Pétrone. Vous me comprenez, n'est-il pas vrai ? Et mon beau-frère qui n'est guère empressé.

— Il a dû s'arrêter à Félines, ne pouvait décemment abréger sa visite sur les lieux du drame.

— Oui, peut-être voyez-vous juste. Pouvez-vous me laisser maintenant... Ah ! Rajoutez une bûche ou deux dans la cheminée. Ce bois qui brûle si joliment, c'est du chêne vert ?

La chambre n'était qu'une étuve. La fenêtre se voilait d'une buée épaisse et le crépuscule y vaporisait une ombre violette. Il referma la porte avec précaution, comme s'il enfermait un trésor.

Mathilde discutait avec le petit porteur d'eau qui réclamait ses cinq sous. Philibert se maudit d'avoir oublié et retourna frapper à la porte. Il crut entendre crier d'entrer, rouvrit juste comme madame Torneilles sortait du cuveau telle qu'il l'avait peut-être vue, peut-être rêvée dans l'eau claire du gué de la Berre, lors de leur équipée à Quintillan.

Le pilhart ouvrit une bouche d'admiration quand il entra et en oublia ses cinq sous.

— Estamaïre, on dit que tu as sauvé la dame, le gendarme, les chevaux et mis en fuite les assassins. Tu devrais me raconter que j'aille tout rapporter à ma mère, comme ça elle ne me grondera pas de rentrer en retard. J'ai oublié de passer chez nous après l'école.

— Tu reviendras demain pour puiser encore de l'eau et tu auras encore cinq sous et je te raconterai.

Mais le gosse insistait et ce fut l'arrivée d'un cabriolet au bois verni, à la capote de cuir matelassé, qui le fit s'enfuir. Il en descendait un gros homme que Philibert ne se souvenait pas d'avoir vu dans Mouthoumet.

— Mon Dieu ! Mon Dieu ! Voilà monsieur Albert et je ne suis pas prête, et je ne sais pas où est le vin doux, et l'absinthe. Monsieur Pétrone me l'a dit mais je ne sais plus, je ne sais rien.

L'étameur trouva les bouteilles, le temps que le candidat député serrât encore des mains, entreprît quelques belles phrases sur la tragédie de Félines, sur la confiance qu'il accordait aux gendarmes et à la justice pour retrouver ces misérables.

Mais dès qu'il entra dans le ramonétage, tout changea, et la voix joviale et paternaliste se faussa d'une autorité mécontente.

— Alors quoi, que fait-on ici? Où sont les lumières, les lampes? On dirait qu'on veille un mort... Ce n'est pas pour maintenant. Il faudrait d'abord le retrouver là-bas à Félines, mon pauvre cadet. Qui es-tu toi? Ah! Je crois savoir, Mathilde. Monsieur Pétrone t'a choisie? Pourquoi toi et non la Berthe?

La voix de la pauvre femme grelotta de ne pouvoir expliquer assez vite que Berthe s'était foulé le pied, qu'elle gardait le lit, que ce n'était pas sa faute si monsieur Pétrone avait posé les yeux sur elle.

— Voulez-vous bien épargner cette gentille Mathilde qui fait tout son possible, lança madame Torneilles, descendant les marches de l'escalier.

Philibert alluma les bougies, les chandelles, sortit de l'ombre. Monsieur Albert le regarda d'un air soupçonneux, avant de se forcer à la bienveillance d'un sourire épais.

— Voilà le héros dont on me rebat les oreilles depuis Saint-Laurent. Bientôt, il sera célèbre non seulement dans le département, mais dans la France entière. Es-tu républicain au moins?

— À Leucate, on dit que nous sommes tous rouges.

— Contente-toi d'être républicain. C'est vrai que tu es de Leucate. Dommage que tu ne sois pas de par ici. Tu m'aurais accompagné dans mes tournées. Mais dans le fond pourquoi pas? Tu auras cent sous et les gueuletons. Ça te dirait? Ma chère belle-sœur, permettez que je vous embrasse. Vous avez connu des heures difficiles. Mais ceux qui ont fait ce forfait ne l'emporteront pas au paradis.

— Nous ne sommes pas en réunion publique, cher Albert. Mais en un an vous avez rudement forci et vous voilà violacé. Ne craignez-vous pas une attaque ?

— Je suis solide comme un roc et en pleine santé. Oui, j'arrive de Félines et ce que j'ai vu m'a porté au cœur. Sur ma route, j'ai croisé l'ambulance militaire, et j'ai pu dire quelques mots au malheureux mobile. Heu... March...

— Morchailles, précisa Philibert, écœuré.

— Il dormait gavé d'opium. Il paraît qu'il a perdu la raison. Qu'il s'est réveillé, quand Wasquehale est allé le voir ce matin, pour raconter des extravagances. Je ne sais plus quoi.

— Il disait avoir vu une effigie monstrueuse, dit Philibert en articulant clairement.

De nouveau, le regard fauve de l'aîné des Torneilles le tint sous sa menace directe, tandis que la bouche de l'homme tordait un autre sourire :

— Quelque chose comme ça.

CHAPITRE VINGT-QUATRE

Le cabriolet viendrait chercher Albert Torneilles à la fin du repas. Le candidat député s'en irait convaincre les électeurs et ne rentrerait pas avant le lendemain. Il coucherait chez des amis. Philibert attendait de lui une indignation, une accusation féroce des coupables du crime de Félines, mais ne retint de ses propos emphatiques qu'une déclamation stérile.

— Je laisse aux autres la témérité d'accuser vraiment les Blancs, disait-il entre deux bouchées énormes. Je fais entièrement confiance au brigadier Wasquehale. Un homme du Nord qui ne s'en laissera pas conter par des considérations locales.

Avait-il seulement respiré l'odeur des chairs carbonisées, des ruines, la chair de son frère recuite dans son cercueil de plomb en fusion, la chair du cheval Bijou? Allait-il avoir une parole de commisération pour le pauvre Morchailles privé à jamais de ses yeux? Y avait-il un sentiment dans cette poitrine bombée de satisfaction? Et ce ruban de la Légion d'honneur que récompensait-il, sinon des années de soutien à Badinguet.

Soudain le regard d'Albert Torneilles accrocha l'arête minérale du visage de monsieur Pétrone. Philibert avait déjà remarqué que, quel que fût l'angle de vue, le ramonet-maître ne semblait présenter que son profil aux lignes brisées, déchiqueté comme une faille rocheuse. Il paraissait impossible de le voir de face. Et ce que le candidat déchiffra sur cette arête osseuse lui coupa le sifflet, le troubla dans son exubérance. Même un concert de huées ne l'avait jamais ainsi déchu de sa suffisance. Son regard flotta quelques secondes, mais son incroyable et sotte énergie trouva les ressources de rebondir.

— J'aurais souhaité, murmura-t-il dans un flux rauque d'émotion, me trouver avec vous depuis Port-La-Nouvelle. Je voulais chevaucher aux côtés du cercueil de mon pauvre frère Constantin, mais qu'aurait-on dit alors ? Que j'usais de sa dépouille mortuaire comme d'un puissant argument électoral ? Que je l'utilisais sans vergogne pour me parer d'une nouvelle conscience ? Je n'ai pas voulu tirer ce profit déshonorant du retour de son cercueil. Et je n'ai jamais pensé que mes ennemis iraient jusqu'à incendier cette maison où vous vous abritiez de la tempête. Vous avez failli y laisser votre vie, vous ma chère belle-sœur, vous Philibert si estimé dans le canton pour vos qualités d'étameur. Savez-vous que votre venue chaque printemps est presqu'une fête traditionnelle ? J'ai souvent entendu les gens de par ici s'exclamer joyeusement : « L'étameur de Leucate est arrivé. L'estamaïre de Laoucate ben d'arribat. »

La suavité bonhomme de ses propos gênait Philibert. Même son usage de la langue locale, du patois, sonnait faux. Il avait honte pour cet homme cuirassé depuis toujours d'indifférence. Il aurait pu se laisser abuser si l'œil canaille n'avait surveillé, sur le profil granitique de Pétrone, la portée de son délire verbal.

— Vous avez sauvé ma chère belle-sœur, sauvé ce pauvre Morchailles, je vous obtiendrai sans peine la médaille de sauvetage pour actes de courage et de dévouement.

Pourvu qu'il oubliât, qu'il n'allât pas le ridiculiser aux yeux de ses vauriens d'amis du bord de mer.

— Quant à mon pauvre frère, qu'allons-nous en retrouver dans ces résidus fumants ?

— On a parlé de la bande à Ginestre ce matin, murmura soudain Philibert à bout d'écœurement.

Dans l'œil, qui de canaille se fit féroce, il vit fondre à jamais la médaille en question pour crime d'audace. Que croyait-il donc, cet estamaïre pouilleux, que parce qu'on prêchait la République on renonçait à ses privilèges de gros propriétaire ? Le cheminement d'une semaine, aux côtés du cercueil d'un frère assez stupide pour faire un communard et un bagnard, avait dû lui détraquer ses idées à ce va-nu-pieds. Sans compter la présence de sa pétroleuse de belle-sœur.

— Comment s'appelle la femme qui nous sert, déjà ? Mathilde ?

Il la héla et elle accourut, de plus en plus effarée. Làbas aux Courtales, elle soignait la volaille, puisait l'eau et cuisinait parfois. On venait de bouleverser sa logique et sa vie en lui faisant bouillir d'énormes quantités d'eau pour le bain, et cuisiner dans la finesse pour seulement quatre personnes.

— Ma fille, n'y a-t-il pas une voiture, un cabriolet qui attend devant la porte ? Si oui, allez chercher le cocher et demandez-lui s'il a soupé. Au besoin servez-lui quelque chose, mais pas trop de vin. Nous devons parcourir la route de Dernacueillette cette nuit et je ne tiens pas à verser.

Il se leva brusquement, alla fouiller dans son manteau accroché derrière la porte, y prit un cigare qu'il porta à sa bouche. Puis il le retira :

— Vous ne fumez toujours pas, monsieur Pétrone ? Il me semblait.

Il n'en proposa pas à Philibert sans savoir qu'il ne fumait pas. Soufflant des nuages de fumée de tabac, il revint s'asseoir, remplit son verre de vin.

— Il est vrai, dit madame Torneilles, qu'il fut question de la bande à Ginestre. Marceau Vernet, votre fervent partisan, a eu l'air de la désigner comme coupable éventuelle au brigadier. Marceau voit des ennemis partout.

— À juste titre, puisqu'il nous accompagna jusqu'à Félines et se désole aujourd'hui de ne pas nous avoir protégés durant la nuit.

Plus tard, Philibert réfléchit à ce qui l'avait dérangé dans l'intervention de la veuve. En fait, elle avait répondu à la place de son beau-frère et ainsi clos toute poursuite du sujet.

— Monsieur Albert, vint dire Mathilde, le... enfin Émile vient d'arriver. Il a soupé et vous attend.

Le mot cocher l'avait inquiétée car elle l'ignorait. Pourquoi appeler ainsi Émile ? Si elle ne retournait pas au plus vite là-haut, aux Courtales, elle sentait qu'elle perdrait la raison à s'embrouiller de mots et de travaux insolites...

— Hé bien, je me rends à mon devoir de citoyen. Que voulez-vous, il faut des gens qui se dévouent pour la chose publique.

Il eut du mal à enfiler son manteau doublé de fourrure, lança un regard pour inviter Philibert à l'aider, mais le garçon ne réalisa pas tout de suite ce qu'il signifiait. Il pensait que le frère aîné des Torneilles lui en voulait d'avoir parlé de la bande à Ginestre. Avait-il besoin de ménager ces gueux pour parvenir à se faire élire ou bien se trouvait-il décidé à n'effaroucher personne ?

— Monsieur Albert.

Juste comme il passait la porte, cela claqua comme un méchant coup de fouet catalan. Il recula de deux pas, inquiet :

— Qu'y a-t-il, monsieur Pétrone ?

— Le menuisier fabrique un cercueil de chêne. Il va y travailler la nuit. Mais les gendarmes empêchent qu'on approche des décombres. On ne peut pas laisser monsieur Constantin dans ce tas de cendres, tout de même.

— C'est-à-dire ?

— Le brigadier doit m'autoriser dès demain à rechercher votre frère.

— Je vais passer à la brigade, fit Albert soulagé.

Pétrone ne dit plus rien, roula sa serviette avec soin. Madame Torneilles avait regardé Philibert, comme pour lui rappeler sa promesse et à son tour interpellait son beau-frère.

Ce dernier marqua sa mauvaise humeur, disant qu'il arriverait en retard pour sa réunion électorale.

— Monsieur Pétrone voulait déjà fouiller les braises aujourd'hui sans que le cercueil fût même disponible. J'ai quand même mon mot à dire pour tout ce qui concerne mon mari. Depuis que je suis à Mouthoumet, on agit comme si je n'existais pas et je n'ai pas apprécié que monsieur Pétrone décide seul de retourner à Félines. J'avais, quant à moi, admis que pour les besoins de l'enquête, l'exhumation pût être retardée. Mon pauvre mari n'ira malheureusement pas plus loin et d'ailleurs j'ai depuis longtemps conclu avec Philibert un accord. Il m'accompagne depuis Port-La-Nouvelle, a veillé sur l'état du cercueil assez fragile de conception, a veillé aussi sur moi. Je veux qu'il retrouve les restes de mon mari et les dépose, lui seul, dans le cercueil de chêne.

— Mais Zoé, il n'est pas question de vous ôter vos prérogatives d'épouse. Il doit s'agir d'un malentendu...

Philibert n'écoutait plus ses explications toujours aussi emberlificotées. Zoé, elle se prénommait Zoé. Il se souvenait d'avoir demandé au mobile, là-bas dans la forge, avant l'incendie s'il savait comment elle se prénommait. L'attitude de Pétrone l'empêcha de rêver plus longtemps sur la révélation de ce prénom. Le ramonet se levait sans un regard pour la veuve, inclinait la tête en passant devant Albert et disparaissait.

— Vous l'avez outragé, ma chère, et ne croyez pas que j'exagère. Il n'y a pas plus susceptible que lui dans toutes les Corbières. Évitez de faire de lui votre ennemi. C'est un homme farouche qui se moque de déplaire et même de perdre son emploi. Nous n'avons aucune prise sur lui. Vous savez qu'il éleva Constantin et le considéra comme son fils. Ménagez-le pour l'instant. Je vous rappelle qu'il ne vous connaissait pas avant ce jour, qu'il n'a peut-être jamais accepté le mariage de mon frère, ni tout ce qui s'ensuivit avec le siège de Paris, la Commune, la condamnation au bagne de Nouméa... La mort dans cette île lointaine... Surtout la mort.

Il regardait madame Torneilles fixement :

— Surtout la mort, répéta-t-il.

Là-dessus, il enfonça son chapeau en peau de castor d'un air déterminé et s'en alla. Madame Torneilles, Zoé, resta très droite devant son couvert, émiettant un peu de pain entre ses doigts.

— Philibert, savez-vous où trouver le menuisier?

— Oui madame, ce n'est pas bien loin d'ici.

— Nous allons nous y rendre. Allez dire à Mathilde de monter dans ma chambre prendre mon manteau et... Non, j'y vais moi-même.

Elle redescendit, prête à sortir, le visage masqué par une voilette. Mathilde ouvrit de grands yeux. C'était encore une de leurs excentricités que de vouloir sortir à cette heure.

— Madame, l'église est fermée, fit-elle en confidence.

Une sortie nocturne ne pouvait que diriger cette étrangère vers l'église, pensait-elle.

— On la verrouille la nuit car l'an dernier, on a volé le tronc des pauvres.

Avec la tiédeur marine, la neige des toits fondait en grosses torsades d'eau. Madame Torneilles glissa sa main sous le bras de Philibert. La rue était déserte, avec juste quelques estafilades de lumière en travers des volets clos.

La menuiserie, dans une encoignure, s'éclairait de plusieurs lampes et même d'un chandelier à trois branches. Deux hommes, en chemises bordées de sueur à l'encolure et aux manches retroussées, rabotaient de longues planches. Le patron, Burgat, continua de s'escrimer de la varlope après avoir entendu tinter sa clochette de porte. Il finit par se redresser, remonta l'encolure de sa chemise en apercevant cette femme au visage dilué par une voilette.

— Bonsoir madame. C'est toi estamaïre, te voilà de bonne heure cette année.

— Je suis la veuve de Constantin Torneilles. C'est pour lui que vous travaillez si tard, je suppose?

— Selon la commande de monsieur Pétrone, oui madame.

— Vous l'aurez terminé quand?

— Demain matin j'espère. Nous avons bien avancé dans l'ouvrage mon cousin et moi. Monsieur Pétrone pourra passer le prendre demain vers huit heures.

Madame Torneilles posa la main sur l'épaule de Philibert :

— C'est lui et lui seul qui en prendra livraison.

Le cousin, qui écoutait tout en découpant ses queues d'aronde, se redressa et regarda Burgat avec un frémissement des lèvres.

— C'est que monsieur Pétrone a payé à l'avance le travail, murmura le menuisier. Et c'est à lui que je dois le livrer. Je ne voudrais pas d'embrouilles... Monsieur Pétrone est un homme que je respecte trop.

Madame Torneilles souleva sa voilette :

— Avez-vous bien entendu, je suis la veuve de Constantin Torneilles.

— J'ai bien entendu, madame.

— Monsieur Pétrone a-t-il un décès dans sa famille qu'il vous ait passé commande d'un cercueil?

Une nouvelle fois, les deux cousins échangèrent un regard de catastrophe. L'affaire s'annonçait mal avec cette Parisienne à la voix bien claire.

— Dans ce cas vous remettrez ce cercueil au ramonet, mais je viens moi vous en commander un autre. Personne ne peut décider pour moi ce qu'il convient de faire, monsieur le menuisier. Si vous ne pouvez travailler pour moi je vais envoyer quelqu'un jusqu'à Lézignan, s'il le faut, pour obtenir satisfaction.

— Le travail que je suis en train de faire est bien destiné à votre défunt, madame.

— Vous rendrez donc son argent à monsieur Pétrone et vous allez me dire combien je vous dois, que je vous règle sur-le-champ.

Le cousin s'enfonça dans l'ombre de l'atelier, foulant les copeaux et la sciure d'un pas traînant révélant la perplexité de ses réflexions. Burgat l'aurait bien suivi pour discuter de cette affaire avec lui.

— Vous me voyez très ennuyé, madame. Ne pourriez-vous en parler avec monsieur Pétrone sans me mettre dans une situation...

— Je ne sais où se trouve le ramonet et je ne vais pas veiller pour l'attendre. Je suis très fatiguée après cette nuit affreuse de Félines et je vais aller me coucher. Sachez une chose cependant, si le cercueil est emporté par monsieur Pétrone, il ne recevra pas la dépouille de mon mari. Venez, Philibert.

Mathilde les attendait, sa vaisselle faite, tisonnant quelques braises de désœuvrement. Elle sursauta quand madame Torneilles l'interpella, redoutant quelque demande bizarre. À tout hasard, elle avait mis à chauffer un plein chaudron d'eau, préparé des bougeoirs.

— Monsieur Pétrone ? Je l'ai vu partir à cheval. Cela lui arrive quelquefois. Peut-être a-t-il décidé de joindre les Courtales pour vérifier à l'aube si les domestiques partent au travail.

— Il ne reviendra pas ici ?

— Je l'ignore, madame, mais il possède une clé. Je suis nouvelle dans ce ramonétage et j'ignore ses habitudes. J'ai fait chauffer de l'eau, madame. En voulez-vous quelques brocs ?

— Demain matin. Je suppose que vous n'avez pas de thé dans cette maison.

— C'est donc cela, madame, que monsieur Pétrone

m'a fait apporter en fin de journée. J'ai cru qu'il parlait de thym mais j'ai senti et ce n'en était pas. C'est ce sac de papier.

Mathilde tendait les bougeoirs allumés.

— Allez vous coucher, où est votre chambre ?

— Au rez-de-chaussée madame, là derrière.

Madame Torneilles parut satisfaite et monta l'escalier derrière Philibert, le retint au moment où il ouvrait la porte de sa chambre.

— Je vais venir regarder vos brûlures, murmura-t-elle. J'ai retrouvé une crème qui conviendra mieux. Ne refermez pas la porte tout de suite, car elle grince trop.

En pleine stupeur, il crut avoir mal entendu et ne songeait même pas à déposer son bougeoir sur le chevet. Il le fit sur la pointe des pieds, se demandant s'il devait allumer aussi la lampe, craignant que la chambre n'eût une apparence d'alcôve avec une trop faible lumière.

Au bout de dix minutes, il fut certain d'avoir imaginé, dans le murmure du bonsoir, une sorte de promesse inconcevable. Pour autant, il ne pouvait se résigner à refermer la porte. Il se sentait emprunté dans des vêtements qui n'étaient pas les siens, il chercherait d'ailleurs à les rendre plus tard.

Madame Torneilles se glissa dans la chambre, n'ayant même pas de bougeoir à la main. Elle repoussa la porte au grincement plaintif, alla déposer un pot de porcelaine fleurie à côté du bougeoir de Philibert.

CHAPITRE VINGT-CINQ

Voyant qu'il tremblait, elle lui demanda s'il avait froid, puis estima que c'étaient ses brûlures qui l'enfiévraient. Elle lui fit ôter son bourgeron, son lainage et jusqu'à sa chemise. Il se retourna pour lui obéir et elle poussa un petit cri en découvrant le chapelet de cloques qui marquait son dos en diagonale.

— Allongez-vous sur le lit. À plat ventre. Je vais les percer pour les vider.

Il ne sut où elle trouva cette longue aiguille, peut-être dans son chignon. Elle la présenta à la flamme de la bougie et transperça chaque cloque. Ensuite, elle étala une crème fluide et le massa avec douceur.

— Je vous fais mal?

— Non, madame.

— Mon prénom est Zoé, appelez-moi ainsi. Nous sommes voisins en âge et depuis longtemps personne ne m'appelle Zoé. Sauf mon beau-frère tout à l'heure, mais il a une façon de lâcher ce Zoé qui le transforme presque en gros mot.

Comment pourrait-il? Dans son village il pouvait appeler par son seul prénom la plus riche fille du coin, même la plus pimbêche, mais impossible d'en faire autant avec elle.

— Vous devriez vous retourner. Il y a d'autres plaies

sur votre poitrine, mais avez-vous remarqué d'autres cloques ?

— Non, madame.

— Zoé.

— Non, madame Zoé.

— Et voilà, fit-elle agacée. Suis-je une sous-maîtresse de maison close pour être traitée ainsi ? Est-ce trop exiger de vous de m'appeler simplement Zoé ? Écoutez, si nous étions en compagnie, je comprendrais vos réticences, mais nous sommes seuls ensemble. Nous avons marché côte à côte durant des heures pour aller à Quintillan. Nous avons vécu le pire et vous voilà encore tout nigaud ? Allez déshabillez-vous maintenant, que je vérifie si vous me dites bien la vérité. Je n'en ai pas fini avec vous.

Les filles rieuses de la route de Narbonne s'amusaient à lui ôter ses vêtements, les cachaient pour l'obliger à rester aussi longtemps qu'il aurait de l'argent. Mais dans cette chambre où tremblotait la flamme d'une bougie au moindre de leurs gestes, il ne pouvait faire ce qu'elle demandait. À Félines, il avait fermé les yeux tandis qu'elle le soignait.

— Cela vous gêne ? murmura-t-elle.

Il s'était assis au bord du lit, lui tournant le dos et elle posa sa main sur sa nuque, le fit frissonner. Les doigts remontaient dans ses cheveux un peu longs : il attendait toujours de rentrer chez lui pour les faire couper. Elle le forçait à se lever, et lui s'obstinait à ne pas lui faire face.

Était-ce vraiment ses lèvres qui se posaient au bas de sa nuque, humides, et sa langue qui brièvement accentuait le baiser ? Elle noua ses bras autour de sa taille, le serra très fort contre elle, si fort que son corps s'incrusta dans le sien. Ses seins, son ventre, ses cuisses s'unirent à son dos, ses fesses et ses jambes. Comme Morchailles dans l'incendie, mais son uniforme à elle n'était ni cuir ni boucles de fer, mais faille de soie douce, cheveux crissant sur ses épaules, souffle tiède.

— Je t'ai vu nu, sur la fenêtre de la forge, avec le feu qui derrière toi lançait des éclairs et grondait comme un fauve affamé. Tu étais un Apollon dans une apothéose de lumière. Crois-tu que l'on puisse sortir sans regret d'une pareille vision, l'oublier au nom des principes ? Ces sottes qui se retournaient pour ne pas être troublées pour la vie, les autres qui se masquaient les yeux, écartant imperceptiblement les doigts, toutes s'en sont gavé la mémoire et je ne suis pas si différente, sauf que j'ai osé admirer ouvertement ton corps. Tu le sais que tu es beau, désirable, ne joue pas ton puceau effarouché.

Se moquait-elle avec cet Apollon dont il ne savait trop que penser, supposant qu'il s'agissait d'une statue ancienne. Il ne comprenait pas qu'une femme, que toutes ces femmes surprises par son absence de vêtements, fussent encore imprégnées de ce souvenir. Celles qu'il fréquentait, auxquelles il faisait l'amour, ne paraissaient pas autrement émues par sa nudité. Elle devait le lui redire souvent, comme si vraiment cette image lui servait à épicer son besoin de tendresse.

Durant sa vie entière, il ne retrouva jamais ce moment où il ne fut qu'une sorte de petit garçon entre les mains expertes de Zoé Torneilles. Si par la suite il reprit l'avantage dans les joutes amoureuses, fit l'homme dominant et elle la femme soumise, en cette première nuit, pétrifié d'incrédule émerveillement, il fut sa chose. C'est ainsi qu'il se retrouva troussé, dépouillé entièrement sans qu'elle-même eût ôté le moindre de ses vêtements, ni ouvert son corsage, ni défait son volumineux chignon.

— Tu sens le brûlé et j'en ai plein la bouche.

Elle le poussa vers le lit où il bascula et elle s'allongea sur lui, avec juste la nudité de son visage et ses mains. Elle lui avoua par la suite avoir satisfait un certain goût dépravé, un besoin d'ambiguïté avant le classique corps à corps de deux êtres ayant arraché leurs vêtements. Elle décorait son visage de fleurs humides de baisers, approchait sa bouche de la sienne mais, mutine, s'esquivait, déportait sa tête pour mordiller son épaule, lui faisait soulever le bras pour enfouir ses lèvres dans l'aisselle fumée.

— Ton ventre est tout aussi roussi, lui murmura-t-elle à l'oreille. Hier, dans cette maison de Félines où j'avais pris prétexte de te soigner pour mieux me pencher sur toi, j'ai cru défaillir. Il n'y avait plus ce fouillis noir habituel, tu étais comme un grand bébé avec ton sexe sans fourrure.

Des folies, elle ne cessa de lui dire des folies d'une voix enfiévrée, une voix aussi provocante que ses seins ou son ventre. Venant d'une autre, une effronterie aussi canaille l'aurait hérissé, rabattant son orgueil de mâle, mais comme elle roulait ses chuchotis dans un sirop délicat, son désir s'exaltait. Elle lui dit qu'il devenait aussi obscène qu'un satyre mais elle s'en réjouissait.

Plus tard, il retrouva le mot pantelant dans une lecture et en rechercha le sens dans un dictionnaire. Dès lors, il l'utilisa pour s'expliquer son état lors de cette première nuit. Il y en eut trois. La pantelante, la sauvage et la déchirante. Il les baptisa ainsi, ayant trouvé pour la deuxième et la troisième immédiatement leur qualificatif, alors que la première restait difficile à marquer d'un seul mot. Il s'était jugé idiot, coincé dans un respect prolongé, manœuvré par une femme qui en savait long sur les garçons et les hommes depuis une enfance saccagée.

Ce qu'elle osa sur lui, lui parut tenir du rêve exacerbé d'adolescent, après quelques lectures interdites ou quelques spectacles éhontés. Bien avant de quitter l'école, les élèves se passaient des brochures suspectes, des images d'une crudité telle que lui, Philibert, en était resté longtemps incrédule. Route de Narbonne, il avait tenté d'expérimenter ce qu'il avait retenu de ces révélations brutales, indignant certaines filles, n'ayant pas assez d'argent pour en décider d'autres plus vénales. Ce soir-là il avait tout oublié, les filles de la route de Narbonne, Pauline de Matomègne et Rolande de Saint-Rome. Mais plus tard dans la nuit, elle le força à raconter ses pauvres amours, les actualisant dans un luxe de subtiles nouveautés. Cette première nuit, non seulement elle le dépouilla de ses vêtements, mais de toutes ses aventures passées. Elle en fit son homme à elle, plutôt son jouvenceau, cherchant à l'épuiser d'attentions de plus en plus inouïes.

Loin d'être dupe, il attendait complaisamment le prix à payer et, quel qu'il fût, savait qu'il ne marchanderait pas. Il aurait voulu lui dire qu'elle n'avait pas besoin de faire de lui un esclave soumis, entravé par les souvenirs voluptueux, capable du pire pour les revivre encore.

Savamment, elle enrobait une méfiance qu'il n'éprouvait pas, mais Zoé, formée par des années difficiles, restait toujours sur ses gardes, n'avançait qu'à tout petits pas, précédée de ses doigts mignons, de ses lèvres caressantes, n'usant de son corps que lorsque ces caresses-là lui paraissaient n'avoir pas convaincu sa victime.

Il découvrit l'orgueil de ses seins, libérés d'un carcan de corsage baleiné. Il en goûta le parfum de jasmin qui baignait aussi la toison vultueuse, les cuisses aux muscles discrets mais frémissants, les fesses dures et tendres à la fois. Elle dirigeait ses baisers, son sexe sans réticences, lui faisant connaître en une réplique harmonieuse, sensuelle, la réalité de ces images violentes, crapuleuses de ses treize ans.

— Imagine la tête de Mathilde si elle ouvrait soudain la porte.

Ils riaient ensemble d'une telle éventualité, mais lorsqu'elle se permit d'évoquer « Monsieur Pétrone », il trouva cela beaucoup moins amusant.

— Je le déteste, dit-elle, si haut qu'il eut peur que Mathilde n'en eût été réveillée en sursaut dans sa chambre du rez-de-chaussée.

Philibert ne fit pas écho à ce jugement.

— Avoue qu'il te fait peur. Constantin ne le supportait plus lorsqu'il était encore par ici. L'amour que lui portait cet homme était outrancier.

— Il n'a jamais eu d'enfant avec sa femme, peut-être reportait-il son besoin d'un fils sur Constantin.

— Es-tu dans une totale ignorance de certaines passions ? Constantin était gêné par les attentions de ce Pétrone. Il avait peur de se retrouver seul avec lui. Je suis certaine qu'il court encore de vilaines histoires sur ce bonhomme.

Cette exagération agaçait Philibert. Il la soupçonnait d'inventer un procès odieux pour disqualifier Pétrone. Où voulait-elle en venir ? Dans la salle à manger, après le départ du ramonet-maître et de son beau-frère, elle lui avait dit qu'elle souhaitait qu'il fût le seul à fouiller les décombres de la forge. Il y avait eu cette visite au menuisier Burgat. Sans cesse elle le taraudait, ne se contentant pas d'une seule promesse.

— Garçonnet, Pétrone servait de femme à un vieux berger de la montagne. Constantin le savait.

Philibert avait souvent entendu ce genre d'histoires. On soupçonnait les bergers de toutes sortes de dépravations, d'user de leurs chèvres ou de leurs brebis, de traquer les femmes isolées, d'abuser des romanichels qui croyaient trouver refuge dans les bergeries isolées, mais ces allusions appartenaient à ces histoires de sorcières, de fantômes, d'Homme noir. Il essaya d'en convaincre Zoé, et pour la première fois de la nuit retrouva assez de causticité pour se moquer de ces sous-entendus.

— Que veux-tu dire par là ?

— Que ce sont des histoires inventées qui, d'après mon maître d'école, remonteraient à des temps très anciens. Qu'on ne doit y ajouter aucune attention, qu'elles sont faites pour mettre les enfants en garde contre des dangers imaginaires.

— La pastresse, comment l'appelles-tu déjà ?

— Maguiloune ? Oui, elle nous a parlé d'un homme noir.

Zoé se coula contre lui, lissa sa poitrine du plat de la main.

— Maguiloune ne t'a-t-elle pas un jour fourré dans son lit ? Mais a-t-elle seulement un lit.

Non, il ne trahirait pas ce souvenir vieux de quelques années, quand il n'était que l'apprenti d'un étameur crasseux et ivrogne qui s'endormait parfois alors qu'il poussait la carriole. Il devait le charger sur la voiture à bras pour ne pas l'abandonner dans le fossé. Un soir que le vieux ronflait auprès du feu, devant la bergerie de Maguiloune, il y avait eu entre eux un long silence insupportable, des regards vite détournés. Trente ans, peut-être plus, de différence. Lui avec ses quinze ans, affolés de ne pas trouver à s'exténuer, et elle qui posait parfois un regard attendri sur sa jeunesse faraude. La première, elle avait rompu leur engourdissement suspect, l'envoyant se coucher dans le grenier à foin. Il avait regretté surtout sa poitrine généreuse qu'elle ne cachait pas beaucoup, portant des chemises d'homme échancrées sur la peau brune de ses seins nus.

— Jamais, dit-il. C'est comme une mère.

— Oh ! Tu serais bien devenu incestueux et je suis sûre qu'elle t'y aurait incité. Toutes celles qui te rencontrent doivent rêver de toi, surtout les mariées qui retrouvent leur balourd chaque soir et rêvent peut-être de toi tandis qu'il les écrase.

Elle abandonna sa rancune contre Pétrone, lui dit qu'elle souhaitait une fouille scrupuleuse des cendres, qu'il retrouvât l'essentiel du corps. Que voulait-elle dire par essentiel ? Il ne comprenait pas mais acquiesçait à tout. La corvée le révulsait à l'avance, mais elle ne voulait que lui. Accepterait-elle ensuite sur son corps ces mains qui auraient ratissé les restes d'un mari ? Aurait-elle ce courage, non, cette faculté d'un détachement total ? Tant de froideur pouvant libérer tant d'avidité dans le plaisir lui paraîtrait quelque jour douteuse, mais il préférait ne pas s'attarder en scrupuleuses réflexions. Toute la nuit, elle l'avait fait gémir de mille façons, l'avait attiré en elle de nombreuses fois. De Rolande, de Saint-Rome, il avait appris comment épargner aux filles les lourdes conséquences d'une nuit d'amour. Madame Torneilles, pardon Zoé, avait ri de lui voir prendre des précautions, lui avait crûment déclaré qu'elle le voulait plus qu'à demi, dans sa totalité. Y avait-il des secrets qu'une Parisienne utilisait et qu'une bergère de campagne isolée ne pouvait savoir ? Rolande restait sur ses gardes lorsqu'il la besognait et souvent le basculait sur le côté, de crainte qu'il ne s'oubliât, réparant ensuite sa précipitation avec gentillesse.

— Demain tu auras une voiture pour emporter le cercueil. Tu agiras seul là-bas. La forge est aux Torneilles et les voisins n'ont pas besoin de se mêler de ce qui ne les regarde pas.

— Le vieux Cambronne ? Il me faudra quand même quelqu'un pour charger le cercueil. Et les gendarmes voudront m'escorter.

— Je sais tout cela. Tu agiras au mieux sur place. Peut-être ne retrouveras-tu que des morceaux de plomb, des flaques de métal ?

Et sans transition, elle l'embrassait follement, le caressait, semblait vouloir l'écraser sous le poids combien léger de son corps. Elle dispersait ses angoisses, lui faisait accroire qu'ils étaient deux enfants précoces jouant à des jeux d'adultes.

CHAPITRE VINGT-SIX

Personne n'avait revu monsieur Pétrone, et ce fut un domestique des Courtales qui livra la charrette légère et les outils nécessaires. Le menuisier Burgat, lorsque Philibert entra dans son atelier, désigna le cercueil luisant de vernis.

— L'ouvrage est terminé.

— Pas d'ennuis avec monsieur Pétrone ?

— Mon cousin et moi ne l'avons même pas vu.

Ils chargèrent le cercueil dans la charrette légère. Philibert le recouvrit d'une couverture.

— Je ne pensais pas qu'il renoncerait aussi vite. Il n'est pas homme à se soumettre aux volontés d'une femme, fut-elle sa patronne, dit Burgat.

— Sa patronne ?

— La veuve de monsieur Constantin hériterait des Courtales à ce qu'on dit. Monsieur Torneilles aurait choisi la distillerie, le commerce de bois de Lézignan et les propriétés du canton et d'ailleurs. Mon garçon, je te connais assez pour te mettre en garde. Nous en avons parlé mon cousin et moi en finissant le travail au petit matin. Tu devrais t'en retourner à Leucate et attendre des jours meilleurs pour reprendre ta tournée habituelle du printemps.

Tout en roulant vers Félines, Philibert remuait ces recommandations d'un cœur léger, préférant revivre les heures de cette nuit folle, où dans le silence le plus haletant, ils avaient défié le monde entier, Zoé et lui. Une veuve, qui s'apprêtait à déposer les restes de son mari dans la chapelle mortuaire de la famille et un étameur sans le sou s'étaient saoulés de voluptés dans la crainte du scandale. Ils avaient noyé leurs gémissements dans la touffeur des couvertures, apporté aux gestes les plus osés des ralentis prudents, retenu des soupirs émerveillés et, au petit matin, étudié en chuchotant les précautions à prendre afin que cette chambre, sa chambre à lui n'allât pas les trahir. La fenêtre ouverte sans heurts, sans un frémissement, les volets repoussés avec la même force contrôlée jusqu'à ce que l'air vif de décembre glaçât l'odeur des corps amoureux. Mathilde, en venant faire le lit et nettoyer la pièce, aurait pu s'étonner d'un laisser-aller même infime. Zoé regagna son lit pour le réchauffer, le froisser comme si elle y avait passé la nuit.

Dans la cuisine, Mathilde lui servit le café, le déjeuner solide.

— C'est toi qui t'y colles pour la corvée de Félines à ce qu'on dit ?

— Qui le dit ?

— C'est dans l'air chez le boulanger, l'épicier.

— Et monsieur Pétrone ?

— Qui sait ? Plus maître que les maîtres, on n'a jamais vu ça nulle part. Il lui arrive de disparaître des semaines. Mais pour autant, nous ne sommes pas quittes avec lui. On dit qu'il monte sur une crête pour surveiller les laboureurs, les brassiés, enfin tous les domestiques des Courtales. On sent son œil sur nous quand on ne se courbe pas sur le travail. Comme celui d'une buse guettant une couvée.

Le cheval marchait bien et il ne mit qu'une heure et demie pour atteindre Félines. Sauveteurs et badauds avaient fini par rentrer chez eux dans la nuit et l'escadron de gendarmerie préparait son départ. Wasquehale s'était trompé de région, s'imaginant avoir en face des prolétaires en révolte. Ici les rivalités, les haines restaient sourdes, millénaires, longuement ressassées avant l'explosion.

Des ruines montaient toujours des tortillons de fumée noire. Un gendarme faisait les cent pas dans l'impasse mais le laissa passer. En route, il s'était dit qu'en creusant du côté de l'escalier il finirait bien par trouver, mais l'escalier n'existait plus et il y avait des gravats et des débris de meubles sur deux mètres de haut. Une armoire, précipitée du premier, avait en éclatant répandu des piles de draps qui s'étaient consumées. On avait jeté des seaux et des seaux d'eau, on avait aussi pompé la rivière avec la machine venue de Villerouge, mais en dessous le feu vivait toujours, soupirait en vapeurs soudaines, clapotait comme une marmite de soupe.

— Attends, estamaïre, j'ai de vieilles bottes.

Comme prévu, Cambronne arrivait, avec des cuissardes énormes en cuir bouilli et imperméabilisé. Elles pesaient des kilos, mais grâce à elles il s'enfonça sans mal dans les cratères de braises.

Le gendarme piqué devant le portail le regardait aller et venir, pelleter un peu au hasard. Cambronne s'était un peu avancé, mâchonnant sa chique, expédiant du jus brun sur les pierres encore brûlantes, s'amusant à voir monter la vapeur. Un moment, se retournant Philibert crut surprendre sur le visage boucané comme de la moquerie attendrie. Le vieux s'amusait qu'un autre fût chargé de la corvée, et devait rattacher cette bonne volonté à quelque pensée égrillarde. Pour sûr, devait-il se dire, que la veuve a payé d'une façon ou d'une autre et, avec un si jeune et si beau goujat, facile pour elle d'économiser ses louis. Peu à peu, il arriva du monde, quelques hommes et aussi le maire, monsieur Delpech.

— Ne va pas disparaître dans quelque trou plein de feu ! lui cria-t-il. Tu as pu te sauver l'autre nuit, ne viens pas tenter le sort. Ou le diable. Ils auraient pu envoyer des journaliers des Courtales, tout de même.

De sa pelle, il retourna un bout de bois transformé aux trois quarts en charbon, pensa qu'il s'agissait d'une marche de l'escalier avec son giron d'un pan. Il approchait et commença de pelleter, dégagea un rayon de sa carriole. Un rayon en fer forgé et non soudé. C'était une bien solide carriole qui avait terminé là plus de cinquante années de services. Constantin Torneilles n'était plus très loin. Il appuya sans le vouloir du bout du pied sur une plaque de plomb longue de près d'un mètre qui se dressa d'un coup. Ce n'était pas celui qu'il utilisait lui, celui-là venait de Nouvelle-Calédonie. Il jeta un regard vers l'ouverture du portail. On commençait de se masser en nombre là-bas et le gendarme avait dû pénétrer dans les ruines pour en barrer l'accès. Le cercueil en fusion avait coulé en plusieurs plaques similaires qu'il retrouva toutes au même endroit, avec l'impression qu'on les avait déjà soulevées et rejetées là. L'une d'elles s'était brisée inexplicablement puisque aucun objet lourd, pierre ou meuble, n'était tombé dessus.

Le communard était là, en buste brillant comme si on l'avait soigneusement nettoyé avec une brosse, une peau de chamois pour le débarrasser des scories. Comme Philibert l'avait prévu, le métal avait parfaitement moulé le visage de Constantin Torneilles. La couche de plomb ne devait pas dépasser quelques millimètres mais paraissait uniforme. C'était une œuvre accomplie, surprenante de beauté tragique qu'on aurait pu placer sur une cheminée, pensa-t-il. Il s'accroupit et avec un bâton dispersa les débris de toute nature. C'était bien un buste avec les épaules et le haut de la poitrine.

Il retourna vers Cambronne et le silence se fit. Le gendarme donna un coup de menton autoritaire pour le forcer à s'expliquer et Philibert inclina sa tête.

— Il me faudrait une grande panière.

— J'ai une malle de voyage en osier. Vieille de cent ans mais encore solide. Je vais la chercher, annonça le vieux.

— Capable de supporter quarante à cinquante kilos? Le plomb ça pèse lourd, même en couche mince.

— Vous l'avez donc trouvé, souffla le gendarme qui s'était approché et ressemblait à un mannequin de cire, tant il était pâle d'appréhension. Sa moustache lustrée était comme une hirondelle posée sur sa lèvre un peu cornue.

— Son buste. Le corps s'est partagé... J'ai le haut, le reste ne sera pas long à trouver. Je n'ose pas poser le cercueil sur les ruines car elles brûlent encore. Le vernis coulerait. On se servira de la panière.

À son tour le maire, posant ses brodequins avec prudence sur le sol instable, vint vers eux :

— Quelque chose?

— Une partie monsieur le maire, haleta le gendarme mal à l'aise, comme sur le point de tourner de l'œil.

Il avait passé la nuit avec un collègue qui déjeunait chez Cambronne. C'était un jeune qui depuis la veille respirait à plein nez l'odeur de viande grillée. Philibert s'étonnait de ne pas avoir retrouvé Bijou dont les quintaux de chair fournissaient le gros de ce relent de graillons.

— Vous n'avez vu personne cette nuit? demanda-t-il soudain.

Le gendarme haussa les épaules :

— On a veillé à deux. Ces ruines n'en finissaient pas de s'agiter avec des bruits divers. Des chuintements, des éboulements, comme des plaintes, à croire qu'il y avait quelqu'un. Mon collègue a pris son fanal, est allé voir mais n'a fait que gâter ses bottes. Il devra s'en payer des neuves car on ne les lui remboursera pas.

Ils devaient veiller au début de l'impasse, mais quelqu'un connaissant le coin aurait pu pénétrer dans les ruines. Aidé d'un villageois, Cambronne rapportait la panière à couvercle. Philibert en vérifia la solidité et la chargea sur son dos. Personne ne le suivit ni ne se proposa. Il revint demander des chiffons et aussi une couverture.

Le plomb était figé mais encore brûlant. Il déposa le buste dans la malle. Sur les yeux, le métal avait surfacé les orbites dans le détail. Mais aucune apparence de regard ne créait malaise. Par contre, le nez avait été comme raboté et élargi, camus par la coulée en fusion tandis que le front faisait un rebond prononcé.

Il trouva une jambe en partie moulée, en partie carbonisée jusqu'au péroné et au tibia. Et lorsqu'il voulut la soulever, les deux os s'échappèrent en nuée de poussières cendrées, s'envolèrent dans un courant d'air.

— Je ne peux porter seul la panière ! cria-t-il sans même se retourner.

Ce fut le vieux grognard qui se décida.

— Ce pauvre petit... Qui aurait pensé ?

— Vous l'aviez déjà vu ?

— Plus qu'une fois. J'allais aux Courtales pour les enterrements et je l'ai vu grandir. Il venait aussi avec monsieur Pétrone encaisser les loyers. Il est même resté quelques jours avec mon fils.

— Vous le reconnaissez ?

— Pardi.

Mais le vieillard n'eut pas un regard pour le buste tant il était ému. Ils emportèrent la panière. Le maire et le gendarme firent reculer les gens au-delà de la charrette. Le second militaire sortit en s'essuyant la moustache, empestant le fromage fort et le vin.

— Vous l'identifiez ? demanda le premier gendarme. C'est à cause du procès-verbal.

— Il était donc si maigre ? murmura le maire.

— Vous savez, un bagne c'est pas la Riviera, fit le gendarme. Mais il s'est vraiment décharné sous le métal.

— La chaleur l'a réduit. J'ai déjà vu des brûlés. Certains gros et forts ne donnent qu'un cadavre d'enfant, expliqua le second gendarme.

Ils laissèrent Philibert disposer le buste et la partie de jambe dans le cercueil et il retourna fouiller les gravats. Il découvrit Bijou qui avait basculé sur le côté gauche et avait achevé de se calciner. Ne restaient que ses mâchoires énormes, une partie de sa colonne vertébrale jusqu'à une masse indéterminée de chairs amalgamées à d'autres débris. Qu'était devenu le rouan, galopait-il toujours dans la campagne en hurlant de terreur? Le trouverait-on un jour ou deviendrait-il un conte à faire peur qu'on infligerait aux enfants : « Si tu n'es pas sage le cheval fou viendra frapper à la porte pour t'emporter. »

De Constantin Torneilles, il trouva encore une main et un poignet drapés de plomb, une partie de ce bras qu'il avait vu s'élever hors du cercueil en fusion alors qu'il essayait de grimper les escaliers, avec le poids mort du mobile sur le dos. Une nouvelle fois, Cambronne revint vers lui. Leurs bottes fumaient et ils commençaient d'avoir les pieds en feu. Ils durent aller les tremper dans une comporte d'eau croupie dans la cave du vieux. Philibert accepta une goutte de gnôle ancienne.

— A-t-on des nouvelles du mobile?

— On a dû lui nettoyer les orbites et découper ses paupières, paraît-il.

— Et le rouan?

— On l'a cerné à l'Esquine d'Aze, du côté de Davejean. Il paraît qu'il aurait foncé sur une bande de chasseurs en ligne qui espéraient l'attraper. Le brigadier a interdit qu'on l'abatte. Mais il faudra bien en arriver là s'il menace les gens.

Philibert s'obstina jusqu'à midi mais il dut admettre qu'il ne trouverait pas autre chose. L'un des gendarmes, pas finaud, lui dit qu'au poids le cercueil donnait l'impression d'être rempli d'un corps entier.

— On va rédiger le rapport et vous le signerez. Vous aussi, monsieur Cambronne... je veux dire Faget.

Le maire se dandinait, ne sachant s'il devait inviter Philibert pour dîner, mais ce fut Cambronne qui le fit à sa place. Il invita aussi les gendarmes qui vinrent l'un après l'autre s'asseoir devant un ragoût de mouton.

— La forge ne va pas expirer de sitôt, dit le vieux en leur mesurant l'absinthe. Il y en a pour des jours et des nuits avec des craquements, des sifflements, des sortes de râles. Tout le pétrole n'a pas brûlé.

— Et pour votre enquête vous avez trouvé quelque chose? demanda Philibert au gendarme en train de manger.

Ce dernier hésita, se tourna vers la porte de crainte que son collègue n'entrât.

— C'est vrai qu'il y avait du pétrole, du lampant. En quantité. La brigade de Lagrasse a convoqué la bande à Ginestre. Faut voir.

Il apprit à Philibert qu'il devrait attendre, avant de regagner Mouthoumet, que le brigadier arrivât à Félines.

— Le cadavre doit être escorté par l'autorité.

— Tu vas jusqu'aux Courtales? demanda Cambronne.

— Certainement, mais peut-on passer à cause de la neige?

— Le curé de Mouthoumet n'en veut pas d'après ce qu'il a dit, révéla le gendarme. Un communard et un bagnard c'est trop pour le vieux père Fabre. Il faudra déposer le cercueil au ramonétage, comme ça la veuve pourra veiller cette nuit avec ceux du village qui le voudront.

— Mais, se révolta Philibert, il est mort depuis des mois, depuis octobre je crois ou septembre. Elle a pu se recueillir suffisamment durant ces trois ou quatre mois.

— Oui, mais pour la famille, les amis c'est comme s'il venait de mourir, décréta le vieux grognard, et tu verras qu'il y aura une veillée avec le café, le vin doux, le trois-six, les gâteaux et dans le milieu de la nuit le croustet au jambon, saucisson, pâté.

Il s'en faisait une fête pour les autres qui se presseraient dans le ramonétage.

— N'empêche que ça fera mauvais effet, que ça marquera mal si le père Fabre refuse l'absoute. D'ici que monsieur Pétrone s'en mêle, fit le gendarme.

— Risque pas, fit Cambronne entre dents. Il ne lui appartient plus, ce mort. Il appartient à madame veuve Torneilles.

Philibert détesta son ton sarcastique. Qu'est-ce qu'il reprochait donc à Zoé, ce vieux finaud qui n'avait certainement jamais combattu à Waterloo. Qu'est-ce qu'ils avaient tous, plus ou moins, à se montrer aussi déplaisants ? Pourquoi dire constamment la veuve et non madame Torneilles ? Craignant de se fâcher tout haut, il prétexta qu'il devait s'occuper du cheval pour sortir. Cambronne lui cria de prendre de l'avoine dans sa cave.

Il enfouit la tête du cheval dans son sac de graines et marcha jusqu'au bout de l'impasse. Une femme qui passait avec deux brocs d'eau détourna la tête d'un air offusqué et hâta son pas. Peut-être une de celles que son apparition sans vêtements avait choquée pour le reste de ses jours. Sa tournée de printemps s'annonçait mal, si toutes les femmes de Félines refusaient de lui apporter du travail. La première qui oserait serait accusée par les autres d'avoir un motif malpropre pour approcher l'estamaïre.

CHAPITRE VINGT-SEPT

Le long de la route, lorsque Philibert, conduisant la charrette, revint en compagnie du brigadier et de ses hommes, quelques personnes attendaient son passage, moins nombreuses que la veille, mais désireuses de saluer la dépouille de Constantin Torneilles. Il vit même un groupe de jeunes gens agitant le drapeau rouge, ce qui fit froncer les sourcils de Wasquehale.

De la bouche du brigadier, Philibert avait appris qu'il devait conduire le cercueil aux Courtales sur ordre de monsieur Albert.

— Madame veuve Torneilles a-t-elle donné son accord?

— Je l'ignore, répliqua Wasquehale en haussant les épaules. Lui s'en tenait aux ordres du candidat député.

— Alors je ferai le détour par le ramonétage de Mouthoumet, déclara tranquillement Philibert. Je ne connais que madame Torneilles. C'est elle qui m'a embauché, non pas monsieur Albert.

— Vous irez aux Courtales. Je ne veux pas que ce cercueil pénètre dans Mouthoumet. Nous contournerons le village par le chemin au sud. Je n'ai pas envie que l'ordre public soit troublé.

La décision du vieux curé avait dû créer quelque effervescence dans le pays et les Républicains, mal dépêtrés de leurs routines religieuses, devaient en être consternés, alors que les Rouges purs et durs risquaient au contraire de s'en réjouir un peu trop bruyamment.

— Vous ne m'obligerez pas à monter aux Courtales sans avoir d'abord rencontré ma maîtresse.

Ce mot resta à double sens uniquement pour lui. Wasquehale le considérait vraiment comme un domestique à l'ancienne, et ne s'étonnait pas qu'il usât de ce terme en désuétude.

— C'est moi qui décide ! s'emporta le brigadier.

— Alors vous prendrez les rênes de ce cheval, et moi je retournerai à pied au ramonétage.

Ce fut après Laroque de Fa, à la suite d'un long silence maussade de réflexion, que Wasquehale envoya un de ses hommes en estafette.

Il revint alors que Mouthoumet était visible, et ce qu'il raconta à voix basse à son chef parut rassurer ce dernier.

— Nous ferons étape au ramonétage, annonça-t-il.

— Le village n'est donc pas à feu et à sang ? ironisa Philibert.

Curieusement les maisons avaient pris le deuil, comme si cette simple charrette était le corbillard. On avait fermé portes et fenêtres, selon l'usage, et seuls les hommes attendaient sur la place de l'église. Les femmes s'étaient regroupées à l'intérieur et le vieux curé n'avait pu les empêcher de venir s'y recueillir.

Madame Torneilles, en vêtements noirs et grand voile de deuil, sortit de la petite maison et Philibert l'aida à monter à ses côtés. Elle avait décidé d'accompagner le défunt jusqu'à la chapelle funéraire des Courtales où Albert, son beau-frère, devait les rejoindre.

— La cérémonie officielle est fixée à demain matin, murmura-t-elle. Avez-vous eu beaucoup de peine pour ?...

— Non, madame.

Comme pour le mot maîtresse, celui de peine se chargeait d'ambiguïté. Il ne pouvait éprouver de regrets pour la pauvre dépouille qui se trouvait à l'arrière de la charrette, et si l'on parlait du travail qu'avait demandé cette exhumation, il n'avait pas été trop difficile. Plus il y réfléchissait, plus il avait l'impression qu'on avait déjà fouillé dans les décombres avant lui. Peut-être pour voler le plomb fondu. Aux yeux des miséreux, ce métal possédait une grande valeur marchande. Mais avait-on recherché autre chose ? Y avait-il, dans le cercueil de Constantin Torneilles, des objets de valeur ? Un secret ?

Il était étrange de voir tous ces hommes endimanchés qui regardaient s'éloigner la charrette. Constantin aurait droit à un double hommage, puisque les mêmes prendraient le lendemain matin la route des Courtales.

— Je rentrerai avec vous à Mouthoumet, au ramonétage, souffla-t-elle à son oreille.

Cette haleine chaude l'effraya. À l'arrière, il y avait ce mort venu du bout du monde et sa femme, en une phrase déguisée de banalité, lui promettait une autre nuit d'amour. En dépit de ses fanfaronnades contre la religion et les usages, il s'offusquait de tant d'audace, n'osait aller jusqu'à craindre d'être maudit, mais quelque part en lui l'idée de commettre sacrilège sur sacrilège grandissait.

La route se bordait encore de congères et quand le cheval, sans qu'il l'eût dirigé, tourna à droite dans le chemin qui grimpait vers la campagne des Courtales, il vit qu'on avait récemment pelleté la neige, et même apporté des cendres et de la paille pour rendre l'accès praticable.

Il ne se souvenait pas d'être venu là, fut surpris d'apercevoir un véritable hameau avec les ramonétages, les bergeries, les écuries, les remises, les caves et là-haut, enfouie dans la végétation sombre d'un semblant de parc, une belle maison haute de trois étages sur rez-de-chaussée, au toit hérissé de cheminées.

Et puis la chapelle, tout au fond d'une allée de buis, de lauriers et de cyprès. Presque un tunnel glacé dans cette fin d'après-midi d'hiver. Devant la chapelle tous les journaliers, domestiques, bergers et ramonets de la campagne attendaient. Albert Torneilles, encore plus bedonnant, encore plus dominateur dans ses habits noirs, était seul devant l'entrée du petit monument funéraire. Philibert remarqua les vitraux de chaque côté de la porte, elle-même en vitres décorées, encastrées dans des montants de fer.

Il n'eut pas le temps de descendre de voiture qu'un homme se précipita pour prendre le mors du cheval. Il fut le seul qui aidât Zoé à mettre pied à terre. Ces trente à quarante personnes regardaient la veuve avec curiosité, peut-être inquiétude. Monsieur Albert, dans sa suffisance déclamatoire habituelle, les ignorait superbement, ne se fâchant qu'un peu au hasard avec un goût calculé de l'injustice. Les ramonets étaient beaucoup plus présents et exigeants, quant à monsieur Pétrone c'était dieu et le diable en un seul personnage redoutable. S'ils devaient appartenir à cette femme, une Parisienne, que pouvaient-ils bien en attendre? Pourvu qu'elle s'en tînt à une indifférence dédaigneuse, et la vie continuerait comme par le passé.

Quatre hommes déchargeaient le cercueil, le transportaient à pas lents à l'intérieur de la chapelle où l'on avait dressé un catafalque alourdi de draps noirs très épais. Philibert se retrouvait brutalement seul, inutile, ne reconnaissant aucun visage. Depuis dix jours, il vivait aux côtés de madame Torneilles et aussi de Morchailles. Il avait eu un rôle, le droit de discuter, de protester, de proposer. Encore ce matin, il avait une mission bien précise, délicate. Il se demanda s'il ne devait pas s'en aller tranquillement, mais où? Ses affaires, sa carriole, son matériel d'étameur, tout avait disparu dans ce monstrueux incendie. Il n'avait même pas un sou en poche, madame Torneilles ne l'ayant pas encore payé. Mais comment recevoir l'argent d'une femme qui avait partagé son lit? Juste à cet instant éclata la voix coléreuse de monsieur Albert. Il crut entendre les mots « vous n'avez pas le droit » et aussi « votre rôle désormais de maîtresse des Courtales »...

Madame Torneilles quittait la chapelle d'un pas rapide et son beau-frère apparaissait sur le seuil pour lui lancer :

— Vous devez revenir pour la veillée funèbre. Non seulement il y aura tous ces gens d'ici, mais d'autres monteront du village.

Zoé paraissait chercher quelque chose et soudain elle l'appela :

— Philibert.

Il attendait dans l'ombre d'un cyprès.

— Je suis là, madame.

— Nous rentrons à Mouthoumet, au ramonétage.

Il l'aida à monter dans la charrette où elle resta debout.

— Si vous vouliez que je veille, il fallait préparer les Courtales. Depuis des mois, vous savez que je reviens avec mon défunt mari. La maison aurait dû être prête, aérée, nettoyée. Mais vous ne pensiez qu'à votre future élection et vous avez estimé que le ramonétage était bien assez bon pour une veuve. Durant des mois, j'ai vécu à côté du cercueil de votre frère et je l'ai veillé. Je ne vois pas en quoi une nuit de veille supplémentaire changerait quoi que ce soit.

Philibert prenait le mors du cheval, essayait de le faire pivoter dans le peu d'espace disponible. Consternés, ne sachant s'ils devaient exprimer leur désapprobation ou leur solidarité, ces domestiques de terre et de maison oubliaient de bouger, ne voyaient pas qu'ils gênaient la manœuvre.

— Estamaïre, dit un homme au visage ingrat, portant une chaîne de montre en or en travers de son gilet, tu ne peux repartir sans fanal. Je vais t'accompagner pour en prendre deux dans les écuries.

— Qui êtes-vous? demanda Zoé assise dans la charrette.

— Jérémie Cayol, ramonet de vignes, madame.

— Très bien, je vous remercie d'avoir songé à nous donner de la lumière.

Ivre de colère, monsieur Albert s'accrocha soudain au brancard de la charrette :

— Vous regretterez ce que vous faites. Les coutumes doivent être respectées. Ici on sait rendre aux morts le plus grand respect, si ce n'est pas l'habitude dans votre Paris.

— Je suis fatiguée. Je voyage depuis des mois sans prendre de repos, et l'avant-dernière nuit faillit être la dernière de ma vie. Je suis trop épuisée pour veiller.

Et soudain, sa voix mua en une douceur exquise :

— Je sais que ceux qui nous entourent ici aujourd'hui me comprendront. Les heures vécues à Félines m'ont brisée. Je ne me sens pas en état de passer la nuit dans cette chapelle glacée. Je ne cherche pas à m'opposer aux traditions, mais en toute sincérité je vous demande de pardonner ma défaillance.

Avec sa grande connaissance des foules et son intuition pour les revirements d'opinions, Albert Torneilles comprit qu'il venait d'être battu par cette jeune femme élégante et belle, que tous ces gens, ces travailleurs misérables regarderaient désormais avec sympathie, car elle s'était directement adressée à eux au lieu de continuer à lui répondre à lui. D'un coup, elle s'établissait comme seule propriétaire des Courtales. La réaction de ce Jérémie Cayol, qu'il connaissait à peine, le blessa profondément. Il bouscula les gens pour pénétrer à nouveau dans la chapelle.

Jérémie Cayol fixa lui-même les lanternes de chaque côté de la charrette.

— Si madame veut se reposer un instant avant de retourner à Mouthoumet, mon épouse sera heureuse de la recevoir.

— Merci, dit Zoé, nous préférons rentrer au plus vite.

— Attendez, je vais envoyer quelqu'un pour ouvrir le chemin au moins jusqu'à la route.

Un garçon, portant aussi un fanal, descendit devant eux et s'inclina lorsque la charrette, une fois sur la route, le dépassa.

— Nous aurions dû l'enterrer aujourd'hui même, murmura-t-elle.

En chemin elle l'effara, en révélant que dans la chapelle elle avait fait ouvrir le cercueil pour contempler une dernière fois les restes de son mari.

— Vous n'avez pas trouvé autre chose que ce... buste moulé dans le plomb, cette partie de jambe et cette main?

— Non madame. J'ai fouillé jusqu'à midi en vain. J'ai pelleté une surface à l'emplacement exact du coucou et de ma carriole.

Déjà des gens remontaient en sens inverse vers les Courtales pour veiller, et se retournaient au passage de la charrette en reconnaissant leurs silhouettes.

— Sont-ils choqués à leur tour? murmura Zoé.

— Ceux des Courtales leur expliqueront. Vous avez su leur parler et ils ont bien compris que, dans votre état, vous ne pouviez veiller.

— Je ne suis pas lasse, Philibert, j'ai simplement envie de passer une nouvelle nuit avec toi.

Cette déclaration prononcée à voix haute, éparpillée en mots provocateurs sur cette route fréquentée, des mots que pouvaient capter ces braves gens qui montaient rendre leurs derniers devoirs à Constantin Torneilles, l'emplit de fierté. Elle osait donc proclamer qu'il était son amant, qu'elle l'aimait et défiait ainsi le monde entier. Il se laissa aller à un orgueil démesuré, à la pensée que cette femme était sienne, que dans quelques heures elle serait dans ses bras, au creux de son lit.

— Il a invité des tas d'amis politiques pour les obsèques de demain. Il m'a dit qu'il y aurait, sinon le préfet, mais le secrétaire général de préfecture; et peut-être même un détachement de gendarmes. Sous prétexte de maintien de l'ordre, mais ces personnages divers sentent bien que la république est d'ores et déjà en voie de l'emporter.

Mathilde les attendait pour servir le souper, très excitée de raconter qu'à l'auberge on se préparait pour le banquet de funérailles, qu'il y aurait des personnalités de tout le département.

— Ils ont tous oublié la Commune, le drapeau rouge, les pétroleuses, confia Zoé à Philibert. Ne reste que Constantin Torneilles, frère du futur député et gros propriétaire terrien. Je n'irai pas à ce repas. D'ailleurs ils ne tiendront pas à voir leurs réjouissances troublées par une femme en grand deuil.

Cette nuit-là, elle attendit minuit avant de se glisser dans sa chambre. Il avait dû remplacer la bougie qu'il gardait allumée. Il avait guetté les bruits de la maison, craignant que monsieur Pétrone ne revînt. Mais l'homme avait disparu depuis la veille et ne se trouvait pas aux Courtales à l'arrivée du cercueil. Ce fut leur deuxième nuit, sauvage en étreintes nombreuses et agressives. Une nuit si folle qu'ils craignirent d'avoir réveillé Mathilde.

— Bah, se rassurait Zoé, elle croira que quelques fantômes se promènent dans le grenier.

Au cours d'un de leurs brefs repos, elle lui fit une bien surprenante confidence.

— Philibert, tu vas rester avec moi.

— Ma présence paraîtra bientôt inutile. Et même risque de te mettre dans une situation délicate.

— Je veux que tu restes avec moi, parce que j'ai peur. Je suis menacée, Philibert, et j'ai besoin de ta protection. Il n'y a que toi qui puisses me sauver en cas de péril, comme à Félines.

CHAPITRE VINGT-HUIT

Très tôt ce samedi, Albert Torneilles arriva dans son cabriolet conduit par le cocher habituel Émile et Philibert, depuis la fenêtre de sa chambre, vit que l'homme avait une carabine à ses pieds. Dès l'entrée du candidat député dans la maison, il y eut un grand tapage. Il houspillait Mathilde, s'étonnait en grondant que sa belle-sœur fût encore au lit, se mettait à héler Philibert depuis le bas de l'escalier.

— Écoute-moi, estamaïre, dit-il en l'entraînant dans la salle à manger, nous te devons une grande reconnaissance pour ce que tu as fait pour nous. Je ne parle ni de ton travail pour préserver en état le cercueil de mon pauvre frère, ni d'avoir accompagné son retour au pays, mais de ta conduite héroïque lors de l'incendie de Félines. Tu en seras récompensé par une médaille mais en attendant, je vais t'indemniser pour tes pertes. J'ai à peu près le détail de tout ce qui a brûlé, depuis ta carriole avec tes outils et ta forge, ton plomb et ton étain, tes bagages. Il y en avait pour mille francs hein? En voici cinq mille.

Il étala les billets sur la table.

— De quoi remonter ton métier. Et aussi de quoi rentrer chez toi à Leucate. Tu peux même louer un voiturier qui ne te prendra que quelques dizaines de francs.

Philibert ne regarda même pas les billets, attendant le reste qui était le plus dur à venir.

— Tu comprends mon ami que la situation est inconvenante. Dans ce ramonétage, il y a une veuve jeune, jolie, très parisienne pour ne pas dire plus, une servante pas bien maligne et toi. C'est une situation qui fait parler. Ici on dit que ce n'est pas comme il faut. Tu vas donc quitter cette maison et même je te demande de quitter Mouthoumet et de prendre la route. Quelqu'un te conduira à Villerouge et là-bas tu trouveras bien un voiturier pour rentrer chez toi, à Leucate. Tes parents doivent être aux cent coups s'ils ont lu dans le journal que tu as failli mourir dans cet incendie de Félines.

Il se tut, soupira très fort, alla ouvrir un placard, y prit une bouteille de cognac et deux verres, les remplit à ras bord.

— Tu as entendu ce que j'ai dit ? Ce n'est pas convenable. Déjà dans le pays on sait que vous couchiez un peu n'importe où en vous en venant de La Nouvelle ici, des bergeries, un café, à Matomègne. Ils ne sont pas de mon bord, ceux-là. Non ce n'est pas convenable, vous bravez l'honnêteté. Je sais bien que vous êtes raisonnables, mais les gens ne croient que ce qu'ils imaginent à partir d'un rien. Je ne veux pas qu'on dise du mal de ma belle-sœur. Aujourd'hui c'est une grande émotion pour tout le pays. On enterre Constantin Torneilles.

Il avala une gorgée de cognac, désigna l'autre verre au garçon qui se garda d'y toucher.

— On dit partout « c'est le frère du futur député que l'on met dans le caveau de famille. Un brave garçon qui s'est quelque peu fourvoyé dans les imbécillités de Paris, mais qui a payé cher sa faiblesse ». Tu sais ce que c'est hein les Torneilles ? Les Courtales, ici, des mines de houille plus bas. Autrefois une forge catalane qui ne fonctionne plus, des mines d'hématite ailleurs, deux distilleries, une société de bois, des maisons, des ramonétages un peu partout. Les Torneilles ça compte. Il va venir du monde de tout le département et je ne veux pas qu'un imbécile demande à un autre imbécile, « qui c'est ce jeune garçon au regard hardi qui se tient aux côtés de la veuve et paraît être de la famille ». Voilà. On parle d'homme à homme. Tu rentres chez toi, tu te reposes, tu mènes ta vie. D'ici le printemps, tu t'achètes la charrette et le cheval et tu deviens l'estamaïre le plus huppé de la région. Tu ne pousseras plus ta carriole pourrie, tu auras peut-être même un apprenti et tu coucheras dans les hôtels ou dans les auberges. Ta renommée de sauveteur t'amènera toute la clientèle que tu souhaites et même au-delà. Mais jusqu'en avril-mai, tu ne remets plus les pieds dans le coin.

Philibert regardait un tableau accroché au mur. Un tableau de scène de chasse, un empilement de gibier. Il reconnaissait les perdreaux, les grives, les cols-verts, les faisans, mais il y avait un oiseau qu'il ne parvenait pas à identifier. Manque de talent du peintre ou ignorance de sa part? Ce n'était pas une bécasse à cause du bec.

— Alors quoi, tu ne dis rien, et ces billets qu'attends-tu pour les empocher au plus vite. Je veux que tu sois parti avant que ma belle-sœur ne se lève. Je sais qu'il lui en faut du temps avec ses bains à répétition et ses simagrées devant la table de toilette, mais ce n'est pas une raison. Prends l'argent, serre-moi la main et sors d'ici. Tu recevras ta médaille, parole d'honneur.

— Monsieur Albert là sur le tableau, derrière le faisan, ce bel oiseau qui ressemble vaguement à une oie, c'est quoi?

Son instinct de chasseur fit qu'Albert Torneilles tourna la tête, identifia l'oiseau :

— C'est une outarde. Il en passe par ici quelquefois... Mais nom de Dieu tu regardes ce tableau et tu ne m'écoutes même pas? Tu vas me foutre le camp tout de suite, compris?

Il rafla les billets, les roula et les fourra dans la poche de poitrine du bourgeron :

— Tu as ton compte, ça suffit.

Tranquillement Philibert reposa les billets sur la table.

— Madame Torneilles m'a engagé, c'est à elle de me renvoyer. Je vais l'attendre.

Au même instant se déroulait un fait non prévu par monsieur Albert. Mathilde montait de l'eau chaude à sa belle-sœur et comme celle-ci demandait pourquoi son beau-frère criait, la servante répondit qu'il s'était enfermé avec l'estamaïre dans la salle à manger et que « ça chauffait ».

Enfilant une robe de chambre, Zoé se précipita au rez-de-chaussée, entra sans frapper dans la salle à manger et son regard découvrit sur la table le rouleau des cinq billets de mille en train de s'effeuiller.

— Ça veut dire quoi, cet argent ?

— Monsieur Albert me congédie avec une prime importante de cinq mille francs.

— Vous osez...

D'un geste, elle balaya l'argent et les billets voltigèrent au sol. Dans un réflexe, le gros homme se baissa pour les ramasser, dut même mettre genou à terre pour récupérer l'un d'eux.

— Philibert restera auprès de moi autant qu'il le faudra.

— Zoé, on murmure.

— Je m'en fous.

Les deux hommes sursautèrent. Aucune femme de leur connaissance, même une journalière ou une servante, ne se serait exprimée avec autant de vulgarité.

— Non seulement je m'en fous, mais je les emmerde. Et maintenant partez, allez rejoindre votre guignol avec son fusil qui attend dans son cabriolet. De quoi avez-vous donc peur, que vous vous faites escorter ?

Le premier soir, après le souper pris dans cette même salle à manger, monsieur Albert avait annoncé qu'il s'en allait donner une réunion à Dernacueillette.

Un village perdu au bout d'une route accidentée. Une course nocturne de plus d'une heure en pleine solitude. Ce soir-là, le candidat paraissait jovial et se sentait en pleine sécurité. Et voilà que ce matin-ci il arrivait avec un cocher armé, très énervé, agressif, inquiet.

— Je suis venu vous chercher ! cria-t-il. Croyez-vous que vous-même pouvez aller et venir sans crainte ? Détrompez-vous. Vous n'avez donc rien compris ? Pourtant c'est très simple. Nous sommes en danger de mort.

Durant la nuit, Zoé avait également manifesté sa peur, demandant à Philibert de la protéger.

— Je ne monterai qu'une heure avant les funérailles. Vous pouvez repartir avec votre cabriolet.

— La charrette légère n'est pas une voiture convenable pour une veuve Torneilles.

— Remontez là-haut et renvoyez-moi le cabriolet dans ce cas. N'y en a-t-il pas d'autres dans les écuries ? Ne suis-je pas désormais propriétaire des Courtales ?

Rageur, monsieur Albert s'en alla et Mathilde, lorsqu'il tapa avec violence la porte, sortit de sa cuisine en marmottant des « mon Dieu mon Dieu » tremblants.

— Il veut que je reste seule, murmura Zoé avant de se ressaisir.

— Je vais prendre mon bain. Vous m'accompagnerez aux Courtales.

— Peut-être a-t-il raison. Dans nos pays, mieux vaut éviter d'attirer l'attention.

Elle eut un sourire moqueur et il se sentit rougir. Mathilde lui servit son café, encore toute bouleversée par la colère de monsieur Albert.

— Je n'aurais pas dû dire à madame que vous étiez en train de vous disputer dans la salle à manger.

Philibert la regarda d'un air songeur :

— Il me reproche d'être au service de madame, de la compromettre. Est-ce que dans le pays on en parle mal ?

— Je ne sais. Il y a toujours des méchantes langues. Mais vous l'avez sauvée des flammes la pauvre madame. Et le gendarme aussi. Tiens, pour celui-là on dit qu'il faudra l'interner chez les fous à Limoux.

— Où avez-vous entendu ça ?

— Le fils de la couturière, madame Solesnes. Il travaille à l'hôpital de Carcassonne je crois. Le pauvre aveugle est toujours attaché dans son lit.

— Sait-on s'il avait de la famille ?

Morchailles n'avait jamais vraiment accepté de discuter de ces choses ordinaires. Peut-être était-il marié, avait-il des enfants ? Le mobile l'avait tenu en suspicion jusqu'à Félines, ne livrant aucun détail de sa vie personnelle, mais ne lui en demandant aucun sur la sienne. La discipline, le devoir l'isolaient dans une rigueur qui ne se relâchait ni la nuit ni le jour.

— Il est désespéré d'avoir perdu ses yeux mais c'est un homme de caractère. Un jour, il se calmera et reprendra tous ses esprits. A-t-on des nouvelles de monsieur Pétrone ?

— Personne ne l'a revu depuis l'autre nuit. Certains disent qu'il galopait sur la route vers Félines, mais tout le monde pense qu'il est allé cacher son chagrin dans quelque bergerie éloignée. Il va quelquefois passer deux trois jours avec des bergers qui ne descendent jamais au village. Il fut lui-même berger tout enfant et ne l'a jamais oublié. Aux Courtales, nous savons qu'il est toujours moins sévère avec les pâtres qu'avec les autres domestiques.

— Mathilde, Philibert, voulez-vous me monter encore un peu d'eau ?

Mathilde regarda la vieille pendule à poids :

— Il faudrait que madame soit bientôt prête pour monter aux Courtales.

Lorsqu'il lui apporta les cruchons, Zoé écarta le drap et se mit debout dans son bain, pivota sur elle-même. Elle provoquait la décence, toute cette cérémonie lourde de conventions qui commencerait dans une bonne heure. Il la comprenait, mais elle le désorientait.

— Tu as vu, il a peur lui-même.

— Les incendiaires pourraient recommencer?

— Lui a peur des incendiaires, moi...

Il versa l'eau chaude tandis qu'elle rabattait le drap sur son corps, lui dit qu'elle devait se hâter.

Lorsque le cabriolet arriva, Philibert sortit pour essayer de discuter avec le cocher Émile, mais celui-là avait été choisi parmi les plus taciturnes des Courtales. D'ailleurs Mathilde lui confirma qu'il ne disait parfois pas un seul mot dans une journée.

— Pourquoi cette carabine, que redoutez-vous?

— Ce sont les ordres de monsieur Albert.

Il n'en tira pas autre chose. Lorsque Zoé fut prête, ils partirent enfin. Philibert était assis tant bien que mal à l'arrière, là où la pente de la capote matelassée lui faisait tordre la tête. Madame Torneilles n'eut pas plus de chance que lui en questionnant Émile sur la route qu'ils suivaient. La veille elle n'avait pas vu grand-chose mais ce matin-là, clair et gai, elle désignait des vignes, des bergeries, plus loin, des bordes. Elle se lassa, elle aussi, des réponses brèves.

Un attelage de plusieurs chevaux les dépassa. Les personnalités n'allaient pas tarder à se précipiter, nombreuses sur la route étroite.

De lui-même, Philibert décida de rester à l'écart et même invisible pour ne pas ranimer la colère de monsieur Albert. Il se demandait s'il regrettait vraiment les cinq mille francs. Ses parents auraient certainement apprécié d'en recevoir une partie, mais pour dix fois plus, cent fois plus il n'aurait jamais accepté que cet homme le chassât. Ce gros lourdaud ignorait qu'après une nuit tumultueuse, Zoé l'avait supplié de ne pas la quitter.

Les journaliers, les domestiques, les petites gens se tenaient à distance, au-delà même de ce tunnel de verdure conduisant à la chapelle mortuaire. Jérémie Cayol vint se placer à côté de lui :

— Il y a du beau monde, dit-il. Je ne pensais pas que l'aventure du pauvre monsieur Constantin se terminerait avec tous ces honneurs. Croyez-vous que madame Zoé viendra vivre chez nous aux Courtales ? Au souper d'hier au soir, on en parlait avec animation et je crois qu'elle serait bien accueillie par tous. Peut-être ira-t-elle au banquet de l'auberge.

— Avez-vous aperçu monsieur Pétrone ?

Jérémie Cayol regarda autour de lui avec méfiance :

— Il est parti chasser. Il paraît qu'il aurait emporté ses fusils pour les gros gibiers.

— Le sanglier ?

Le ramonet des vignes secoua la tête, ne voulant pas en dire plus.

— Émile le cocher est armé, murmura Philibert.

— Nous avons tous été invités à garder nos fusils proches, par monsieur Albert.

— Voyons, croyez-vous que l'affaire de Félines pourrait se reproduire ?

— Une affaire sale, estamaïre, une affaire dont on ne comprend pas qui elle avantage, qui elle dessert. Vous pouvez cependant m'en croire, il y aura du mauvais sous peu, du très mauvais.

CHAPITRE VINGT-NEUF

Alors que les personnages importants se dirigeaient vers leur voiture, pour rejoindre l'auberge de Mouthoumet où les attendait le banquet des funérailles, Philibert s'écarta attendant que Zoé lui fît signe. Sous son grand voile de deuil, qu'elle n'avait rabattu qu'au moment de s'engager dans l'allée de verdure, elle écoutait les condoléances, mais il pouvait juger de son impatience en la voyant tirer sur ses gants comme si un pli l'agaçait.

Lorsqu'on lui tapa sur l'épaule il faillit bondir, mais la voix de Marceau Vernet le rassura.

— Je comprends ta nervosité, mon garçon, et tu m'excuseras de t'avoir effrayé. Nous allons rentrer à Villerouge, mes amis et moi.

— Et le banquet?

— Nous ne sommes pas prêts à rencontrer de la sorte tous ces gens, qui jusqu'à la fin de l'Empire nous traitaient de haut, et qui soudain s'affichent comme républicains. Nous formons une mutuelle sociale plus proche de l'Internationale que des palinodies de ces gens-là. Je n'ai pas osé dire à madame veuve Torneilles que je tenais à sa disposition la photographie où nous sommes quelques-uns avec son mari.

Il eut un petit rire attendri :

— Nous nous prenions pour des comploteurs, nous

haïssions Badinguet, nous formions une société secrète. Constantin habitait déjà Paris, mais lorsqu'il revenait au pays il ne manquait pas de nous rencontrer, nous donnait les dernières nouvelles de la capitale. Mon ami, dis à sa veuve que je veux bien lui donner cette photographie.

Il lui tapa sur l'épaule :

— Garde-toi bien. J'ai comme le pressentiment que cette histoire n'est pas terminée. Si jamais tu avais besoin d'un soutien, d'un refuge tu peux venir frapper à ma porte. Sais-tu que dernièrement j'ai reçu un ami à toi, Cochenille. Le soir même de l'incendie où je revenais fourbu de Félines.

Peu à peu, il n'y avait plus personne dans l'allée et Zoé releva son voile. Les ayant aperçus, elle les rejoignit. Jérémie Cayol attendait lui aussi un peu plus loin. Marceau Vernet salua et se retira.

— J'ai demandé à Jérémie de me faire visiter la maison. Venez avec nous.

— Je l'ai ouverte ce matin, dit le ramonet des vignes. Avec ce temps douceâtre de marin j'ai pensé que les pièces se réchaufferaient un peu.

Contrairement à leur attente, l'intérieur, sans être de première fraîcheur, leur parut assez convenable pour qu'on s'y installât au prix de quelques menus travaux. Depuis qu'il était veuf, Albert Torneilles n'y séjournait plus, préférant les maisons, ramonétages surtout que la famille possédait dans différents villages.

— Monsieur Pétrone y pénétrait tous les jours, dit Jérémie d'une voix hésitante. Je crois même qu'il couchait parfois ici... Dans la chambre de monsieur Constantin.

— Vous pouvez me montrer cette pièce ?

Dans le grand couloir du rez-de-chaussée s'élevait une construction inattendue, recouverte de faïences vertes et roses, certaines imagées en relief de bergers et bergères à la mode du siècle dernier. Jamais Philibert n'avait contemplé pareille merveille dont il ignorait l'usage. Était-ce une décoration inutile comme on en trouvait dans les riches demeures. Une sorte de chiffonnier ?

— Mais c'est un poêle allemand ! s'écria Zoé.

— Alsacien, madame. La grand-mère de votre défunt mari était de Strasbourg et avait fait venir de là-bas des ouvriers poêliers qui, durant deux mois dit-on, élevèrent ce fourneau. Il devait réchauffer la maison tout entière, à la mauvaise saison. Les fumées sont évacuées par des tuyaux de porcelaine qui traversent les chambres du premier étage. La famille avait des intérêts dans les mines de houille de Ségure et l'on apportait de pleins tombereaux de charbon. Mais par la suite, le père de monsieur Constantin déclara qu'il faisait trop chaud dans la maison avec cet appareil, qu'elle se desséchait trop et que les murs risquaient de se fendre.

— Ne pourrait-on pas le rallumer ? demanda Zoé, très excitée par l'appareil.

— En procédant à quelques essais pour voir si les fumées s'évacuent bien. On raconte que du temps de la vieille dame, à l'époque de Louis-Philippe, les ramoneurs travaillaient plusieurs jours pour tout nettoyer. Qu'un enfant s'introduisait même dans le poêle et dans une partie des tuyaux.

La chambre de Constantin se situait au dernier étage, au même palier que les chambres de domestiques. Aux murs étaient accrochés des affiches de la Révolution de 1848, des portraits parmi lesquels Philibert ne reconnut que Blanqui. Il y avait aussi, certainement écrits de la main du garçon, des poèmes divers. Il releva les noms de Lamartine, Musset et d'un certain Baudelaire.

Zoé s'approcha du lit, souleva le dessus brodé. Contrairement aux autres chambres, la literie était en place, prête à recevoir un dormeur.

Philibert se sentait gêné, non de découvrir l'intimité du mort, mais que Jérémie Cayol eût dit vrai. Monsieur Pétrone venait coucher dans ce lit. Et la veille ou l'avant-veille, Zoé avait porté contre le ramonet-maître des insinuations désagréables. Fallait-il accepter de pénétrer plus avant dans un monde où les passions les plus secrètes, peut-être les plus inavouables, se tramaient d'ambitions politiques, de haines séculaires ? Il essayerait de convaincre Zoé de partir loin de cet endroit, de se réfugier dans une contrée moins agitée où ils seraient inconnus, ignorés des gens.

— Jérémie, dit soudain la jeune femme, je m'installerai ici dès demain.

— Bien madame. Nous sommes tous très satisfaits de savoir que les Courtales vont revivre à travers cette maison. Nous allons nous activer pour que vous trouviez ici l'agrément souhaité.

— Philibert, pourrez-vous vérifier certains détails ? J'ai vu dans la cuisine que l'eau arrivait comme dans les villes, par une tuyauterie avec des robinets. Qu'il y avait même une chaudière avec une sorte de marmite norvégienne pour réchauffer l'eau. Cette installation inutilisée depuis si longtemps mérite d'être vérifiée.

Philibert, maussade, répondit qu'il avait tout perdu dans l'incendie, mais Jérémie affirma qu'il y avait de quoi faire ces réparations dans l'atelier des ramonétages. Il fut heureux de sortir de cette chambre, de redescendre. La maison restait glaciale malgré l'air doux et humide du marin. Le ramonet annonçait qu'il y aurait du feu dans toutes les cheminées, qu'il trouverait les femmes nécessaires pour le service.

— Je veux aussi garder Mathilde.

— Il y aura aussi les comptes, madame, mais nous ignorons quelle part des biens vous revient exactement.

— Nous finirons bien par aller chez le notaire quand toute cette agitation sera terminée. Mon mari Constantin avait fait rédiger un testament dès que le désastre de Sedan fut connu et que les Prussiens menacèrent Paris.

Monsieur Albert étant parti avec le cabriolet et son cocher Émile, Jérémie promit de sortir des écuries une charrette anglaise et un pommelé qui rappela Bijou à Philibert.

— Vous n'aurez qu'à le mettre dans l'écurie, en face du ramonétage qui nous appartient. La clé est dans l'encoche sur le pilier de droite. Il y a du fourrage et de l'avoine.

Dès qu'ils eurent quitté le chemin en forte pente, Philibert essaya de convaincre Zoé de quitter cette région au plus vite.

— Tout est si intimement mêlé, les passions les plus surprenantes aux affaires politiques. Cet incendie visait à nous faire disparaître tous. Les criminels ont échoué et recommenceront.

Et soudain il se souvint d'une explication donnée par Zoé, lorsqu'ils avaient quitté Villerouge pour Félines.

— C'est votre beau-frère qui vous avait demandé de vous arrêter dans la vieille forge pour la nuit ?

— Le ramonétage n'était pas préparé pour nous recevoir.

— Comme les Courtales, remarqua Philibert, et vous avez pu constater qu'il est habitable au contraire. Qu'il suffit de quelques bons feux de bois en attendant la mise en route de ce monstrueux poêle.

— Mais dis-moi, tu es en train d'insinuer que monsieur Albert nous aurait dirigés vers Félines et la vieille forge où nos assassins nous trouveraient ? Tu accuses mon beau-frère ?

Silencieux, il s'attendait à une explosion de colère mais elle se contentait de regarder la route. Jérémie Cayol les avait invités pour le repas de midi. Elle avait mangé du bout des dents elle qui avait bon appétit, parlant sans cesse de l'aménagement de la maison, impatiente d'y revenir.

À l'approche de Mouthoumet, elle remit son voile en place, effaçant son visage et ainsi dissimulant ses expressions. Ils passèrent non loin de l'auberge où régnait un grand tapage. Les rues étaient encombrées d'équipages de luxe, et Philibert dut descendre pour tirer le cheval par la bride jusqu'au ramonétage, à travers ces voitures arrêtées en désordre.

Mathilde avait pu assister aux funérailles grâce à la complaisance de voisins montant aux Courtales, mais elle paraissait fâchée d'avoir été harcelée de questions.

— Je jure à madame que je n'ai rien répondu. On voulait me faire dire des choses désagréables, soupira-t-elle, en aidant Zoé à se défaire de son chapeau et de son manteau.

— Quelles choses ?

— À cause de...

De son menton grassouillet, elle désignait Philibert.

— D'abord ils affirmaient que pour son sauvetage de Félines, il avait reçu dix mille francs. Moi j'ai dit que je ne m'occupais pas de ces histoires. Ils demandaient aussi comment...

Mais elle ne put continuer, secoua la tête et alla se planter devant sa pierre d'évier, puis décida d'aller chercher de l'eau à la fontaine.

— Mathilde, vous allez tout me dire sans craindre de ma part une réprimande, est-ce bien clair ?

— Oh ! là là, madame, je n'aurais jamais dû venir dans ce ramonétage mais rester là-haut. Vous savez, je n'aime pas les tripotages.

— Les quoi ? fit Zoé effarée. Qui vous a tripotée ?

— Dans notre langue, expliqua Philibert, ce sont des racontars malveillants et ceux qui les rapportent sont des tripotiers et des tripotières.

— Ces gens qui m'ont amenée aux Courtales pour l'enterrement je ne suis pas redescendue avec eux. Pourtant ils me cherchaient partout, mais je suis rentrée à pied quand j'ai su que vous dîneriez là-haut.

— Vous êtes une brave personne, dit Zoé qui la prit aux épaules et l'embrassa, ce qui eut pour résultat de faire fondre en larmes la pauvre fille.

Entre deux sanglots, elle expliqua que les gens sous-entendaient que le départ brusque de Pétrone et sa disparition étaient le signe de sa réprobation, pis de son indignation pour ce qui se passait dans le ramonétage. On savait depuis toujours son attachement exceptionnel pour monsieur Constantin. On savait aussi qu'il n'avait jamais admis son mariage avec une Parisienne connue au début de la guerre. Qu'il souffrait depuis cinq ans de ce que son maître avait fait, certainement sous l'influence de cette personne. Que lorsqu'il avait appris sa mort là-bas, à l'autre bout du monde, on avait pensé dans le pays qu'il n'y survivrait pas. Son chagrin le rendit encore plus silencieux, méchant.

— C'est vrai, dit Mathilde qu'il était toujours sur notre dos, qu'il nous insultait, nous donnait des amendes pour des riens. Même que monsieur Jérémie, le ramonet des vignes, se fâchait pour défendre ses journaliers. Ils ont failli en venir aux mains.

— On pense donc que monsieur Pétrone a quitté cette maison parce que je le choquais ?

— Oui madame. Ce sont des gens qui ne sont pas mauvais, mauvais, mais surtout curieux. Quand vous pensez qu'ils voulaient savoir dans quelle chambre couchait madame, dans laquelle Philibert, et si je n'avais rien remarqué en faisant les lits.

Elle n'en pouvait plus d'avoir été ainsi la cible de toutes ces langues de vipère durant le trajet.

— À la fin, j'en avais tellement assez que je me suis mise à pleurer, mais ils ne m'ont pas fichu la paix pour autant. Il y en avait une qui laissait entendre que je pleurais parce que j'avais vu et entendu des choses vilaines. Que voulez-vous répondre à des femmes pareilles ?

Elle finit par emporter ses cruchons pour se rendre à la fontaine. Zoé déclara qu'elle montait dans sa chambre se reposer un moment, mais à mi-escalier elle s'arrêta, se retourna :

— Ne fais donc pas cette tête. Tu as l'air d'un coupable. Il faut faire face. Tu comprends qu'il est temps que j'aille m'installer aux Courtales ?

— Je vais rentrer chez moi à Leucate. Ma présence ne fait que compliquer la situation, enrager les gens.

— Je te l'interdis. Je te veux auprès de moi, jour et... nuit.

Mathilde revint avec l'eau, dit qu'on entendait le tapage de l'auberge jusque dans la rue devant le ramonétage, que c'était toujours la même chose avec les banquets de funérailles, qu'au début les invités faisaient des têtes de chagrin et que parfois ensuite ils en arrivaient à chanter des choses peu convenables.

— Demain, madame Zoé pense s'installer aux Courtales, lui dit Philibert, et vous pourrez retourner là-bas.

— Hé bien j'en suis contente, car je ne me plais guère par ici. Je comprends pourquoi vous ne sortez guère et préférez rester dans la maison. Ils sont toujours aux aguets et à peine j'avais commencé de remplir mes cruchons qu'il y en avait deux pour venir m'asticoter.

On frappa à la porte et on ouvrit en même temps. C'était le brigadier Wasquehale.

— Il faut que je voie madame veuve Torneilles, dit-il d'une voix qui n'avait plus sa fermeté habituelle.

— Elle repose dans sa chambre, répondit Philibert, je vais monter voir si elle peut vous recevoir.

CHAPITRE TRENTE

C'était un peu avant la guerre contre les Prussiens qu'André Capestan avait pensé à cette mine de houille dans les Soulasses, collines en dessous de Mouthoumet à moins d'une lieue. Un vieux chemin conduisait jusqu'à un hameau, que l'on disait abandonné. Le propriétaire de la mine habitait à Carcassonne et, quand il lui eut parlé de ce trou à moitié inondé dans la montagne l'homme, commerçant prospère dans le chef-lieu, haussa les épaules.

— J'ai revendu mes droits à une compagnie qui rachète tous les gisements de houille, de lignite, d'hématite et aussi de pierre à fusil. Une compagnie de Paris qui n'exploite rien mais qui ne veut pas que l'on extraie du minerai. C'est tout. Maintenant si tu veux t'amuser à gratter le filon de charbon à ton aise. Moi je ne dirai rien. Laisse entendre que je t'ai donné l'autorisation mais il n'y aura pas de papiers entre nous. Je ne te demande rien mais au besoin tu pourras me rendre service un jour, si je te sollicite. Si tu arrives à remplir un tombereau, ne le vends pas sur place mais va jusque dans l'Ariège, la nuit de préférence.

Avec l'argent d'un petit héritage, Capestan avait acheté un mulet, un demi-tombereau adapté à la force de son animal, des outils cachés sous une toile. Un jour, vers midi, il avait atteint le hameau de Carcasses croyant le trouver vide, mais une cheminée laissant échapper un fil de fumée l'inquiéta. Vivaient dans une masure rafistolée avec les débris des ruines d'à côté une femme et ses trois enfants, dépenaillés, ne sachant pas prononcer dix mots à la suite, buvant plus que de raison une piquette qu'ils fabriquaient à la Toussaint avec les grappillons et du sucre. Le commerçant de Carcassonne avait permis à Capestan d'habiter une maison du hameau au toit en partie écroulé. Installé avant de commencer l'exploration de la mine, plus haut dans la montagne, il observa ces quatre voisins, découvrit qu'ils se chauffaient avec du charbon brut que les gosses allaient arracher au boyau profond d'un quart de lieue et non étayé. De la bonne houille et non du lignite.

Emportant une bouteille de vin doux, il alla trouver cette femme qu'on appelait la Rabassière, sans qu'on sût pourquoi. Ce jour-là, il pensa pénétrer dans un trou de blaireau et se demanda comment il allait pouvoir respirer au-delà d'une minute, mais s'habitua à l'odeur. La femme, les enfants burent le vin doux et allèrent ensuite chercher de leur piquette. Puis la femme sortit du jambon qu'elle salait elle-même. C'était du sanglier. Ces quatre-là braconnaient à longueur d'année quand ils ne grattaient pas le charbon.

— Monsieur Arbessier vous a donné l'autorisation de prendre son charbon ?

Hébétée, la femme ne comprenait pas ce qu'il voulait dire et ce fut l'aîné, un garçon de treize ans, qui le lui expliqua dans une langue que Capestan n'avait jamais entendue de sa vie. Après quoi il frappa sa poitrine.

— Moi je suis autorisé par monsieur Arbessier à piocher le charbon. La mine est à moi et je peux vous empêcher d'aller chercher de quoi vous chauffer.

Le lendemain, les gosses travaillaient pour lui à extraire non sans mal, d'un filon épuisé, plusieurs banastes de minerai qu'ils tiraient au bout d'une corde.

Le boyau était si étroit que seul un enfant ou un nain pouvait aller gratter la mince veine noirâtre. La panière pleine avait du mal à passer.

En une semaine, le demi-tombereau fut rempli et Capestan alla le vendre dans l'Ariège. Il fit l'aller-retour en quatre jours, rapporta de la nourriture, des vêtements et de quoi boire pour la Rabassière et ses enfants. Entre-temps, ils avaient élevé un joli tas de charbon et il put repartir aussitôt.

Ce fut bien après la guerre, alors qu'il prospérait grâce à cette mine clandestine, qu'un soir il fit une méchante rencontre, dans une gargote de sale réputation du côté de Quillan. Lorsqu'il aperçut les énormes charrettes de sept et les tombereaux grands comme des wagons de chemin de fer, il aurait souhaité passer son chemin, mais savait qu'il ne rencontrerait pas d'autre endroit pour manger et boire.

C'est ainsi qu'il se retrouva avec la bande à Ginestre. Des frères, un cousin, des charretiers gagés. Douze personnes en train de ripailler avec hurlements et rires affreux. Depuis longtemps les clients habituels avaient fui les lieux.

Une servante qu'il connaissait bien essaya de le dissuader de rester, mais il avait faim et soif. Alors elle l'installa dans la cuisine, parmi les entassements de plats, de vaisselle, de cruches qui encombraient la table, plaça devant lui un faitout rempli de cassoulet, une bouteille de vin et retourna dans la salle où la bande paraissait tout casser. Après avoir mangé trois écuelles de cassoulet et bu sa bouteille, il sommeilla sur sa chaise. Depuis qu'il avait décidé d'exploiter cette mine il n'arrêtait pas. Les gosses, appâtés par l'argent et les provisions, travaillaient dur au fond du trou. À peine revenait-il d'une livraison qu'il devait repartir. Vendant son charbon à bas prix, il s'était constitué une clientèle mais il était fatigué. Deux fois les gendarmes étaient venus voir l'ancienne mine sans découvrir les preuves d'une exploitation illégale. Les gosses de la Rabassière savaient y faire.

Lorsqu'un des frères Ginestre prit le faitout de cassoulet sur le feu et le renversa sur sa tête, il se crut dans la mine, enseveli sous un éboulement. Mais la sauce de haricots venant droit de la cheminée le brûlait au sang.

Il sortit de son cauchemar dans ce rire horrible qui lui emportait les oreilles et, sans plus réfléchir, fonça vers ce Ginestre et dans sa rage le roua de coups. Un autre se présenta et Capestan l'assomma avec le même faitout de fonte qui l'avait coiffé. Toute la bande dut s'y mettre pour le maîtriser et lui donner la raclée de sa vie. Ils faillirent le laisser pour mort, mais l'aîné des Ginestre, épongeant le sang de son nez avec un torchon, arrêta le massacre.

— Il a failli vous escagasser tous que vous êtes, laissez-le. Jamais rencontré un salopiaud pareil. Qu'on lui jette de l'eau pour le nettoyer et qu'on lui donne un coup à boire.

Au petit matin, il avait noué avec ces bandits de grand chemin, Capestan lui-même usait de ce terme, des relations d'amitié et d'affaires. La bande savait qu'il exploitait clandestinement une mine de houille réputée épuisée et qui appartenait à une compagnie importante. Il accepta le marché que lui proposa le frère aîné, Manuel Ginestre. Au lieu de se crever à rouler jusqu'en Ariège, il déposerait son charbon du côté de Villerouge d'où la bande le charrierait avec ses énormes tombereaux pour le livrer. Il gagnerait un peu moins sur le quintal mais se fatiguerait moins.

L'accord fut respecté, mais les gosses de la Rabassière grandissaient et avaient de plus en plus de mal à se glisser dans le boyau. L'un d'eux mourut, écrasé par une roche, et le docteur Miquelet refusa le permis d'inhumer. Capestan témoigna comme quoi le garçon avait voulu escalader une paroi et était malencontreusement tombé. Il ne fut pas question de la mine que les gens connaissaient mais croyaient inexploitable.

Capestan dut ramper dans le boyau, l'élargir, l'étayer alors que la veine se rétrécissait de plus en plus. Et en

1874 il ne put livrer un seul tombereau de charbon à la bande à Ginestre.

— J'ai bien vu que depuis quelque temps tu fournissais moins, lui dit Manuel. Écoute, tu vas travailler pour nous. Puisque tu connais les routes de l'Ariège, tu livreras là-bas des marchandises mais attention, tu ne rouleras que la nuit. Va établir un itinéraire par les chemins de montagne, loin des habitations. Cherche des ruines pour te cacher le jour.

Dès lors, il transporta de la contrebande qui arrivait à Port-La-Nouvelle. Il allait charger là-bas et roulait jusqu'à Foix. La plupart du temps des alcools espagnols ou italiens.

Et puis en décembre, il avait chargé dans un coin isolé de La Nouvelle des fûts de pétrole. Un ami, surnommé Cochenille, l'avait aidé à ramener cette marchandise jusqu'à Félines en évitant de voyager le jour. Il avait pensé à un trafic identique à tous les autres, que la bande avait acheté du lampant à un prix dérisoire et qu'elle le revendrait dans tout le pays, bien en dessous du tarif des épiciers. Mais les Ginestre, il aurait été préférable de ne jamais les rencontrer, de ne jamais faire d'affaires avec eux. Lorsqu'il fallut transvaser ce pétrole dans des ustensiles plus petits et de toutes les formes, il avait commencé à s'inquiéter. Des arrosoirs, des brocs, des cruchons, des seaux. Il avait failli en crever asphyxié, dans la petite maison de ce pendu espagnol. Ils durent calfeutrer portes et fenêtres car l'odeur stagnait dans la rue. Par chance aucun villageois ne s'en était étonné.

Depuis l'affaire de Félines, il ne bougeait plus du hameau en ruines. C'étaient les recommandations de Manuel Ginestre et il obéissait. Il avait ramené chez lui assez de pétrole pour s'éclairer toute une année.

La Rabassière vint le trouver et lui expliqua, dans son jargon habituel, qu'il fallait du charbon avec le froid qu'il faisait. Ses enfants, malades des poumons, étaient couchés. Dans le coin, la neige s'accrochait. Ils étaient dans de hautes collines approchant les sept cents mètres, un endroit de froid en hiver. Habitué au charbon ronflant dans son vieux poêle il trouvait, lui aussi, que le bois chauffait moins, et il prit son pic et sa lampe pour aller gratter la veine. Celle-ci se réduisait à des filets d'un doigt mais parfois, à l'intérieur des roches, il avait la surprise d'extraire de gros blocs.

Depuis qu'il n'exploitait plus la galerie, il avait renoncé à surveiller l'étayage. Il ne venait là que pour son usage personnel et celui de la Rabassière. Pourquoi aidait-il cette femme puante à survivre, il l'ignorait. Il n'était pas son amant, elle ne lui rendait pas de service. Parfois elle l'invitait à boire un verre de piquette et à manger du gibier piégé. Mais il la nourrissait, lui donnait un peu d'argent. Régulièrement il allait déverser devant sa ruine quelques banastes de houille avant d'en faire autant pour lui. Il savait que s'il voulait continuer cette exploitation épisodique, il devrait remplacer le boisage, un énorme travail pour peu de chose.

Ce jour-là, il travailla très tard. Il avait traîné une première manne de charbon devant chez la Rabassière, s'était enfoncé dans le boyau. Celui-ci menait vers le filon d'abord en pente douce, puis d'un coup descendait raide, ce qui rendait les panières lourdes à traîner, surtout à quatre pattes.

D'abord il pensa que sa lampe suintait, qu'il l'avait mal vissée après le remplissage. Prévoyant un long travail, il l'avait certainement trop remplie. Lorsqu'elle aurait brûlé un moment cela irait mieux. Mais comme l'odeur persistait, il l'examina de plus près. Elle luisait à cause du gras du lampant mais n'avait aucune fuite. Il la coinça en hauteur sur une roche en saillie et par hasard, baissant les yeux, vit la rigole qui serpentait sous ses pieds. Il y mit la main, le contact le renseigna sur-le-champ. C'était bien du pétrole qui coulait depuis l'entrée de la mine. Par quel hasard extraordinaire sa réserve se répandait-elle depuis son gourbi jusque dans les profondeurs de la montagne ? Il pensa à la Rabassière qui avait peut-être voulu remplir sa lampe. Toujours à moitié saoule, elle avait dû oublier de refermer le robinet. Pour plus de commodité, il avait transvasé le fût de deux cents litres dans de vieux barricauds à vin. Une cannelle servait de robinet. Jurant à voix haute, promettant à l'ivrognesse une volée mémorable, il commença de remonter la galerie à quatre pattes. Ce trop de gaz de pétrole l'épouvantait et il souffla la flamme de sa lampe. Revenir dans le noir n'offrait aucune difficulté.

Ce n'était plus une rigole de pétrole qui rendait le sol boueux mais un ruisseau abondant. Il ne pouvait plus s'accrocher aux aspérités, s'écrasait dans la boue puante, imbibait ses vêtements. Cette garce de Rabassière avait décidé de le faire flamber vif, pensa-t-il, pour voler ses économies. Dans son idiotie, elle avait dû faire le compte de ses gains depuis des années et il possédait effectivement une vingtaine de mille francs cachés chez lui.

Sa tête heurta un obstacle. Un éboulement? Ses cheveux se hérissèrent sur sa nuque et de ses mains il tâta l'éboulis, reconnut au toucher le bois, l'arrondi d'un de ses petits barils remplis de pétrole. On l'avait roulé jusque-là. Et c'est en vain qu'il essaya de le dégager. S'il y parvenait, il devrait le faire rouler devant lui jusqu'à la sortie à l'air libre, car il obstruait toute l'étroitesse du boyau.

— Rabassière salope, si je m'en sors, je te fais griller dans ton terrier avec ta portée.

Une voix cisaillant l'air de son acier lui répondit :

— C'est ton habitude de faire griller les gens dans leur maison, Capestan. Souviens-toi de Félines. Tu ne parviendras pas à remonter ce barricaud pour t'ouvrir un passage, car je l'ai coincé. J'ai dans la main un paquet d'allumettes et je n'ai qu'à en craquer une pour qu'un torrent de feu dévale jusqu'au fond.

De rares fois, il avait entendu cette voix mais ne savait plus où, en gardait une nausée ancienne, la rattachant à un épisode désagréable de sa vie.

— Qui êtes-vous ?

— C'est moi qui interroge. Si tu ne veux pas griller dans ton trou, dis-moi qui a payé pour transporter le pétrole sur le toit de la forge de Félines. D'abord où était-il ce pétrole ?

Capestan se savait dans une de ces impasses que la vie ouvrait sans cesse devant lui. Chaque fois son opportunisme de renard le sauvait du pire et sans hésiter, il répondit :

— Manuel Ginestre. Mille francs, moi, mille Cochenille.

— D'où sortait-il l'argent ?

— Ça je l'ignore. Comme j'ignorais qui se trouvait dans la maison de la vieille forge. J'ai charrié le pétrole jusqu'à la maison basse de l'Espagnol pendu et dont personne ne veut plus. On est tous revenus dans la nuit de mardi à mercredi soutirer le lampant dans des bidons, des brocs, des arrosoirs, des cruchons. On a couché dans le grenier de la maison abandonnée et la nuit suivante, celle du mercredi au jeudi, on a transporté le pétrole jusque sur le toit de la vieille forge. Par chance le Cers avait déblayé la neige.

— Qui se trouvait avec toi ?

— Deux frères Ginestre, Manuel, Albin, leur cousin Bernard. Cochenille nous a rejoints pour nous empêcher de mettre le feu. On ne pensait pas trouver la cheminée chaude du feu de la forge. On a versé le lampant jusqu'à ce qu'une grande flamme ait failli griller le cousin Ginestre, le plus proche.

— Cochenille, celui qui ramasse le kermès sur la garouille ?

— On l'appelle Cochenille et il a des mains énormes à cause de la garouille qui pique dur. Il m'a seulement aidé à ramener le pétrole de La Nouvelle. S'est douté de ce qu'on allait faire, est revenu dans la nuit. On a dû l'assommer.

— Qui a fourni l'argent aux Ginestre ?

— J'en sais rien, je vous dis. J'ai ramené le pétrole

de La Nouvelle. C'était la première fois que je chargeais mon demi-tombereau de lampant en ignorant ce qu'on allait en faire.

— Tu préfères donc brûler que de donner le nom de celui qui a payé sans participer au crime ? Tu sais, il n'y a pas qu'un seul barricaud. J'en ai roulé quatre dans le boyau, le cinquième est à l'entrée. Je vais les ouvrir les uns après les autres. Mettre le feu. Adieu Capestan. Tu aurais dû continuer à gratter ton charbon de terre sans te joindre aux Ginestre.

— Attendez. Ce sont les Blancs, nous a dit Manuel, les Blancs. Pour porter tort à Torneilles. Pour effrayer les électeurs. Qu'ils se rendent compte qu'en votant pour la République c'en était fini de la tranquillité dans les Corbières.

Il tendit l'oreille, croyant entendre le bruit d'un gros écoulement. Il respirait difficilement ces vapeurs de pétrole. Il essaya de repousser le petit baril mais en vain.

— Hé, êtes-vous toujours là ? Je vous ai dit tout ce que je savais. Mais j'ignore qui a payé. Les Ginestre le savent mais ne nous l'ont pas dit.

Un flot de pétrole l'entraînait lentement vers le fond de la mine. L'inconnu à la voix sèche venait d'ouvrir toutes les bondes et allait le faire griller comme ceux de Félines.

— Je vous en prie, écoutez-moi. Je sais qui a payé les Ginestre pour ce travail-là. Je vais vous le dire, mais aidez-moi à sortir de ce trou.

CHAPITRE TRENTE ET UN

Mathilde ne cachait pas sa joie de retourner aux Courtales et se dépensa sans compter, pour charger la charrette que Jérémie Cayol venait de conduire devant le ramonétage. On emportait les bagages, mais surtout le cuveau de bois précieux cerclé de cuivre. Elle l'avait soigneusement astiqué pour narguer ces *tripotières* de la rue et leur prouver qu'elle ne ménageait pas ses peines.

Philibert lui-même était heureux de quitter Mouthoumet. Il aimait beaucoup ce village, mais la visite du brigadier Wasquehale la veille lui laissait craindre pour l'avenir de nouveaux ennuis avec les gendarmes. Une fois en présence de Zoé, le commandant de la brigade locale manqua quelque peu d'assurance. Il parla du secrétaire général de la Préfecture qui, après le banquet des funérailles, avait passé l'inspection de la gendarmerie et s'était entretenu avec lui quelques instants. On estimait en haut lieu, c'est-à-dire à Carcassonne, que l'étameur Philibert Capoulade devait rentrer chez lui à Leucate. Plus tard, on lui remettrait la médaille et une somme importante de récompense, mais pour la sérénité des élections prochaines, mieux valait qu'il ne fût plus dans la région.

— C'est une décision arbitraire, s'emporta Zoé, et je n'en tiendrai aucun compte !

— Madame, c'est juste un conseil, une suggestion des autorités. Le calme doit revenir au plus vite. Personne ne veut plus voir ces affrontements entre deux parties de la population.

— Hormis l'incendie, il n'y eut que quelques cris, quelques bousculades sans gravité, répliqua la veuve. Monsieur le brigadier, oubliez-vous votre enquête ? Philibert comme moi-même, comme le malheureux Morchailles, est un témoin important. Même le plus important puisqu'il est descendu dans la forge en feu, a vu le mobile sans ses yeux, découvert peut-être même l'origine du sinistre. Allez-vous sacrifier la vérité et la justice à quelques fantaisies de préfecture et de mon beau-frère ?

Ennuyé, protestant de son sens du devoir, le brigadier se retira assez vite. Et cette nuit-là, les amants se retrouvèrent pour une troisième nuit que plus tard il jugea déchirante car là-bas, dans la grande maison des Courtales, ils ne pourraient plus jamais bénéficier d'une telle liberté. Madame Torneilles occuperait une belle chambre du premier et lui rejoindrait l'une de celles réservées aux domestiques de maison. Il ne prétendait pas à une situation plus privilégiée.

Il avait écrit à ses parents pour les rassurer et leur annoncer avec ménagement qu'il ne savait quand il rentrerait à Leucate. Il laissa entendre qu'il avait la perspective d'une situation bien meilleure que celle d'estamaïre, qu'il serait bien payé sans être forcé de courir les routes. Il les tiendrait au courant.

Un grand nombre d'habitants regrettait de les voir quitter le ramonétage. Les méchantes langues bien sûr, une poignée déçue de ne plus pouvoir nourrir leur acrimonie, mais le plus grand nombre avait été flatté que la jolie veuve séjournât parmi eux. Tous aimaient bien Philibert également et ne voyaient pas malice dans les relations entre madame Torneilles et lui. Il l'avait sauvée de cet incendie criminel, et il était juste qu'il profitât un peu du bon temps lui permettant de se remettre de ses émotions.

Aux Courtales, il renoua avec son métier, les outils trouvés sur place lui permettant d'effectuer quelques réparations. L'eau arrivait d'un grand réservoir extérieur situé dans la colline. Une source l'alimentait, mais le filtre mis en place se trouvait défectueux et des poussières, des feuilles bouchaient la tuyauterie.

On avait aussi rallumé le feu sous la chaudière où une marmite norvégienne fournissait presque à volonté de l'eau chaude. Mais il fallait du charbon, comme pour le poêle.

— Les Torneilles possèdent des parts dans la mine de Ségure, expliqua Jérémie Cayol. Commandez-en un tombereau.

— Ces parts sont à mon beau-frère, répondit Zoé.

— Je sais qu'un certain Capestan en vend quelquefois dans l'Ariège, alors qu'il habite dans les collines des Soulasses. Je le soupçonne de racler les filons appauvris de quelques mines anciennes. Je tâcherai de le voir.

Au quatrième jour de leur installation aux Courtales Mathilde, qui était allée chercher des œufs dans les communs, arriva affolée, au bord des larmes, trouva madame Zoé.

— Monsieur Pétrone... Il est revenu... Et il m'a dit que je n'étais pas capable d'être une bonne servante, qu'il fallait que je retourne à mes volailles et à mes cochons.

— Après huit jours d'absence ce monsieur se permet de revenir? Il a abandonné sa fonction, il s'est mis dans son tort. Il n'est plus le maître des ramonets. D'ailleurs je vais certainement engager un régisseur. Quelqu'un qui sera entièrement chargé de diriger les propriétés diverses, vignes, champs, bergeries et étables dans la montagne. Nous irons voir ces vaches avec Philibert, pour oublier un peu l'odeur des moutons.

Monsieur Pétrone se présenta un peu avant le repas et s'enferma avec madame Torneilles, dans un petit salon qu'elle comptait transformer en bureau. Ils restèrent plus d'une heure ensemble et lorsque le ramonet-maître fut parti, Zoé remonta dans sa chambre alors que son couvert était mis dans la salle à manger. Philibert avait choisi de prendre ses repas dans la cuisine en compagnie de Mathilde et d'une autre servante, une jeune fille un peu louchon, Eugénie, d'une grande gentillesse.

— Ce vilain bonhomme a dû contrarier madame Zoé, fit Mathilde en apportant les hors-d'œuvre. Dois-je monter un plateau?

— Je vais voir, dit Philibert.

Eugénie s'étonnait bien un brin de le voir aussi libre avec leur maîtresse. Mathilde essayait de lui faire admettre qu'ayant sauvé la vie de la veuve, il pouvait s'autoriser quelques passe-droits.

Philibert redescendit aussitôt. Elle avait refusé de lui ouvrir, crié qu'on lui fiche la paix, qu'elle n'avait pas faim pour le moment. Ils n'avaient qu'à s'empiffrer s'ils le voulaient, elle avait besoin de repos. Elle n'avait pas vraiment dit s'empiffrer mais « bouffer à s'en faire péter le ventre ». Pour la deuxième fois, Zoé l'effarait en usant de trivialités dans son langage, surtout lorsqu'elle était énervée.

Elle ne reparut que pour commander un thé avec du pain grillé et de la confiture. Pendant ce temps la nouvelle s'était répandue que monsieur Pétrone, malgré ses manquements, restait le chef des différents ramonets. En fait, il y en avait trois. L'un s'occupait des vignes, Jérémie Cayol, un autre des bergeries, le troisième des cultures diverses, des écuries et des élevages de bovins dans les prairies, du côté de Lanet. Jérémie apporta de vieilles souches pour les grillades. Il paraissait contrarié par le retour de monsieur Pétrone, avait peut-être espéré devenir ce régisseur dont madame Zoé parlait depuis son installation aux Courtales.

— Il doit avoir barre sur madame, glissa-t-il soudain, en confidence.

— Et pour le charbon? demanda Philibert. La chaudière demande trop de travail avec le bois. Comme le poêle. Toutes les heures il faut garnir le foyer au lieu de quatre à cinq heures avec le charbon.

— Personne n'a revu Capestan depuis huit jours. Peut-être plus. Il faudra en commander à Ségure en essayant de ne pas le payer trop cher. Sinon il faudra le faire venir de Lézignan ou de Port-La-Nouvelle où il y a un dépôt important pour les bateaux mixtes et les vapeurs. On peut envoyer un tombereau là-bas.

Monsieur Pétrone vint le lendemain matin avec une charrette et pria Philibert de donner un coup de main aux deux journaliers qui l'accompagnaient. Lorsque l'étameur s'aperçut qu'il s'agissait de déménager la chambre de feu Constantin Torneilles à l'étage des domestiques, il crut à une erreur et alla trouver Zoé. Elle consultait des registres dans le petit salon.

— J'ai donné mon accord, dit-elle. Après tout c'est aussi bien.

— Que va faire monsieur Pétrone de ces meubles, de ces objets personnels de votre mari ? Les garder en souvenir ?

— Je n'en sais rien et je ne veux pas le savoir. Pouvez-vous me laisser travailler ? Je dois me mettre en tête tant de chiffres en dépenses et recettes qu'il me faut avoir l'esprit libre de toute autre préoccupation.

La charrette du déménagement n'était pas destinée à être vidée chez monsieur Pétrone. Le soir venu, le ramonet-maître quitta les Courtales avec et ne reparut que le lendemain matin.

Précisément, ce lendemain matin, la nouvelle de la mort atroce de cet Adrien Capestan sillonna profondément les Hautes-Corbières d'une nouvelle terreur. La vieille mine des Carcasses aurait littéralement explosé, ensevelissant le malheureux dans un éboulement tel qu'il ne serait jamais possible de retrouver son corps. On supposait qu'il se trouvait à l'intérieur, si le témoignage de cette femme qui vivait avec lui, la Rabassière, pouvait être pris en compte. Capestan exploitait le filon depuis une dizaine d'années, mais ces derniers temps, il ne récupérait que de quoi chauffer sa maison et celle de cette femme avec ses deux enfants.

Le lendemain, on apprit que si la mine avait explosé, c'était à cause de grosses quantités de pétrole cachées dans le boyau. Naturellement on relia cette découverte à l'incendie de Félines. Les gendarmes s'étaient transportés sur les lieux et avaient ramené la Rabassière et ses deux enfants à Mouthoumet. Le docteur Miquelet avait diagnostiqué une maladie poitrinaire pour les deux fils. La femme, elle, était prostrée, ne pouvait dire trois mots de français. Le fils aîné raconta qu'un soir, il ne savait quand mais que ça faisait bien une semaine, ils avaient entendu du bruit. Capestan raclait du charbon pour eux et pour lui mais c'était de plus en plus difficile. Ils avaient au matin découvert le contenu d'une banaste à leur porte, mais l'explosion s'étant produite dans la nuit ils avaient cru que tout s'effondrait, n'avaient pas osé sortir. Avant, ils avaient entendu rouler les barricauds que Capestan cachait derrière chez lui. Ils ne savaient pas d'où sortait le pétrole, ni pourquoi leur voisin avait choisi de cacher ces petits barils dans la mine. Jamais les gendarmes n'avaient songé à l'accuser d'avoir participé à l'incendie criminel de Félines et encore moins d'aller perquisitionner dans le hameau en ruines. Ils se doutaient que l'homme piochait du charbon, ce n'était pas un délit bien important, même si la mine appartenait à une société parisienne. D'ailleurs celle-ci envoya des ingénieurs qui tentèrent d'établir, avec l'aide des maires du pays, la liste exacte de toutes les mines abandonnées.

Philibert, quelques jours plus tard, reçut une lettre adressée à Leucate et que ses parents lui réexpédiaient avec quelques mots de son père. Ce dernier ne paraissait pas enchanté d'apprendre que désormais il travaillait aussi loin de Leucate, même s'il recevait une bonne paye. Sa mère et lui auraient aimé qu'il revienne au village et reprenne son métier d'estamaïre. Sa grand-mère se joignait à eux pour exprimer le même souhait.

Ce n'était évidemment pas Morchailles qui avait écrit la lettre, mais sa sœur qui désormais se trouvait à son chevet et espérait pouvoir un jour le ramener dans leur pays, Segré, Maine et Loire.

Mon cher Philibert,

Me voici depuis quinze jours dans cet hôpital de Carcassonne où j'ai bien cru devenir fou, ne pouvant me résoudre à accepter la perte de mes yeux. Déjà, dans la forge en feu, je me suis comporté comme un dément, vous demandant de fouiller les décombres pour les retrouver. Il m'était impossible d'admettre qu'ils aient pu jaillir de mes orbites à jamais. J'ai réagi comme un être stupide, mais la pensée d'être à jamais aveugle m'ôtait toute possibilité de raisonnement lucide. Depuis quelques jours ma sœur est auprès de moi et par sa tendresse me console un peu dans mon grand malheur. Je voudrais, mon cher Philibert, que vous veniez me voir à Carcassonne car j'ai besoin de m'entretenir avec vous de cette tragédie, et aussi de certains faits étranges que j'ai encore en mémoire. Je vous en prie, acceptez de me rendre visite. Il faut absolument que nous parlions. Tout ce que j'ai raconté, dans un premier temps de délire mental, se retourne désormais contre moi, et lorsque aujourd'hui je veux que l'on rédige un rapport sous ma dictée, on m'objecte que tout ce que j'ai à raconter n'est que le résultat de cette aliénation momentanée qui a créé dans mon souvenir des images absurdes. Vous seul pouvez m'aider car nous comparerons nos mémoires et peut-être rétablirons-nous une vérité inattendue. Infiniment merci, votre dévoué.

Louison MORCHAILLES

Philibert replia la lettre et l'enfouit dans sa poche, décidant de ne pas la relire. Le mobile, devenu beaucoup plus calme et réfléchi, entretenait cependant ses étranges hallucinations. Le garçon ne se sentait pas disposé à se rendre à son chevet pour l'écouter délirer sur le drame de Félines. Lui-même vivait aux Courtales des heures sombres. Zoé paraissait avoir oublié leurs nuits, leur intimité, voire leur complicité. Il aurait volontiers sacrifié à jamais les joies voluptueuses qu'ils avaient partagées pour un regard entendu, un sourire de connivence.

Rien de tel ne se renouvelait et madame Torneilles, lorsqu'elle le regardait, ne le voyait pas. Il devenait aussi transparent, aussi insignifiant pour elle que Mathilde ou Eugénie. Même Jérémie Cayol se demandait, il en fit la confidence à Philibert, si madame Zoé ne devenait pas neurasthénique.

— Maintenant qu'elle se trouve aux Courtales, là où son mari naquit, vécut son enfance et sa jeunesse, peut-être subit-elle le chagrin de sa mort. Lorsqu'il lui fallut là-bas, au bout du monde, songer à rapatrier son corps, lorsqu'elle vécut ce long voyage et pour finir ce drame affreux, peut-être n'a-t-elle pas eu le temps de se consacrer à sa douleur. Maintenant qu'elle se trouve dans cette maison, entourée par tous et qu'elle peut songer à se reposer des émotions passées, le chagrin revient en force et la brise.

Philibert restait plus hésitant, avait toujours pensé que Zoé n'avait pas réellement aimé son mari, même si elle l'avait rejoint en Nouvelle-Calédonie, même si elle s'était dévouée pour qu'il fût enseveli dans son pays d'origine. Une femme encore amoureuse d'un autre n'aurait pu lui consacrer trois nuits d'amour fiévreuses, basculer avec un jeune garçon dans une folie de caresses multiples et rares.

Il soupçonnait monsieur Pétrone d'avoir apporté le trouble dans cette maison, de représenter une menace pour cette tendre et chère Zoé. Et cette pensée le rendait furieux, prêt à affronter cet homme.

CHAPITRE TRENTE-DEUX

Jérémie Cayol, très embarrassé, finit par dire à madame Torneilles qu'habituellement on payait les gages chaque fin de quinzaine. Que les domestiques de terre aussi bien que ceux de maison, tenant compte des circonstances, n'avaient pas voulu demander leur dû au cours des événements tragiques suivis de l'enterrement de monsieur Constantin. C'était en général monsieur Pétrone qui réglait chaque personne travaillant aux Courtales. Le notaire de Mouthoumet lui fournissait l'argent nécessaire.

— Monsieur Pétrone reçoit un ordre de monsieur Albert et descend chercher l'argent en compagnie d'Émile.

Elle fit atteler la charrette anglaise et demanda à Philibert de la conduire au village. Ils remontèrent avec l'argent. Monsieur Pétrone étant à nouveau absent depuis plusieurs jours, elle chargea Jérémie de répartir les sommes dues. Elle-même paya Mathilde, Eugénie et Philibert.

— Je vous dois de l'argent, dit-elle au garçon qui venait d'entrer le dernier dans le petit salon devenu bureau. Le notaire, en attendant la signature des actes, m'a avancé une somme importante. Puisque monsieur Albert avait proposé cinq mille francs de dédommagement pour ce que vous avez perdu à Félines, les voici.

Je vous dois également cinq francs par jour depuis vingt-sept jours, ce qui représente cent trente-cinq francs, en voici deux cents.

Philibert plia les billets, les mit dans sa poche :

— Je partirai demain.

La jeune femme, en train d'écrire, releva brusquement la tête, et pour la première fois depuis des jours, leurs regards parurent se reconnaître tant ils étaient intenses.

— Où iras-tu?

— Chez moi, préparer ma tournée de printemps. J'y serai pour la Noël. On ne la fête guère chez nous, mais cela fera plaisir à ma grand-mère. Ensuite j'irai à Carcassonne.

— Carcassonne, qu'iras-tu y faire?

— Morchailles m'a écrit, il me supplie d'aller le voir.

Il sortit la lettre de ses vêtements, la lui tendit. Elle la lut rapidement, la lui rendit :

— N'y va pas. Morchailles me fait peur. Monsieur Pétrone me fait peur et mon beau-frère, qui poursuit ses rencontres électorales, me laisse sans nouvelles et je crains qu'il ne prépare quelque complot contre moi. J'ai besoin de toi.

Plus que cet appel pathétique, le tutoiement le troubla profondément.

— Ici tu ne crains rien. Tous ces gens te sont favorables et te défendront. Je ne suis rien qu'un estamaïre de pas grand-chose.

Elle se dressa. Elle avait tiré avec rage ses cheveux en un chignon serré qui entraînait la peau de son visage en arrière, épurait ses traits, pinçait son nez déjà bien délicat, amincissait sa bouche. Jusqu'à ses yeux qui se bridaient comme ceux des Japonaises. Elle se voulait d'aspect sévère, sans âge, étrangère.

— Je t'en supplie, ne m'abandonne pas, jamais.

Il ne la reconnaissait plus. Nuit et jour, il vivait avec une image d'elle qui ne correspondait plus à la réalité. Mathilde gémissait que madame Torneilles se laissait mourir de faim, et qu'à macérer des heures dans son cuveau, alimenté en eau chaude par la petite Eugénie, elle ridait sa peau de vieillesse.

Percevant comme une réticence chez le garçon, elle porta ses mains à son chignon. Philibert crut que la masse noire et soyeuse explosait en mèches charnues, vivantes qui libérèrent le beau visage, lui rendant sa sensualité passée. Elle prit la tête du garçon entre ses mains dans un étau douloureux, écrasa sa bouche sur la sienne. Elle lui dévorait les lèvres, le mordait comme lors de la première nuit au ramonétage. Et désespérant de le convaincre, elle se laissa tomber à genoux, appuya les lèvres contre son ventre. Son souffle fiévreux enroba son sexe d'une caresse brûlante. Précise, à nouveau impudente et imprudente, elle défit son pantalon pour le prendre dans sa bouche, repoussa les mains du garçon qui voulaient la relever, le griffa comme il insistait, le fit jouir.

Elle se releva.

— Cette nuit dans ma chambre, après minuit.

Tandis qu'il se reboutonnait, elle retourna derrière son bureau :

— Ne va pas à Carcassonne. Nous allons organiser un joyeux Noël. Tous les gens qui travaillent ici ont droit à quelques plaisirs. À cause de mon deuil je m'abstiendrai, mais tu veilleras pour moi à ce que tout se passe bien.

— Pourquoi as-tu peur de monsieur Pétrone ?

Noyé dans la masse de sa chevelure noire, son visage pâle devint translucide et, dans un geste peut-être irréfléchi, elle noua à nouveau ses cheveux, les tira si fort qu'elle arracha des larmes de ses yeux.

— Quelle menace fait-il peser sur toi ?

C'était un spectacle presque insupportable, cette façon de tordre cette magnifique chevelure pour en réduire l'exubérance luxuriante, en détruire le charme érotique. Entre les petites mains, elle devenait une tresse sans vie, rébarbative. En trois, quatre tours et deux épingles, elle reprit toute son austérité.

— Je suis prêt à l'affronter, dit-il. Je ne te demanderai plus jamais la raison de cet effroi qu'il t'inspire. Je retrouverai cet endroit où il s'isole pour je ne sais quelle funeste méditation. Peut-être réfléchit-il au mal qu'il peut te faire, qu'il peut nous faire à tous. Ici on le hait mais on le redoute encore plus.

Il respira profondément avant d'ajouter :

— Si je dois le tuer, je le ferai. Je ferai disparaître son corps. On croira qu'il a décidé de partir pour ne plus jamais revenir. Personne ne s'inquiétera de lui, tout le monde au contraire respirera plus librement, aussi bien aux Courtales que dans toute la région.

La vue de cette bouche aux lèvres livides, effacée par cette torture qu'elle imposait à sa chevelure et à son visage, le désespérait. En la détruisant, elle paraissait vouloir faire disparaître jusqu'au souvenir du plaisir qu'elle venait de lui donner. Il n'avait relevé nulle rougeur d'émoi, ni des lèvres ni des joues, seulement une décision glacée de le satisfaire, une avance sur son salaire. Beaucoup plus qu'un gage pour la nuit à venir. Aurait-elle pu traiter ainsi n'importe qui lui offrant soit protection, soit la menaçant ?

— Je veux que tu restes ici non loin de moi. Pour l'instant, oublie monsieur Pétrone. Il est vrai qu'il est dangereux, qu'il détient contre moi des renseignements qui peuvent me condamner au pire.

Avec elle, on en revenait toujours à cette période tumultueuse de la Commune de Paris, des excès de tout bord, de toute nature. Cette faveur accordée tout à l'heure, sans tendresse, en toute lucidité, n'importe quelle fille tarifée en aurait été capable. Avant que Constantin Torneilles ne la rencontre, sur les fortifications ou sur les barricades, quelle vie menait Zoé ? Zoé comment ? Quel nom de fille portait-elle ou n'avait-elle reçu de nom de famille qu'après mariage ?

— Nous devons ruser, courber la tête, accepter l'inacceptable. Ne provoque pas monsieur Pétrone. Il faut attendre une heure plus favorable.

— Tu disais craindre aussi ton beau-frère.

— Souhaitons son élection en février, sinon il cherchera sur qui se venger et nous choisira comme boucs émissaires.

— Morchailles ? Parce que c'est en réalité un gendarme qui faisait partie jadis du corps des mobiles ? Était-il à Paris durant le siège et la Commune ? Il peut obtenir de ses camarades tous les renseignements souhaités.

— Ne réponds pas à ses lettres s'il récidive, ne va pas le voir. Pour l'instant il ignore que tu es resté dans ce pays, que tu habites les Courtales.

— Tu sais qui a voulu nous faire flamber dans la vieille forge ? Ce Capestan faisait-il partie du complot ?

Elle reprit sa plume, l'essuya avec un chiffon, la trempa dans l'encrier.

— Épargne-moi encore un peu. Un jour je répondrai à toutes tes questions et, si je refuse de le faire, alors tu pourras me quitter sans remords, retourner chez toi.

À la porte il se retourna, ne vit que cette monstruosité de chignon rêche comme un cordage de marine. Elle ne releva pas la tête quand il sortit.

— Tu es bien drôle, lui dit Eugénie qui nettoyait l'argenterie. Tu as l'air extasié et revêche tout à la fois. Tu n'as pas eu ton compte d'argent pour tes gages ?

Il ne put s'empêcher de sourire, un peu faraud tout de même de ce qui s'était passé dans le petit salon et dont Eugénie aurait pu se scandaliser.

Il y eut le souper de Noël, quand les gagés rentrèrent de la messe de minuit. Madame Torneilles vint saluer les gens attablés, mais retourna chez elle. Philibert s'amusa avec l'insouciance de ses vingt ans, enchanté des regards en dessous de certaines filles. Lorsqu'il rentra, Zoé le guettait, l'entraîna dans sa chambre. Il la découvrit plus frénétique que véritablement amoureuse, presque méchante. Le lendemain au réveil, dans sa petite chambre de domestique, son corps cuisait de griffures, son dos, ses reins, son ventre et jusqu'à son pénis étaient marqués. Ces heures de solitude dans la grande maison, Mathilde et Eugénie festoyant avec les autres, l'avaient terrorisée, transformée en furie quand il l'avait rejointe.

Le jour même de Noël, le cabriolet de monsieur Albert, toujours conduit par Émile, s'immobilisa devant la maison. Lorsque Eugénie alla chercher le cocher pour qu'il dînât avec eux dans la cuisine, l'homme emporta sa carabine.

— Une chance que j'aie prévu gros, répétait Mathilde, qui s'affairait à son fourneau.

Dans le couloir, le candidat député discutait avec Zoé du poêle alsacien. Jérémie avait pu acheter du charbon à Ségure et monsieur Albert, d'un ton maussade, affirmait que le rapport de la mine était inexistant, qu'il aurait aimé revendre ses parts.

Voyant qu'il pleuvinait, le cocher quitta la table au milieu du dîner pour rentrer l'attelage dans l'écurie des ramonétages.

— Celui-là, dit Eugénie, à se demander s'il parle même dans le confessionnal. Faudrait le tire-bouchon pour lui sortir un mot.

Elle servait dans la salle à manger et dit aussi que madame Zoé n'avait pas l'air satisfaite d'avoir son beau-frère en face d'elle.

— Tu devrais apprendre à te taire, lui conseilla Mathilde, toujours en alerte, ça ne sert à rien de se mêler des affaires des autres, surtout de celles de nos patrons.

Un peu avant la nouvelle année, Philibert reçut une lettre de son père qui l'incitait à revenir chez eux. Un voisin acceptait de louer une cave où il pourrait s'établir comme ferblantier étameur, s'il le souhaitait.

Monsieur Pétrone revint, monté sur le cheval Noiraud, enveloppé d'une houppelande en peau lainée.

Lorsqu'il commença d'atteler l'animal à la charrette légère, le ramonet chargé des écuries tenta de l'en empêcher, mais un seul regard de Pétrone le fit reculer. Il courut jusqu'à la maison prévenir Zoé.

— Que restera-t-il comme voiture légère ?

— La charrette anglaise, mais il faudra la conduire chez le forgeron. Plusieurs rayons sont à changer. Il y a aussi ce vieux break que la grand-mère de monsieur Constantin avait, dit-on, acheté à Paris. Mais il est fermé et le cocher doit grimper tout en haut du siège. Par ici, avec nos chemins ravagés, ça peut faire verser l'attelage.

Monsieur Pétrone repartit donc avec la charrette légère, disant qu'il ramènerait bientôt l'autre plus lourde. Ce jour-là, il chargea plusieurs ballots et aussi des provisions de salaisons que l'on gardait dans une cave. On arrivait au moment où les cochons seraient tués et préparés, et il dut se contenter de lard gras un peu rance, de saindoux et d'une épaule salée, car les jambons avaient tous été mangés.

On apprit qu'il avait fait le détour par Mouthoumet pour compléter son approvisionnement, obligeant un des boulangers à lui vendre de la farine et du levain, dévalisant aussi l'épicerie.

— Il a acheté du pétrole, ajouta-t-on avec des mines intriguées.

Et Philibert rapporta ces commérages à madame Torneilles.

— Serait-il le patron des incendiaires ? fit le garçon. Il ne me serait jamais venu à l'idée qu'il puisse être dans le coup.

— Les gens se trompent. Pourquoi aurait-il voulu faire flamber le cercueil de son cher Constantin ?

Une nouvelle lettre de Morchailles arriva et Philibert la déposa sur la table de sa chambre sans l'ouvrir. Non seulement il ne voulait pas déplaire à Zoé, mais il éprouvait du remords vis-à-vis du mobile. Dès le début il aurait dû lui rendre visite à l'hôpital. Parfois, il se demandait pourquoi les divagations du malheureux le tourmentaient si fort.

La gendarmerie poursuivait son enquête sur l'incendie de Félines, mais sans y mettre un grand zèle. Pourtant elle avait reconstitué l'itinéraire emprunté par les incendiaires sur les toits de Félines, depuis la maison basse appelée maison de l'Espagnol ou maison du pendu. Un serrurier avait ouvert la porte, car l'odeur de pétrole persistait dès qu'on en approchait. Puis la découverte, dans le grenier, de nombreux ustensiles légers ayant servi à transvaser le lampant, confirmait l'hypothèse de Wasquehale, émise aussi par le vieux Cambronne. Les gros fûts de pétrole, vides, étaient cachés dans une cave sous le carreau de la cuisine. Les incendiaires avaient déplacé des tuiles pour se hisser sur le toit et, à l'aide d'une échelle, accéder à la maison voisine, plus haute

La Depêche de Toulouse revint sur cette affaire et parla de guet-apens. Le pétrole attendait dans la petite maison depuis plusieurs jours, et un habitant se souvenait d'avoir entendu rouler une voiture, deux ou trois nuits auparavant. Madame Torneilles, le mobile Morchailles et l'étameur, l'auteur de l'article ne jugea pas important de donner son nom, devaient obligatoirement faire étape dans la vieille forge, car la maison familiale des Courtales n'était pas en état d'accueillir les voyageurs. Quant au ramonétage de Mouthoumet, il ne devait être prêt que le lendemain, jeudi. Le journaliste précisait à la fin que : « Monsieur Albert Torneilles, candidat républicain aux élections de février, avait eu l'inestimable gentillesse de fournir tous ces renseignements à notre envoyé ».

CHAPITRE TRENTE-TROIS

Lorsque le cousin des Ginestre fut écrasé par sa charrette de sept du côté de Sigean, la bande se retrouva dans la gendarmerie de ce bourg. Ils étaient tous présents sur les lieux de l'accident, et aucun n'avait rien vu ni entendu. Ils faisaient la noce chez un courtier en vins pour lequel ils travaillaient le plus souvent et qui louait une maison de vignes, entre Sigean et Portel, où leur hôte amenait souvent des femmes. Une petite maison de deux pièces et un cellier qui, certaines nuits, flamboyait de lumières et de voix excitées. Le courtier était connu pour ses nuits crapuleuses et trop pourvues en relations pour être inquiété. La bande à Ginestre le fournissait en alcools et vins, tantôt livrés avec acquits, tantôt de contrebande.

Ce soir-là, Bernard Ginestre était sorti pour jeter un coup d'œil aux chevaux des trois charrettes de sept, derrière la maison. Chaque bête avait reçu son sac d'avoine et la double mécanique de chaque charrette, chargée de sept demi-muids pleins, avait été serrée plutôt trois fois qu'une. Personne ne se serait risqué aux abords de cette maison dans les vignes et les passants attardés se hâtaient de s'éloigner.

Bernard, déjà bien saoul, s'était glissé sous une charrette et celle-ci l'avait écrasé par trois fois. Ce n'était pas un accident banal. À croire, disait le brigadier de

Sigean, que les chevaux, pourtant attachés court à des anneaux scellés à l'arrière de la bâtisse, avaient reculé puis avancé et par trois ou quatre fois. Toutes les Corbières savaient que ce n'étaient pas des bêtes ordinaires. Les Ginestre les choisissaient parmi les plus nerveuses, les plus infatigables, les plus sauvages pouvait-on dire. Ils les nourrissaient d'avoine trempée dans le vin, voire dans le trois-six, les emballaient, les excitaient à coups de catalan, ce fouet de roulier, et d'injures. On les avait même vus les frapper avec des gourdins. Des charretiers ou des chevaux nivernais, on ne savait lesquels étaient les plus rustres.

Pour Manuel et Albin, la mort du cousin était une catastrophe. Pour eux, il était comme un frère et les égalait en sauvagerie et violence gratuites. Les autres cousins lui étaient inférieurs et les gagés n'étaient que des gagés.

Le brigadier de Sigean, qui connaissait bien ces canailles de Ginestre et n'avait jamais pu les pincer pour les nombreux délits qu'ils commettaient, découvrit que ces forts en gueule, ces chercheurs d'histoires mouraient de peur. Quand il les conduisit devant le cadavre de leur cousin, allongé sur une planche dans la remise de la gendarmerie, ils échangèrent des regards terrifiés. Ils savaient très bien que leurs chevaux entravés, leurs grosses charrettes aux roues bloquées par des mécaniques bien graissées, bien entretenues, n'avaient pu bouger donc écraser Bernard dans un concours malheureux de circonstances et d'erreurs. Ils bâfraient, s'enivraient, troussaient les gueuses, mais gardaient le meilleur d'eux-mêmes pour leurs attelages. Quant à Bernard il était sorti pisser, jeter un coup d'œil aux bêtes, mais ne se serait jamais glissé sous une charrette pour cuver son vin.

Ayant su qu'un certain Adrien Capestan, travaillant pour la bande, avait disparu dans l'éboulement d'une mine abandonnée, le brigadier de Sigean leur fit remarquer, goguenard, qu'une malédiction les poursuivait.

— Vous êtes de Villerouge pour la plupart, pas très loin de Félines où le mobile Morchailles a perdu la vue dans un incendie criminel. Morchailles était passé à la brigade et j'avais rencontré aussi madame Torneilles et l'étameur de Leucate, Capoulade. Décidément vous autres, les gens des Hautes-Corbières, payez un lourd tribut au destin. Y aurait-il par hasard un rapport quelconque entre les deux morts de votre bande et l'affaire de Félines ?

Les deux frères, toujours impressionnés par ce cadavre caché sous un drap, secouèrent ensemble la tête mais ne poussèrent pas de hauts cris d'indignation, comme chaque fois qu'il avait essayé de les interpeller. Il s'approcha du mort, retira totalement le drap qui le recouvrait. Déshabillé par le médecin qui avait rédigé le certificat de décès, il était comme partagé en trois tronçons. Chaque roue avait creusé une ornière profonde écrasant les organes, les os, la colonne vertébrale sans cependant séparer chaque partie. Bernard aurait pu être replié sur lui-même en un paquet de dimensions égales. Mais il n'avait plus de tête. La roue, en trois passages croisés, l'avait aplatie en galette d'où émergeait, renfrogné par une vie de bagarre et de noce, le nez charnu. Un des cousins sortit pour aller vomir, un autre s'appuya contre le mur, les deux frères vacillaient sur leurs jambes. Leurs faces, d'ordinaire violacées de vin, d'alcool et de hargne entretenue, viraient au blanc d'Espagne. Le brigadier éprouvait un plaisir vicieux à les forcer à contempler leur complice habituel en trafics et brigandages de toute nature, non seulement mort mais désarticulé, privé de toute apparence humaine.

— Puisque les attelages étaient dans l'impossibilité d'avancer d'un pas, il faut donc admettre que votre cousin a été la victime d'un assassinat. Un crime prémédité. Quelqu'un est sorti de la maison des vignes derrière Bernard Ginestre, l'a assommé, placé sous une charrette, a desserré la double mécanique, pris les chevaux par les brides les faisant reculer puis avancer. Quelqu'un capable de maîtriser quatre nivernais connus pour leur caractère rude et entêté. L'assassin a grondé, menacé, peut-être fait claquer un fouet pour les forcer à reculer, avancer, reculer encore une fois. Et vous n'auriez rien entendu? Bernard Ginestre a peut-être hurlé, appelé au secours et personne dans la maisonnette n'a bronché?

— Nous menions un grand tapage. Demandez à monsieur Grandétienne.

C'était le courtier en vins, un personnage connu de Bordeaux à Nice, avec des amis à Paris. Évidemment il n'était pas resté avec ses compagnons de bamboche, avait rejoint Narbonne. Certainement avec les putains paniquées.

— On ne s'entendait même pas entre nous. Les filles, elles étaient six, piaillaient encore plus fort en croyant chanter. C'est dire. Et Marcel jouait du tambour sur une vieille lessiveuse.

Peu à peu ils reprenaient couleur et arrogance. Le cadavre de leur cousin avait cessé de les impressionner et le brigadier comprit, avec amertume, que cette fois encore il ne leur arracherait aucun aveu.

— Si Bernard a été assassiné, c'est pas quelqu'un de chez nous. Je peux vous l'affirmer. Même un seul n'y serait pas parvenu. Bernard, vous n'avez qu'à voir, c'était un costaud. Même saoul, il pouvait se castagner avec deux ou trois inconnus.

On avait relevé des traces de voiture légère à côté de la maison des vignes. Celle-ci s'élevait à une centaine de mètres de la route, mais en bordure d'un chemin qui grimpait ensuite vers la route de Fraïsse. Il fallait bien connaître le coin pour arriver, par le haut, derrière la petite construction mais plusieurs individus auraient pu le faire.

— Vous auriez donc des ennemis assez furieux contre vous pour vous assassiner les uns après les autres?

— Capestan n'était qu'un gagé. Et rien ne prouve qu'il a été assassiné.

— Il avait plus de deux cents litres de pétrole chez lui, transvasés dans des barricauds. On ne les a pas retrouvés, mais l'éboulement de la mine empeste le pétrole, et mes collègues de Mouthoumet y ont relevé des traînées de suie bien grasses.

La nouvelle courut en quelques heures de Sigean à Villerouge, atteignit Mouthoumet peu après et les Courtales. Sur les places des villages, les hommes réunis à midi et le soir chuchotaient que, s'il existait dans le pays des bandits capables de mettre le feu à la vieille forge, c'étaient bien ceux de la bande à Ginestre. Maintenant qu'elle était à son tour victime de mystérieux vengeurs, on osait accuser les fous furieux qui la composaient. Chacun dans la région avait un jour ou l'autre souffert de sa violence. C'était un fléau qui depuis des années narguait les gendarmes et la justice, faisait la loi sur les routes, les chemins, dans les cafés et autres lieux publics.

— Un jour ou l'autre ils devaient dépasser la mesure et quelqu'un s'est chargé de les mettre au pas.

— Pire, de les éliminer les uns après les autres. Ils y passeront tous et pas uniquement les plus connus de la bande, mais aussi ceux qui un jour ou l'autre se sont risqués à trafiquer avec eux.

— À qui le tour maintenant ?

Chaque jour à midi, en allant chercher son pain, Cambronne s'arrêtait un moment avec ces hommes qui bavardaient en attendant le repas. Il était l'un des plus vieux mais encore solide sur ses jambes. On le moquait bien un peu au sujet de son général qu'on traitait de grossier personnage, de son accoutrement, mais jusque-là, il avait senti qu'on l'aimait bien dans le fond. Et voilà que depuis quelques jours, on l'accueillait d'un silence pesant avant de changer de conversation. Lui percevait bien que ces amis s'entretenaient d'un sujet grave, avant qu'il n'arrivât parmi eux, et passaient ensuite à des réflexions anodines sur le temps, sur le retard de la voiture publique. Il rentrait chez lui avec cette dernière question posée par un de la place : « À qui le tour maintenant ? » Depuis quelque temps il vivait dans l'appréhension d'un autre malheur. Au début il ne se souciait que du village, mais chaque heure qui passait concentrait sur lui seul cette menace incertaine, diffuse, puis plus précise au fur et à mesure qu'il y réfléchissait.

Il commença de clouer son portail de cave donnant sur l'impasse, utilisant de longues pointes de charpentier qu'il enfonçait à grands coups de marteau lourd. Ses voisins, intrigués, finirent par comprendre qu'il condamnait à jamais la sortie de l'impasse et le racontèrent aux désœuvrés de midi et du soir. On apprit ensuite que le vieux grognard avait aussi équipé sa porte sur la rue, de la façade arrière, d'un verrouillage supplémentaire fait d'étriers fixés au chambranle dans lesquels, le soir venu, il enfilait un gros épars de bois. Le racontar, tel un ruisseau fétide, circula de maison en maison, apportant curiosité mais aussi inquiétude. Si ce vieux de plus de quatre-vingts ans se trouvait sous la contrainte d'une menace, n'y avait-il pas d'autres personnes dans le même cas, et pourquoi pas soi-même ? On en arrivait à regretter d'avoir couru vers l'incendie pour prêter main-forte, et aussi satisfaire sa curiosité. Peut-être avait-on entr'aperçu ce qu'il ne fallait pas, surpris une parole, une réflexion que quelqu'un compromis dans l'affaire aurait lâchées. Qui chuchota qu'on avait aperçu l'homme à la souquenille noire du côté de la maisonnette dans les vignes, entre Portel et Sigean, la nuit de la mort de Bernard Ginestre ? Et qui en rajouta, avec la Rabassière du hameau de Carcasses qui, elle aussi, aurait surpris la fameuse souquenille dans ses montagnes ?

— Il était peut-être ici la nuit de l'incendie. Avec cette tempête de neige, qui aurait pu le surprendre à part notre vieux fou de Cambronne ?

Un matin où il revenait de puiser deux seaux d'eau, Cambronne fut interpellé par le maire qui lui annonça que les gendarmes de Mouthoumet allaient venir, pour entendre encore une fois tous les témoins du drame.

— Toi par exemple Guérin, tu as bien prétendu qu'ils étaient passés par la maison de l'Espagnol pendu, ensuite celle des Molinier, puis le toit des Mercier et enfin la forge ?

— Des paroles en l'air, monsieur Delpech. Mais c'était la seule façon de grimper sur le toit de la forge, non ? Ils viennent quand vos gendarmes ?

— Vendredi.

— C'est bien, car justement je voulais monter à Mouthoumet leur parler. À réfléchir sur l'affaire, on finit par faire des remarques.

— Que penses-tu de la bande à Ginestre ? Ils seraient dans le coup ?

— Je me réserve pour les gendarmes.

— Et l'homme à la souquenille noire, tu crois que c'est une de ces bêtises tout juste bonnes pour effrayer les pilharts polissons ?

Cambronne, bien avant la tombée de la nuit, plaça son épar et vérifia toutes les ouvertures de sa maison. Mais dans sa solitude, trop tôt venue dans la fin d'un jour d'hiver mélancolique, il se serait volontiers fourré tout entier dans la cheminée pour réchauffer son vieux corps grelottant de peur.

Jérémie Cayol avait acheté le demi-coupé pour Zoé, et Philibert était en train d'en cirer les bois et la capote dans les écuries des Courtales.

— On sait où se réfugie monsieur Pétrone pour cultiver son chagrin, lui annonça le ramonet des vignes.

Jérémie apporta le courrier de madame Torneilles. Philibert repéra l'enveloppe de Louison Morchailles, écrite par sa sœur d'une plume élégante. C'était la troisième lettre. Il avait ouvert la première, mais cette dernière rejoindrait l'autre non décachetée sur la table de sa chambre.

— Le ramonet-maître s'est installé à Cantaloups.

— Déjà le nom en dit long.

— On y entendait hurler les loups, peut-être encore aujourd'hui. Les Torneilles ont commencé de là-haut à conquérir des terres voici des cent ans. On dit que chaque année on en aperçoit quand le froid les chasse des Pyrénées. Les Torneilles ont une grande borde là-haut. J'y suis monté quand j'avais dix ans avec mon père, installer le berger qui justement allait prendre la place de monsieur Pétrone. Ça fait trente-cinq ans.

— Il fut berger là-haut ?

— De l'âge de douze ans à vingt-cinq ans. D'une cinquantaine de misérables moutons ravagés par les maladies, il avait reconstitué un magnifique troupeau de six cents bêtes. Et on lui envoyait en pâture, l'été, les vaches de Bouisse. Il régnait alors sur une demi-douzaine de pâtres. Le père de messieurs Constantin et Albert en fut si émerveillé, qu'il décida que Pétrone Vives serait désormais le ramonet des bergeries et qu'il logerait ici, aux Courtales.

Parfois, animée d'une certaine perfidie envers les gens qu'elle détestait, Zoé n'avait-elle pas laissé entendre que tout jeune Pétrone avait été l'objet de la passion charnelle du vieux berger qu'il secondait dans ces mêmes hauteurs ? Et de cette insinuation, procédant comme tous les calomniateurs de sous-entendus en sous-entendus, en était venue à accuser le ramonet-maître d'un attachement équivoque pour son jeune protégé Constantin.

— Je n'aime pas monsieur Pétrone, disait Jérémie, mais je sais qu'il eut une enfance très dure. C'était un bâtard dont la mère mourut ici aux Courtales, quand il avait cinq, six ans. Élevé par un peu tout le monde, bousculé, accablé de ces tâches que l'on juge indignes des adultes, il finit par s'imposer dans le lot des enfants de gagés. À douze ans, il était le meilleur berger des Courtales et les pâtres le jalousaient, craignaient qu'on ne lui donne la meilleure bergerie. Alors on l'envoya seconder ce vieux cochon de Séraphin.

Excité à la pensée de pouvoir laver Zoé de toute accusation de basse calomnie, il insista, voulut savoir pourquoi cette épithète de cochon.

— Parce qu'il harcelait les femmes des environs, descendait à la nuit surprendre les veuves, les isolées de la campagne en dessous de la borde. Il avait failli recevoir de nombreux coups de fusil. Alors il fut forcé de s'enfermer là-haut, dans la bergerie fortifiée. On l'accusa de forniquer avec ses brebis et ses chèvres, le rendant responsable du triste état de son troupeau.

— Et on lui envoya un innocent de douze ans?

— On ne réfléchissait pas beaucoup sur la destinée des enfants à cette époque, pas plus qu'aujourd'hui. Toujours est-il que le vieux Séraphin trouva une bien étrange mort, trois années plus tard. Il bascula dans une faille si étroite qu'il ne put jamais s'en extraire. La tête en bas avec les jambes seules qui dépassaient. Les deux parois étaient si proches qu'il s'y encastra jusqu'au ventre et y mourut; coincé, de faim et de soif et du sang à la tête. Pétrone le découvrit une semaine plus tard. Il avait fait prévenir les gens de Bouisse qui ne mirent aucun empressement à retrouver ce vieux bouc.

Philibert sentit un froid l'envahir. Cette mort atroce, en pleine solitude de ces montagnes peu fréquentées, pesait comme un premier mystère sur la vie de monsieur Pétrone.

— On l'a trouvé mais on a dû le laisser pourrir sur place. Attendre que la sauvagine, les vautours, et pour finir les corbeaux le dépouillent de toute sa chair. On ne pouvait quand même pas monter la garde pour empêcher les animaux de le dépecer.

— On essaya de le tirer de là?

— Même Pétrone s'y risqua, mais comprit que s'il insistait, il n'arracherait que les pieds à cette charogne humaine. On revint plus tard, plus d'un mois si je me souviens bien, et avec une corde et un grappin on remonta le squelette, mais os après os. Madame Torneilles, vous savez la grand-mère alsacienne, celle du poêle en porcelaine, avait insisté pour qu'on donne au malheureux Séraphin une sépulture chrétienne. Il repose dans le cimetière de Bouisse où j'ai même vu sa tombe avec une inscription.

— Monsieur Pétrone est resté là-haut, donc ?

— Et il a remonté le troupeau comme je l'ai dit.

— On ne l'a jamais soupçonné d'avoir poussé le vieux paillard dans cette faille ?

— À la fin, les gendarmes de Mouthoumet y sont montés. L'un d'eux est descendu jusqu'au rétrécissement de la faille et, dans le fond, a aperçu d'autres ossements, ceux d'un agneau. Il y avait aussi le crâne de Séraphin qui avait roulé là lorsqu'on a remonté ses ossements. Personne n'avait rien dit à ce sujet pour ne pas choquer la grand-mère de monsieur Constantin. Le vieux berger parti à la recherche d'un agneau avait basculé dans cette faille étroite. Bien entendu, il fut également impossible de remonter le crâne. Alors on fit tomber dans le fond de la pierraille pour un semblant de sépulture. Monsieur Pétrone affirma qu'effectivement un agneau lui manquait, mais que le vieux Séraphin avait pour habitude d'en vendre en cachette à des bouchers de la région, causant ainsi un préjudice aux Torneilles. Et comme lui se montra toujours d'une honnêteté scrupuleuse, on partagea son explication.

— Il s'entendait comment avec ce vieux coureur de jupons ?

— Ce qu'on racontait à cette époque, hors des oreilles des femmes et des enfants, je n'ai pas voulu le savoir. Des dizaines d'années plus tard, on continua de rapporter ce genre de choses. N'empêche qu'il est retourné là-haut, à plus de sept cents mètres, dans le froid et la neige. C'est là-haut qu'il a montré qu'il était quelqu'un, qu'il a prouvé qu'il était fait pour commander. Il s'y est forgé une mentalité d'ermite impitoyable envers les fautes d'autrui. Et une fois aux Courtales, nous avons tous courbé la tête sous sa domination. Je vous assure que plusieurs fois j'ai failli quitter cette campagne où je suis né et où je voudrais finir mes jours, mais les exigences de monsieur Pétrone étaient souvent insupportables, inhumaines. Bien sûr que la propriété a prospéré, qu'elle est encore la plus importante de la région, peut-être même des Hautes-Corbières, mais des dizaines de journaliers ont terriblement souffert. J'ose dire que plusieurs en sont morts, épuisés physiquement mais aussi moralement.

— Mais son affection pour monsieur Constantin?

— Il a remplacé le père mort de façon foudroyante, puis la mère enfermée dans un chagrin qui l'éloignait de la réalité. Lorsque nous avons vu qu'il prenait de plus en plus de poids dans l'éducation du jeune garçon, nous avons craint le pire.

Philibert fronça les sourcils, n'osant lui demander de préciser, mais Jérémie comprit ses réticences.

— Nous avions peur qu'il le mène trop durement, mais il se transforma alors en un homme doux, souriant, indulgent pour les gamineries de l'enfant. Par contre avec monsieur Albert, beaucoup plus âgé, il resta sur sa réserve, déférent mais sans la moindre familiarité. Ce fut lui qui envoya l'enfant au petit séminaire de Carcassonne, puis ce fut Montpellier, Paris. Il dut souffrir de cet éloignement mais le cacha. Avec les événements de la Commune, le mariage, la condamnation, le bagne et la mort, il a définitivement basculé dans la folie haineuse. Depuis on disait de lui qu'il s'aiguisait pour venger la mort de Constantin, et je me demande s'il n'a pas entrepris de le faire.

CHAPITRE TRENTE-QUATRE

Guérin Faget, dit Cambronne, fut retrouvé pendu dans sa cave le jour même, un vendredi, où le brigadier Wasquehale et deux gendarmes venaient d'arriver. À la mairie attendaient, convoqués par M. Delpech, les témoins de l'incendie. Un voisin, n'ayant pas aperçu Cambronne depuis la veille avant midi, donna l'alerte. On ne put enfoncer, ni le portail de l'impasse cloué de longues pointes, ni la porte de la rue de derrière, barricadée de son épar placé en travers. Remarquant la vétusté des fenêtres du premier étage, le brigadier réclama une échelle. Un gendarme réussit à faire sauter un volet vermoulu, cassa un carreau, entra dans la maison et vint ouvrir à son chef.

Le docteur Miquelet fatigué, n'ayant plus son voiturier, monsieur Pétrone, refusa de se déplacer et ce fut un médecin de Villerouge qui essaya de déterminer l'heure de la mort. Le vieux grognard avait dû se pendre vers minuit, une heure du matin, et l'insolite de cette heure tardive tracassa Wasquehale. Un gendarme fouilla attentivement la cave, l'autre monta dans le grenier et découvrit que des tuiles avaient été déplacées sur une pente du toit, là où ce dernier rejoignait presque le plancher des combles.

— Si on l'a accroché, l'assassin est venu de la même

façon que les incendiaires, en utilisant les toits de différentes hauteurs.

Lorsque Zoé Torneilles apprit la mort de cet ancien serviteur de la famille, elle demanda à Philibert de s'occuper de ses obsèques. L'arrivée de l'estamaïre à Félines provoqua des réactions mitigées. Beaucoup, que ce soit à Félines comme à Mouthoumet, estimaient que le garçon aurait dû rentrer chez lui à Leucate depuis longtemps. Sa présence, au cœur de leur hiver, devenait celle d'un intrus. Ils détestaient apparaître tels qu'ils vivaient durant la mauvaise saison à quelqu'un habitant ordinairement le bord de mer. Là-bas, ils se moquaient des gens des Corbières, les traitaient de « montagnols ». L'estamaïre tisonnait l'inquiétude du souvenir, de sa seule présence. Ils auraient souhaité un long répit d'engourdissement pour évoquer le drame sans passion. Enfin, obscurément ils rattachaient son obstination à toute la série des dernières morts violentes.

Ce fut ce jour-là, alors qu'il venait de discuter avec le brigadier et le maire Delpech, que du groupe d'hommes attendant en face de la mairie quelqu'un cria :

— Étameur des Morts, rentre chez toi bouffer du poufre !

Le poufre, ou poulpe ou pieuvre, était alors dans son pays de Leucate la nourriture des plus pauvres. Les pêcheurs le donnaient pour presque rien. On le préparait avec des pommes de terre ou des haricots secs, après l'avoir battu longuement pour l'attendrir. Par ici aucune femme n'aurait jamais cuisiné cette monstruosité visqueuse.

Philibert s'était déjà fait traiter de mangeur de poufre et avait subi d'autres insultes sans trop y attacher d'importance. Étameur des morts l'inquiéta beaucoup plus, ouvrit en lui une fissure douloureuse. Le voiturier de La Nouvelle l'avait ainsi baptisé, mais l'injure de cet imbécile ne comptait pas comme celle-ci.

La maison de Cambronne appartenant aux Torneilles, le vieux ne payait pas de loyer, il put y pénétrer. Les gendarmes préviendraient la bru du défunt, mais celle-ci refuserait les pauvres affaires qu'il laissait et ne viendrait certainement pas à son enterrement.

Dans la chambre, au premier, le lit consistait en un sommier de sangles et une paillasse en balle d'avoine. Quelques livres s'entassaient sur une caisse en bois servant de chevet. Tous traitant de Napoléon et surtout de la bataille de Waterloo. Un crayon dépassait de l'un d'eux à la couverture en carton, imitation marbre, constellée de gouttes de cire.

Sur la page de garde jaunie, il vit un dessin. Plutôt un plan et Philibert reconnut l'agencement de la maison incendiée, le rez-de-chaussée. La forge, le soufflet, l'enclume, le palan à chaînes étaient maladroitement tracés ainsi que l'escalier aux marches signalées par des tirets parallèles. Cambronne, ce ne pouvait être que lui le dessinateur, avait placé à côté de l'escalier un petit carré. Un mot était inscrit dans ce carré et Philibert dut s'approcher de la fenêtre pour le déchiffrer : *poul à lier.*

Effectivement, Morchailles et lui avaient aperçu la petite porte basse de ce cagibi, un poulailler. On ne pouvait y entrer qu'en se pliant en deux. Ils ne l'avaient pas fait. Le vieillard avait ajouté, sur le mur extérieur de ce cagibi, deux traits obliques mais parallèles.

Philibert empocha le bouquin *Waterloo d'après les souvenirs du Général Cambronne*, descendit jusqu'à la cave. Il aurait aimé sortir par là pour retrouver sa voiture et éviter les gens, mais il lui aurait fallu arracher une cinquantaine de pointes de charpentier.

Une pluie fine, mêlée de petits flocons qu'ici on appelait *bespil,* retenait les gens chez eux, à son grand soulagement. Sur le point de monter dans sa voiture, il se tourna vers l'impasse et y pénétra. Si Cambronne avait été aussi bon dessinateur qu'imposteur, sa présence à Waterloo en 1815 n'était que fable inventée, les deux traits obliques devaient s'expliquer. Non loin de là, dans un renfoncement oublié qui faisait partie du plan cadastral de la forge, s'encastrait un *pati*, peut-être de l'espagnol patio, mais surtout un carré de terre envahi de ronces et de pousses de figuiers, le tout flétri, effeuillé par l'hiver. Le *pati* où les poules pouvaient aller et venir entre le poulailler de l'intérieur et ce lopin de terrain. Il se glissa sous les ronces toujours aussi épineuses, même en hiver, et trouva la trappe permettant aux volailles l'accès de l'enclos. Quelqu'un l'avait récemment agrandie ; descellant d'abord les briques qui encadraient le passage, puis assez de pierres pour qu'un homme de taille moyenne pût se glisser dans le poulailler, et de là dans la maison de la forge.

Lorsqu'il se dégagea des ronces et se redressa, on le surveillait de la maison d'en face, mais il s'en moquait, frottait ses vêtements de ses mains. De plus en plus de flocons entrelaçaient la raideur de la pluie de leur indolence.

Son cheval une fois sur la route trotta, comme désireux de se mettre au plus vite à l'abri des Courtales. Il s'était enfoui sous une bâche qui le protégeait, mais dans cette fin d'après-midi funèbre, la route à faire lui paraissait interminable. Il regrettait d'être parti seul, à la légère. Jérémie Cayol l'aurait certainement accompagné. En ce début d'année, dans les vignes, le travail prenait son temps, surtout avec cette neige fondue. Les journaliers nettoyaient les outils, aiguisaient les serpettes pour la taille, dégustaient ces journées de semi-repos en bavardages constants, dans la tiédeur des écuries, des remises, évitant d'étaler leur nonchalance.

Il se retournait de crainte d'être suivi, songeait à Cambronne qu'on avait certainement assassiné. Le jeune docteur de Villerouge, après avoir examiné le nœud de la corde, s'était demandé comment un vieillard aux mains tremblantes avait pu le fabriquer. Le maire Delpech avait confirmé que « Cambronne sucrait les fraises ». Il y avait ce livre sur la bataille de Waterloo, certainement ouvrage de chevet du vieillard qui y puisait la matière de ses souvenirs fabriqués. Le maire avait dit que le vieillard désirait rencontrer précisément les gendarmes, sans avoir clairement expliqué pourquoi.

— C'était sa façon de parler, laisser ses intentions dans le flou, faire des mystères. On avait parlé de la bande à Ginestre et il avait l'air d'en savoir long. Il a peut-être vu quelque chose cette nuit-là.

Cambronne aurait montré son plan au brigadier de Mouthoumet, et on aurait découvert que la trappe du poulailler avait été agrandie pour permettre le passage d'un inconnu.

Il crut entendre le bruit d'une charrette et d'un cheval au trot, se retourna mais ne vit rien. En approchant de Bedos, la pluie cédait de plus en plus à la neige et déjà les bas-côtés se feutraient de blanc. Il aurait pu emprunter un fusil à Jérémie mais il en sourit aussitôt. Il n'allait jamais à la chasse, là-bas chez lui quand c'était la saison, il piégeait les alouettes et l'hiver les rouges-gorges. Il « pêchait » aussi les foulques, ces poules d'eau stupides, comme des poissons, établissant des lignes de fil avec des hameçons appâtés de vers ou de morceaux de seiche. Parfois, il capturait jusqu'à une dizaine de foulques qu'il distribuait à toute la famille. Mais il n'avait jamais eu envie d'un fusil.

Malgré sa hâte de rentrer au chaud de son écurie, le cheval donna des signes de fatigue, même en descendant vers Laroque de Fa. Il pouvait choisir de s'y arrêter, la famille y possédait des biens, des ramonétages, on l'aurait accueilli volontiers. Mais on aurait ricané dans son dos et ronchonné après son départ : « Non mais qu'est-ce qu'il se croit l'estamaïre de Leucate, le régisseur des Torneilles ? »

Il faisait grand nuit dans le chemin escarpé des Courtales, mais dans un quart d'heure il serait à tendre les mains vers la cheminée de la cuisine. Le grand poêle alsacien, désormais bourré de charbon, faisait de la maison un ventre chaud où il faisait bon vivre, dans l'odeur de la cuisine épaisse de Mathilde. Ses soupes n'avaient pas le même parfum qu'à Leucate. Mitonnées pour faire oublier la sauvagerie de la rocaille alentour, la rudesse de la terre à travailler, elles apaisaient les corps et les esprits.

Le journalier d'écurie dételа le cheval et commença de le bouchonner. Il ne neigeait plus autant mais l'accès à la maison était lissé de blanc.

— A-t-on idée, lui dit Eugénie, lorsqu'il se secoua sur le perron avant d'entrer. Ce n'était pas le jour d'aller galoper jusqu'à Félines. Et puis quelqu'un est venu vous demander.

— Pas quelqu'un, intervint Mathilde, ils étaient deux. Un homme et une demoiselle. Le monsieur c'était le gendarme de Félines qui a perdu les yeux dans... Enfin vous savez, celui que vous avez sauvé de l'incendie en le portant sur votre dos.

En même temps, elle rougissait de rappeler indirectement qu'il était apparu nu, avec le poids de ce malheureux sur le dos. Eugénie par contre en louchait encore plus de malice.

Morchailles? Morchailles avait quitté l'hôpital de Carcassonne pour venir jusqu'ici, accompagné de sa sœur?

— Ils avaient une voiture? Qui menait?

— Le gendre à Victorien qui loue sa charrette quand on en a besoin. Vous savez bien, Victorien, il est aussi sacristain à l'église, il sonne les cloches, il distribue le pain béni des rameaux et il creuse des puits à la demande.

— Madame les a reçus?

— Elle les a vus venir par la fenêtre du petit salon, et m'a ordonné de répondre qu'elle était absente. Ils ont dit qu'ils reviendraient demain.

— Demain? Ils vont revenir demain? s'emporta Philibert. Mais où sont-ils donc?

— À l'auberge de Mouthoumet tiens pardi, où voulez-vous qu'ils soient. J'ai travaillé un peu là-bas, intervint Eugénie. Ils doivent occuper la chambre à deux lits, car la pauvre demoiselle ne peut pas laisser son frère seul dans la nuit. Elle était bien mignonne avec sa capote doublée de cretonne fleurie.

— Une capote comme un soldat?

— Mais non une coiffe, un chapeau. Mais lui, il faisait peur avec son masque sans trous pour les yeux.

Il grimpa comme un fou dans sa chambre, décacheta la dernière lettre. Elle était datée de Villerouge. Morchailles était descendu dans cette même auberge où, la veille de l'incendie, ils avaient fait étape. Sa sœur écrivait qu'ils avaient envoyé un commissionnaire à Mouthoumet demander s'il y avait une chambre pour eux à l'auberge, et qu'il espérait bien le revoir prochainement. Il voulait de vive voix remercier son sauveur.

Quand il frappa à la porte du petit salon, Zoé demanda qui était là, le pria d'attendre un instant, vint ouvrir la porte fermée à clé.

— Tu les as vus arriver?

— Leur voiture est montée jusqu'ici, mais c'est la jeune femme qui a sauté à terre pour venir frapper. J'ai essayé d'apercevoir le visage de Morchailles, mais il était dans l'ombre d'un énorme parapluie bleu.

— Elle a dit qu'ils reviendraient.

— Tu as réglé nos affaires de Félines? Sait-on pourquoi ce brave vieux s'est pendu?

— On l'a pendu, répondit Philibert. Il voulait faire une déclaration aux gendarmes, aujourd'hui même.

Malgré la liseuse en grosse laine posée sur ses épaules, Zoé frissonna, frotta le haut de ses bras pour se réchauffer.

— Pourquoi lui?

— Il aurait vu quelque chose.

— Veux-tu fermer mes volets? Ici la nuit est trop puissante derrière les vitres. Une nuit barbare, on croirait une bête à l'affût. Je ne veux pas que les Morchailles reviennent.

— D'après Eugénie, ils seraient à l'auberge.

— Alors tu descendras de bonne heure demain matin. Dis que je suis malade, n'importe quoi.

— Mais que pourrions-nous craindre de lui ? osa-t-il demander

CHAPITRE TRENTE-CINQ

À l'auberge, Marceline grondait une servante dans sa cuisine et lorsqu'elle vit entrer Philibert, elle se précipita vers lui. Chaque printemps elle lui prêtait une encoignure voisine pour installer sa carriole, le laissait coucher dans le grenier de l'écurie et, en échange, il prenait ses repas dans la salle comme un pensionnaire.

— Écoute, il va rester longtemps par ici ? Il impressionne mes voyageurs tu comprends ? Je ne peux quand même pas lui dire de partir, mais toi qui le connais ? Il est venu te remercier à ce qu'il m'a dit. Bon, quand ce sera fait pourquoi s'éterniserait-il ? Le brigadier est venu discuter avec lui. Là-haut dans leur chambre. La plus grande à deux lits. Ils ont voulu qu'on allume la cheminée, ça m'ennuie car je ne l'ai pas fait ramoner depuis je ne sais quand. Ils vont me foutre le feu. Tu ne pourrais pas regarder s'il y a beaucoup de suie ?

— Ils vont descendre ?

— Je préférerais que tu montes. S'il descend personne ne viendra pour le *croustet* du déjeuner.

Une fois devant la porte au fond du couloir, il hésita avant de toquer d'un index retenu. La sœur vint ouvrir, l'air inquiet. C'était une fille d'apparence fragile avec ses yeux bleu faïence, ses frisettes blondes dansant autour de sa tête, rappelant à Philibert une glycine de Leucate.

— Oh ! Vous êtes monsieur Philibert l'étameur. Mon frère vous a décrit à la perfection.

Elle parlait de description et non de signalement comme pour un suspect. Morchailles, debout devant la fenêtre, se retourna et il comprit l'agacement de Marceline, l'aubergiste. Il portait une demi-cagoule qui descendait jusqu'à sa bouche. Le tissu échancré à hauteur du nez était de drap blanc épais. Philibert ne sut que dire devant cette apparition lugubre.

— C'est à cause des pansements, souffla la sœur dans son oreille. Il faut empêcher la poussière de les salir.

— C'est vous, étameur ?

En dehors de son uniforme, Morchailles endossait son origine terrienne. Son allure de paysan d'une région de larges horizons n'était pas faite pour cette chambre trop encombrée, suffocante à cause du feu dans la cheminée. Entre les deux lits on était obligé de se faufiler et la table de toilette gênait pour approcher de la fenêtre.

— Serrez-moi la main, fit soudain le mobile hargneux. Votre main de sauveteur. En arrivant par ici, j'ai demandé à ma sœur de regarder s'il n'y avait pas des banderoles en votre honneur, mais non. Et même j'ai comme l'intuition que cette histoire, notre histoire, les agace profondément.

Le garçon ne pouvait regarder cette cagoule non percée à l'emplacement des yeux. Ce visage n'étant plus que nez et que bouche l'écœurait. Sans le regard, le trivial gagnait.

— Asseyez-vous, répétait la sœur qui guidait Morchailles vers l'un des lits, lui laissant la seule chaise de la chambre.

Elle s'éloigna vers la cheminée.

— Vous êtes resté au service de la veuve Torneilles ? Je vous croyais à Leucate. Je comptais me rendre là-bas pour vous y rencontrer, puisque vous n'aviez pas répondu à ma première lettre ni à la seconde. Et puis j'ai appris que vous étiez aux Courtales. De la bouche du beau-frère, Albert Torneilles. Il m'a rendu visite à l'hôpital juste avant ma sortie. Les journaux en ont parlé, ce qui était son intention de candidat à la députation.

— Je ne lis pas les journaux, murmura Philibert.

— Nous avons été les victimes d'un coup monté, mon pauvre Philibert. En êtes-vous conscient? Quelqu'un a payé cette bande à Ginestre qui depuis longtemps sème la terreur dans ce pays. Et ce même personnage inconnu est en train de les supprimer les uns après les autres, afin qu'il ne reste plus de témoins de l'affaire. J'espère que vous partagez mon opinion? Je viens aussi d'apprendre que ce vieillard qui nous a ouvert la forge, Cambronne... Oui Cambronne s'était pendu? Il était donc complice? Et là je ne comprends plus. Je me souviens de ses paroles ce jour-là, quand il nous a laissés entrer dans cette maison. Il avait peur qu'on lui confisque sa République, traitait l'Empereur de bâtard. Donc le bonhomme était du côté de son patron Albert Torneilles? Pour quelle raison se serait-il acoquiné avec nos incendiaires?

— On pense qu'il aurait vu quelque chose depuis chez lui, dans la nuit.

— Le brigadier Wasquehale ne sait trop où orienter ses recherches. J'ai même l'impression qu'il serait secrètement heureux si toute la bande à Ginestre était anéantie. Vous souvenez-vous de cet homme en souquenille noire, dont on nous a parlé deux trois fois sur la route entre Sigean et Félines?

Jusqu'ici Philibert avait toujours cru que personne n'avait entretenu le mobile de cette histoire-là, qu'on n'en avait parlé qu'à lui seul. Maximilien le berger, Maguiloune, la pastresse des Fonts-Frèdes.

— Les gendarmes de Durban m'ont dit que la veille de notre passage chez votre ami, le berger Maximilien, cette silhouette bizarre avait été vue sur un sommet, en train de surveiller la route qui montait vers le col de Souil. Vous ne dites rien et je ne puis voir si vous êtes surpris, mais il n'y a pas que des réfractaires et des déserteurs dans ces collines. Les collègues de Durban y ont aussi des amis qui les renseignent. L'homme à la souquenille nous aurait précédés dans toutes nos étapes. Était-il de la bande à Ginestre ? Possible. Mais dites quelque chose.

— Je suis désormais aux Courtales. Nous évitons de parler de l'affaire de Félines.

— Est-ce par modestie que vous avez évité de répondre à mes lettres ? Peut-être n'êtes-vous pas friand de démonstrations de gratitude ? Je vous avais jugé plus faraud, peut-être à tort.

Volontairement cynique, le mobile cherchait à le vexer. Là-bas, vers la cheminée, sa sœur secouait la tête, la mine contrite, pour le prier silencieusement de ne pas s'offusquer, de comprendre le désespoir de son frère.

— Vous auriez dû me laisser dans ce brasier, murmura Morchailles. J'étais en pleine folie. Je cherchais mes yeux, je serais mort sans reprendre conscience de la réalité. Vous me trouvez bien ingrat, n'est-ce pas ?

— Je ne sais même pas pourquoi je suis descendu vous chercher. Peut-être à cause de votre rouan qui hurlait avec une voix humaine.

— Un cheval diabolique. J'ai eu toutes les peines du monde à le mater avant d'en faire une monture acceptable. Mais lorsque je le chevauchais, je le sentais frémissant de haine à mon égard. Savez-vous qu'on le cherche encore, que du côté de... Davejean, les habitants redoutent de le voir réapparaître ? Que vouliez-vous faire ?

— Le détacher, essayer d'ouvrir le portail, qu'il s'échappe ainsi que Bijou, mais ce dernier avait déjà péri, à moitié carbonisé. Je vous ai vu les bras en croix contre le mur du fond. C'est tout. Je ne cherche pas votre reconnaissance, vous n'avez aucune dette envers moi. Je ne comprends même pas ce que vous faites ici à Mouthoumet dans cette auberge où, autant que vous le sachiez, vous n'êtes pas le bienvenu pour la patronne. Elle m'a chargé de vous le dire, et je le fais pour vous prouver que je suis dans le même état d'esprit qu'à Sainte-Lucie quand je vous ai rencontré. Vous ne m'aimez pas et je vous le rends bien. Nous n'avons plus rien à nous dire.

Au fond de la pièce, le visage enflammé par le feu de l'âtre, la sœur avait porté la main à sa bouche dans un geste de grande désolation, et il crut voir ses yeux bleus briller de larmes, eut pitié d'elle, de sa fragilité, du tremblement de son menton de fillette.

— Nous voilà quittes, reprit-il d'un ton léger. Vous vous seriez épargné bien des fatigues si vous aviez connu mon état d'esprit.

— Philibert... L'avez-vous vu? À côté de l'escalier...

— Je n'ai rien vu du tout, que ce pauvre Bijou mort, assis dans son train arrière carbonisé, assis dans un fatras de chair calcinée et d'os en poussière. Ça je l'ai vu. Comme j'ai vu le rouan complètement enragé arracher le râtelier du mur et essayer de me tuer. J'ai vu aussi un homme rendu fou par la perte de sa vue, crucifié contre un mur, qui me suppliait de rechercher ses yeux... Et aussi son képi par la suite. Un homme, si engoncé dans son quant-à-soi, qu'apprenant que j'avais dû quitter mes vêtements en feu et me trouvais nu, refusait de poser la main sur moi au nom d'une pudeur imbécile.

Il se leva et sa chaise bascula en arrière, cogna la fenêtre.

— Attendez, ne partez pas, murmura le mobile. Moi j'ai vu cette effigie. Maintenant je parlerais plutôt d'une idole. Une monstruosité avec une énorme tête. Ce n'était pas une tête, mais une hallucination de sculpteur furieux, qui n'aurait pu réaliser l'œuvre envisagée et se serait acharné sur cette chose. Le brigadier m'a dit que vous aviez fouillé les décombres pour retrouver les restes de Constantin Torneilles. Oh! En vérité peu de chose, le haut du corps, une main, une demi-jambe? Est-ce bien cela?

— C'est ce qui figure sur le rapport, signé par le vieux Cambronne, un gendarme et moi-même. Le maire aussi, j'oubliais.

— N'avez-vous pas retrouvé autre chose?

— La carcasse de ma carriole, pas grand-chose du coucou.

— J'ai déliré au sujet de cette effigie, et mon obstination à hurler que j'avais vu une monstruosité a failli m'envoyer dans un asile de fous. Par chance, ma chère sœur Josseline est arrivée et s'est battue pour m'éviter un internement d'office. Sa présence m'a calmé, m'a permis de comprendre que je devais provisoirement me taire, pour convaincre ces docteurs et ces infirmiers que j'avais toute ma raison. Mais je persiste et affirme qu'il y avait cette chose fantastique à côté de l'escalier. Pour l'instant, et de crainte d'être à nouveau soupçonné de démence, je m'en tiens à dire que c'était une sorte de statue, d'idole, d'effigie. D'ailleurs je ne suis plus aussi certain que cette monstruosité vivait, respirait, Dans mon aberration première, devenu un être primitif, je pensais qu'elle était une émanation surnaturelle, que cette horreur vivait depuis toujours dans les fondations de cette forge, et que la fournaise l'avait en quelque sorte éveillée, forcée à se manifester.

Josseline baissait la tête, confuse que son frère qu'elle avait toujours connu comme un homme de caractère, peu enclin à de telles balivernes, pût encore dans cette chambre évoquer ce qui avait un temps obscurci sa raison.

— Soyons clairs, disait-il, nous avons reçu une éducation très religieuse. Nous sommes d'un pays où l'on ne badine pas avec la foi catholique, mais les excès d'une dévotion terrorisée engendrent des croyances annexes que l'église condamne, mais que l'on perpétue dans des histoires à faire peur, au cours des veillées, et même dans les cabarets, lorsqu'on a un peu trop bu. Après vingt années de service dans la gendarmerie, après avoir oublié ces imbécillités dans la routine pitoyable de chaque jour, de chaque heure consacrés à la défense de l'ordre, est-il possible que ces frayeurs d'enfance soient remontées dans mon esprit ? Je m'interroge toujours à ce sujet, j'essaye de faire la part de la réalité et de l'imagination, mais lorsque j'ai fait le tri de toutes les stupidités qui peuvent encombrer la tête, il reste toujours cette certitude que nous n'étions pas seuls dans la vieille forge. Et j'en arrive à me demander si l'homme à la souquenille noire, celui-là même qui nous précédait dans notre cheminement vers les Courtales, n'était pas là, tapi quelque part pour être sûr que nous flamberions tous.

— Je dois remonter aux Courtales, soliloqua Philibert, oubliant que le frère et la sœur l'entendaient. Pourquoi me poursuivre de cette affaire, alors que là-haut j'ai trouvé l'apaisement ?

— Ce ne sera plus jamais mon cas, cria Morchailles. Ils m'ont volé mes yeux, volé ma vie, condamné à errer sans fin dans une nuit que la nuit, l'autre, la normale, celle du sommeil, prolonge d'effroi. Comprenez-moi donc, mes yeux sont tombés, vous m'avez même lancé méchamment qu'ils coulaient sur mes joues, juste au moment où je découvrais à travers les flammes ce personnage diabolique.

— Louison, arrête, je t'en supplie. Souviens-toi de notre mère qui nous mettait toujours en garde contre ces superstitions qui hantaient chaque foyer de notre village.

— Notre mère détenait la recette d'une foi claire, pure mais n'en parlait pas moins du diable, du démon et cette nuit-là, le diable m'est apparu et mes yeux sont tombés.

Philibert glissait le long du mur, devait contourner

les lits, sans même frôler la jeune femme dont il redoutait une dernière tentative pour le retenir encore quelques instants.

— Pourquoi êtes-vous resté auprès de la veuve? Quel sentiment secret vous retient dans ses jupes?

— Ne l'écoutez pas, monsieur Philibert, il n'est pas lui-même. Il s'épuise en explications multiples, ébauche mille hypothèses, n'arrête jamais avec ce cauchemar.

— Soyez franc, étameur, vous faisiez le joli cœur avec elle, le fanfaron du village. J'ai souvent relevé dans votre attitude un douteux empressement et vos regards brûlants vous trahissaient. Vous étiez homme libre, artisan forain, quelque peu maraudeur, quelque peu hors-la-loi parfois, si j'en croyais mes collègues, mais désireux surtout d'aller où cela vous plaisait. Ni Dieu ni maître, hein? Pas de contraintes, peu de morale, pas d'attaches, pas trop d'amis. Tout cela vous ligote, vous entrave, vous retient dans quelque coin et vous étouffe. Pourtant vous voilà domestique de madame veuve Torneilles et le pays tout entier s'en scandalise, chuchote que vous êtes son sigisbée, son Hercule filant au pied d'Omphale, son mignon quoi!

Josseline la sœur, voyant qu'elle gênait la fuite de Philibert, glissa vers la porte, sortit dans le couloir. Lorsqu'il la rejoignit, elle referma le battant contre lequel vinrent cogner les insultes féroces de son frère.

— Pardonner, je ne vous le demande pas. Désormais il n'a que la parole pour hurler sa détresse, et le peu d'instruction qu'il reçut chez les Frères jaillit de lui en apostrophes féroces. Moi-même ne suis pas épargnée et l'autre jour en venant ici, parce que la voiture nous secouait, il a traité le conducteur de Phaéton maladroit, ce qui a provoqué une violente querelle d'incompréhension.

Elle l'accompagna jusqu'à l'escalier d'où montaient les voix hautes de clients venus prendre leur café et leur *croustet* du matin.

— Il s'accroche à ce pays qu'il déteste. Il refusera de

rentrer chez nous, d'essayer de vivre dans la résignation. Ensemble nous pouvons trouver ce que vous appelez l'apaisement. Il ne veut pas croire à une affaire politique entre les Blancs et les Bleus. Pourtant nous sommes d'un pays où les affrontements ont existé et existent toujours.

— Comptez-vous l'accompagner votre vie durant ?

— Je suis veuve de guerre et je n'ai pas d'autres désirs dans la vie que de me consacrer à lui. Il ne consentira à partir qu'une fois l'affaire résolue. Mais croyez-vous qu'elle puisse l'être un jour ?

Lorsqu'il traversa la salle de l'auberge, il eut l'impression d'être un faucheur coupant net les conversations, Il y avait là quantité de gens qui jadis l'interpellaient joyeusement, voulaient lui payer à boire, lui parlaient d'un travail à faire. Ils se taisaient et attendaient visiblement qu'il sortît.

Il chevauchait un cheval de labour, assis en amazone, n'ayant pas voulu atteler une charrette uniquement pour lui. Il ne parvenait pas à s'habituer à toutes ces commodités qu'offraient les Courtales, estimait n'y avoir aucun droit. Il avait toujours marché, poussant sa carriole et, avant la sienne, celle de son patron, un ivrogne qu'il devait parfois charger entre la forge encore chaude et l'enclume. Il n'avait pas répondu à la question angoissée de la sœur de Morchailles, souhaitait parfois qu'il n'y fût jamais répondu, redoutant le pire.

CHAPITRE TRENTE-SIX

Deux jours plus tard, Émile, le cocher d'Albert Torneilles, monta aux Courtales, menant une charrette à ridelles qu'il n'arrêta que devant la maison des maîtres. Dans les ramonétages les femmes s'attroupèrent, cherchant la signification de cette désinvolture. Nul domestique, aucun ramonet de l'extérieur n'aurait osé aller directement à la maison, sans s'arrêter dans les communs et demander la permission d'aller plus haut.

Alarmée, Eugénie alla frapper à la chambre de madame Torneilles.

— C'est Émile qui vient chercher des affaires pour monsieur Albert.

Elle dévala les marches, alla prévenir Philibert qui coupait du bois derrière la maison. Émile attendait dans le hall, les yeux fixés sur le poêle. Il attendit que Zoé fût descendue pour s'expliquer :

— Monsieur Albert m'envoie chercher deux lits avec sommiers, matelas, draps, couvertures, édredons et aussi quelques ustensiles de cuisine. Je devrai aussi charger du bois, de l'aouzine de préférence, mais aussi des souches de vigne. Je reviendrai chercher un barricaud de vin rouge et une bonbonne de grenache. Monsieur Albert voudrait aussi que deux fois la semaine, on livre au ramonétage de Mouthoumet une volaille différente chaque fois. Lapin, poulet, canard, oie maigre. Deux douzaines d'œufs et des légumes de saison.

Il ôta son chapeau en peau de taupe, regarda à l'intérieur et en sortit une liste. Madame Zoé claqua des doigts impérativement et il lui tendit le feuillet.

— Une jarre de confit de dinde, une de canard, une encore de coustellous. C'est quoi les coustellous, Philibert ?

— Des hauts de côtes de porc. On les conserve dans la graisse pour les soupes, les sauces, le cassoulet. Tout cela doit être dans la réserve des ramonétages. C'est Paulet, le ramonet des écuries et des cotieux, qui doit avoir la clé.

— Et où devez-vous livrer le tout ?

— Au ramonétage de Mouthoumet, madame.

— Monsieur Albert s'installe au ramonétage alors que les Torneilles possèdent en bas une belle maison ?

— C'est pour ce gendarme aveugle, madame, celui de Félines. Monsieur Albert veut l'installer avec madame Josseline pour le temps qu'ils voudront.

D'une telle brièveté qu'il échappa aux autres, le regard perplexe de Zoé à Philibert s'unit à sa propre inquiétude.

— Au moins jusqu'aux élections du 20 février et du 5 mars je suppose ?

— Je l'ignore, madame.

— Voilà une générosité qui fera grand bruit, ajouta Zoé feignant l'amusement. C'est une excellente idée. Hé bien mon ami, mettez-vous au travail.

— L'étameur peut-il m'aider ?

— Monsieur Philibert n'est pas disponible. Allez aux ramonétages chercher quelqu'un.

Le cocher grimaça, redoutant de ne trouver personne consentant à lui donner un coup de main. Depuis toujours il se haussait du col, traitait les autres domestiques avec une certaine morgue.

— Nous descendons chez le notaire, je vais m'habiller. Voulez-vous atteler mon cher Philibert.

Lorsque leur voiture passa devant les ramonétages, ils virent Émile qui frappait à la porte d'un des logements de journaliers.

— On dirait qu'il n'a trouvé personne, ricana Philibert.

— Mon beau-frère croit bien faire avec cette victime de Félines, mais les habitants de ce pays ne commencent-ils pas d'en avoir par-dessus la tête de ce drame ?

— Ce sont des gens qui peuvent s'émouvoir un temps, mais qui aspirent surtout au calme. Toute cette agitation, ces morts brutales finissent par les lasser. Pour peu que Morchailles s'en aille à travers le village pour vociférer, selon sa nouvelle habitude, monsieur Albert regrettera vite son élan de bonté.

— Mon beau-frère n'a jamais eu d'élan de bonté. Tout est calcul chez lui, manigances, manœuvres douteuses. Je suis payée pour le savoir.

Du coin de l'œil il la vit rougir, juste un pétale de rose sur sa joue pâle, mais signe de confusion d'en avoir trop dit. Il ne démêlait pas aisément les événements de sa vie entre les années 1870 et ce jour de décembre où, pour la première fois, il l'avait rencontrée à Sainte-Lucie. Et cette expression : « je suis payée pour le savoir », ajoutait à cet embrouillamini. Comment avait-elle connu Albert, alors que Paris était assiégé puis en révolte et que lui, l'aîné des Torneilles, député bonapartiste tendance légitimiste, se démenait certainement chez les Versaillais ? Quand s'étaient-ils rencontrés, à quelle date s'était-elle embarquée pour la Nouvelle-Calédonie ? Timidement au cours de leurs nuits fiévreuses, croyant profiter de sa lassitude comblée, il n'obtenait que sourires indulgents, gestes dilatoires. Elle forçait son essoufflement, murmurant des « plus tard » exténués.

S'il devenait trop pressant, elle lui chuchotait à l'oreille des suggestions qui l'enflammaient, usant s'il le fallait des mots les plus crus, faubouriens parfois, et qu'il ne comprenait pas toujours. Surtout elle le taquinait outrageusement, avec ce bain pris dans la Berre, sur la route pour Quintillan, l'accusant d'être revenu l'épier à travers les buis.

— Je t'ai vu, tu sais, tu as honte maintenant. J'ai vu aussi ta main droite qui s'agitait beaucoup.

Il niait avec désespoir, voulant à toute force préserver ce moment où la rêverie éveillée lui avait suffi alors qu'ils voyageaient seuls, dans une intimité encore réservée. Jamais alors il n'aurait espéré plus.

— Pourquoi en aurais-tu du remords? Il y avait l'odeur de ces buis qui empestent le chat en chaleur, j'étais au milieu de la rivière, blanche et un petit peu noire et tu attentais à ma pudeur... Tu sais, nous les femmes, avons un sens caché pour soupçonner ces errements.

Ces accusations perverses le détournaient des questions trop gênantes et chaque fois qu'il souhaitait le récit de sa vie, surtout de ces cinq années mystérieuses, elle l'accablait de la même accusation, le traitant en petit garçon vicieux. Il ne parvenait pas à se disculper, à se fâcher tout net, à quitter ce lit en désordre pour s'en aller bouder dans sa chambre du second étage. Il se débattait stupidement mais elle, d'une main rôdeuse sous les draps, le faisait suffoquer de bonheur et d'insatisfaction morale avec des : « Avoue que ma main est préférable. »

Il était donc inutile de lui demander ce qu'elle voulait dire par ce « payée pour le savoir », la sachant capable de reprendre les mêmes accusations diaboliques en plein village par exemple. Payée pour quoi? Pour quelle combinaison secrète? Il croyait savoir qu'elle avait reçu de l'argent pour ce voyage en Nouvelle-Calédonie. Son mari avait dû écrire à son frère pour qu'il mette à sa disposition une somme importante. Rien de plus normal. Mais elle disait souvent que monsieur Albert n'avait aucun sentiment spontané. Philibert redoutait de découvrir un jour qu'entre elle et l'aîné des Torneilles avaient existé des liens d'adultère.

Devant l'étude, il descendit pour tenir la bride du cheval qui s'agitait. Il sentait des regards à travers les rideaux des fenêtres. Par chance, avec ce soleil glacé les hommes taillaient les vignes, ne rentreraient pas de la journée. Les femmes les accompagnaient pour lier les sarments en bottes. Les plus âgées restaient dans les maisons et, le soir venu, auraient mijoté avec leur souper des médisances nouvelles sur l'estamaïre et la veuve. Surtout sur cette dernière qui ne portait qu'une apparence de deuil. Ce deuil qui dans le Sud se respectait des vies durant, ne s'allégeait que rarement de ses vêtements et de ses voiles noirs.

— Le notaire m'a laissé entendre qu'Albert verse un peu d'argent aux Morchailles pour leur entretien. Il ne touche pas encore sa pension et sa sœur est sans ressources. Tu ne trouves pas que c'est excessif?

Elle ne voulait pas emprunter la rue du ramonétage et il dut faire un détour.

— Le notaire est ennuyé car mon beau-frère puise dans l'argent commun.

— Qu'attend-il pour régler la succession?

— L'enregistrement de l'acte de décès. La copie que je possède ne suffit pas. Il attend un courrier de Nouméa. C'est très long.

En remontant, ils croisèrent la charrette d'Émile lourdement chargée.

— Vous avez tout le butin? lui cria Zoé rieuse. Quand reviendrez-vous vider la maison?

Tout en haut de son attelage, debout, l'homme resta impassible mais son regard fulminait. Il avait eu du mal à convaincre un journalier de l'aider. Ils étaient tous très occupés et il avait finalement payé deux garçons pour descendre les lits, les meubles du grenier. Mathilde et Eugénie avaient contrôlé que ce qu'ils emportaient correspondait bien à ce qui était indiqué sur la liste.

— Même pas un verre de vin que je lui ai offert, disait Mathilde très fière, pas plus que de l'absinthe. Il a dû payer vingt-cinq sous aux enfants Lopez. Il était furieux.

— Vous avez vu que monsieur Albert avait aussi marqué deux fusils et des boîtes de cartouches? demanda Eugénie.

Non, Zoé n'avait pas fait le détail de la liste. Elle haussa les épaules :

— J'ignore à qui ils appartenaient mais qu'importe. Morchailles a donc besoin de fusils? Ou bien est-ce mon beau-frère?

Plus tard, on apprit que monsieur Albert voulait détacher une fille des ramonétages pour servir les Morchailles, mais que madame Josseline avait refusé, disant qu'elle s'occuperait elle-même du ménage, de la cuisine et de toute la maison. On sut que monsieur Albert allait souvent y coucher dans une chambre du premier et qu'Émile, le cocher, occupait celle du rez-de-chaussée. Que le soir venu il faisait, le fusil à l'épaule, une ronde autour de la maison.

— Est-elle jolie la sœur de Morchailles? demanda une nuit Zoé à Philibert.

— Gracieuse, si jeune. On dirait une toute jeune fille.

— Tu la verrais bien dans ton lit?

— Mais non. C'est une femme réservée. Elle veut se consacrer à son frère. Ils sont très religieux tu sais.

— Tu verras que mon beau-frère finira par la séduire. Tu sais comment? Il les amadouera, les noiera sous des cadeaux, le ramonétage gratuit, la nourriture, une petite somme chaque mois. Il les endormira dans un bien-être qui ne lui coûte pas cher, mais qui pour les Morchailles est presque du luxe. Ils n'en attendaient pas tant, se demandaient comment ils survivraient une fois dans leur pays, le Maine et Loire. Deux fois par semaine de la volaille, des œufs, des légumes, du confit pour les sauces et les soupes, de la monnaie pour l'épicier, le boucher. Et puis un beau jour la grosse patte de monsieur Albert s'abattra sur la douce épaule charmante de la gentille veuve. Mais ce serait plus dans sa nature de lui tapoter les fesses.

— Tu l'as vu faire ?

— Non, mais je sais qu'il se montre souvent d'une familiarité déplacée. Tu sais, le droit de cuissage pour lui, ça existe toujours, et dans sa jeunesse il s'est permis ici, aux Courtales, quelques imprudences que l'on a dû faire oublier. Mais n'empêche qu'elles ont laissé des amertumes et des ressentiments.

Le brigadier Wasquehale fit porter un billet demandant qu'on lui ouvrît à nouveau la maison de Guérin Faget, dit Cambronne, à Félines. L'enquête sur la mort du vieillard nécessitait une perquisition nouvelle, à la demande du juge d'instruction.

— Comme c'est ennuyeux, dit Zoé, pouvez-vous vous en charger, Philibert ? Je n'ai aucune envie de retourner là-bas.

Lui non plus n'y tenait guère mais il le fit. Il n'osa demander à Jérémie Cayol de l'accompagner, pas plus qu'il n'eut assez d'audace pour prendre une arme. La perquisition était pour le lendemain matin vers 10 heures, et il espérait pouvoir rentrer en début d'après-midi. Mathilde lui proposa un panier avec un repas froid.

— Allez donc au café plutôt, dit Zoé. Ils servent des repas d'après ce que j'ai entendu dire le lendemain de l'incendie.

— J'emporterai un croustet, décida Philibert, peu désireux de se retrouver avec quelques buveurs d'absinthe ou de vespétro peu aimables à son égard.

Le brigadier accompagnait le juge d'instruction et son greffier. Ils visitèrent d'abord les ruines de la forge, puis le juge voulut comprendre comment les incendiaires avaient pu gagner les toits, depuis la fameuse maison basse de l'Espagnol pendu.

— Étrange qu'il y ait eu un pendu ici voici quelques années, et un autre de l'autre côté ces jours derniers.

Il ordonna à Philibert de rester à sa disposition, car il

voulait l'entendre malgré sa déposition à la gendarmerie. Ils visitèrent la petite maison où des bidons, des brocs de grande contenance, des arrosoirs, des cruchons s'entassaient au grenier. Le brigadier fit venir une échelle et Philibert l'aida à la placer pour que le juge pût accéder au toit. Ce fut lui aussi qui dérangea quelques tuiles pour lui donner le passage. Les gendarmes avaient déjà repéré celles qui avaient été déplacées une première fois. La plupart avaient été enduites à l'origine d'un mortier et des débris de ce dernier jonchaient le sol du grenier.

C'est en tenant l'échelle pour le juge que Philibert aperçut les petites graines noires. Elles ressemblaient à des crottes de lapin. Plus qu'à celles, différentes, des rats. Il en ramassa une poignée qu'il glissa dans sa poche quand il eut découvert leur nature exacte. Il savait ce que c'était exactement, et qui avait bien pu les perdre dans cet endroit inattendu. En même temps il décelait, dans les vapeurs encore fortes de pétrole, une odeur aussi désagréable d'huile de cade. Il avait rencontré un personnage qui empestait ainsi lors de ses tournées de printemps. Il avait étamé pour lui des récipients spéciaux pour le travail qu'il effectuait et était devenu son ami.

Lorsqu'il sortit de la petite maison une dizaine d'hommes s'étaient attroupés. Le greffier refermait la porte, apposait des scellés.

Il en fit de même pour la maison qu'occupait Cambronne. Le juge dit à Philibert qu'il voulait l'entendre encore une fois, sur certains points obscurs de cette nuit d'incendie.

CHAPITRE TRENTE-SEPT

Toute cette semaine-là, on tua les cochons à raison de deux ou trois par jour. Journaliers et ramonets passaient leur temps à échauder, racler, découper, tandis que les femmes façonnaient les charcutailles. Jérémie Cayol était venu trouver Zoé pour lui dire que les autres fois, c'était monsieur Pétrone qui égorgeait les bêtes.

— J'étais encore jeune homme qu'il le faisait. Il avait le geste précis et en quelques secondes la bête agonisait. Doit-on attendre qu'il revienne pour le faire ? Nous approchons des élections et de la fin février. Pour les salaisons il est temps de les faire. Ici le vent marin gâte tout, met trop d'eau dans la saumure. Enfin il n'y a plus rien dans la réserve, juste un peu de saindoux et de lard blanc.

— Qui va tuer les porcs ?

— Je veux bien le faire, madame. Je l'ai fait chez un mien cousin de Tuchan cette année encore.

C'était la fameuse grand-mère alsacienne qui avait organisé cet abattage et la fabrication en commun des charcuteries. Elle venait d'un gros domaine où cette façon de faire se pratiquait et elle l'avait introduite aux Courtales. Par la suite, on répartissait les salaisons, les graisses, une fois par semaine dans chaque famille. Mais lorsqu'elle parla de fumer les viandes comme dans son pays, personne ne comprit ce qu'elle voulait. Ici on salait ou l'on conservait dans la graisse, voire dans l'huile au besoin, mais on ignorait la fumaison.

On avait besoin de quintaux de sel et Jérémie déclara que pour de grosses quantités, il fallait s'adresser aux Ginestre. Eux seuls en rapportaient de gros sacs du bord de mer, que ce soit des Salins, de la Palme, de Leucate ou de Sainte-Lucie, que les épiciers se servaient chez eux.

— Nous aurons aussi besoin d'eux pour livrer notre vin à Narbonne, ajouta-t-il. Ce sont les seuls à posséder des charrettes de sept barriques de six hectolitres. Sinon il faudra demander aux frères Tournal de Tuchan, mais ils ne voudront pas empiéter sur le domaine des Ginestre. C'est le moment de vendre le vin d'il y a deux ans, les cours sont hauts. Nous avons besoin de libérer les chais.

— Ce sont habituellement les Ginestre qui transportent notre vin? demanda Zoé.

— Oui madame. Monsieur Albert a traité avec eux depuis plusieurs années.

— Il me faut son accord pour vendre le vin puisque la récolte 74 appartenait aux deux frères.

— Il y a plus de cinq cents hectolitres en douze degrés quatre, six cents en onze degrés cinq et dans les mille en dix degrés et moins. Nous en avons distillé pas mal et nous pouvons aussi vendre près de cinquante hectolitres d'alcool, mais l'employé de régie devra venir surveiller l'opération et sceller les fûts.

Puis il parla des troupeaux.

— En l'absence de monsieur Pétrone, il faudrait comptabiliser les agneaux et les chevreaux qui viennent de naître dans les bordes d'alentour, sinon les bergers seront tentés d'en faire disparaître plusieurs dizaines. Ils ne l'auraient jamais fait du temps de monsieur Pétrone, mais Alcaraz n'impressionne pas les pâtres. Je sais que l'an dernier la vente des agneaux de printemps a rapporté trente mille francs. Pâques sera vite là et le plus gros des naissances est fait.

Dès l'aube, les cris de cochons égorgés les réveillaient et ensuite tourbillonnaient, depuis les buanderies et certaines caves, des nuages d'une vapeur grasse que le vent rabattait vers la maison, avec des odeurs de la crasse raclée sur le corps des bêtes, du sang, de la tripaille. Zoé ne cessa dès lors d'aller et venir mais, pour discuter avec son beau-frère, il lui aurait fallu l'attendre au ramonétage du bourg et elle refusait de rencontrer Morchailles et sa sœur.

Le mobile fréquentait l'auberge, et sa sœur le guidait jusque là-bas, l'installait à une table. Effarouchée, elle n'osait regarder les tables encombrées de joueurs de cartes, tous ces gens qui parlaient haut dans l'odeur de l'absinthe. Josseline ne buvait qu'un peu de limonade, mais son frère se faisait servir des vertes que la jeune femme devait lui préparer non sans répugnance.

Plusieurs jours durant, Zoé et Philibert visitèrent des bergeries dans les rocailles les plus sauvages de collines stériles. Souvent le chemin s'arrêtait à une heure de marche d'une borde mais Zoé terminait le trajet à pied. Les pâtres les voyaient venir de loin, essayaient de rester le plus longtemps possible invisibles, mais la mouvance ocre de leur troupeau les trahissait. Certains avaient femmes et enfants. Effarée, la veuve découvrait ces familles entassées dans les bergeries à côté du fumier, voire dessus, dans la puanteur tiède du suint. Ce dernier mastiquait jusqu'aux ustensiles les plus ordinaires, s'épaississait en couches séculaires sur les murs. Les agneaux nouveau-nés étaient avec les mères dans un coin du bâtiment fermé d'une claie. Philibert les comptait, mais ceux nés début janvier accompagnaient déjà le troupeau, et ils devaient rejoindre celui-ci à travers les argelats piquants et la pierraille. Le plus difficile était le décompte des chevreaux que Zoé aurait négligé, si Alcaraz ne lui avait appris que les gens les préféraient souvent à l'agneau. Les cabris virevoltaient sur des arêtes inabordables. Leurs propres chiffres, joints à ceux d'Alcaraz, n'atteignaient pas les moyennes des années passées. Il manquerait deux centaines d'agnelets et de cabris.

— Philibert, tu dois me secourir. Descends un soir au ramonétage attendre mon beau-frère. Traite avec lui de cette vente de vin.

— Il va me rire au nez, ce ne sera pas grave, ou se fâcher et me faire jeter à la rue et je ne me laisserai pas faire. Je ne suis rien, il ne traitera pas avec moi.

Les deux frères Ginestre vinrent livrer le sel et discuter du prix du transport des grosses barriques. Jérémie s'en chargea et obtint à sa grande surprise de fortes remises.

— C'est la première fois qu'ils baissent leur prix du trajet. Avec la mort de Capestan et celle de leur cousin peut-être perdent-ils des clients. Vous gagnerez plusieurs milliers de francs sur les autres années.

Seul Philibert les avait aperçus vers les ramonétages, énormes, déchargeant les lourds sacs de sel avec désinvolture. Leurs chevaux étaient à leur image, des bêtes colossales, hargneuses qui essayaient de se mordre entre elles, qui malgré les mécaniques déplaçaient les lourdes charrettes en avant, en arrière, recevaient des coups de fouet à assommer un bœuf. Il préféra descendre à pied par les raccourcis jusqu'à Mouthoumet, se glissant dans la nuit humide en essayant de passer inaperçu. Les Morchailles rentraient de l'auberge et le mobile laissait un sillage d'absinthe, s'appuyant sur sa frêle compagne. Il marmonnait entre dents sans qu'il fût possible de savoir quoi. Le garçon attendit un moment avant de frapper à la porte du ramonétage.

— Oh ! Monsieur Philibert, entrez donc. Vous nous faites plaisir, s'exclama la sœur.

— C'est vous étameur, cracha presque le mobile assis à califourchon sur une chaise, le menton dans ses bras croisés sur le dossier.

Le blanc de sa cagoule était celui d'un crâne exhumé. La sœur la nettoyait fréquemment à la Javel.

— C'est la jolie veuve qui vous envoie ? Monsieur

Albert n'est pas encore rentré. J'ai entendu à l'auberge que la bande à Ginestre est montée aux Courtales livrer du sel? Comment la veuve Torneilles peut-elle encore les employer? Ce sont eux les incendiaires, eux, leur cousin et leur gagé Capestan.

— Monsieur Albert leur a toujours confié le transport de son vin. Je viens pour obtenir son accord sur la prochaine vente.

— Vous remplacez monsieur Pétrone? C'est que j'en sais désormais des choses. Je suis à l'écoute du pays, moi. On croit qu'un aveugle est également sourd et on ne se gêne pas tellement avec moi. Il a quitté les Courtales monsieur Pétrone, il ne veut pas dépendre d'une femme, trop fier, trop méprisant pour accepter les ordres de la Torneilles.

— Louison, ne parle pas ainsi de madame Torneilles.

— Il pleure son Constantin, monsieur Pétrone, ricana le mobile. C'est qu'il l'aimait son petit communard, paraît-il.

Philibert préférait repartir, mais la sœur le supplia d'un sourire, se pencha vers son frère pour lui chuchoter quelque chose. Morchailles haussa les épaules :

— Je me tais. Mais je ne suis que l'écho de ce qui se dit autour de moi. Ces voix qui grouillent dans ma nuit me persécutent et me dégoûtent parfois. Mais que puis-je espérer d'autre? Des paroles de pitié, je n'en veux pas. Du moment qu'ils me supportent, même avec mon masque. Ils m'appellent la Careta, le masque blanc ou le Tachou, le blaireau qui lui aussi porte un masque.

— Mais non, fit sa sœur, tu as confondu.

— Toi aussi tu me crois sourd? Je n'ai jamais aussi bien entendu que depuis la perte de mes yeux. Ces yeux que l'étameur a vus rouler sur mes joues. Alors on aurait pendu le vieux grognard de Félines? Il ne faisait pourtant pas partie de la bande des incendiaires?

Josseline voulait lui offrir à boire, du grenache, mais son frère exigeait de l'absinthe. Elle se résigna à sortir les verres, les cuillères percées, cassa du sucre au pain caché sous un torchon.

Juste à cet instant entra monsieur Albert suivi d'Émile, fusil à l'épaule :

— Te voilà, estamaïre, bougonna-t-il. Toujours à rôder dans les jupes de ma belle-sœur et à la ruiner de réputation ?

Josseline suspendit ses gestes et Morchailles parut humer l'air de cette agression verbale. Ce nez qui dépassait seul de la cagoule ressemblait à un rostre d'insecte.

Sans s'énerver, Philibert expliqua la raison de sa présence dans le ramonétage, tendit le papier préparé par Zoé.

— Jérémie dit qu'il faut vendre maintenant. Il a vu des courtiers et les chais seront vidés.

— Les Ginestre ont livré du sel ? Et ce sont eux qui vont transporter les barriques ? Voilà qui va déplaire dans le pays. Non je ne signerai pas. On attendra mars pour vendre.

Les élections. Philibert resta de marbre. Émile accrochait son fusil à une patère du couloir, restait ensuite invisible.

— Je monterai demain ou après-demain. Vous avez fait le décompte des agneaux et des cabris ?

— Toute la semaine. Dix-huit cochons ont été tués et préparés.

— Tu aurais pu en descendre tout de même. Pour le friginat, et du boudin, de la saucisse fraîche.

— C'est Jérémie qui a égorgé les cochons. C'est lui qui surveille les femmes. Je lui ferai la commission.

— Avez-vous vu monsieur Pétrone ?

— Pas depuis des semaines.

Il remonta dans la nuit épaisse de ce vent marin, un sirop à relents d'iode et de sel par moments. Une langue saliveuse d'animal sournois. À la mer, ce marin n'avait pas cette mauvaiseté. Ici il pourrissait les récoltes de mildiou, les salaisons d'humidité, les corps de rhumatismes et d'asthme, les âmes de mélancolie chagrine.

Vers les ramonétages, l'air chargé de graisse l'enveloppa. On s'affairait encore avec les cochonnailles, mais on riait plus qu'on ne travaillait, dans l'odeur d'un énorme friginat qui cuisait avec les haricots secs. On avait dressé une table de planches, on remplissait les verres épais de maccabeou, un vin cuit mêlé de trois-six. On l'accueillit joyeusement, lui annonçant que madame Zoé, Mathilde et Eugénie devaient se joindre à leur repas de cochon. Déjà il sentait sur ses lèvres un vernis onctueux, tandis que sur le vin de liqueur dans les verres se déposait une fine moire de gras.

Zoé entra, accompagnée des deux servantes, et après quelques instants de gêne le brouhaha reprit et tout au long du repas on s'amusa beaucoup. La veuve demanda à Philibert s'il avait vu son beau-frère, et l'étameur lui rapporta sa réponse.

— Il préfère attendre que les élections soient passées bien sûr et je le comprends. Nous attendrons le 5 mars.

Jérémie, mis au courant, dit que le cours du vin risquait de fléchir avec la victoire des Républicains, mais qu'il préparerait les barriques néanmoins.

— Il veut donc confier leur transport aux frères Ginestre ? Il pourrait faire venir un roulier de Narbonne, de Lézignan ou même de Sigean, dit Philibert. Quelle est donc cette dette qui le lie à ces canailles ?

Vers 11 heures, alors qu'on s'apprêtait à danser grâce à deux journaliers, l'un violoneux l'autre jouant de la serinette, Zoé désira rentrer chez elle et Philibert, tout en promettant à la compagnie de revenir, voulut la raccompagner.

— Tu as vu Morchailles, que fait-il ?

— Il abuse de l'absinthe, me semble-t-il, et se montre obséquieux avec ton beau-frère. Ce dernier est arrivé accompagné d'Émile porteur de son fusil. Il a commencé par me reprocher d'être dans tes jupons, mais je pense qu'il aura besoin de l'argent du vin après les élections.

À cause de ce vent un peu trop veule, elle prit le bras du garçon qui de l'autre main tenait une lanterne. Ils approchaient du tunnel de verdure au fond duquel s'élevait la chapelle mortuaire.

Ils la virent en même temps, cette lueur derrière les vitraux naïfs de la porte. Zoé le serra, comme voulant transpercer son bras de ses ongles.

— Un feu-follet peut-être. Ils courent dans les cimetières, proviennent de gaz qui s'enflamment spontanément.

Mais quel gaz faillit-il dire ? Le cercueil de son mari ne contenait que des restes enrobés de plomb ou boucanés à l'extrême. Et les autres tiroirs étaient occupés par des dépouilles trop anciennes.

— J'y vais, murmura-t-il.

— Ne me laisse pas seule.

— Je te raccompagne, tu fermes la porte derrière toi et je retourne voir ce qui se passe.

— Ce n'était peut-être qu'une illusion.

Certainement pas. Une toute petite flamme, mais vibrante.

Lorsqu'il revint, elle n'ouvrit pas tout de suite, attendit qu'il prononçât son nom d'une voix forte. Enfouie dans la capuche d'une pèlerine de berger ayant appartenu à une aïeule, son regard effrayé dévorait la pâleur des joues.

— Ce n'était qu'un lumignon, dit-il, une mèche faite d'un lacet de coton, soutenue par une rondelle de bouchon flottant dans un doigt d'huile sur l'eau d'une ventouse.

— Devant le sépulcre de mon mari ?

— Oui, posée sur le sol.

— L'as-tu éteinte ?

— On n'éteint jamais une lumière de cierge ou de veilleuse honorant un mort.

— Demain tu iras chercher le forgeron du village

qui est aussi serrurier. Je veux pouvoir fermer la chapelle à double tour, et personne d'autre que moi n'en détiendra les clés.

— Ton beau-frère exigera la sienne.

Elle lui demanda de ne pas la laisser seule. Il essaya de lui expliquer que cela ferait mauvais effet s'il ne retournait pas avec les autres.

— Comment peux-tu envisager de danser, alors que je suis dans la terreur. Y en aurait-il une là-bas qui t'a séduit ? Ces femmes et ces filles sont toutes ointes de vapeurs de lard et empestent le cochon.

Tout aussitôt,elle se calma :

— C'est bon. Enferme-moi. Je vais d'abord monter dans ma chambre et m'y barricader.

Lorsqu'il redescendit, il prit dans sa poche ce qu'il avait trouvé, accroché par un cordon à la poignée de bronze du compartiment du Communard. Un anneau d'or de mariage avec, gravés, les noms de Constantin et Zoé Torneilles, en date du 8 décembre 1870.

CHAPITRE TRENTE-HUIT

Cette pluie-là du petit matin laissait un doute seulement levé lorsqu'un charretier revint avec une charge de bois, disant qu'il neigeait au col du Paradis. La veille, Philibert avait préparé son sac avec quelques affaires, du manger pour deux jours. Mathilde voulait le surcharger de nourriture, mais il trouverait de quoi dans tous les villages. Une charrette le déposerait à Lanet où il commanderait du plomb. Une mine en produisait quelque peu, mêlé à des poussières d'argent, et il connaissait des malins qui, de quelques trous perdus, en extrayaient secrètement pour le revendre à moitié prix. Ils fournissaient son ancien patron et avaient continué avec lui. Ce qu'il cacha à Zoé, c'est qu'ensuite il monterait par des sentiers de chèvre jusqu'à Salza et même au-delà, peut-être vers Montjoi ou Vignevieille.

— Si je veux réparer toutes les fuites des tuyaux qui amènent l'eau, j'ai besoin de plomb, avait-il expliqué à la veuve.

Depuis l'affaire du lumignon dans la chapelle mortuaire, elle ne sortait que rarement de la maison. Le forgeron avait posé une serrure sur la porte aux vitraux et elle en gardait jalousement les clés.

À Lanet, il trouva plusieurs kilos de plomb épuré qui, promis, serait déposé dans deux jours aux Courtales. Il laissa entendre qu'il se dirigeait vers Montjoi par la route, mais alors que la pluie devenait froide, il prit un sentier qui devait le conduire à une bergerie et de là il rejoindrait le Camp Templié. La saveur métallique de la neige sécha ses lèvres. Lorsqu'il aperçut la bergerie Piquemil, il fit un détour et ne le regretta pas. La cheminée avait son plumet de fumée. Le couple qui vivait là s'était enfermé avec les bêtes, sachant qu'il allait faire mauvais. Ils l'auraient accueilli mais il préférait éviter de donner des explications sur son voyage.

Bien qu'il restât encore six semaines avant la fin mars, il avait misé sur une neige de printemps qui ne tiendrait pas, mais bien avant Camp Templié, il laissa des traces de pas, en fut mécontent. Mais qui savait que celui qu'il cherchait lui avait jadis confié les secrets de ses bivouacs ? Même la bande à Ginestre n'en connaissait pas deux et il y en avait au moins six.

— On m'espionne, on se demande comment je trouve des kermès en quantité et surtout des kermès chargés. La plupart regardent la garouille avec attention mais ne voient rien. Je suis souvent passé avant eux et je leur dis que la gale ne se développe pas partout. Ils me croient. Ce sont ceux qui disent qu'on n'a plus besoin du kermès désormais avec les nouvelles teintures. Mais les beaux tissus en réclament et aussi les pharmaciens qui fabriquent du sirop, des pâtes pectorales. De même,on dit qu'il n'y a que peu de cades dans les Corbières, qu'ils sont dans le Minervois. Moi j'en trouve assez pour en faire de l'huile.

L'une des caches se trouvait vers Salza avec une autre odeur que celle de l'huile de cade, le fauve de la sauvagine dont l'odeur emboucanait, faisant fuir les curieux.

Lorsqu'il voulut traverser le Camp Templié pour gagner du temps, il s'enfonça jusqu'aux genoux dans une neige molle de marin. Elle ne tiendrait pas, aurait peut-être disparu au jour, mais pour l'heure elle risquait de lui monter à la taille plus loin. Il retourna vers le sentier de chèvre, et découvrit qu'on marchait à côté de ses propres traces de pas. À plus grandes enjambées, et avec des bottes faisant deux doigts de longueur au-dessus des siennes. Il hésita, décida de manger son croustet maintenant, à l'abri d'un fourré. Mathilde lui avait cuisiné une omelette rapide, taillé des tranches de jambon et frit des parts de millas sucrées et enveloppées dans du papier sulfurisé. Un geste de mère attentive, pensa-t-il, touché.

Depuis son creux dans des genêts non piquants, il s'attendait au retour des grandes bottes, si par hasard elles étaient sur sa piste. Leur porteur avait bien vu que ses traces allaient vers le Camp Templié, mais ne savait pas qu'il avait renoncé à le traverser. Il but au pourro, la gourde en peau de chèvre qui donnait au vin un goût de fromage. Il referma son sac et attendit. Si l'on comptait sur lui pour tomber sur le dos de l'autre, il lui fallait contrarier ce dessein. Il descendit dans le vallon d'un ruisseau où la neige ne parvenait pas à s'accrocher, mais rendait les bruyères, les gentianes et les fougères mortes glissantes. Il sauta sur les pierres gluantes de mousses. En fait des hépatiques, lui avait appris la Maguiloune qui les mettait à sécher et en faisait des tisanes pour les indigestions.

Comme il s'y attendait depuis qu'il était descendu dans ce val, l'odeur de vaches suinta des étendues d'herbes. C'en était fini ou presque des moutons et par là même des Corbières, de leur odeur de pierre à fusil. L'eau, les timides carrés d'herbes annonçaient un autre pays qui n'était plus tout à fait le sien. Il trouva ses premières bouses. Ces flaques molles le dégoûtaient, n'avaient pas la netteté, la propreté des crottes de biques et de brebis. Le paysage s'en empêtrait dans des relents opulents d'une façon de vivre gras. Il atteignait le chemin carrossable entre Mouthoumet et Salza et à nouveau la neige épaisse, une neige faite pour nourrir une terre plus fertile. Comment l'homme aux kermès pouvait-il se retirer si loin de ses chênes piquants ? On n'en voyait rien par ici mais Cochenille, puisque c'était ainsi qu'on le surnommait, était paradoxal. Il préférait séjourner à la frontière de deux mondes, entre les bouffées salées de la Méditerranée et l'air terreux de la montagne.

Une odeur de *cagarolade* flotta à proximité d'une bergerie. C'était bien un jour à se bourrer d'escargots lourds à digérer, mais avec la neige on avait tout le temps. Et comme le dicton affirmait qu'à chaque escargot se buvait un coup de vin, les suceurs de coquilles en avaient pour la soirée à se tenir le ventre, dans une hébétude satisfaite. Dans cette bergerie ça bêlait, preuve que la brebis résistait encore et le ferait jusque dans l'Ariège, mais n'empêche que les mastiquages flasques et ocre des vaches croûtaient un peu partout le sol.

Il contourna Salza, en direction d'une cascade surnommée à juste titre le Pichadou, le pot de chambre. C'était là que Cochenille faisait ses provisions d'eau qu'il emportait dans sa capitelle, au creux d'une murette. Quelqu'un lui avait dit que de l'autre côté du Rhône on appelait ces abris des bories. Ici c'était capitelle et celle de Cochenille pouvait tromper son monde, laisser croire à un simple trou dans un mur épais. En fait plus qu'un mur, un entassement de pierres ramassées depuis des siècles par ceux qui voulaient un peu de la terre en dessous. Comme prévu ça empestait le renard, le blaireau et toutes les bestioles à fourrure que l'homme piégeait. Mais la capitelle, avec ses prolongements caverneux, était vide. Il ne trouva que quelques kermès, ces cochenilles déjà ramassées dans le grenier de la maison de l'Espagnol pendu. Il y avait aussi des baies de cade, le genévrier. Une véritable provocation pour le visiteur trop curieux. Les genévriers étant fort rares et n'abondant que là-bas dans la Montagne noire, le Minervois. Cochenille avait le don d'irriter ceux qui l'espionnaient en semant négligemment ces choses-là. De ces baies de genièvre il faisait la *triaca,* une confiture médicinale et du bois l'*oli,* une huile bonne pour la peau, les cheveux et bon nombre de maux.

Philibert traversa la capitelle aussi longtemps qu'il ne trouva pas l'autre sortie d'où il découvrit les ruines du château de Montjoi. Il y aurait bien une autre capitelle pour passer sa nuit sans l'odeur de peaux mal tannées.

Il descendit vers les gorges de l'Orbieu, obliqua vers un chaos rocheux où Cochenille s'installait quand il voulait pêcher la nuit, dans un bief de moulin en contrebas. Il opérait à l'insu du meunier, tendait un filet et en quelques heures capturait une grosse quantité de poissons qu'il allait revendre jusqu'à Limoux. Lorsque Capestan transportait son charbon, il embarquait souvent son ami jusque dans l'Ariège. Que ce Capestan se soit acoquiné avec la bande à Ginestre il le comprenait, mais pourquoi Cochenille ?

La cache était vide. Son entrée se dissimulait dans des buis qu'il fallait écarter. Il n'y avait là qu'une paillasse, un petit chaudron noir de suie, un gril et une poêle, un foyer aux cendres froides. Des réfractaires avaient séjourné là durant la guerre mais depuis avaient gagné d'autres hauteurs. Peut-être Cantaloups juste en face avec ses crêtes blanches. Monsieur Pétrone y était-il ? Pas même deux lieues à vol d'oiseau et, sans le ciel brouillé des hauteurs, il aurait pu découvrir la borde fortifiée.

Il se fit un petit feu pour le plaisir de jeter une tranche de jambon dans la poêle chaude, de l'entendre grésiller. Ce bruit de cuisine rassurait, familiarisait avec la roche rébarbative, écorchée, qui scintillait dans la lueur des flammes. La fumée aspirée par un trou invisible filait à l'oblique, disparaissait dans une crevasse. La pauvreté de l'installation était celle d'un bivouac momentané d'une nuit, et encore. Cochenille aimait ses aises, des matelas hauts en laine, et surtout des ustensiles de cuisine. Il fricotait, conservait au sel les marcassins qu'il prenait au collet. Un jour,il aurait pris un vagabond de la sorte qu'il avait retrouvé mort au matin. Il gardait aussi en saumure des tronçons de couleuvre, cette anguille de terre aussi savoureuse.

On le disait sorcier à cause de son huile de cade qu'il savait distiller. Mais dans son alambic, il distillait aussi autre chose. Un jour il avait dit à Philibert qu'il poursuivait des recherches transmises de génération en génération depuis mille ans. L'étameur en avait parlé à Leucate dans un café, et un instituteur lui avait demandé si son bonhomme n'était pas aussi alchimiste. Mais il ne savait pas.

Il s'endormit dans sa couverture, se réveilla pour ranimer le feu. La grotte se faufilait en passages étroits qu'il n'avait jamais visités, certain qu'un homme ne pouvait que s'y coincer. Un écho lui parvenait de pierrailles dérangées, par un renard ou un blaireau, pensa-t-il.

Vers 4 heures il se réveilla encore et fut surpris que son feu fût si gai, comme alimenté de frais. Il ne se souvenait pas d'y avoir jeté du bois. Il referma les yeux, sut qu'il y avait quelqu'un à côté de lui, n'osa plus bouger. Lorsqu'il dormait en compagnie, sur les vapeurs où il travaillait, dans les cabanes de pêcheurs au moment de la traîne, il se fiait à son odorat pour situer les gens. Chacun avait son odeur. Morchailles sentait le cuir, la sueur militaire différente de la civile. L'odeur d'huile de cade, puante, ne surnagea pas tout de suite au-dessus des autres. La plus forte était celle du plomb et de la poudre à fusil, puis venait le fenouil sec, mais du fenouil engommé par de la bave d'escargot. Cochenille en ramassait des milliers qu'il allait vendre par sacs entiers chez les Catalans.

— C'est toi ? fit-il soulagé.

— Tais-toi. Ici c'est une oreille qui restitue un écho puissant.

Il se figea. Dehors il avait cru que c'était le vent, surtout le Cers pour secouer ainsi les arbustes. L'odeur de cade se fit plus forte. On disait que Cochenille en distillait pour en faire de l'eau-de-vie. Mais pour l'huile de cade malodorante, c'était le bois qu'il fourrait dans son alambic. Et cette huile qui se vendait en flacons hors de prix lui servait parfois pour ses lampes.

— C'est qui ?

— Le même qui erre dans le pays depuis des mois. Souquenille et chapeau de feutre rabattu. Noirs les deux. Il va finir par trouver l'entrée.

Il n'y avait donc pas de Cers, mais un obsédé bouleversant les buissons. Cochenille n'apparut pas tout de suite, mais tournant la tête, Philibert reconnut l'ombre de ses mains décalquées en noir sur la roche claire de la grotte. Des mains inoubliables, de cauchemar, envenimées par les chênes épineux qu'elles épluchaient de leur kermès depuis quarante ans et plus. Une ombre s'agita et il vit que Cochenille lui désignait son sac. Il repoussa sa couverture, la roula, endossa son bagage et suivit l'homme vers le fond.

Un peu gnome de silhouette, un peu bossu parfois, Cochenille le surprenait toujours par sa vivacité et par sa souplesse. En rien de temps il fut à quatre mètres de hauteur et plongea la tête la première dans l'inconnu, lui souffla de le suivre en jetant d'abord son sac. Le feu n'envoyait jusque-là qu'une lueur morte. Mais Philibert devina, à les sentir sous ses mains, que les encoches dans la roche avaient été taillées au burin et le trou du haut agrandi de même.

Ils marchèrent l'un derrière l'autre, Philibert dans le sillage de cette puanteur d'huile de cade. Ils écrasèrent des branches sèches sous leurs bottes, avant de découvrir le rond blanc d'un ciel de neige. Les premiers flocons sur son visage levé furent comme la bénédiction d'une nature complice. Cochenille grimpait comme un singe et Philibert eut du mal à le suivre. En haut il comprit qu'ils venaient de sortir d'un gouffre et que les branches mortes, écrasées par leurs pas, n'étaient que des squelettes d'animaux tombés ou jetés dans le trou.

— Beaucoup de brebis quand le charbon s'est déclaré en 1864, se borna à expliquer son ami.

Jusqu'à 8 heures, jusqu'au jour ils trottinèrent dans des travées dont le garçon n'avait jamais connu l'existence. Ils devaient se diriger vers Vignevieille, ou au pire Termes où Cochenille avait une capitelle, toujours en longeant l'Orbieu.

Ce fut Vignevieille, dans une ancienne forge catalane installée sur l'Orbieu, avec encore sa roue de brocard et sa roue de soufflet.

— J'ai racheté le tout pour rien. Pour fondre de l'or.

La forge était adossée à une falaise d'où jadis coulait un bief de l'Orbieu, détourné bien plus haut, mais qui avait fini par se combler. Dans la falaise,on avait creusé un logement confortable.

— Quel or?

— Celui que je fabrique, fit Cochenille.

Philibert préféra changer de conversation, certain qu'il existait chez le gnome des points de rupture dans son comportement, le faisant basculer dans les divagations...

— On va bien déjeuner et puis on rattrapera la nuit perdue avec Souquenille.

Parce qu'il utilisait une lampe à pétrole pour chauffer l'eau du café, Philibert se gonfla de rancune violente.

— Pourquoi as-tu voulu me faire griller dans la vieille forge de Félines? Tu étais avec les autres, je le sais. J'ai retrouvé des cochenilles tombées de ta poche dans la maison de l'Espagnol pendu.

CHAPITRE TRENTE-NEUF

En décembre dernier, Cochenille s'en revenait à pied d'Espagne où il avait vendu de l'or. Il avait peiné pour passer la frontière en compagnie de contrebandiers, ses pieds avaient failli geler alors qu'il se cachait avec les Catalans dans un trou de neige. Un roulier l'avait ensuite amené jusqu'à Saint-Paul-de-Fenouillet d'où il comptait rejoindre à pied l'une de ses caches habituelles.

— À Cubières, je soupais et j'allais dormir lorsque Capestan est passé à l'auberge, avec une charrette de farine qu'il devait livrer à Tuchan. Il ne voulait s'attarder ni à un trop long souper de bamboche, ni à coucher. Il devait atteindre Tuchan au plus vite et, sans prendre de repos, se rendre à La Nouvelle pour un chargement. Il insista pour que je l'accompagne et mène le cheval afin qu'il puisse dormir quelques heures dans les sacs de farine. Sachant que je n'aurais pas la chance de trouver un autre voiturier, j'ai accepté. Nous voilà partis vers Tuchan. Moi je comptais le quitter à Padern pour rentrer chez moi, mais il dormait si profondément que je suis resté à mener l'attelage jusqu'à Tuchan. Là il s'est réveillé. On a déchargé la farine et il m'a dit que je pouvais gagner mille francs, si j'allais avec lui à La Nouvelle pour revenir ensuite sur Villerouge.

Philibert n'avait pas faim. Il n'avait bu qu'un peu de café, incrédule devant le récit de Cochenille.

— Si tu avais de l'or, où était ton bénéfice de le vendre en Espagne ?

— Le titre.

Philibert ne comprenait toujours pas. Cochenille lui expliqua que l'or utilisé en Espagne pour les pièces, les bijoux, était différent de l'or français. Il suffisait de rajouter un peu d'argent, acheté à Lanet à petit prix, pour le fondre avec de l'or et obtenir quelques lingots de bon rapport.

— Et je revends tout ça en bon argent français à un courtier catalan qui n'accepte pas de venir jusqu'ici. Je dois livrer. Cette fois-là,j'avais trente kilos d'or sur le dos. Inutile de te dire que je n'avais que ça. Ni vivres, ni même une couverture. L'enfer durant quatre jours à guetter la douane par un froid de loup.

— Quand tu disais que tu fabriquais de l'or, c'était simplement un alliage ?

— Non, je sais en fabriquer mais c'est trop long.

Philibert, regrettant d'avoir basculé dans sa marotte, le ramena au récit de sa rencontre avec Capestan.

— Il allait charger de l'alcool de contrebande à La Nouvelle, dans un endroit désert, où il n'y aurait personne pour l'aider à hisser sur son demi-tombereau des pipes de deux cent cinquante litres. Je n'avais pas besoin d'argent, mais j'ai toujours besoin d'un ami. Capestan était un ami. J'allais perdre deux ou trois jours, mais qu'importait ?

— Et mille francs, c'est toujours bon à prendre, fit le garçon hargneux.

— J'en avais quinze fois plus dans ma poche si tu veux savoir. Te dire que je m'en foutais ! Nous voilà partis pour La Nouvelle, par une vieille route qui de Tuchan passe par Embres, puis Fraïsse, puis... Tu connais quoi. On a roulé jusqu'à 2 heures du matin pour arriver vers La Palme et non au port. Les bidons attendaient dans une vieille remise abandonnée. Pas un chat, que nous deux. À trimer comme des nègres. Tout de suite à l'odeur et au gras sur mes mains, j'ai compris que ce n'était pas de l'alcool mais du pétrole. Je ne savais pas qu'on faisait de la contrebande de pétrole, mais je pensais que c'était de la marchandise volée que Capestan revendrait chez les épiciers pour les lampes.

— Tu savais bien qu'il était de mèche avec les Ginestre.

— Oui bien sûr. Je lui avais même prédit à plusieurs reprises qu'un jour il aurait des ennuis avec ces canailles-là, mais sa mine de charbon ne donnait plus rien et il lui fallait vivre. Tu sais que Capestan c'était un imbécile dans le fond. Il nourrissait la Rabassière, lui donnait de l'argent et elle avec ses vauriens le grugeaient tant et plus. Bon, on charge nos bidons et fouette cocher ! Je croyais qu'on serait à Félines le lendemain vers midi, mais non. Nous voilà partis sur des chemins oubliés, sauf des troupeaux, des sangliers et des braconniers. Des chemins qui parfois se réduisent en sentiers. On poussait aux roues, on tirait sur le mors du mulet, on s'escrimait avec la pluie qui ravageait le pays.

Philibert situa ce trajet aux moments des inondations de Durban et de leur attente, Morchailles, Zoé, lui, sans oublier le mort, à Fraïsse.

— L'avantage, personne pour nous demander ce qu'on foutait dans des endroits pareils. On a contourné les villages, passant entre Villesèque et Fraïsse. On a vu de haut la Berre étalée mastiquant de boue la vallée. Alors on a remonté vers Villeneuve, passé sous Quintillan. On n'allait pas à Villerouge mais à Félines. En pleine nuit,on a déchargé les bidons dans la maison de l'Espagnol pendu. Capestan avait entortillé des chiffons autour des roues. Il avait préparé des chaussons pour le cheval. Tu imagines ?

Cela pendant qu'ils couchaient à la bergerie du Planel de la Lèbre.

— Moi je suis revenu à pied à Villerouge pour

attendre que le notaire ouvre son étude. C'est là que je dépose mon argent.

Encore une révélation incroyable, ce hors-la-loi, cet ermite crachant sur le monde entier, plaçait son argent comme n'importe quel gros propriétaire de la région.

— À Villerouge, j'ai appris qu'un véhicule étrange, transportant le cercueil de Constantin Torneilles, arrivait de La Nouvelle et se dirigeait vers les Courtales. Je n'en avais rien à foutre, et je me suis mis en route vers Talairan où je savais encore ramasser un sac de kermès malgré la saison. C'est par là qu'on me dit que l'estamaïre de Leucate était revenu bien avant le printemps, qu'il avait été embauché pour rapetasser le cercueil de plomb de Constantin Torneilles. C'est bon je me dis, je descendrai aux Courtales pour l'enterrement et je le verrai. On ira trinquer ensemble à Mouthoumet.

La neige le surprit alors qu'il revenait vers Villerouge. Il décida de prendre une chambre dans la même auberge d'où le convoi mortuaire venait de partir.

— On ne parlait que de ça. On s'excitait comme jamais, on en venait aux mains. La neige n'arrangeait rien, on dit que ça électrise les nerfs. Il y avait surtout Marceau Vernet qui, avec ses amis, avait fait escorte à la veuve Torneilles, le gendarme et toi, l'estamaïre. Parce que Marceau Vernet avait appris que les Blancs tenteraient quelque chose contre ce retour d'un communard de Paris dans les Corbières. Même si c'était à l'état de cadavre, certains ne l'admettaient pas. Le soir je suis allé trouver Marceau Vernet. Ils avaient eu du mal à rentrer de Félines. Une lieue et quatre heures pour revenir. Ils avaient détaché les chevaux car la charrette ne pouvait plus rouler. Il était en train de tremper ses pieds dans une bassine d'eau bouillante et de boire une tisane au rhum, quand je suis entré dans sa cuisine. Il m'a rendu service autrefois et souvent je lui apporte un petit quelque chose. C'est là que j'apprends que la veuve Torneilles, ce mobile et toi vous trouviez à l'abri dans la vieille forge. À trois maisons de celle de l'Espagnol pendu où, la nuit d'avant, j'avais déchargé au moins mille litres de pétrole. Alors je suis parti pour Félines mais par le haut, sachant que sur la route je ne ferais pas cent pas. Par le Ladevèze, le Cers nettoie la neige. Mais ensuite il a bien fallu que je descende vers le village et m'en mette jusqu'à la taille.

Toute la bande se trouvait dans la maison basse avec l'odeur insupportable du pétrole qu'ils venaient de transvaser en une quantité incroyable de récipients légers. Il y avait les deux frères Ginestre, leur cousin Bernard et Capestan. Déjà ils avaient transporté plus de deux cents litres jusque sur le toit des Mercier, la dernière maison avant la forge. Le Cers, comme dans les hauteurs du Ladevèze, ratissait la neige, dégageait les tuiles.

— Ils n'avaient même pas fermé à clé les couillons. Je les ai surpris en train d'aller et venir, de tout préparer. Ils attendaient que la nuit soit encore plus avancée.

Capestan interloqué regardait entrer ce type couvert de neige, avec des sourcils blancs sous le chapeau rabattu. Ni lui ni ses complices ne le reconnaissaient. Seulement quand il brandit son poing, un poing énorme gonflé par la sève des chênes-kermès.

— Que viens-tu foutre là, avait crié Capestan. Tes mille francs tu les auras, comme promis.

Cochenille avait compris ce qui se manigançait avec ces flaques de pétrole, cet entassement d'ustensiles de dix et cinq litres qu'ils allaient transporter sur le toit.

Les Ginestre pensaient qu'il venait les aider et appréciaient de le voir. Il y avait encore beaucoup de récipients à transporter. Manuel expliquait avec sérieux qu'il fallait déverser des centaines et des centaines de litres dans la cheminée de l'ancienne forge, si l'on voulait que la maison s'embrase d'un coup et ne laisse aucune chance à ses occupants.

— Ils grimpaient au grenier par l'escalier de meunier déjà en place, et de là sur le toit par une échelle apportée. Capestan, affolé, ne savait que penser de mon retour. C'est alors que je lui ai fait signe de se taire. J'ai fait semblant de prendre un broc dans chaque main. Pendant ce temps, les trois Ginestre passaient sur le toit de la maison basse, puis sur celui des Molinier. J'ai voulu retirer l'échelle pour la descendre au rez-de-chaussée. Je pensais aussi boucler la trappe, courir dans la rue pour hurler, jusqu'à ce que les volets des maisons s'ouvrent. Alors je me serais enfui dans la campagne. Capestan s'est jeté sur moi et nous nous sommes battus. J'avais dans mes poches des cochenilles ramassées à Talairan, c'est elles que tu as retrouvées. Il m'a assommé. J'ai perdu un peu connaissance. Je les ai ensuite entendus qui parlaient de me faire mon affaire. Le cousin voulait me trancher la gorge avec son grand couteau espagnol, mais Capestan me défendait. Ils ont alors décidé d'en finir, d'aller encore balancer du pétrole. Le feu en bas de la cheminée les surprit. Ils ont quand même déversé plusieurs centaines de litres avant de devoir s'enfuir. Ils étaient si effrayés, ils avaient failli griller lorsque le feu était sorti sur le toit, qu'ils m'oublièrent. Je me suis enfui à mon tour comme j'ai pu. J'ai marché toute la nuit, j'ai dormi une partie du jour dans la forêt de Termes, dans une cabane de bûcheron. Je me suis terré longtemps avant d'apprendre que tu t'en étais tiré, que le mobile y avait perdu ses yeux, que la veuve était sauve, mais que le cercueil de plomb avait fondu. Et puis Capestan est mort dans l'explosion de sa mine, le cousin a péri sous les énormes roues d'une charrette de sept.

— Celui qui tue sait donc que les Ginestre, Capestan et toi étiez dans le coup.

— J'ai aidé au transport du pétrole en toute innocence, protesta Cochenille. Mais je me sens coupable tout de même. J'aurais dû faire part à Marceau Vernet de mes soupçons. Avec ses amis rouges, il aurait empêché ce drame.

— Tu as vu celui qui te traque?

— L'homme à la souquenille noire? De loin.

— Les gendarmes ont su qu'il surveillait déjà notre équipée sur les hauteurs de Fraïsse. Il aurait été surpris du côté du col du Souil. Un de mes amis, berger, là-bas, aurait été aussi averti de sa présence. Maguiloune, tu connais ?

— La pastresse dans Coume de Manicle, vers les Fonts-Frèdes ?

— Elle l'aurait aperçu. Il lui aurait volé de quoi se nourrir. Ce serait monsieur Pétrone ?

— Ne prononce pas ce nom. Si c'est celui-là, nous sommes tous perdus. Il nous aura tous. Il a commencé tôt avec ce berger, Séraphin de Cantaloups, qui le maltraitait. Tu connais l'histoire ? Elle fait peur. Il a continué sa vie durant. Ces ramonets qui sont morts parce qu'ils étaient aussi capables que lui de diriger les Courtales, tu crois que tous ont eu des maladies ou des accidents ?

— On raconte trop d'histoires sur lui. Peut-être qu'on dit vrai pour le berger de Cantaloups, mais le reste ?

— Sa femme qui s'est noyée dans un puits, que crois-tu ?

— J'ignorais.

— Elle aurait voulu s'en aller, le quitter. C'était une femme silencieuse et qui ne faisait pas de « tripots », mais une de ses cousines ne se serait pas privée de dire que son mari ne l'avait jamais connue, comme on l'écrit dans la Bible. Tu sais ce que ça veut dire ?

— Je crois comprendre, répondit Philibert, qui aurait préféré qu'on parlât d'autre chose.

— Il était dévoué corps et âme à monsieur Constantin et depuis que le cadet des Torneilles était tout petit. Il a veillé sur lui et on dit qu'il se serait alors humanisé. Je le vois bien en souquenille noire et chapeau de même couleur, surveillant votre arrivée sur la route de Fraïsse, veillant sur vous tout au long du chemin. Mais où était-il lorsque vous avez trouvé refuge dans la vieille forge de Félines ? Pourquoi n'y était-il pas pour empêcher le drame, puisque dans le pays tout le monde redoutait une réaction des Blancs contre le retour de ce cadavre.

— Il avait fait ouvrir la chapelle funéraire, l'avait fait nettoyer et il s'occupait aussi du ramonétage de Mouthoumet où nous devions tous loger, car la maison des Courtales, nous a-t-il dit plus tard, n'était pas habitable. Je crois qu'il ne voulait pas que la veuve, madame Torneilles, s'y installe. Il la déteste, peut-être même qu'il la hait. Le ramonétage lui paraissait bien assez bon pour elle.

— Je vais refaire du café car on va encore s'éterniser en paroles après cette nuit fatigante. On aurait dû dormir mais je n'en ai pas plus envie que toi. Et puis il faut que j'aille jusqu'au bout de mon récit. Je ne veux pas que tu aies le moindre soupçon à mon égard.

Il ne reprit ses confidences que lorsque l'eau chaude de son café commença de bouillir.

— On dit, les Blancs ont fait le coup, mais qui est à leur tête désormais, tu peux me le dire?

— Je ne connais pas assez bien le pays.

— Il n'y a personne. Les candidats monarchistes, bonapartistes sont plus ou moins ridicules et ne feront pas florès. Moi je sais qui a payé la bande à Ginestre pour foutre le feu à la vieille forge. D'ailleurs je l'ai transcrit avec tous les détails. Une sorte de testament, car je crains que celui que tu sais ne finisse par avoir ma peau. Je veux t'indemniser pour tout ce que tu as perdu dans l'incendie.

— C'est fait, madame Zoé m'a largement payé.

— Il y a aussi ce pauvre mobile. Le notaire de Villerouge va s'en charger. Je lui confie mon argent depuis longtemps et ça fait un petit magot. Je ne veux pas qu'on me mêle à cette folie. J'ai aidé pour le pétrole, plus par amitié que pour l'argent. Je croyais à une affaire de contrebande, pas à un complot d'assassinat.

Un coup de feu claqua et la cafetière, touchée par la balle à sanglier, explosa, les éclaboussant de son contenu brûlant.

CHAPITRE QUARANTE

Philibert s'était glissé sous la table de bois épais qu'il pourrait au besoin renverser devant lui. Son plateau de huit centimètres au moins arrêterait n'importe quelle balle ou chevrotine. Cochenille, réfugié dans le fond de la pièce, basculait un lit au matelas rebondi. L'étameur avait déjà constaté qu'il aimait les gros matelas de laine et qu'il en garnissait ses caches, capitelles ou grottes.

— Avec ce temps, nul n'entendra les coups de fusil ou il pensera qu'un braconnier chasse malgré la neige. La Souquenille nous tient sous le feu de son arme depuis le haut de la falaise en face. Dès que nous essayerons de sortir, il nous tuera.

Une échelle conduisait à l'étage également creusé dans le tuf de cette ancienne carrière. D'un bond Cochenille s'y accrocha, y grimpa à toute vitesse.

— J'ai un fusil à deux coups, une carabine et ma pétoire. Et des quantités de munitions. Nous pouvons soutenir un siège. Fixons Souquenille sur sa falaise, mais à la nuit je le surprendrai et il faudra bien qu'il se montre à visage nu. Je ne suis pas certain que ce soit vraiment qui tu penses. Renverse la table et tire-la par les pieds, jusqu'au bas de l'escalier où je te rejoindrai. Le tireur aurait dû nous attaquer plus tôt mais a peiné pour nous retrouver. Peu de gens savent que j'ai racheté cet endroit. Dans le pays on n'aime guère y venir. L'ancien maître de la forge catalane est devenu fou de jalousie. Oh! C'est vieux, quarante ans passés. Il a tué sa femme, un ouvrier qui voulait le désarmer et le roulier qui le fournissait en hématite de fer, l'amant supposé qu'il fit pilonner par le brocard. Deux cents kilos de fonte qui pulvérisaient d'ordinaire le minerai à trente coups la minute.

Philibert tira la table qui pesait ses quatre ou cinq quintaux.

— Comment nous aurait-il retrouvés?

— L'odeur d'huile de cade dont je ne peux me débarrasser totalement. Cet homme-là a du flair, mais j'en connais qui reniflent la puanteur d'un renard, d'un blaireau, d'un sanglier rien qu'en mettant le nez sur les pierres d'un passage.

Ce qu'il appelait sa pétoire était une arme de contrebandier ou de braconnier. Un fusil à la crosse et au canon sciés, facile à dissimuler. Il tendit la carabine à l'étameur. Ce dernier hésita à la prendre. Cochenille connaissait sa méfiance pour les armes à feu mais il lui apprit comment charger celle-là.

— Tu me couvriras. La nuit venue je le contournerai. Il ne sait pas où il a mis les pieds. Ici on extrayait du tuf dans le temps, mais il était en couches minces, coincé entre deux tables de roches dures. Les carriers travaillaient à plat ventre pour l'extraire, s'enfonçaient au loin; mais pour respirer, ils creusaient des puits verticaux, aujourd'hui cachés de végétation épaisse.

— Il est peut-être parti.

— Non. Il a eu Capestan, puis le cousin Ginestre. Il calcule ses coups meurtriers. Capestan c'était comme moi, une pièce rapportée. Mais le cousin, écrasé au cours de cette noce crapuleuse, voilà qui a secoué les deux frères. Maintenant c'est moi et les Ginestre vont se sentir soulagés, croiront que le danger s'éloigne.

Cochenille ramassa une casserole sur une étagère creusée dans la pierre tendre, l'envoya par la fenêtre de toutes ses forces. Des coups de feu éclatèrent et la casserole, percée chaque fois de plusieurs trous, sautait en l'air, roulait, faisait cymbale sur les cailloux.

— La cafetière, c'était une balle. La casserole de la chevrotine. Il a deux fusils. Le premier à un coup, l'autre à deux coups. Chaque fois trois coups.

— Monsieur Pétrone bouderait le monde dans la borde fortifiée de Cantaloups.

— Tu es sûr?

— Quelqu'un l'a raconté aux Courtales. Et des gens des bordes les plus proches ont essuyé des coups de feu, pensent qu'il a posé des pièges à loup.

— Il risque d'en prendre un. Ils sont descendus des Pyrénées cette année, venant d'Espagne d'où le froid les a chassés dès novembre. De l'autre côté, chez les Catalans, les troupeaux crèvent du charbon. Les carcasses brûlent ou sont dans la chaux et les loups crèvent de faim. Ils ont passé la frontière.

Philibert s'endormit, accroupi derrière la table, tomba en avant, se heurta violemment le front et se réveilla. Il s'excusa d'un sourire auprès de son compagnon.

— Moi aussi je me suis laissé aller... On ne tiendra pas si on ne dort pas une heure chacun. La nuit dernière on a peiné et aussi une partie du matin. Dors, je te réveillerai.

Il était une heure de l'après-midi et la neige avait cessé de tomber lorsque le garçon se réveilla, claquant des dents. Un vent glacé s'engouffrait dans la maison troglodyte. Les volets se rabattaient de l'extérieur et il n'était pas question d'aller les fermer.

— Le Cers, dit Cochenille. Tu aurais dû t'enfouir dans ta couverture. Je dors à mon tour. Fais attention. Ce type est plus malin que n'importe quelle bête de par ici. Il finira par descendre pour nous mitrailler. Il y a du trois-six dans cette bouteille.

Il la fit rouler vers Philibert, lui demanda s'il voulait manger.

— J'ai de quoi dans mon sac.

— À tout à l'heure.

Le Cers apportait un relent de grande solitude, à croire qu'ils étaient au bout du monde, côté pôle Nord. Le village de Vignevieille était trop éloigné pour espérer en voir venir quelqu'un, surtout si l'endroit passait pour maudit. Philibert commença d'énumérer tous les lieux réputés maléfiques qu'il rencontrait dans ses tournées, mais réagit contre cette rêverie défaitiste, crispa ses mains sur la carabine.

Mais avec le froid, la peur, revenaient des idées malsaines, des cheminements désagréables dans des réflexions toutes indignes de l'amitié que lui portait Cochenille. Il avait accepté son explication, savait que le gnome l'aimait bien. Mais il ne pouvait s'empêcher de se poser la question, Cochenille une fois mort, est-ce que leur ennemi serait satisfait et disparaîtrait? Essayerait-il de le tuer, lui?

Si monsieur Pétrone était cet homme à la souquenille, pourquoi assassinait-il tous les incendiaires? Certainement pas pour venger Morchailles. Pour ce sacrilège commis envers le cadavre de Constantin Torneilles? Vengeait-il un souvenir souillé, celui d'un garçon d'autrefois, le renom d'une famille en pleine décadence aujourd'hui?

Était-ce lui qui avait pendu Cambronne dans sa cave? Mais le pauvre vieux n'avait jamais été le complice de la bande à Ginestre.

Lorsque Cochenille s'éveilla vers 3 heures, le jour avait ses premières faiblesses de lumière. Il lui posa la question au sujet de Cambronne.

— Possible qu'il ait vu quelque chose depuis sa fenêtre. Les Ginestre et Capestan sur les toits?

— Ce ne serait donc pas l'homme à la souquenille son assassin?

Le gnome, poussant son matelas devant lui, alla remplir un vieux panier de différentes choses. Il voulait faire du café et aussi manger un morceau.

— Il n'y a que le vin qui est inaccessible sur ta gauche dans le barricaud en perce.

Ils mangèrent un pain de huit jours et des salaisons. Cochenille salait les chevreaux d'automne parce que ses parents, d'origine catalane espagnole, l'avaient toujours fait. Ils mâchaient et remâchaient sans faim, la peur occupant déjà pas mal de place dans leur estomac.

— Nous attendrons qu'il fasse bien nuit. Je sortirai et tu compteras un bon quart d'heure avant de tirer vers le haut de la falaise. Trois cartouches. Pas une de plus. Tu compteras jusqu'à trente entre chaque coup. Moi je ramperai dans les veines de tuf à la recherche d'un puits que je connais bien. Des rejets de peupliers, des buis ont poussé là-dedans.

— Ça fera du bruit ce feuillage vert des buis.

— Avec le vent qui souffle encore plus fort, il n'entendra pas. Je serai sous son vent. Je me méfie de cette huile de cade qui imprègne mes habits. J'en ai des propres mais il faudrait que je remonte me changer là-haut, tant pis...

Philibert fit rouler la bouteille de trois-six vers lui, n'ayant fait qu'appuyer ses lèvres au goulot. Ce qu'il vivait, bien qu'effrayant, ne pouvait se subir dans l'ivresse facile d'un coup d'alcool. S'il devait mourir que ce fût lucide.

— Si je dois y rester, il y en a un qui ne l'emportera pas au paradis, je peux te le jurer. Mais pour l'autre je me tairai car je ne suis pas un mouchard.

— Quel autre ?

Cochenille fit celui qui n'entendait pas.

— Si on attendait demain. Il ne peut rester là-haut indéfiniment tout de même, proposa Philibert.

— C'est un homme qui a guetté, dit-on, plusieurs jours sur les montagnes de Fraïsse votre arrivée. Il est tout aussi capable de nous menacer pareillement. Une pierre, un roc, avec l'éternité devant lui.

Le froid creusa la nuit, la dépouilla de ses nuages et un quart de lune rendit encore plus livide la falaise d'en face. Philibert chuchota qu'il fallait attendre que cette lueur diminuât, qu'elle ne laissait aucune chance de se dissimuler :

— Il n'y a jamais d'ombre avec la lune, juste une flaque autour des buissons. L'homme a une vue perçante. Il ne serait pas resté à guetter la plaine de Sigean sinon. La réverbération y est funeste.

— J'aurai raison de lui. Il ignore tout de cette ancienne carrière, croit qu'elle se réduit à une grosse entaille dans la colline.

Une dernière fois l'huile de cade lui empesta les narines. Cochenille quittait cette maison en tuf, le quittait lui. Il devait respecter les consignes et essayer de compter le temps. Il n'avait pas osé demander à Cochenille s'il espérait tuer l'inconnu. Mais que faire d'autre, sinon continuer de vivre dans la frayeur de mourir soi-même ?

Quand il estima le quart d'heure écoulé, il commença à tirer. Le temps de recharger maladroitement, les trente secondes y étaient. Après la troisième détonation, il fut soulagé. Comme il détestait ça, non seulement le recul douloureux dans l'épaule, mais l'odeur, le bruit, la flamme ! Les chevrotines en riposte s'enfoncèrent dans la table renversée, soulevant une odeur de miel brûlé, celui de la cire qui patinait le bois. Souquenille jouait franc jeu, ne laissait planer aucun doute sur sa vigilance.

Peu après, il s'enfouit dans sa couverture mais il grelottait toujours. Ce n'était pas le froid connu du Cers ou de montagne. Quelque chose, un être cruel le diffusait largement, comme le soufreur à l'aide de son soufflet pulvérise de jaune les ceps. C'était un froid de mort. Il montait des tombeaux ouverts, surprenait dans les cryptes ou dans la chapelle funéraire de la famille Torneilles. Ici c'était la carrière qu'il investissait.

À part les coups de feu envoyant des chevrotines dans la table, il n'en perçut pas d'autres. Il avait rechargé la carabine mais n'osait s'en servir de crainte d'atteindre Cochenille. Il essaya de viser bien au-dessus de la ligne tortueuse de la falaise, appuya sur la détente. L'écho le surprit de sa longévité, l'effraya de rouler encore au loin, peut-être vers Vignevieille ou vers les moulins installés sur l'Orbieu. Mais l'inconnu ne daigna répliquer cette fois.

Jusqu'à l'aube, il crut mourir de froid, mais ce jour plâtreux qui glaçait davantage encore l'air lui répugnait. Il resta prostré encore une heure alors qu'un soleil pathétique, tant il était pauvre en chaleur, essayait de jaunir le haut de la falaise. Serrant la couverture autour de lui, abandonnant volontiers sa carabine il se redressa et dès lors, à chaque pas, alla de surprise en surprise de rester en vie, de contourner le bouclier de la table, d'approcher de la porte, de sortir dans ce grand espace découpé dans la colline comme dans un gâteau fait de couches différentes.

Le froid intense réveillait de vieilles odeurs de minerai de fer, de charbon de bois du côté de la forge catalane en ruine, des odeurs de pierres, de granit à étincelles. Ce pauvre soleil essayait de couler un peu plus bas vers quelques genêts-scorpions accrochés à la falaise, mais ne faisait que la lisser d'un émail glacé.

Philibert suivit le rectangle de la carrière, cherchant les fameux trous dans la couche mince de tuf. Il y en avait une bonne dizaine, mais aucun n'était accessible. Cochenille n'aurait jamais pu se hisser jusqu'au plus rapproché sans se découper sous la lune.

Ce fut en dessous de la roue du brocart qu'il crut trouver le boyau emprunté par son ami. L'échafaudage qui soutenait la roue permettait d'y accéder. Il l'escalada, mais vit qu'au bout d'un mètre le tuf s'était écroulé. Il pensa à Capestan coincé dans sa mine de houille. Cochenille, qui avait été son ami, avait racheté cette ancienne forge installée dans une carrière percée de trous de mine. Étrange coïncidence pour ces deux hommes.

Une odeur d'huile de cade, aussi fugitive que désagréable, lui fit quand même plonger la tête dans ce trou, mais le nauséabond venait d'ailleurs. C'est en se retournant qu'il aperçut la main énorme pendant au bout d'un bras décharné, une branche morte. Il aurait pu croire à un amas de broussailles agrippant la verticale de la carrière, sans cette main particulière.

Sur cet échafaudage de bois et d'entretoises de fer rouillées, il se cramponna, pris de vertige mais la vieille installation oscillait vraiment. Il en descendit précautionneusement, sans lâcher du regard ce ballot de hardes suspendu dans le vide qui contenait le corps de Cochenille.

Au sol il se précipita, leva la tête et reçut une goutte dans l'œil, crut que son ami bavait mais c'était du sang. Il en eut tout de suite la vue rougie.

— Cochenille...

Jamais il n'avait connu son nom, encore moins son prénom. De même pour lui il n'était que l'estamaïre, plus rarement Philibert. Mais était-ce bien le même homme ainsi enroulé comme de vieilles guenilles, accroché à quelques épineux? La main bien sûr, la main engrossée depuis si longtemps de ces venins végétaux. Jamais il ne pourrait l'atteindre par le bas. Aucune échelle ne serait assez longue. Et par le haut il lui faudrait une corde.

Il la trouva dans les affaires de son ami, mais pour le chemin du haut de la falaise perdit un temps précieux. Ce furent les cartouches vides qui situèrent l'endroit de la chute. Une bonne poignée abandonnée par l'inconnu en souquenille.

Il noua la corde à sa taille, la passa deux fois autour du jeune tronc à l'écorce humide d'un petit noyer qui la lubrifierait, se laissa glisser en rappel.

CHAPITRE QUARANTE ET UN

— Ne m'approche pas, tu empestes, lui dit Zoé lorsqu'il arriva à la maison des Courtales.

La porte en était fermée et il avait frappé longuement avant qu'elle ne vînt ouvrir. Il était déjà nuit et Mathilde et Eugénie soupaient chez Jérémie Cayol qui les avait invitées.

— C'est abominable, dit-elle. Viens dans mon cuveau. Il y a de l'eau chaude dans la chaudière.

Deux jours qu'il s'en revenait à travers les bois, les landes, les ruisseaux, évitant même les trouées creusées par les hordes de sangliers, de crainte de se heurter à quelque braconnier. Il n'avait pas dormi avec ce froid qui s'accrochait à lui depuis la veille, le mordait comme un chien hargneux.

Il remplit les brocs comme dans un rêve, en vida un grand nombre dans le cuveau qui soudain sentit le jasmin. Zoé venait d'en faire tomber quelques gouttes d'un flacon.

— Déshabille-toi ailleurs que dans ma chambre. Mais d'où vient cette puanteur?

— L'huile de cade. Le corps de Cochenille en était vernissé.

— Je ne comprends pas ce que tu dis.

Il ôta ses vêtements, les fourra dans un sac de jute et le jeta dehors. Demain il l'enterrerait ou irait le porter encore plus loin. Il grelottait malgré le poêle ronronnant, malgré le feu dans la cheminée de la chambre de Zoé. Le cabinet de toilette était empli de vapeur brûlante. Avec un soupir qui n'était même pas de soulagement, il s'assit dans le cuveau.

— Je vais t'étriller, mon bon, jusqu'à ce que cette puanteur ne soit qu'un souvenir déplaisant.

Elle le frotta avec énergie sans céder un seul instant à la tentation d'une caresse, même légère. Et lui s'enfouissait dans le bien-être, ne voyait pas la crasse qui flottait à la surface de l'eau.

— Il faut que j'écume cette saleté, fit-elle.

Elle descendit à la cuisine, remonta avec encore deux brocs d'eau brûlante et une écumoire à bouillon. La mine dégoûtée, mais tenace, elle ôta toute cette grisaille grumeleuse qui flottait. L'eau nouvelle servit à le rincer, debout dans le cuveau, et seulement alors elle commença de pouffer, le traitant de petit garçon ayant encore besoin de sa maman pour le laver.

Sur un drap de molleton, il s'allongea pour qu'elle le sèche.

— Te voilà neuf, murmura-t-elle, et innocent. Vraiment petit garçon sage.

Sans désir, d'ordinaire le souffle seul de Zoé sur son visage le tendait, il sommeillait. Elle alla chercher un reste de bouillon au vermicelle qu'elle lui donna à la cuillère, du vin, un blanc de poulet, une confiture d'abricot.

— On a apporté du plomb pour toi, mais il y a quatre jours.

— Je cherchais Cochenille.

Il expliqua que c'était son ami depuis longtemps et qu'il voulait lui demander des comptes.

— Il était dans la maison de l'Espagnol pendu le soir de l'incendie. Je voulais qu'il me dise pourquoi.

Elle l'écoutait, en vidant le cuveau dans des seaux qu'elle allait déposer au-dehors de la chambre. En rentrant, les deux servantes les verraient et iraient les jeter dans l'évier.

— Tu me prives de mon bain, lui avait-elle reproché, car si j'en prenais un aussi elles se demanderaient ce que j'ai bien pu faire de tant d'eau chaude.

Lorsqu'il parla de l'homme à la souquenille, elle avait entrepris de se dévêtir pour se mettre en vêtements de nuit, et vint s'asseoir sur le lit en pantalon fendu et chemisette brodée :

— Il traquait Cochenille depuis des jours, a fini par le tuer d'un demi-tour à la tête. Il l'a prise à deux mains, maîtrisant le corps dans l'étau de ses jambes, et l'a fait tourner. La bouche de Cochenille était remplie de caillots de sang.

Elle n'éprouvait visiblement rien d'autre qu'une grande curiosité. Ni frayeur ni gêne. Comme si l'horreur rencontrée lors de la répression de la Commune banalisait les autres morts.

— Il s'agit de cet homme noir qui nous aurait guettés du haut des collines, quand nous venions vers Maximilien le berger. Il n'aurait cessé de nous surveiller. C'est lui qui aurait fait exploser Capestan dans sa mine, écrasé le cousin Ginestre sous la charrette de sept, et enfin tordu le cou de Cochenille avant de le jeter dans la carrière. Il est resté accroché à des épineux. J'ai pu glisser jusqu'à lui, mais avec ma corde trop courte je n'ai pu le descendre en douceur. À coups de serpe de bûcheron, j'ai taillé les épineux et il est tombé comme une masse. J'en pleurais, de le traiter ainsi. J'ai trouvé un trou pour l'enterrer. Sachant qu'il n'avait pas de religion, je n'ai rien mis sur sa tombe. On ne saura jamais qu'il repose dans la carrière. Mais qui se souciera de le rechercher ?

— Il a transporté le pétrole.

— Sans savoir, en toute ignorance.

— Tu l'as cru ?

— Il dit qu'il a laissé un testament.

Zoé passa dans le cabinet de toilette, pour achever de se déshabiller certainement. Dans la cheminée, le feu avait de gentils craquements de bienvenue. Philibert ferma les yeux.

— Un testament ? Tu l'as trouvé ?

— Il serait chez le notaire de Villerouge. Croiras-tu qu'un homme aussi sauvage, aussi éloigné des habitudes de propriétaire, eût un notaire ? Il y déposait son argent, donc il y a laissé son testament.

Zoé revint en ce négligé qui d'ordinaire l'enflammait, mais ce soir-là il était sans désirs.

— Pour ouvrir un testament, il faut un mort et qui dit mort dit cadavre. Tu viens de dire qu'on ne trouvera pas celui de Cochenille ? Donc on n'ouvrira pas le testament. Que disait-il là-dedans ?

— Il expliquait comment il avait été mêlé à son insu à l'affaire, mais surtout il y dévoile le nom de celui qui a payé la bande à Ginestre.

— Il aurait pu t'en faire la confidence, murmura-t-elle en s'allongeant à ses côtés.

— Il ne pensait pas mourir, mais s'emparer de Souquenille.

— Je préférerais que tu rejoignes ta chambre, dit-elle tranquillement. Si les servantes rentraient tôt, elles seraient tentées de frapper chez toi. Tu as surtout besoin d'une longue nuit de sommeil.

Tout nu, il monta les escaliers, s'enfouit dans son lit glacé mais s'endormit aussitôt et, si les servantes frappèrent, il ne les entendit pas. D'ailleurs elles furent surprises de le voir descendre à l'heure du café.

— Madame Zoé sait que tu es rentré ? demanda naïvement Mathilde.

— Celle-là alors, soupira Eugénie, avant qu'elle comprenne.

La louchon comprenait trop vite et trop bien, pensa Philibert. Il commença de tartiner du pain grillé, remettant à plus tard un croustet proposé. Il en avait assez des croustets. Durant ces jours de traque, il n'avait mangé que ça. Il voulait un déjeuner d'écolier, d'enfant enfin à l'abri du malheur.

— Il y a une lettre pour vous, de la jeune veuve installée au ramonétage.

Eugénie la déposa à côté de son bol. Il n'y jeta qu'un coup d'œil agacé. Morchailles allait-il encore le relancer avec son histoire de monstruosité assistant à son énucléation, sans manifester la moindre sollicitude. Certes il y avait eu quelqu'un dans le poulailler, un inconnu qui avait pu entrer puis se sauver quand les flammes l'avaient menacé. Il avait omis d'en parler à Cochenille, mais ce dernier ignorait tout de la préparation de l'incendie et n'aurait certainement pu lui donner d'autres précisions.

— Tu ne l'ouvres pas ?

— Je déjeune.

— Il paraît que l'aveugle accompagne désormais monsieur Albert dans ses randonnées pour les élections. Il impressionne les gens avec ce masque qu'il porte.

— Moi je ne l'ai pas encore vu, dit Mathilde.

— Moi si, poursuivit Eugénie. Je suis descendue avec monsieur Jérémie à Mouthoumet pour m'acheter un caraco au marchand de Tuchan. C'est à faire peur cette chose blanche qui lui descend jusqu'à la bouche, avec juste le nez qui en sort.

— Et qu'en dit-on dans les villages que monsieur Albert visite ?

— Je ne sais pas, mais ceux qui ont fait ça à ce pauvre homme ne méritent pas d'être élus la semaine prochaine.

Philibert en resta stupéfait. La semaine prochaine ? On serait donc le 20 février, la semaine prochaine ? Il y avait plus de deux mois qu'il avait quitté La Nouvelle et le mixte espagnol, son ami Miguel ? Pour lui de nombreuses années s'étaient bousculées pour le vieillir, l'entraîner dans une bien curieuse destinée. Et ses parents qu'il n'avait pas revus depuis plus longtemps encore, qu'il laissait sans nouvelles ou presque ?

Comme il sortait de la cuisine, Eugénie lui rappela la lettre de Josseline, veuve Montvrault. Il la fourra dans sa poche et sortit. Le froid l'avait accompagné jusqu'aux Courtales et le givre plombait les feuillages. Il contourna la maison pour examiner les tuyaux qui alimentaient celle-ci et les ramonétages en eau, mais le gel avait obturé les fuites sans trop gêner l'arrivée.

Lorsqu'il revint Eugénie lui dit que madame Zoé l'attendait dans une chambre du premier. La jeune femme lui montra une pelisse étalée sur l'ancien lit des parents Torneilles.

— Essayez-la.

— Cette fourrure noire ? C'est trop riche pour moi.

— C'est la doublure. De la loutre, vous imaginez ?

— Si je la porte, on dira que je me prends pour le maître des Courtales. Je ne m'y risquerai pas.

Zoé referma la porte sans bruit :

— Pourquoi as-tu dissimulé le corps de ce Cochenille, puisque sans cadavre le testament ne sera pas ouvert avant de nombreuses années ?

— Et cela te préoccupe, tu voudrais en savoir plus ? Moi c'est tout le contraire, je préfère ne rien savoir. Depuis deux mois je vis dans l'incertitude, ce n'est pas toujours très confortable mais j'ai fini par m'y habituer.

— Si tu ne veux pas de la pelisse il y a autre chose, un paletot qui appartenait au père de mon mari. Essaye-le. Tu ne peux sortir en bourgeron avec ce froid.

Lorsqu'il pensa à la lettre de Josseline, la sœur de Morchailles, il s'abrita dans une des écuries pour l'ouvrir. L'odeur des chevaux avait une âcreté amicale qu'il appréciait. Alors que brebis et vaches tournaient rarement la tête pour examiner un nouveau venu, eux le regardaient de leurs yeux parfois bordés de larmes.

Contrairement à ses appréhensions, le mobile n'avait pas fait écrire une lettre rabâchant toujours les mêmes balivernes Le ton en était plus personnel et la jeune veuve commençait ainsi : *Parce que vous êtes près de mon âge, je vous considère comme un ami de jeunesse sans vouloir vous imposer le même sentiment en retour.* La jeune femme paraissait découragée par cette vie nouvelle, par l'agitation permanente de son frère qui ne pouvait rester en place. Toujours à sortir dans le village, à boire à l'auberge, à interpeller les gens qu'il reconnaissait désormais à la voix. Elle détestait ces promenades, ces rencontres. Elle lui demandait s'il pouvait passer la voir quand son frère accompagnait le candidat député dans ses tournées, ou encore lorsqu'il faisait la sieste après le repas de midi.

Sans être comme moi un étranger dans cette contrée vous venez du bord de mer et, d'après ce que je sais de vous, pouvez m'aider à comprendre ce pays, ses habitudes, à ne plus craindre ces éclats de voix qui me paraissent toujours être le signe d'une colère, alors que les habitants aiment parler haut pour exprimer jusqu'aux sentiments les plus délicats. Je m'embrouille aussi avec la cuisine d'ici, et quand je vais pour acheter certain morceau de viande ou certains produits d'épicerie on ne me comprend pas. Des Courtales, on nous a apporté des pots de confits, du cochon surtout, des saucisses à la graisse, mais je ne sais comment les préparer. Mon désarroi vous paraîtra somme toute banal, mais à qui voulez-vous que je m'adresse? Depuis que j'ai rejoint mon frère à la suite de son horrible accident, c'est à vous que j'ai écrit sous sa dictée. Cela ne m'autorise pas à vous obliger certes, mais si vous descendez à Mouthoumet je serais heureuse que vous passiez au ramonétage.

Cette jeune femme, elle n'avait connu son mari que quelques semaines, avait une liberté de ton qui surprenait Philibert. Un autre aurait lu entre les lignes une invite de dévergondée mais lui, trop prisonnier d'une autre femme, n'y voyait aucune malice.

Il faillit ne pas frapper à la porte du ramonétage car le cabriolet attendait devant. Émile sur son siège ne lui adressa qu'un regard hautain. En cet instant monsieur Albert sortit et faillit passer sans le reconnaître, revint sur ses pas et saisit le col du paletot :

— Il appartenait à mon père. Tu as bien fait de le prendre, estamaïre.

— Je ne l'ai pas pris, c'est votre belle-sœur qui me l'a donné.

— Qu'importe. Le docteur Miquelet est au chevet du mobile. Il semble que ses yeux se soient infectés. Des poussières se sont glissées sous son masque.

Il se hissa dans le cabriolet qui brinquebala sur ses ressorts et le cheval se mit à trotter. Timidement il entra dans le couloir puis dans la cuisine, se tint le dos à la cheminée, face à la porte.

— Oh ! Vous voilà, comme j'en suis heureuse. Je viens chercher de l'eau bouillie pour le docteur. Surtout ne partez pas. Je reviens aussi vite que je peux.

La voix du médecin possédait des inflexions précieuses, fort éloignées la plupart du temps des rusticités des lieux où il se rendait. Elles donnaient à son personnage un charme d'envoyé du paradis. Josseline le raccompagna à la porte.

La jeune veuve paraissait, le mot lui sembla fort déplacé, si extasiée de le voir là dans sa cuisine, qu'il crut qu'elle lui jouait une mimique pleine d'ironie.

— Je remonte lui porter du grenache coupé d'eau. Ensuite il va se reposer et nous aurons tout le temps de bavarder.

À peine femme, encore jeune fille elle ornait son assurance de quelques éclats capricieux qui le ravissaient. Il s'assit familièrement, comme si elle l'y avait convié, attendit, rajouta même une longue bûche au feu, aurait pu sans se gêner se servir un peu de vin doux, comme il le faisait chez ses amies d'enfance.

CHAPITRE QUARANTE-DEUX

Lorsqu'elle lui versa du café, elle le frôla de sa robe aux frous-frous soyeux. Elle ne portait plus le deuil de son mari, et par ici on devait tout de même se demander ce qu'étaient ces deux veuves, Zoé et elle, venues d'ailleurs, qui oubliaient si vite leur défunt. Le vert de sa tenue était profond, suivait les mouvements du corps en remous d'ombres légères. Elle non plus ne souffrait pas de corset, pensa-t-il.

— Monsieur Philibert, je suis anxieuse. Comme je vous l'ai écrit peut-être stupidement, je me sens plus qu'étrangère dans ce pays, comme mise en quarantaine. Louison ne se rend pas compte qu'il apporte une gêne, une sorte de remords à tout le monde. Bien sûr ils n'ont rien à se reprocher pour la perte de sa vue, mais les criminels sont issus de leur milieu. Ils souhaitent qu'on les retrouve mais craignent que la vérité n'éclabousse chacun. Louison est trop brutal dans ses paroles. L'autre soir à l'auberge, il s'est jeté sur un groupe qui, paraît-il, ricanait. Il pose des questions qu'un silence lourd accueille. Il ne cesse de prendre les fusils pendus dans le couloir pour en connaître le mécanisme. Il dit vouloir se venger si la justice de par ici traîne en longueur. On chuchote que les Ginestre seraient suspects mais on n'a aucune preuve contre eux. J'ai peur de sa folie.

— Qu'en pense le docteur Miquelet?

— Il hoche souvent la tête, me regarde d'un air songeur. Déjà à Carcassonne on voulait envoyer Louison chez les fous de Limoux. Je suis arrivée à temps. De me sentir auprès de lui, il s'est calmé mais ce n'était qu'une comédie pour quitter l'hôpital. Dès que nous avons été dehors, il a fallu prendre le train pour Lézignan, la voiture pour Villerouge. Dans cette auberge que vous connaissez, il s'est comporté comme un dément, interpellant les valets d'écurie, les servantes, les clients. Il a cherché à rencontrer ce Marceau Vernet qu'il a insulté en le traitant de révolutionnaire assoiffé de sang. Cet homme est d'une grande modération au contraire, et il a très bien compris le trouble de mon frère. Louison l'accusait de savoir qui étaient les incendiaires et de le lui cacher, mais ce monsieur a au contraire affirmé qu'il ne savait pas grand-chose et que s'il avait des soupçons, il attendrait de les voir se confirmer. Mon frère m'a dicté des lettres pour vous, à Carcassonne, à Villerouge et nous voilà partis pour ce bourg d'ici. D'abord l'auberge où la patronne, récalcitrante, souhaitait nous voir disparaître.

— N'est-ce pas une chance que monsieur Albert ait mis ce ramonétage à votre disposition?

Elle soupira :

— J'aurais préféré que nous rentrions chez nous en Maine et Loire, mais Louison ne partira que lorsque les criminels seront arrêtés ou morts. Il s'est enivré quand ce Capestan puis ce cousin Ginestre ont été tués. La rumeur lui révélait qu'ils avaient trempé dans le drame de Félines.

Elle alla pousser la porte, revint s'asseoir à côté de lui, caressa la cafetière du bout de ses doigts menus. Il avait toujours été fasciné par les mains de femmes et les siennes lui plaisaient.

— Il veut monter aux Courtales une fois de plus, forcer la porte de madame Constantin Torneilles. Il ne supporte pas son indifférence, c'est lui qui le dit. Il l'accuse d'avoir quelque chose à se reprocher, pense qu'elle couvrirait les assassins qui pourtant voulaient la faire brûler. Tout est si confus dans sa tête désormais. Je vous assure que c'était un homme plein de bon sens, sévère, implacable mais juste et méprisant les ragots, les rumeurs. Désormais, il ne vit que de ces insinuations qui circulent, surtout dans l'auberge et dans l'autre café. Nous y allons aussi. Dans ce dernier, on est plutôt enclin à défendre les Blancs, on dit que c'est un coup monté pour les déconsidérer. On accuse les Républicains.

— Monsieur Albert ?

— On n'ose pas. Il reste une personnalité du pays, même si son héritage sera partagé avec madame Zoé. Il était bonapartiste, eut des regrets légitimistes dans le temps, et dans ce débit de boissons ses anciens partisans sont désorientés.

Elle lui proposa un vieux trois-six, en versa sur un morceau de sucre qu'elle croqua lentement.

— Je vous ennuie, monsieur Philibert ?

— Non, je réfléchissais simplement. Croyez-vous qu'une visite de madame Zoé calmerait votre frère ? Je ne peux rien vous promettre, mais je peux toujours essayer de la convaincre.

— Je crains qu'il ne l'agresse en paroles. Il est très... méchant envers elle, prétend qu'elle... Je suis incapable de répéter ses accusations.

— Elles me concernent aussi ? Il insinue que madame Zoé et moi avons des relations coupables ?

Josseline Montvrault baissa les yeux, faisant tourner un éclat de sucre entre ses doigts. Le silence qui s'installa leur parut peu à peu définitif, les mettant dans l'impossibilité, l'un comme l'autre, de le rompre d'une parole insignifiante. Elle par désir pudique de ne pas l'offenser, lui par volonté farouche d'affirmer son amour sans trahir Zoé.

— Monsieur Albert est parti pour l'après-midi ? demanda-t-il enfin.

— Il doit rentrer tard, mais il rentrera, fit-elle avec réticence.

Il n'osait exploiter cette hésitation lourde de sens, ce désenchantement visible sur le joli visage naïf.

— Vous préféreriez loger ailleurs? murmura-t-il.

— Oh! Oui, soupira-t-elle. Mais nous jouissons ici d'un bon avantage et, vous le savez, nous ne disposons pas d'une grande fortune. Je touche une petite pension, insuffisante pour envisager de louer quelque chose, et l'auberge nous est en quelque sorte interdite. Nous ne dépensons rien, mais j'attends avec impatience le jour de notre départ.

— Le cocher n'est pas très causant, bien sûr.

— Certes, mais il est correct, lui.

Pouvait-il saisir l'occasion offerte par ce « lui » plein de sous-entendus, souhaitait-il vraiment se mêler de ces contrariétés, peut-être imaginaires, qu'elle paraissait subir? Pourquoi venir là, écouter cette très jeune femme, alors que par ailleurs des doutes se démenaient en lui, au risque de le jeter dans les plus déchirants soupçons.

— Certains ne le sont pas?

— La jovialité dans la voix, les gestes amicaux, les promesses, peuvent séduire une personne aussi désarmée que moi. Je suis une paysanne à peine dégrossie, savez-vous? J'ai suivi un mari s'en allant à Paris chercher fortune, et qui n'eut guère le temps de m'instruire dans les risques de la vie de tous les jours. Venue dans le Sud pour secourir mon pauvre frère, j'ai cru que le naturel exubérant de ses habitants ne pouvait être que bon enfant et sans malice. Et voilà que la nuit, je dois barricader ma porte. Comme la clé en a disparu, je dois pousser une lourde commode devant, et si mon frère frappe à la cloison parce qu'un cauchemar l'épouvante, je préfère me rhabiller totalement pour sortir dans le couloir.

Elle respira profondément, rougit d'un seul coup :

— Dans notre campagne, nous n'étions que bouseux, comme on dit chez nous, mais jamais un garçon, ni un homme plus âgé ne s'est permis de me tapoter, et encore moins de brasser mes jupes avec des invites ignobles. Quand il m'a surprise, j'étais descendue préparer une tisane d'extrait de feuille de saule pour mon frère qui, une fois de plus, avait vu se dresser devant lui cette monstruosité dont il vous a déjà parlé.

— Il vous a menacée de vous chasser les deux ?

— Non, au contraire, mais j'aurais préféré que Louison se rende compte enfin. Je vous ai demandé de venir pour savoir si vous ne connaîtriez pas un logement, pour si dégradé, insalubre qu'il soit. Nous pourrions assumer une dépense pour nous nourrir sans faire de gros frais. J'ai peur de ces fusils du couloir, peur de l'agitation constante de Louison, des regards des gens, de l'odeur d'absinthe dans les cafés, peur de ce vent du nord horrible, de cette campagne électorale. Je me sens continuellement agressée, blessée à chaque heure de ma vie ici.

— Je ne suis pas de ce pays mais du bord de mer. Je demanderai s'il n'y a pas une autre maison, que le partage aurait attribuée à madame Zoé. Mais je ne peux rien vous promettre.

Le même soir, lorsqu'il essaya d'en entretenir Zoé, elle éclata d'un rire déplaisant, un rire qu'il avait déjà détesté dans la maison close de la route de Narbonne, un rire de fille complice d'une agression sexuelle sur une de ses compagnes de débauche.

— Que sont-ils allés accepter d'Albert ? Le gîte, le couvert, les petites attentions, une maigre pension et elle croyait que cela ne se payait pas un jour ? Que le gros Torneilles, bien connu pour ses frasques, agissait par bonté d'âme envers un aveugle victime de ses ennemis ? Quelle naïveté ! Je me demande si ce n'est pas de la roublardise même. Peut-être veut-elle plus qu'un simple ramonétage, une maison grande et confortable, des domestiques.

— Tu la calomnies. Elle ne veut plus passer ses nuits

à appréhender l'inconvenance de ton beau-frère, voilà tout.

— Tu voudrais peut-être qu'on la loge ici aux Courtales ?

— Morchailles préfère rester à Mouthoumet. Il fait les cafés, bouscule les gens de questions, se rend chez les gendarmes chaque soir pour les relancer sur l'enquête en cours. Il persécute tout le monde, y compris sa sœur qui préférerait retourner dans leur pays.

— Mais dis donc toi, tu ne serais pas en train de tomber amoureux ?

Il haussa les épaules.

— Tu passerais d'une veuve à l'autre en quelque sorte. Serait-ce ta nouvelle spécialité de coq du village ?

Dans ces cas-là il préférait sortir, mais dans les Courtales les portes et volets se refermaient tôt sur les familles. Parfois un journalier d'écurie s'attardait auprès des chevaux, réglait les réveils qui avant l'aube distribuaient le foin dans les râteliers.

Très tôt le lendemain, bien avant 5 heures, il descendit à Mouthoumet, prit la voiture qui rejoignait Lézignan en passant par Laroque de Fa, Félines, Villerouge. Il laissa les places intérieures aux gens du pays, s'installa à côté du conducteur. À Félines, il se hissa sur les arceaux soutenant la toile. Ce n'était pas une diligence que cette voiture, et elle ne comportait pas d'impériale. Deux hommes de Félines le remplacèrent auprès du voiturier, se retournèrent pour lui crier des questions, mais il biaisa jusqu'à Villerouge où il descendit.

Tant que des voitures stationnaient devant l'auberge il erra dans le bourg, ne revint que lorsqu'elles roulèrent vers Lézignan. Une servante le reconnut, le servit gentiment. Des journaliers passaient boire un café arrosé, s'en allaient dans la froidure tailler les vignes. Un berger apporta une carcasse d'agneau, laissant un filet de sang derrière lui. La patronne s'emporta lorsqu'il jeta la bête morte sur une table de la salle, au lieu d'aller dans la cuisine. Il répliqua avec colère que le sang lui coulait dans le cou.

Il s'en alla rôder devant chez Marceau Vernet, sachant que l'homme était matinal et qu'il aimait traverser sa rue pour s'occuper de ses deux chevaux, un percheron et un barbe âgé qu'il aimait câliner.

— C'est toi estamaïre, te voilà de bonne heure mais c'est bien, tu vas déjeuner avec moi.

— C'est déjà fait, monsieur Marceau.

Dans la cuisine que réchauffait un feu de souches, il accepta un autre café, tandis que Marceau Vernet sortait de quoi manger. Surtout de la cansalade, lard gras et maigre, cuit.

— Je demande à Louise d'en mettre dans la soupe de façon que j'en aie tous les matins. Je ne m'en fatigue pas. Tu voulais me demander quelque chose, je suppose.

Philibert lui parla de Cochenille, lui demanda s'il avait eu sa visite, le soir même de son retour de Félines, avec la charrette ayant accompagné le coucou à Félines.

— Oui, il me guettait et j'en ai été surpris. Nous avions eu le plus grand mal à revenir. Nous avions dû détacher la charrette et prendre les chevaux par la bride, le barbe et le percheron que tu as vus. Maintenant que je me le rappelle, il m'a demandé si c'était vrai que tu accompagnais le mort, la veuve et le mobile. Je lui ai répondu que tu avais été engagé pour veiller sur le fameux cercueil de plomb. Que vous étiez à la vieille forge de Félines. Tu sais quoi?

Philibert se doutait de la suite.

— Il m'a planté là comme un malpoli. Mais alors sans dire merci, au revoir, rien. Surprenant chez cet homme qui bien que sauvage, solitaire et accusé de sorcellerie, se montre toujours d'une grande courtoisie. Je ne te demande pas la raison de ta question.

— Je vous la dis. Il a participé au transport du pétrole depuis La Nouvelle à Félines avec Capestan, mais sans savoir à quoi il était destiné. Il pensait à une combine, que c'était du pétrole acheté pour rien et qui serait revendu aux épiciers et particuliers à moitié prix. Mais à l'auberge d'ici il a appris que le cadavre du Communard Torneilles, de retour vers sa dernière demeure, créait quelque agitation.

— C'est lui qui te l'a raconté ?

— En personne. Je l'ai rejoint alors qu'il était poursuivi par celui qui a déjà tué les deux autres, Capestan et Ginestre Bernard, le cousin. Cochenille accusait l'homme à la souquenille noire de ces meurtres.

— Celui qu'Antoine Rouque de Fraïsse nous avait signalé comme faisant le guet dans les collines, où lui-même se cache avec d'autres déserteurs et réfractaires, en attendant une amnistie qui ne vient pas vite ?

— Serait-ce monsieur Pétrone ?

L'autre se leva, alla chercher une bouteille de rhum, en versa dans les tasses encore chaudes.

— Je me demande. On a voulu faire brûler son Constantin Torneilles, mais il était mort depuis des mois. Sa veuve ? Est-ce qu'il a des raisons de se fâcher pour une femme qu'il doit détester ? De plus tu l'as sauvée des flammes. Alors pourquoi agirait-il de la sorte ?

— Cet inconnu a fini par rejoindre Cochenille du côté de Vignevieille et l'a tué. J'ai retrouvé son corps et je l'ai enterré. Je vous le dis parce que vous êtes le seul à qui je peux me confier. Il est dans l'ancienne carrière de tuf, abandonnée depuis si longtemps qu'une forge catalane y fut construite, elle-même en ruines. Cochenille y avait une cache. La tombe est secrète, mais dans l'angle nord-est de la carrière. Sur la falaise, j'ai tracé un « c » juste à côté. Je vous le confie parce qu'on ne sait jamais. Il aurait laissé un testament accusateur, mais qui ne sera ouvert que si on trouve son cadavre, c'est la loi.

— Tu as peur pour toi aussi ?

— Je ne sais pas, monsieur Marceau, mais j'ai des doutes qui me persécutent la plupart du temps.

Son hôte sirotait son rhum, le regard lointain.

— Tu sais, quand j'ai fait le rappel de mes amis pour vous escorter jusqu'à Félines, c'était en hommage à Constantin Torneilles. Je ne cherchais pas à rendre service à la veuve, et surtout pas à Albert Torneilles dont le républicanisme me fait rire et m'indigne. J'étais aussi l'ami de Constantin qui lui était sincère, et depuis longtemps. Depuis la Révolution de 48. Nous étions très jeunes gens mais enthousiastes.

— Pouvez-vous me montrer sa photographie, monsieur Marceau ? Vous m'avez dit que vous étiez ensemble sur le même cliché.

— Je vais la chercher, tu pourras même l'emporter car j'en ai fait refaire une autre.

Lorsqu'il la déposa sur la table il paraissait très ému.

— C'était un beau garçon, pas vrai ? Avec de grandes qualités morales.

CHAPITRE QUARANTE-TROIS

Il faisait un soleil éblouissant ce jour d'élections du 20 février 1876, et Zoé avait commandé un grand repas qu'on irait manger sur l'herbe, en dessous de la gendarmerie, dans un pré de la famille. S'il pleuvait, on se rabattrait sur la remise, à la sortie du village. On entassa joyeusement les provisions dans les charrettes, on se prépara comme pour une fête. Zoé promit de rejoindre tout le monde à la fin du dîner. Philibert, non inscrit sur les listes, de toute façon trop jeune pour voter, resta auprès d'elle.

Dans Mouthoumet, les électeurs des hameaux et des campagnes, les bergers, les forestiers, les charbonniers arrivaient depuis le milieu de la nuit, et déjà l'auberge refusait des clients pour le déjeuner du matin et le midi. On pouvait encore s'inscrire pour le souper, et beaucoup le faisaient, car on n'aurait les résultats de ce premier tour que fort tard dans la nuit.

De partout, dans les abords, montaient des fumées de grillades. On avait tué des chevreaux à la place des agneaux réservés pour Pâques. On disait que manger de l'agneau avant attirait le malheur.

Portée par le vent, bien qu'il y eût une bonne lieue à vol d'oiseau depuis Mouthoumet, cette rumeur de fête parvenait aux Courtales. Zoé et Philibert se promenaient dans les vignes, et le garçon lui expliquait la succession des travaux.

— Je regrette que les femmes ne votent pas, disait Zoé, c'est une grande injustice. Mais je suis surprise par l'empressement de ces gens.

— C'est un grand jour que de détenir, avec un simple bout de papier, une parcelle de pouvoir, d'envoyer à terre celui qu'on déteste et de voter pour celui qu'on estime.

— Tu crois que mon beau-frère sera élu ?

— Je n'en sais rien. Le souhaites-tu ?

— Il s'en ira à Paris et nous fichera la paix. J'espère qu'avant il acceptera de signer les papiers chez le notaire. En somme, si je mourais, il resterait le seul héritier. L'affaire de Félines aurait pu l'arranger, mais puisqu'on a déclaré haut et fort que ce sont les Blancs qui ont fait le coup, restons-en là.

Ils mangèrent simplement puis le garçon, vers 4 heures, alla atteler le demi-coupé. Le soleil passé, il faisait froid et tous les pique-niqueurs avaient reflué vers le village. L'auberge avait installé des buvettes improvisées à l'entrée des caves voisines. L'autre café en avait fait autant mais l'approche en était trop difficile.

Bien sûr, on aurait les résultats de Mouthoumet puis ceux des villages proches dans la nuit, mais l'arrondissement de Carcassonne, où se présentait Albert, comptait cent quarante communes regroupées en douze cantons. Le décompte des voix arriverait le lendemain. Zoé fut surprise par les guirlandes, les lampions, les lampes à pétrole. On avait aussi orné de branches de buis, de laurier et de repousses d'olivier certaines rues, d'abord la mairie, mais aussi des habitations privées. On allumait des feux où les gens venaient se réchauffer. On trouva même des violoneux, des joueurs de clarinette, de piston et plusieurs bals furent improvisés. Bien qu'il fût au chef-lieu d'arrondissement, Albert Torneilles avait demandé qu'on servît, vers les 7 heures du soir, du vin chaud et du punch, et des sympathisants républicains les préparaient dans de grands chaudrons à confiture suspendus à des faisceaux de perches, au-dessus de feux de charbon de bois. On pouvait boire à chaque coin de rue.

Voyant Zoé frissonner, Philibert lui proposa de rentrer, mais elle refusa et soudain lui demanda de l'accompagner au ramonétage. Ce dernier avait ses fenêtres du rez-de-chaussée ouvertes et Morchailles, à son habitude, tonitruait, attroupant ceux qui ne le connaissaient pas, les venus de l'extérieur, effarés de découvrir dans cet énergumène la victime du drame de Félines.

Josseline empressée, rougissante, les fit entrer dans la cuisine.

— Vous n'allez pas remonter aux Courtales? Vous dînerez... Pardon, je m'exprime comme chez nous, vous souperez ici.

Le mobile, dans la salle à manger, cessa soudain de haranguer les gens et les surprit, assis autour de la cheminée où Josseline faisait cuire une poule farcie. Il se déplaçait sans bruit dans cette maison qu'il connaissait bien désormais. Lorsqu'il ouvrit la porte d'un coup, sa sœur poussa un cri :

— Tu nous as fait peur!

— Si je n'avais respiré cette odeur de jasmin que je connais entre toutes, je n'aurais pas su que madame veuve Torneilles nous faisait l'honneur de sa visite. Êtes-vous aussi de la sortie, monsieur l'étameur?

Zoé n'avait pas sursauté à l'entrée brusque du mobile, mais paraissait fascinée par cette cagoule sans ouvertures pour les yeux, qui s'arrondissait autour du nez et s'arrêtait au-dessus de la bouche moustachue.

— Bonsoir, monsieur Morchailles, dit-elle, avec une sérénité qui souffla dans cette pièce surchauffée comme un vent frais. Je désirais depuis longtemps vous rendre visite. Enfin nous voici, Philibert et moi.

— La fine équipe reconstituée! ricana Morchailles. Créée complètement à Port-La-Nouvelle après l'épisode de Sainte-Lucie. Nous formions un curieux équipage avec ce coucou déglingué, ce cercueil bricolé, ce mobile égaré dans un pays inconnu, avec un garçon persifleur et une veuve décidée. Dame oui, la belle équipe ! Et nous avancions en toute ignorance, en toute insouciance dans ces Corbières que je m'obstinais, au début, à mettre au singulier. Un gendarme de Sigean m'avait repris en me disant qu'elles étaient plusieurs et que ça n'arrangeait pas nos affaires, loin de là. Mes collègues de là-bas, dans la plaine maritime, ont quelque rancune contre ce pays et maintenant qu'ils connaissent ce qui nous est arrivé, doivent hocher la tête en répétant : « Nous l'avions bien dit. »

À ce moment-là il y eut de longues acclamations, des applaudissements, des gens qui couraient dans la rue, qui vociféraient sans qu'on pût comprendre un mot.

— Voilà qui est prometteur, madame veuve Torneilles, dit Morchailles. Permettez que j'aille aux nouvelles. Rassure-toi ma sœur, simplement depuis la fenêtre de la salle à manger. Sers donc du grenache à ces messieurs-dames.

Il sortit au grand soulagement de tous, mais surtout de Josseline Montvrault qui les regarda d'un air désolé en secouant la tête, avant d'aligner des verres sur la table. Les hurlements n'en finissaient pas et Philibert, le plus proche de la fenêtre, souleva le rideau, aperçut une farandole de jeunes gens portant des torches et des fanaux. Ils tournaient comme des fous dans les rues du village.

— Soyez heureuse, madame la belle-sœur ! hurla Morchailles quand il ouvrit la porte. Monsieur Albert l'emporte ici avec quatre vingts et quelques pour cent des voix. Ils sont tous républicains, les bougres ! Nous allons fêter ça.

Il se fit donner la bouteille, tâtonna pour prendre chaque verre sans en renverser un seul, les remplit habilement, les tendant au fur et à mesure en commençant par Zoé.

— Nous allons boire à la victoire souhaitée de monsieur Albert. Bien sûr, ici c'est sa commune de naissance, mais espérons que l'arrondissement lui fera un triomphe. Qu'il aille à la Chambre des Députés, qu'il vous fasse obtenir la médaille, étameur, et à moi, il m'a promis la Légion d'honneur et une pension. Que voulez-vous que je demande de plus ? C'est à donner envie à des tas de gens de perdre aussi leurs yeux.

Il but d'un trait, et comme il avait gardé la bouteille en main, il se servit à nouveau :

— Je sais que vous autres, gens bien élevés, buvez du bout des lèvres. Mais moi, depuis que ce feu d'enfer de la vieille forge est venu brûler jusqu'à mes poumons, je suis perpétuellement assoiffé et je vous prie donc d'excuser mes façons de rustre.

Il vida son verre, le déposa avec la bouteille, annonça qu'il allait aux nouvelles. Philibert vit que Josseline essayait de ne pas pleurer et Zoé esquissa un mouvement pour se lever.

— Je vous en prie, madame, ne partez pas. J'ai fait une excellente poule farcie avec des légumes et du riz. Je n'ai pas trouvé de crème fraîche mais j'ai fait une liaison à l'œuf et au beurre. Il y aura aussi un gâteau aux fruits confits. Je pense que les résultats des autres communes et des cantons arriveront tout au long de la soirée et une partie de la nuit.

— Vous êtes charmante, lui dit Zoé, et nous allons rester. Qu'en pensez-vous, Philibert ?

— Je n'y vois aucun inconvénient.

— Nous pourrons passer à table dès que j'aurai préparé la salade.

Morchailles, durant le souper, ne tenait pas en place et dès que des cris, des acclamations leur parvenaient, il se levait précipitamment, renversait sa chaise, se cognait un peu partout pour rejoindre au plus vite la fenêtre de la salle à manger.

— Dès que nous le pourrons, nous rejoindrons Segré où la petite maison de nos parents nous attend, avec un jardin suffisamment grand pour nous fournir des légumes et élever des volailles.

Face à elle, Zoé l'écoutait raconter cette vie simple, banale qu'elle envisageait jusqu'à la fin de ses jours, aux côtés d'un aveugle en perpétuelle agitation. Philibert lisait sur le visage de sa maîtresse les échos de ses réactions intimes. Son dégoût pour un avenir plein de fadeur, sa compassion pour cet enchaînement définitif à un véhément difficile à dompter.

Josseline Montvrault était une excellente cuisinière à la mode de son pays, mais Philibert y trouvait trop de douceur, pas assez de poivre ni de piment. Des plats lénifiants, des plats pour gens posés, réfléchis, durs à la peine, craignant la flamme de la passion et les bouleversements audacieux. Alors que Zoé vibrait de tout son corps, sa robe relayant des frissons d'impatience, diffusant des vibrations charnelles, la sœur de Morchailles savourait leur compagnie, le calme provisoire s'installant entre deux fugues du mobile. Philibert pensa qu'elle pratiquait assidûment, et en cet instant elle leur dit être allée à la messe de ce dimanche, surprise du peu d'hommes dans l'église.

— Quand nous sommes sortis mon frère a dû étonner ceux qui passaient devant l'église pour se rendre dans les cafés. Voilà qui nous démarque un peu plus, nous rend en quelque sorte insolites. Que devons-nous faire, ressembler à tous ces gens ou nous préserver? Dès mon arrivée à Carcassonne, j'ai compris que j'étais bien loin de chez nous, que j'allais continuellement subir de menues agressions, surprendre et devoir m'obstiner pour rester moi-même. Mon frère par contre n'a acquis que les excès, les exagérations du mode de vie de cette contrée, et en devient encore plus ridicule aux yeux des habitants.

Morchailles entra en coup de vent, et elle se leva pour le guider à sa place, mais il refusa, demanda un os de poulet à ronger, un verre de vin qu'il but d'un trait.

— Les résultats arrivent de tout le canton et, s'il n'y

avait pas les onze autres, monsieur Albert serait l'élu du premier tour. Mais ce sera plus difficile du côté de Carcassonne et dans le Minervois.

Et à nouveau il s'en alla. Sa sœur apporta le fromage avec un petit rire gêné de présenter du roquefort. Elle n'en avait jamais goûté et trouvait, à son odeur et à son goût corsé, un relent de péché qui l'émoustillait.

— Dans la journée, je me surprends à en étaler sur une lichette de pain, ajouta-t-elle avec une rougeur de petite fille.

Ne pouvant qu'exaspérer Zoé, elle attendrissait Philibert par tant de naïveté naturelle. Même les filles les plus sages qu'il connaissait se montraient autrement rouées et mutines.

— Nous pourrions passer ensemble les heures à venir, et si cela nous entraîne trop avant dans la nuit, je pourrai vous faire une soupe à l'oignon avec du pain grillé et du fromage de gruyère. Il a fallu que j'en commande à l'épicerie Vidal. Madame Hortense, elle, n'a pas voulu prendre le risque. Elle en a eu l'an passé mais il a fini par durcir. Les gens en rapportent de Lézignan paraît-il, mais on ne cuisine pas beaucoup de gratins par ici.

Le café servi, Zoé finit par se lever à la grande désolation de la jeune femme. Morchailles venait de leur annoncer que le canton de Tuchan avait voté pour Torneilles, ainsi que celui de Lagrasse. Trois cantons sur douze, tous les espoirs restaient permis.

— Allez faire un tour, proposa sa sœur, pendant que je mets de l'ordre. Mais revenez si la soirée se prolonge.

La foule restait aussi épaisse dans les rues du village et l'on continuait d'assaillir l'auberge et le café. Les feux venaient d'être ravivés avec des sarments et des souches de vigne, si bien qu'on y voyait parfaitement.

Philibert et Zoé rencontrèrent Jérémie Cayol et toute sa famille, et ils marchèrent ensemble, allèrent à la mairie voir si d'autres résultats étaient parvenus. Plus tard ils se retrouvèrent non loin du ramonétage :

— Allons-nous rentrer écouter les jérémiades de cette oie blanche ? demanda Zoé. J'en ai par-dessus la tête de ses recettes de cuisine et de ses remarques désobligeantes sur les gens de ce pays.

— Je ne crois pas qu'elle soit méprisante. Elle essaye de justifier son désarroi, tout simplement.

— Aurais-tu des vues sur elle ? Il est vrai qu'elle est joliment faite, qu'elle a des yeux attendrissants et une bouche ronde bien pleine. Une bouche que tu violerais bien ?

En public, et même souvent toutes portes fermées, ils usaient surtout du « vous » mais, emportée par ses sarcasmes, elle s'oubliait en un tutoiement révélateur. Par chance on ne s'entendait pas au-delà d'un mètre. Philibert préféra hausser les épaules que de répondre. Comme pour ces accusations sur sa conduite lors de son bain dans la Berre, Zoé éprouvait une jouissance perverse à l'imaginer dans des situations amoureuses, voire licencieuses. Depuis son enfance délurée, elle disposait en mémoire de toute une imagerie osée. Il avait dû lui raconter ses frasques avec les filles de la route de Narbonne, les rares aventures vécues dans son village ou au cours de ses tournées d'estamaïre. Déjà, alors qu'ils n'étaient pas amants, Pauline de Matoumègne et Rolande de Saint-Rome la tracassaient. De quelles pratiques usait-il avec elles, voulait-elle savoir. Ils continuèrent d'errer dans la multitude mais soudain Zoé, contrairement à toute attente, déclara qu'elle préférait retourner au ramonétage. Suivant son regard fixe, Philibert crut apercevoir dans un remous de foule la silhouette de monsieur Pétrone.

CHAPITRE QUARANTE-QUATRE

Se trouvant à Carcassonne le dimanche des élections, maître Roques, notaire à Villerouge, était rentré chez lui à 3 heures du matin d'assez méchante humeur. En réalité, il ne savait s'il devait maudire le résultat de cette consultation électorale ou s'en réjouir. Il avait espéré, sans y croire vraiment, qu'un candidat légitimiste, à la rigueur le bonapartiste, se maintiendrait au deuxième tour du 5 mars. Mais Albert Torneilles avait été élu grâce aux cantons des Corbières et des électeurs de Carcassonne. Il était donc député de l'Aude. Tout au long du trajet, le notaire s'était consolé en se disant que le nouvel élu était un riche propriétaire, l'un des plus fortunés de la région et qu'il faisait des affaires avec lui, même si son confrère de Mouthoumet s'occupait du plus gros morceau de l'héritage.

Il se coucha au rez-de-chaussée pour ne pas réveiller sa femme, mais celle-ci lui fit dire de venir la rejoindre. Elle avait été réveillée une heure plus tôt par les coups de fusils tirés par « les Rouges », ajouta-t-elle à mi-voix.

— Je sais qu'un courrier à cheval a parcouru la distance entre Lézignan et Mouthoumet dès que le télégramme est parvenu à Lezignan, répondit le notaire.

Levé à 8 heures il restait bougon et, lorsque son cocher qui lui servait aussi de jardinier et parfois même de saute-ruisseau, vint lui dire qu'une grosse caisse avait été déposée devant la grille dans la nuit, avec son nom écrit à la peinture, il faillit l'envoyer promener. Il sortit de chez lui, vit la caisse devant la grille ouverte. Plusieurs personnes s'étaient regroupées autour, très intriguées par cet assemblage de planches non rabotées.

— On dirait un caisson de munitions pour l'artillerie, dit un ancien militaire.

Le cocher essaya de la soulever, mais dit que quelqu'un devrait prendre l'autre bout. Maître Roques ne put empêcher les gens de suivre jusque dans les écuries.

— Maître, chuchota l'homme à tout faire, une fois le grand colis posé à côté des harnais, je ne sais pas ce que contient ce truc-là, mais ça ne sent pas bon.

Envahi par un pressentiment le notaire demanda aux gens de sortir, ferma la porte de l'extérieur, tandis que son cocher allait chercher le maire du pays. Ce dernier, arraché à son lit, il s'était couché à 4 heures, arriva en maugréant. Mais en se penchant sur la caisse il comprit l'inquiétude du tabellion.

— Je voulais des témoins avant qu'on ouvre cette chose-là.

Le cocher alluma des lampes pour opérer porte fermée. Avec une pince-monseigneur, il souleva le couvercle, faisant crisser les longues pointes qui le clouaient. La puanteur fut telle que tous reculèrent. L'homme de peine alla prendre un bout de chiffon qu'il noua devant son visage pour achever son travail. Le couvercle ôté il le déposa debout contre le mur, regarda la bâche de grosse toile qui cachait le contenu, se fit tout de suite une idée de ce qui l'attendait.

— Maître, il y a un homme mort là-dessous. Dois-je continuer? Dans ce cas je veux de vieux gants. Pour retirer la toile.

— Prends des bourdaches là-bas.

C'étaient de longues tenailles de forgeron. Jean, le cocher, posait parfois lui-même les fers aux chevaux en cas d'urgence. Il eut quelque peine à soulever la bâche.

On avait soigneusement entortillé l'inconnu dans cette grande toile épaisse, et il dut ouvrir un côté de la caisse à coups de marteau. Une main apparut et maître Roques sursauta, reconnaissant ces énormes doigts boudinés par un mauvais sang. Des doigts de la taille d'un gros cigare.

— Serait-ce Cochenille, alias Luis Martinez ?

C'était bien lui. Jean découvrait son visage, le haut de son corps et il n'était pas besoin d'être médecin pour se rendre compte qu'on avait tordu le cou du cueilleur de kermès.

— Pour faire ça il a fallu plusieurs hommes ou bien un étau, ou alors un colosse.

La bâche fut retirée. L'odeur d'huile de cade se mêla à celle de la putréfaction et leur combinaison les chassa loin de l'écurie. Il fallait tout ouvrir, car les chevaux du notaire commençaient de s'énerver et tiraient sur leur longe.

— Il faut appeler les gendarmes de Mouthoumet.

— Mais, demanda le maire, pourquoi a-t-on déposé le corps devant l'étude ?

Le notaire en connaissait la raison. Il prit le maire à part pour la lui confier :

— J'ai chez moi un testament que Cochenille, je veux dire Luis Martinez, m'a fait rédiger. Quelqu'un souhaitait que la preuve de sa mort soit établie de façon indubitable. Voilà qui est fait.

— On lui a tordu le cou ?

Le médecin de Villerouge le confirma.

— C'est un crime. Il a été tué. C'était un ami de Capestan.

— Il connaissait aussi les Ginestre.

Ce nom prononcé, chacun regarda autour de soi. On préférait ne pas trop les mentionner ceux-là, même s'ils se trouvaient de plus en plus menacés par les développements de l'enquête sur l'incendie de Félines.

— Cochenille était un brave homme, dit Jean le cocher. Il vivait comme un solitaire, un peu sauvage mais il n'aurait jamais fait de tort à personne.

— Il m'apportait toujours un présent, ajouta le notaire. Personnellement je n'ai jamais eu à m'en plaindre, excepté que son odeur d'huile de cade m'obligeait à ouvrir les fenêtres après son départ et à brûler du papier d'Arménie.

Le médecin refusa le permis d'inhumer. On fit sortir les chevaux pour les loger chez un voisin et on ferma l'écurie à double tour, en attendant l'arrivée des gendarmes qui se présentèrent sur le coup de midi. Maître Roques, furieux, comprit que son dîner lui passerait sous le nez, et que s'il devait respirer encore ces odeurs qui s'élevaient de la caisse, il ne pourrait songer à manger de quelque temps.

Le brigadier, furieux lui aussi, essayait de rester calme. Il allait devoir ramener le corps à Mouthoumet, en attendant que le parquet de Carcassonne décidât de ce qu'il convenait de faire. L'autopsie pouvait avoir lieu au chef-lieu de canton si le médecin légiste daignait se déplacer. Mais en général il fallait lui amener la dépouille.

Maître Roques, enfin libéré, put ouvrir son étude et recevoir quelques clients. Mais auparavant, il sortit de son coffre l'enveloppe contenant le testament de Cochenille. Il ne se souvenait pas de tous les détails, mais il savait que Martinez devait revenir pour régler une autre affaire :

— Je veux que vous remettiez à une certaine personne la somme de vingt-cinq mille francs, sans que mon nom lui soit révélé.

C'était une demande insolite certes, mais tout à fait légale. Cochenille avait ajouté que si par malheur il devait décéder avant sa prochaine visite, les instructions concernant ce legs se trouveraient dans une enveloppe jointe au testament, enveloppe que maître Roques avait scellée et signée au dos. Il ne l'ouvrirait, ainsi que le testament, que lorsqu'il aurait en main le certificat de décès.

La nouvelle n'atteignit les Courtales qu'en fin de soirée, et Philibert ne l'apprit qu'au matin, au déjeuner. Eugénie était allée chercher du lait de vache au ramonétage, madame Zoé refusant de boire du lait de chèvre ou de brebis comme tout le monde. On avait fait venir, des pâtures de Bouisse, une vache qu'on tenait dans une ancienne écurie. Il avait fallu qu'une journalière apprenne à traire pour qu'on ait un peu de lait chaque jour.

— On a assassiné Cochenille, dit Eugénie, très excitée, quand Philibert vint boire son café. On lui a tordu le cou et on l'a déposé dans un cercueil devant le notaire de Villerouge.

Le garçon la regardait, comme si elle débitait des imbécillités et elle insista, encore plus énervée, furieuse qu'il parût douter de la nouvelle.

— Je sais qu'il est mort, mais tu es sûre qu'on l'a déposé devant l'étude du notaire de Villerouge.

— C'est ce qui révolutionne tout le monde et fait oublier que monsieur Albert est devenu député.

Soudain Philibert se rendit compte qu'il avait commis une imprudence, en commençant par déclarer : « Je sais qu'il est mort. » Or il ne pouvait le savoir puisque la nouvelle datait de la veille au soir, et qu'il s'était couché de bonne heure. Mais aucune des deux servantes n'avait relevé sa bévue.

— Pourquoi devant chez le notaire? répétait Mathilde. En voilà un drôle d'endroit pour déposer un mort. Encore au cimetière ou à l'église, mais devant l'étude d'un notaire.

Lui savait, avec l'assassin, que Cochenille était mort. Il en avait informé Zoé et aussi Marceau Vernet. Marceau Vernet qui habitait Villerouge. Et soudain des théories de suspicions défilaient dans sa tête. Marceau les avait escortés jusqu'à Félines, avait vu qu'ils se réfugiaient dans la vieille forge, qu'ils ne pourraient pas continuer vers Mouthoumet. Marceau qui au lieu de rester avec eux pour les protéger, comme il avait paru hypocritement le regretter par la suite, était reparti avec ses compagnons à Villerouge, abandonnant même sa charrette en route. Marceau, qui était plus socialiste que républicain, pouvait estimer que l'aîné des Torneilles était un moindre mal pour les idées qu'il défendait. Marceau qui haïssait les Blancs, était-il allé jusqu'à imaginer un complot qui les accuserait? Avait-il négocié avec la bande à Ginestre cet incendie qui condamnerait les monarchistes et autres bonapartistes? C'était difficilement acceptable.

— Mais non, dit-il tout haut, je suis stupide.

Les deux servantes le regardèrent bizarrement et il avala son café. Marceau était innocent, puisqu'en livrant le cadavre de Cochenille et la preuve de son décès, on permettait au notaire de Villerouge d'ouvrir le testament. Et le ramasseur de kermès avait bien dit que le nom du commanditaire de l'incendie se trouvait précisément dans son testament. Marceau ne se serait pas dénoncé lui-même. À moins que...

Lorsque Zoé apprit cette nouvelle insensée, elle devint très pâle. Elle se trouvait dans son petit salon où elle aimait boire son thé, car elle faisait griller ses toasts à la chaleur du feu dans la cheminée. Depuis Toulouse, elle avait fait venir de la marmelade d'orange qu'elle affectionnait particulièrement.

— L'homme en souquenille me guettait, et lorsque j'ai quitté la carrière de l'ancienne forge catalane, il savait où j'avais enterré le corps de Cochenille, dit Philibert.

Ce qu'il n'avait jamais osé en plein jour, de crainte qu'une servante n'entrât, il s'assit familièrement à côté d'elle sur la bergère à deux places :

— Cet homme n'est autre que monsieur Pétrone. Pourquoi a-t-il abandonné ses fonctions de ramonet-maître, pourquoi s'est-il réfugié à la borde fortifiée de Cantaloups, d'où il sort pour traquer ceux qu'il a décidé de tuer? Pourquoi as-tu peur de lui? Dimanche soir, tu as cru l'apercevoir parmi la foule qui attendait les résultats des élections à Mouthoumet. Moi-même il m'a semblé reconnaître sa silhouette. Je suppose qu'il est ensuite allé déposer la caisse contenant le cadavre devant l'étude du notaire de Villerouge. Tu étais, au début, décidée à l'affronter et très rapidement tu as renoncé. Peux-tu me dire pourquoi?

Sur un guéridon Zoé tartinait ses toasts, les croquait, les yeux mi-fermés. D'ordinaire ce bruit de pain croustillant ravissait Philibert, tant elle mangeait avec sensualité. Ces dents blanches, petites, mordant dans le pain grillé lui rappelaient d'autres morsures secrètes sur sa propre chair.

— Il faut me répondre, me dire la vérité. Je suis décidé à t'aider. Mais si tu te tais, je vais partir, aujourd'hui même. Tu peux monter dans ma chambre, mon bagage est prêt.

Elle secoua sa serviette dans le feu, et chaque miette devint une étincelle qui voltigea dans la cheminée avant de disparaître.

— Lorsque je suis arrivée dans cette île lointaine, ce fut pour apprendre que mon mari Constantin vivait désormais dans une communauté religieuse anglaise, et qu'il était malade. Une maladie horrible, la lèpre.

Elle versa un fond de lait dans sa tasse, puis la remplit de thé qu'elle buvait non sucré. Dans la troisième tasse, elle déposerait une tranche de citron.

— J'ai rejoint mon mari dans ce village de lépreux. Il avait contracté la maladie à son arrivée au bagne.

Les flammes soudain s'échappèrent des morceaux de bois dans une sarabande un peu folle, comme pour saluer ces paroles effroyables.

— Monsieur Pétrone avait reçu des lettres de mon mari qui l'informait de son état. La maladie empirait de jour en jour. Je ne sais si j'ai moi-même été contaminée, mais si monsieur Pétrone me dénonce, on m'enverra dans une léproserie de l'autre côté de la mer, pour me mettre en observation. Je risque d'y rester des mois, car l'incubation est fort longue et si par malheur je suis atteinte, toute ma vie. En cas de doute on ne me laissera pas revenir en France. Monsieur Pétrone me fait chanter.

Avec minutie, elle découpa une tranche de citron qui venait de la propriété. L'arbre, planté dans une comporte de vendange, n'était sorti que l'été, mis à l'abri l'hiver et produisait des fruits assez petits mais très parfumés. Philibert ferma les yeux pour mieux humer cet air délicatement acidulé.

— Je ne m'oppose plus à monsieur Pétrone. Je l'ai ulcéré en refusant qu'il s'occupe de l'exhumation du corps de mon mari et de ses obsèques. Il ne peut vivre désormais dans mon voisinage. J'accepte son exil là-bas dans la montagne. Tu sais tout.

— Je ne te crois pas, murmura Philibert, qui préférait garder les yeux fermés tant ce qu'il devait dire l'effrayait lui-même.

» J'ai été chez Marceau Vernet. Il m'a donné cette photographie où il figure en compagnie de Constantin Torneilles. Le buste enduit de plomb que j'ai retrouvé dans les décombres de Félines n'était pas celui de ton mari.

Alors il se leva et sortit. Un jour, peut-être d'ici quelques heures, elle lui répondrait mais pour l'instant il était incapable d'écouter une explication, une justification, un autre mensonge. Il disait vrai au sujet de son bagage préparé qui attendait dans sa chambre. Il y monta, regarda son havresac sur le lit étroit, s'assit en face, sur une chaise.

CHAPITRE QUARANTE-CINQ

Les Morchailles quittèrent Mouthoumet à l'heure où l'on s'agitait déjà pour fêter, le jour même, l'élection de monsieur Albert à la chambre des députés. Ce vendredi serait le triomphe du candidat et surtout de la République. Depuis le résultat de dimanche, on avait confectionné quantité de drapeaux bleu blanc rouge, fabriqué des banderoles, des lampions, entassé des branches de buis, de laurier et d'olivier.

Un banquet républicain serait servi à l'entrée du village, dans la grande remise des Torneilles où l'on pourrait également danser. Tous ceux qui se sentaient la fibre républicaine étaient invités.

Les Morchailles eurent du mal à convaincre le voiturier de les conduire à Villerouge, car l'homme était chargé de ravitailler en bois la cuisine provisoire, installée derrière la remise où l'on préparerait le banquet. Il les mènerait à Villerouge mais reviendrait vite, à eux de trouver quelqu'un qui accepterait de les reconduire. D'ailleurs il s'arrêta devant la remise et Josseline décrivit à son frère l'entassement des outils, des charrettes et des machines agricoles, entreposés sur le côté du bâtiment pour faire de la place.

— Finalement ça tombe bien, dit le voiturier en remontant sur son siège. Je dois prendre des tables à Laroque de Fa. Vous savez, on pense que plus de trois cents personnes viendront souper. Certains arriveront des villages voisins, même des plus éloignés. Vous serez de la fête je suppose?

— Bien entendu, fit Morchailles, je ne manquerai ce triomphe pour rien au monde.

Le voiturier se tourna vers lui, puis vers la sœur assise à l'arrière. On ne savait jamais si l'aveugle était sincère ou s'il plaisantait avec des sous-entendus inquiétants. Le voiturier, aiguillonné par ce doute, se lança alors dans un éloge outré du nouveau député, le parant de toutes les vertus, si bien que ne trouvant plus assez de hauts faits à rapporter, il dit que c'était aussi un grand chasseur qui n'avait pas son pareil dans les battues au sanglier.

Les laissant devant l'auberge où s'arrêtaient les courriers, il repartit aussi vite vers Laroque de Fa. L'entrée de cet homme qu'on commençait de connaître dans le pays, jeta un silence brutal dans les conversations déjà bien animées du matin.

— Nous aurions pu aller dans l'autre hôtel, lui souffla sa sœur gênée.

C'était surtout cette cagoule blanche qui impressionnait le plus. Elle lui faisait une sorte de heaume moyenâgeux et les gens revivaient, durant quelques secondes, les terreurs d'un très vieux passé.

— Il faudra que tu me dessines des trous, lui dit son frère, et dans ces trous des yeux. Comme ça je les effrayerai moins.

La jeune femme frissonna. Ils commandèrent à déjeuner et au bout d'un moment on ne fit plus attention à eux. Du moins le mobile le crut, mais sa sœur surprenait des regards en dessous, des coups de coude, des murmures intrigués. On se demandait ce qu'ils venaient faire à Villerouge.

La veille le notaire, maître Roques, leur avait fait parvenir un mot par un habitant de Mouthoumet venu à l'étude. Il les priait de passer le lendemain, de préférence en fin de matinée. Ils avaient donc plusieurs heures à attendre.

— Nous pourrions ensuite visiter le pays, aller voir le château ? proposa-t-elle.

— Que m'importe un château en partie ruiné, et ces foutus Cathares ? Je ne sais même pas vraiment ce qu'étaient ces gens-là. Des hérétiques paraît-il, qu'on a fait brûler. Ma foi, on a bien fait. Non mais où sommes-nous tombés, peux-tu me le dire ? On m'avait mis en garde là-bas à Sigean, mais je n'imaginais pas... Nous voici en plein pays républicain et pis que tout avec des hérétiques. Pourquoi pas des mahométans ? D'ailleurs ils en gardent des traces de ces Sarrasins qui occupèrent le pays. Avant de perdre mes yeux j'ai vu, dans les villages traversés, des véritables têtes de barbaresques.

On les écoutait, on n'appréciait pas tellement ce qu'on entendait et elle lui demanda de changer de conversation, lui parla du notaire.

— Que nous veut-il donc ? En as-tu une idée ? demanda-t-elle, en s'efforçant d'être enjouée.

— J'y ai réfléchi dans la nuit et je me suis dit pour commencer que monsieur Albert, dans sa joie d'être élu, avait décidé de montrer sa gratitude envers un serviteur de l'ordre. J'ai accompagné le cercueil de son frère et à cause de cette mission me voilà dans un triste état. Il serait juste que cet homme m'en fût reconnaissant mais d'autre part, étant donné son tempérament, il n'aurait jamais agi ainsi. Il serait arrivé et avec de grands cris m'aurait annoncé qu'il me faisait un don en me serrant dans ses bras.

— Un don d'argent ?

— Ne rêve pas. Si Torneilles n'a pas agi de la sorte, ce qui nous attend chez le notaire ne vient pas de lui. Mais alors que nous veut ce tabellion ?

La jeune femme craignait que son frère ne se montrât impoli avec maître Roques et n'allât lui donner de cette appellation goguenarde.

— Le notaire des Torneilles est celui de Mouthoumet, pas celui de Villerouge. Je croyais d'ailleurs qu'il n'y en avait qu'un par canton, mais il faut croire que par ici on connaît d'autres lois.

Vers 11 heures, ils se présentèrent chez maître Roques qui les fit attendre dans la salle où travaillait un clerc. Il n'était pas loin de midi lorsqu'il les reçut.

— Connaissiez-vous Luis Martinez, alias Cochenille, dont le cadavre fut déposé devant ma grille ? demanda maître Roques en regardant Josseline. Il ne pouvait attarder son attention à cette cagoule de grosse toile blanche, amidonnée semblait-il, sans en être troublé.

— Jamais de la vie ! lança Morchailles, de cette voix claironnante qui indisposait ses vis-à-vis. (Sa sœur pensait que dans sa cécité, inquiet de l'attention qu'on lui prêtait, il se sentait obligé de crier sans raison apparente.) J'ai appris la mort de cet individu qui d'ailleurs est aussi un suspect dans le drame de Félines qui m'a coûté la vue. Il était lié d'amitié, moi je dirais de canaillerie, avec les autres Capestan et Ginestre.

— J'ai obtenu le certificat de décès puisque le médecin légiste est venu examiner le corps. J'avais ici des instructions vous concernant, confirmées par le testament. Monsieur Luis Martinez vous lègue en toute légalité la somme de vingt-cinq mille francs.

L'importance de la somme n'apparut pas tout de suite à Josseline qui regardait surtout son frère. Louison restait impassible sous sa cagoule, mais sa bouche se tordait en un rictus.

— Vingt-cinq mille francs, répéta-t-il. De la part d'une canaille.

— Cochenille n'était pas une canaille, fit maître Roques sèchement. Il vivait certes comme un sauvage, sans véritable domicile fixe, mais gagnait sa vie en ramassant le kermès, le bois et les baies de cade. Il était très réputé dans tout le midi de la France. Il avait pour clients des tissages de Castres et de Mazamet, des pharmaciens fabricants de sirops et de pâtes pectorales, de la région de Montpellier surtout. J'ai souvent eu en main des lettres de change de ces maisons à la réputation sans faille. Il me chargeait de les encaisser.

Il montra une enveloppe cachetée à Josseline Montvrault.

— Luis Martinez, alias Cochenille, explique là-dedans les raisons de ce legs. D'après le testament, je dois la remettre en mains propres à monsieur Louison Morchailles. Je sais qui vous êtes, monsieur, mais pour la régularité des papiers je dois vous demander de faire la preuve de votre identité.

Morchailles retira de sa veste un portefeuille.

— J'ai mon livret de gendarme. Le voici. Est-ce suffisant ?

— Je pense que oui. Pouvez-vous signer différentes pièces, dont le reçu de ces vingt-cinq mille francs que je peux vous verser moitié en or, moitié en billets. À moins que vous ne préfériez une lettre de change sur une banque de Carcassonne ?

— Maître, je voudrais avoir le temps nécessaire de la réflexion. Ces vingt-cinq mille francs me seraient d'un grand secours, mais dois-je les accepter en toute honnêteté ? Voilà qui me laisse perplexe.

— En rente sur l'État, vous auriez cent francs par mois tout en préservant le capital. En viager près du double. Vous pouvez aussi le déposer dans mon étude et je vous donnerais du huit pour cent sur des hypothèques que nous appelons des grosses, avec renouvellement bisannuel, soit deux mille francs par an, payables en trimestres.

— Puis-je obtenir la lettre, sans toucher immédiatement l'argent pour lequel je désire prendre mes réserves ?

— Le légataire n'a pas émis d'opposition... Voici l'enveloppe contre une simple signature. Ensuite vous pourrez revenir me dire si vous acceptez le legs des vingt-cinq mille.

Josseline plaça la plume entre les doigts de son frère, guida sa main vers le bas de la feuille qu'il parapha sans hésiter. Il lui rendit le porte-plume, mais tendit la main vers le notaire. Celui-ci y déposa l'enveloppe. Le mobile la tâta puis l'enfouit dans sa poche.

— Combien de temps nous accordez-vous pour l'argent ?

— Le temps que vous voudrez.

Une fois dans la rue, à la surprise et au soulagement de sa sœur, il proposa d'aller prendre le repas dans l'autre auberge. Ils y trouvèrent une salle plus petite, plus paisible, avec des gens discourant aimablement en sirotant leur absinthe ou leurs liqueurs amères.

Au café, Louison sortit l'enveloppe, la tendit à sa sœur. Celle-ci n'osait pas l'ouvrir et, un peu agacé, il le lui ordonna. Elle le fit, retira une feuille pliée et à l'intérieur de cette feuille une autre enveloppe, plus petite.

— Elle est aussi cachetée, précisa-t-elle.

— Lis-moi d'abord ce qu'écrit ce... Cochenille.

Luis Martinez racontait comment il avait, en toute ingénuité, accompagné Capestan pour charger du pétrole de contrebande à La Nouvelle, comment ils avaient peiné dur pour le transporter par des chemins perdus jusqu'à Félines, et la maison de l'Espagnol pendu où ils l'avaient déchargé en pleine nuit. Il poursuivait en décrivant ses doutes, puis ses inquiétudes en apprenant que son ami l'étameur de Leucate devait coucher à Félines, à trois maisons du dépôt de pétrole. Et comme des rumeurs, accusant les Blancs de préparer un coup, inquiétaient le pays, il était allé se renseigner chez Marceau Vernet avant de reprendre, malgré la neige en couche épaisse, la route de Félines.

Lorsque sa sœur se tut, il resta silencieux. Josseline, au bout d'un moment, essaya de louer le courage de cet homme qui avait essayé d'éviter la tragédie, mais Louison l'interrompit pour lui demander de lire aussi le post-scriptum.

— J'ai tout lu, répondit-elle sans conviction.

— Tu ne sais pas mentir. Va jusqu'au bout.

Cochenille avait d'abord malmené son ami Capestan pour lui faire dire qui payait la bande pour ce crime. Il n'avait pas répondu mais à un moment, parmi ceux de la bande descendant du toit, les deux frères et le cousin, quelqu'un avait alors lancé « Le patron monsieur... sera content, tout va flamber ».

— Je suppose qu'il ajoute que le nom est dans la deuxième enveloppe.

Sa sœur ne répondit pas.

— Donne-la-moi.

Devant le silence de sa sœur, il avança la main, toucha son épaule, la serra au point de lui arracher un petit cri. Les autres dîneurs regardèrent dans leur direction.

— Louison, le mal est fait. Qu'importe aujourd'hui le nom de celui qui paya ces gens-là.

— Ceci me concerne. Tu n'as pas le droit de retenir cette enveloppe. Nous allons rentrer à Mouthoumet et porter cette lettre et cette enveloppe cachetée à la gendarmerie. Je suis toujours un représentant de l'ordre public et je dois faire mon devoir.

Josseline, examinant la bouche de son frère, n'y trouvait aucun de ces frémissements annonçant ces crises de fureur qui le jetaient dans des élans effroyables. Elle obéit. Il prit la feuille et l'enveloppe close, les plaça dans sa poche.

— Nous devons trouver un voiturier, dit-il, pour rentrer à Mouthoumet. Veux-tu t'en occuper ? Demande à la patronne.

Très aimablement, celle-ci indiqua à Josseline comment trouver un des voituriers du bourg, disant que s'il n'était pas là son fils, éventuellement sa femme, les reconduirait à Mouthoumet.

— Fais-moi servir un rhum, je t'attendrai en le sirotant.

Dès qu'elle fut sortie, il prit l'enveloppe et, lorsque la servante apporta le rhum, il lui demanda comme un service d'ouvrir l'enveloppe et de lui lire le contenu de la feuille qui s'y trouvait.

— Je suis navrée, monsieur, fit-elle confuse, mais je ne sais pas lire. Mais ma patronne, elle, sait.

— Bien, pouvez-vous me l'envoyer ?

Lorsque Josseline revint, elle trouva son frère devant son verre de rhum vide, fumant sa pipe. Il paraissait apaisé.

— Dans une demi-heure, dit-elle. La femme du voiturier attendait le retour de son fils qui nous reconduira à Mouthoumet.

— Prends quelque chose, une liqueur.

— Je préférerais une limonade.

— Va pour une limonade.

Avec un peu de retard, un garçon de quinze ans vint les chercher. Il paraissait très fier de les conduire à Mouthoumet :

— On dit que ce soir il y aura une fête merveilleuse pour le nouveau député. Comme j'aurais aimé y assister ! Mais il y a du travail avec les chevaux et les voitures et mes parents ne me laisseront jamais y aller, même au bal. Le banquet m'importe peu, mais le bal me plairait bien. Il y aura un orchestre de Lagrasse. Ils sont fameux ceux-là, surtout le cornet à piston pour la polka...

Dès qu'il aperçut de loin la remise et les premières maisons décorées, il s'exalta encore plus.

— Je donnerais bien cent sous pour revenir ce soir, dit-il.

Lorsqu'ils pénétrèrent dans le ramonétage, Josseline fut heureuse d'ôter son chapeau.

— Ce n'est pas chez nous, mais on est quand même content d'y rentrer.

CHAPITRE QUARANTE-SIX

Jérémie Cayol était venu demander si madame Zoé autorisait les journaliers, ramonets et autres domestiques de terre à descendre au banquet de Mouthoumet, et sa patronne avait reçu cette demande d'un air étonné.

— Est-il besoin de me demander cette autorisation? Je compte moi-même m'y rendre pour fêter l'élection de mon beau-frère. Mathilde et Eugénie n'ont qu'à profiter de vos voitures, je viendrai plus tard, conduite par Philibert dans le demi-coupé.

Les deux servantes, toutes frémissantes, grimpèrent dans leurs chambres pour se préparer. Philibert resta seul dans la cuisine, lisant *la Dépêche de Toulouse* qui commentait le résultat des élections sur toute la France. Les chiffres du premier tour permettaient d'espérer pour le 5 mars une triomphale victoire des Républicains.

— Tu ne te prépares pas?

— Je n'ai pas envie de participer à cette fête. Je t'y conduirai et tu me diras l'heure à laquelle je dois venir te reprendre.

Elle s'assit en face de lui. Ce soir-là elle avait renoncé à ce chignon horrible qui la défigurait, lui donnait une apparence de nonne intransigeante. Une poudre fleur de pêcher adoucissait sa peau d'un rose pâle.

— Depuis que tu as vu cette photographie, tu n'es plus le même. Tu ne m'as pas crue ?

Il repliait le journal lentement.

— Avec mes pauvres outils rudimentaires, mon étain, mon plomb je me suis battu contre un mort que j'accusais d'être réticent. J'étais impressionné par sa volonté à refuser de rester enfermé dans ce cercueil de plomb grossier. On avait emprisonné là-dedans un homme différent de celui que je croyais. Je ne suis ni superstitieux ni crédule, mais c'est à se demander si certaines puissances cachées ne refusaient pas l'imposture. Je l'ai vu ce cadavre, lorsque la forge n'était qu'un brasier, relever un bras frangé de plomb, comme pour me demander de le sortir d'un endroit qui lui était totalement étranger. On dit que dans ces îles lointaines le culte des morts, leur influence sur la vie de tous les jours où ils ne cessent d'intervenir, leur donnent un pouvoir redoutable.

— Tu as toute ta raison ? Tu as bu ? Où est le garçon faraud et cynique qui s'en est venu à Sainte-Lucie rapetasser un cercueil de sauvage ? Tu en sifflotais presque de désinvolture, de provocation et te voilà presque tremblant, parce qu'un Canaque a remplacé le corps de Constantin Torneilles devenu introuvable.

— Tu n'avais pas le droit de ramener en France un autre cadavre.

— Je l'ai fait.

— Et maintenant tu usurpes ton rôle de veuve et d'héritière des Courtales. Tu n'aimais plus ton mari. Tu es allée dans ce bagne parce que ton beau-frère te payait pour le faire.

— Il redoutait qu'au long de la campagne électorale on ne lui reproche d'abandonner son frère. Tout d'abord, il ne pensait pas qu'il mourrait. Il craignait qu'on lui lance, au cours d'une réunion électorale, qu'il le laissait croupir dans une léproserie de là-bas. Il m'a payée une très grosse somme pour que je m'embarque pour Nouméa. Et là-bas je devais me débrouiller seule.

J'avais carte blanche pour en cas de malheur rapatrier le corps de Constantin Torneilles.

Elle se leva.

— Je veux assister à ce banquet. La première sortie de la veuve Torneilles dans une réjouissance publique. Tu feras ce que tu voudras, mais accompagne-moi.

— Pétrone sait que ce n'est pas Constantin. L'histoire de la lèpre n'a jamais existé en ce qui te concerne, ni cette menace de te dénoncer et qu'on t'expédie en observation en Algérie. La nuit où tu lui as interdit de s'occuper de l'exhumation, Pétrone a eu des doutes et est allé fouiller dans les cendres encore chaudes. Le lendemain, je n'ai eu aucun mal à retrouver les restes de ce cadavre. Le ramonet-maître avait déjà bien déblayé les décombres. Et Cambronne l'avait aperçu. Mais je pense que Cambronne a surpris différentes choses par ailleurs.

Dans la nuit étoilée mais sans lune, ils descendirent vers un Mouthoumet qui de très loin brasillait de lumières et de rumeurs joyeuses. Sur les côtés de la route les amandiers en fleur jetaient des lueurs blêmes, et parfois quelques pétales venaient se coller en papillon sur la croupe du cheval.

— Je suis une femme vénale. C'est vrai. Mais durant la Commune, je n'ai été que passion révolutionnaire. Quelques mois d'une vie exaltante, violente, désintéressée où je me suis retrouvée dans mon milieu naturel. Et puis les Versaillais, les arrestations. Constantin trop naïf, trop épris de son bon droit, a cru en se livrant poursuivre la défense de ses idées. Moi je me terrais, j'avais peur. On m'aurait traitée comme les pétroleuses qu'on retrouvait le plus souvent fusillées sans autre forme de procès.

Il ne demanderait plus rien. Elle plaidait sa cause mais cette femme n'était que Zoé l'intrigante, Zoé la rusée. Tant qu'il n'avait pas connu son prénom et qu'elle était madame Torneilles, il avait vécu heureux avec des moments d'émotion nés d'un rien, d'un bruissement de jupes, d'un « Philibert » dit à la place d'*estamaïre,* d'une fossette annonçant un sourire. Huit jours d'une passion hors du temps, hors du monde. Comme s'il avait plané, tel un oiseau au-dessus d'un pays enchanteur, se grisant d'odeurs, de menus bruits, d'airs tièdes.

— Passons chez les Morchailles.

Il dut sauter du demi-coupé pour ouvrir la foule, en tenant le cheval par la bride. Il finit par renoncer, noua la longe autour d'un arbre, aida Zoé à descendre.

— Oh ! Que je suis heureuse, dit Josseline.

Mais elle paraissait inquiète, les yeux rougis d'avoir peut-être pleuré. Louison, dit-elle, se reposait dans sa chambre depuis qu'ils étaient rentrés de Villerouge.

— Vous étiez à Villerouge ? s'étonna Zoé.

— Juste une formalité chez le notaire, pas grand-chose.

— Assisterez-vous au banquet ?

— Je... Mon frère en avait l'intention, mais je crains qu'il ne soit fatigué. Ce sera un beau repas, très amusant certainement... Mais peut-être vaut-il mieux que nous restions ici.

— Écoutez, dit Zoé, Philibert refuse de m'accompagner, allons-y toutes les deux. Ne pouvez-vous laisser votre frère tout seul parfois ? N'êtes-vous pas un peu trop dévouée, comme une servante en quelque sorte ? Ne pensez-vous pas lui laisser quelque indépendance qui lui ferait faire des progrès pour se déplacer seul et accomplir certaines choses ?

— Vous avez certainement raison, mais je suis si inquiète à son sujet. Il y a des moments très durs pour lui et je suis alors aux aguets, prête à répondre à ses appels. Il n'a pas seulement besoin de moi pour les gestes quotidiens... Parfois je lui tiens la main, je l'apaise de mots rassurants. Ne croyez pas qu'il soit toujours aussi véhément et hargneux qu'on peut le supposer.

Pourtant elle finit par monter frapper à la porte de

Morchailles et redescendit plus légère, mais songeuse aussi.

— Il m'a priée d'aller avec vous au banquet, a dit que lui se reposerait encore un peu, et que, d'ici deux heures, je pourrai revenir voir s'il est décidé à se joindre à nous. Je ne sais que faire. Si je reste ici, je vais l'irriter mais d'un autre côté...

— Écoutez, proposa Philibert que le désarroi de la jeune femme touchait en définitive, je vais vous accompagner au banquet. Je reviendrai d'ici une heure voir s'il veut bien que je l'aide à gagner la remise. Avec ce monde qui va se retrouver là-bas, le village sera désert et une jeune femme seule dans ces rues pourrait faire des rencontres désagréables. Ce genre de manifestation attire toujours des gens qui ont en tête des projets douteux. Vous fermerez le ramonétage à clé, car ce sont des circonstances dont des chenapans, venant des alentours, profitent pour voler dans les maisons.

Lorsqu'ils arrivèrent dans la grande remise, l'ambiance était déjà très agitée et les gens, en partie installés aux longues tables, ne cessaient de se lever pour aller discuter ou rire avec d'autres plus loin. On se plaçait un peu comme on voulait, mais Zoé apprit qu'on lui avait réservé une place à la table d'honneur. Elle dit qu'elle préférait rester avec ses amis, mais les places de monsieur Morchailles et de sa sœur étaient retenues.

— Monsieur Albert, expliqua le maire, tient à ce que la victime de la tragédie de Félines et son sauveur, Philibert, fassent partie de ses invités principaux.

Peu après Zoé se leva pour aller saluer tout le personnel des Courtales rassemblé à la même table. Josseline Montvrault, tout en regardant madame Torneilles au loin, parla très rapidement et très bas. Elle raconta la raison de leur voyage à Villerouge, la somme de vingt-cinq mille francs léguée, la lettre qui contenait la confession de Luis Martinez dit Cochenille.

— Il est revenu à Félines la nuit de l'incendie, malgré la neige car il craignait pour votre vie.

— Je sais, fit le garçon, c'était un ami sincère.

— Il y avait cette confession et aussi une enveloppe close révélant le nom du commanditaire, de l'âme du complot. Louison a gardé cette enveloppe sur lui et je ne sais s'il l'a ouverte. Mais encore fallait-il que quelqu'un le fît pour lui.

— C'était révéler à un étranger toute l'affaire.

— Il m'a dit qu'il irait à la gendarmerie porter le tout, mais une fois à Mouthoumet il s'est enfermé dans sa chambre et n'en est plus ressorti. Je suis plus qu'inquiète... Madame Zoé revient vers nous. Je n'ai pas osé parler en sa présence.

Le maire se hissa sur une estrade improvisée, drapée de bleu blanc rouge, annonça que monsieur le député venant de Carcassonne aurait quelque retard. Dans la salle, un professeur à la retraite retiré dans le pays, connu pour ses ardeurs républicaines, se leva pour lui demander s'il était vrai que le curé de Mouthoumet ainsi que ceux des communes avoisinantes préméditaient de sonner le glas tout au long du banquet. La nouvelle en courait depuis le matin en chuchotements entendus, mais révélée à haute voix elle enflamma l'assistance qui fut comme agitée d'une houle subite. Le maire s'égosillait en vain et un homme le rejoignit, un clairon à la main et sonna l'extinction des feux, ce qui calma l'assistance.

— Je suis allé trouver monsieur le Curé qui m'a assuré qu'il s'agissait d'une calomnie. Dont acte, et je vous supplie de ne plus colporter ces accusations-là.

— Je vais ramener le cheval et la voiture maintenant que les rues sont moins fréquentées, dit Philibert, avec un regard appuyé pour madame Montvrault. Voulez-vous que je passe au ramonétage pour ramener votre frère ?

Elle lui tendit la clé avec un peu trop de rapidité, si bien que Zoé les regarda l'un l'autre, perplexe. Philibert trouva son cheval toujours attaché au même endroit, l'y laissa. Dans le couloir du ramonétage il cria à l'adresse de Morchailles que c'était lui, l'étameur, qui venait le chercher. Il alluma une bougie posée sur une sellette, à l'entrée.

Devant ce silence, il entreprit de monter au premier, répétant sa phrase. Il frappa à la porte de la chambre, finit par ouvrir. Il crut s'être trompé en la trouvant vide, mais les autres l'étaient aussi. Il détermina celle de Josseline, celle de Mr Albert, la première était bien celle du mobile. Il leva son bougeoir, s'accroupit à la vue d'une traînée brillante sur le carrelage rouge. De la limaille de fer. Et à côté de la sciure de bois. Il mouilla son doigt pour en ramasser une poudrée, l'examina à la flamme de sa bougie. Il s'agissait de châtaignier verni. Il eut l'idée de regarder sous le lit et y trouva une égoïne de vigne et une scie à métaux.

Comme il redescendait ,la porte s'ouvrit et le cocher Émile entra, leva la tête vers cette silhouette en haut des marches, tenant un chandelier.

— Ce n'est que moi, l'étameur de Leucate. J'étais venu chercher monsieur Morchailles pour le conduire au banquet, mais je ne le trouve nulle part.

— Monsieur Albert est arrivé là-bas et je suis venu ici pour me changer un peu. Nous avons eu un orage en sortant de Lézignan.

Il ôta sa houppelande, alla pour l'accrocher lorsqu'il regarda le fusil qui pendait là.

— Avez-vous pris un fusil ?

— Moi, fit le garçon, que ferais-je d'un fusil ?

— Il y avait deux fusils de chasse dans ce couloir et je n'en vois plus qu'un. J'en ai un autre dans le cabriolet.

— Monsieur Albert a peut-être monté l'autre dans sa chambre.

Le cocher parut sceptique, mais grimpa très vite s'en assurer. Il revint presque aussitôt.

— Pas de fusil là-haut.

— Venez voir, dit le garçon. Mais allumez une lampe plus puissante que ma bougie.

Le cocher s'agenouilla pour passer un doigt sur la limaille puis sur la sciure de bois. Il porta cette dernière à sa bouche :

— L'odeur d'un vernis pour les crosses. Le fusil disparu avait eu la sienne éraflée. Mais que signifient ces scies ?

Philibert le savait. Cochenille, comme beaucoup de braconniers, possédait ce qu'il appelait une pétoire, un fusil le plus souvent vieux ou abîmé, scié à une longueur de deux pans de main, de ce fait plus facile à dissimuler.

— Il faut retrouver Morchailles, dit-il, il se prépare à tirer sur quelqu'un. Il a scié la crosse et le canon.

— Le saligaud, un beau fusil à deux canons. Une arme qui vaut plus de mille francs ? Mais sur qui va-t-il tirer ? Je me le disais bien qu'il était maboul ce citoyen-là.

Philibert ne répondit pas. Il dévalait l'escalier et Émile, plus courtaud, suivait en peinant. Quelques personnes dans les rues qui, pour des raisons diverses, antagonisme politique ou deuil dans leur famille, ne pouvaient assister au banquet, suivirent de regards surpris ces deux hommes qui couraient comme des dératés. Mais en approchant de la remise Philibert se heurta à une foule qui essayait de rentrer, alors que toutes les places aux tables étaient occupées. On s'énervait ferme, et le garde municipal et les gendarmes, appelés en renfort, essayaient de repousser ces derniers arrivants. Philibert aperçut le brigadier Wasquehale et l'interpella.

CHAPITRE QUARANTE-SEPT

Ne comprenant rien à ce que lui disait Philibert qui évitait de parler haut, le brigadier voulut l'écarter, trop préoccupé par ces trente à quarante personnes désireuses à toute force d'envahir la salle du banquet, pour perdre son temps avec ce coureur de routes. Philibert réussit à lui attraper le bras pour lui crier dans l'oreille :

— Morchailles a disparu avec un fusil.

Un gendarme, croyant son chef en péril, venait de le ceinturer violemment, mais Émile, bien connu de la brigade et respecté en tant que cocher du député, interpella fermement le commandant.

— Ce garçon dit vrai. Et j'ai toujours pensé que ce Morchailles ferait un sale coup un beau jour.

— Lâchez l'étameur, fit Wasquehale. Mais qu'avez-vous, tous les deux? Notre ancien collègue doit se trouver avec sa sœur.

Ils entrèrent dans la remise. Tout de suite Philibert repéra Josseline Montvrault en train de bavarder avec Zoé, mais deux chaises étaient vides à leurs côtés.

— Il doit encore vitupérer avec les uns et les autres.

— Vous voyez bien que non.

En bas de la petite estrade, un groupe d'hommes pressait de toutes parts monsieur Albert qui disparaissait entre les larges épaules de ces paysans. Il était rouge, visiblement enchanté, et essayait de suivre le maire pour se hisser sur la scène décorée.

— Nous n'avons pas vu Morchailles à la brigade, dit Wasquehale. Mais vous voyez bien qu'il n'est pas là.

— Il devait vous remettre une lettre écrite par Cochenille, Luis Martinez si vous préférez, qui a participé sans savoir à l'affaire de Félines. Cochenille donnait le nom de celui qui est l'âme de cette entreprise criminelle.

— Encore Félines, soupira le brigadier. Comment savez-vous tout ça? ajouta-t-il soupçonneux.

— Sa sœur m'a mis dans la confidence. Ils étaient aujourd'hui à Villerouge chez maître Roques, et ce dernier leur a remis une lettre de Cochenille. Je n'en sais pas plus, ni cette jeune femme. Il faut trouver Morchailles.

Soudain il aperçut à une table Marceau Vernet et ses amis de Villerouge, les mêmes qui avaient escorté le coucou dans la tempête de neige. C'était peut-être lui que Morchailles comptait abattre. Philibert se souvenait de l'avoir soupçonné ces jours derniers, puis de l'avoir innocenté, mais en vertu de quel raisonnement il ne savait plus, trop angoissé pour réunir à nouveau ses arguments dans sa tête.

— Et s'il préméditait de tirer sur les soupeurs, lui chuchota le brigadier. Il déteste ce pays, ses habitants, les accuse d'être tous complices des incendiaires. Depuis le drame, il perdait la raison. Il venait à la brigade nous harceler avec des mots inacceptables, des accusations injustes. Nous avions pitié d'un ancien collègue sinon nous l'aurions arrêté.

Albert Torneilles s'approchait de l'estrade. On apportait une chaise pour lui permettre d'y accéder, et cette chaise passait au-dessus des têtes, de mains en mains, avec des rires épais. On conseillait au nouveau député de moins manger de cassoulet et de bons fricots, et lui répondait que durant la campagne, il avait mouillé sa chemise et perdu pas mal de livres.

— Morchailles ne peut se déplacer seul, se rassurait à bon compte le brigadier. Même pour faire quelques pas dans la rue il est toujours accompagné de sa sœur.

— Il n'était pas dans le ramonétage où sa sœur m'avait prié d'aller le chercher.

— Je vais rejoindre mon maître, annonça Émile. Mais j'aurais dû prendre mon fusil.

— Pas ici, fit le brigadier sévère. Nous nous chargeons de protéger monsieur Torneilles.

Il envoya deux de ses gendarmes patrouiller autour de la remise où, pendant ce temps, un compromis avait permis aux retardataires de pénétrer. On allait les installer à part, mais faute de tables ils devraient mettre leur assiette sur les genoux.

— Rejoignez votre maîtresse, dit le brigadier avec un sourire entendu. Nous nous chargeons de veiller sur l'ordre public.

— Que vais-je dire à madame Josseline ? se récria Philibert.

Juste à cet instant, la sœur de Morchailles aperçut Philibert en compagnie du brigadier. Elle le fixa intensément. Il inclina la tête d'un air rassurant, mais elle cherchait son frère et ne l'apercevait nulle part.

— Empêchez-la de quitter sa table et de s'affoler, sinon ici les gens risquent de se douter de quelque chose. J'ai eu à contenir une panique jadis dans une salle de bal, et je puis vous assurer que ça peut très vite tourner au drame.

Philibert essaya de mettre le plus de temps possible pour rejoindre les deux femmes, empruntant des allées encombrées de gens très agités. Sur l'estrade, le maire aidait le député à le rejoindre et essayait de parler, mais personne n'écoutait. Il fallut à nouveau appeler le joueur de clairon qui cette fois attaqua le réveil de caserne. Il ne jouait pas très bien et des rires suivirent cette démonstration, mais peu à peu les gens prirent place.

— Mes chers administrés, et aussi chers voisins des villages d'alentour, c'est avec une grande joie...

Philibert ne pouvait plus biaiser et, pour ne pas se faire remarquer, rejoignait sa chaise, entre Zoé et madame Montvrault.

— Où est Morchailles?

— Vous ne ramenez pas mon frère?

Il sourit un peu stupidement, désigna le maire en mettant son doigt sur la bouche. Là-bas le brigadier scrutait la foule. Le maire se tut et ce fut monsieur Albert qui s'avança. Il écarta les bras avec l'air d'un apôtre accueillant ses frères en religion. Toute la salle rugit et se leva, faisant basculer les sièges. Chaises et bancs tombèrent, s'emmêlèrent dans les allées.

— Il est toujours dans sa chambre? demanda Josseline.

Philibert se leva comme les autres, mais ne se sentit pas capable d'applaudir. La première, Zoé se dressa :

— Toi, tu nous caches quelque chose... Où est le mobile?

— Par là, et armé.

— Tu plaisantes?

À son tour Josseline quittait sa chaise, applaudissait, tournée vers Philibert, le visage bouleversé :

— Monsieur Philibert... Vous l'avez vu? Il est dans sa chambre? Il a besoin de moi? Je vais y aller.

— Non, attendez.

Torneilles essayait mollement de calmer les applaudissements et les ovations, mais visiblement prenait un bain de joie. Ce fut Zoé qui eut cette réflexion à laquelle elle ajouta un méchant : « Pour une fois qu'il se lave, c'est en public. »

— Pourquoi parliez-vous au brigadier? demandait Josseline. Mon frère vous a-t-il fait part de cette lettre donnée par le notaire, et surtout de la deuxième enveloppe? Celle qui révélerait le nom de celui cause de son malheur?

Les applaudissements s'appauvrissaient et on ne criait presque plus. On ramassait les sièges, on se disait que plus vite le député aurait fini son discours, plus vite on « chaperait », chaper étant synonyme de s'en mettre jusqu'aux amygdales en bonnes nourritures. On se racontait qu'il y avait des chevreaux à la broche, de la charcutaille, du cassoulet le tout fourni par les différents ramonétages de la famille, sauf les Courtales.

— Mes chers amis républicains...

Ce fut le ressac lancé par Marceau Vernet et les siens. On se dressa, on hurla, on essaya de grimper sur les tables mais celles-ci, simples planches sur tréteaux, voire posées sur deux barriques, ne pouvaient supporter des poids excessifs. On se hissa sur les chaises, on souleva des enfants, on n'en finissait pas de saluer la République. Et Philibert regrettait de ne pouvoir se laisser aller à cette émotion générale, avec cette sœur éperdue qui maintenant criait dans son oreille gauche, tandis que la droite encaissait les questions de Zoé.

— Mes amis républicains, après plus de vingt-sept ans d'attente...

On hurlait à chaque mot. Philibert crut saisir une allusion à cette voix de majorité qui, le 30 janvier 1875, accordait le principe républicain au pays. Le tout noyé dans les cris, les efforts du député, les bruits de tables s'effondrant avec la vaisselle. Heureusement, on n'avait sorti que des assiettes, des verres réservés aux vendanges, vieilles faïences ébréchées, assiettes de ferblanc. Quelques verres furent tout de même brisés.

L'envie de s'empiffrer d'une minorité l'emporta sur l'enthousiasme sincère de la majorité, et on laissa monsieur le député poursuivre.

— C'est une joie d'être parmi vous, la plus belle car bientôt je devrai m'éloigner de nos chères Corbières, affronter à Paris les périls qui menacent encore le pays.

C'est alors que Morchailles parut dans sa capote de mobile. Il surgissait de derrière l'estrade, écartant une série de drapeaux qui dissimulaient les murs écaillés de la remise.

— Mon Dieu ! Louison ! fit Josseline retombant sur sa chaise.

La foule s'étonnait et quelques-uns commençaient de rire, croyant à une coïncidence préparée, un peu boiteuse, se disant que le mobile devait apparaître comme la preuve de ce que les Blancs avaient eu la cruauté de faire, mais qu'il était en avance sur le discours prévu par monsieur Albert. Ce dernier, ignorant ce qui se passait dans son dos, ne comprenait pas ces rires, les écartait d'un geste agacé de la main. Il n'en poursuivait pas moins sa complainte sur les tâches surhumaines qui l'attendaient désormais, et qui le tiendraient de longs mois là-bas, dans cette capitale si lointaine. Philibert essaya de quitter sa place, de rejoindre l'estrade sur le côté, mais les futurs soupeurs se renversaient en arrière, en équilibre sur deux pieds de leur chaise, barraient le passage. D'autres ramassaient les sièges tombés.

— Laissez passer l'estamaïre, le sauveur! cria une voix ironique. Il a bien droit à monter sur l'estrade, lui aussi, et à parader.

Des visages moqueurs se tournèrent vers lui. Des moues un peu méprisantes le toisaient, des yeux sans indulgence lui reprochaient son impudence. On en avait plus qu'assez de ce trimardeur, comme de l'aveugle. Pour cette fête, ce banquet, on aurait aimé rester entre soi, mais ces deux-là briguaient leur part de gloire, volaient presque la vedette à l'homme du jour, leur élu.

Néanmoins on le laissait passer, on acceptait du moins d'incliner les chaises, qu'il pût se faufiler. Il se retourna, espérant voir Wasquehale se diriger lui aussi vers le fond de la remise, mais le brigadier avait disparu. Peut-être accompagnait-t-il les deux hommes autour de la bâtisse.

Le maire percevant une agitation, une sorte de mouvement de dominos, au fur et à mesure que les gens assis basculaient en avant pour laisser le passage au garçon, se pencha, vit l'étameur qui se démenait pour les rejoindre. Lui aussi en éprouva de la mauvaise humeur.

Cela commençait à bien faire, avec ces deux rescapés de l'incendie qui profitaient un peu trop de l'émotion du pays. Il essaya de lui faire signe de rester tranquille, mais voilà que l'autre, l'ancien gendarme faisait des siennes, s'approchait du député. Il était si impressionnant, avec sa cagoule blanche dans la lumière des lampes pendues aux poutres de la charpente, que d'un coup le silence s'imposa, sinistre, au point que monsieur Albert crut avoir dit une parole malheureuse, peut-être blessante pour ces gens.

Morchailles avançait une main tournant comme une hélice dans l'air, l'autre enfouie sous sa capote de militaire.

— Monsieur Albert? Êtes-vous bien là devant moi?

— Louison, mais comment as-tu pu venir seul jusqu'ici? cria sa sœur effarée.

Philibert se le demandait aussi. Les gens sortaient de cette fascination, mais sans oser parler, se regardant.

— Monsieur Albert Torneilles, la bande à Ginestre avec le cousin, Capestan et aussi Cochenille, ont reçu en tout plus de dix mille francs, peut-être vingt mille, sans parler du prix du pétrole acheté à La Nouvelle, pour mettre le feu à la vieille forge. J'ai la preuve que c'est vous qui avez donné cet argent à Manuel, l'aîné de la famille. Vous vouliez remplir d'horreur et d'indignation le cœur des braves gens de cette région, amener les indécis, les mous, les anciens bonapartistes à voter pour vous, victime désignée de ce complot.

— Mon Dieu, gémit Josseline Montvrault.

Philibert, qui touchait presque l'estrade, l'entendit comme l'entendirent plusieurs dizaines d'attablés autour d'elle : « Mon Dieu, il a ouvert l'autre enveloppe et quelqu'un lui a lu le nom. »

Elle se leva, livide, les mains sur les joues, essaya de hurler, mais sa voix se cassa et Zoé, debout elle aussi, la prit dans ses bras.

— À cause de vous, monsieur Albert, j'ai perdu mes yeux dans le brasier que vous avez fait allumer par vos sbires.

Quelqu'un, à côté de Philibert, demanda à son voisin ce qu'il voulait dire, ajoutant qu'il ne comprenait rien à tout ça. Philibert fit un rétablissement et se trouva à côté du maire qui n'avait pas encore estimé la gravité de l'instant et voulut le repousser, le priant de se montrer plus discret au moment où monsieur Albert allait parler de la patrie.

— Vous ne comprenez pas que Morchailles va le tuer ? Vous feriez mieux de lui sauter dessus. Il ne vous voit pas.

Un cri de stupeur s'éleva, comme rugi par une seule bouche. Morchailles venait de sortir, hors de sa capote, un curieux objet. Quelqu'un cria que c'était un pistolet ancien, mais un chasseur, braconnier peut-être à l'occasion, reconnut ce type d'arme.

— Il a scié le canon et la crosse, c'est un deux coups, attention !

Bousculant le maire, Philibert fonça vers Morchailles, juste comme monsieur Albert réussissait à briser l'étau de sa gorge :

— Mon pauvre ami, c'est de la folie.

Et ces quelques mots suffirent à orienter l'arme de l'aveugle vers lui. Les deux coups tonnèrent en même temps et Philibert reçut, en pleine figure, le jet énorme de sang des carotides déchiquetées de l'aîné des Torneilles.

CHAPITRE QUARANTE-HUIT

La nuit restait encore bien noire que les hommes se regroupaient en trois, quatre endroits du village, manquant de sommeil, hébétés, l'haleine lourde de trop de café et parfois de trois-six, s'alignant ici sur un banc de pierre, frottant leurs épaules, ailleurs cerclant une fontaine ou bien profitant de la vapeur chaude d'une écurie largement ouverte.

Ayant passé la nuit dans un vieux fauteuil d'osier qui craquait à chaque mouvement, Philibert écarta la couverture, frissonna en commençant de préparer la cheminée. Il entendait traîner les pas de ces hommes qui éprouvaient le besoin de se retrouver, même à 4 heures du matin. Il se serait volontiers joint à eux pour partager ce silence repu d'horreur, de tumulte, de panique, et de la ruée frénétique de trois cents personnes vers l'unique ouverture de la remise. On s'y était écrasé, bousculé, frappé, piétiné même. Il s'était retrouvé seul, soutenant par les épaules le corps à l'oblique de monsieur Albert inondé de son sang, ne pouvant lâcher le mort pour essuyer son propre visage. Le maire à ses côtés criait en vain que l'on prévînt le docteur Miquelet, suppliait qu'on revienne s'asseoir. Tout d'abord, il avait même ajouté qu'on devait écouter le discours du nouveau député, ne sachant plus très bien ce qui se passait. Zoé la première monta sur l'estrade, essuya le visage de Philibert, suivie de Josseline qui saisissait Morchailles à bras-le-corps. Enfin les gendarmes avaient surgi, comme le mobile de derrière l'estrade, par une petite porte cachée jusque-là par les drapeaux.

Et dans l'épouvante générale, on entendit enfin le glas qui tintait à l'église. À l'insu du curé, une bande d'opposants s'étaient introduits dans l'édifice, pour le sonner et d'autres clochers répondaient déjà.

Emmené par ses collègues, Morchailles marchait la tête haute sans un mot, suivi par le trio des deux femmes et de l'étameur. À la gendarmerie, on leur refusa l'entrée. Josseline voulait rester et ils attendirent jusqu'à 10 heures puis réussirent à la ramener au ramonétage. Zoé la conduisit dans sa chambre, demanda à Philibert de faire de la tisane. Émile le cocher le rejoignit, prépara du café.

Le garçon s'était senti investi d'une mission, celle de veiller, d'attendre dans cette cuisine il ne savait trop quoi. Le corps de monsieur Albert avait été transporté à la gendarmerie, des scellés posés sur les issues de la remise. Dans la cour de celle-ci achevait de se calciner le repas du banquet, et ces odeurs de nourriture gâchée roulaient dans les rues. Plus tard, on dit que des morts-la-faim allèrent voler les cabris et les charcuteries. Mais le cassoulet goudronnait un grand chaudron de suie grasse.

À 8 heures, les deux femmes se rendirent à la gendarmerie d'où Zoé revint seule. Buvant son thé, elle rapporta que la grande question que se posaient les gendarmes et un certain nombre de gens, était de savoir qui avait conduit Morchailles à la remise où se tenait le banquet, qui l'avait fait passer par cette petite porte normalement fermée à clé, enfin qui l'avait hissé sur l'estrade.

— Morchailles reste silencieux, refuse de répondre à toutes les questions. Le brigadier soupçonnait Josseline, mais je l'ai disculpée, il te soupçonnait toi, mais j'ai protesté que tu nous accompagnais et que c'était pour rendre service à la sœur que tu étais revenu ici.

— Je suis arrivé, dit alors Émile, qui paraissait prostré devant le feu. J'ai vu l'estamaïre qui descendait de la chambre du mobile. Il m'a fait voir la limaille, la sciure et nous avons couru vers la remise.

Josseline revint, mais contrairement à leur crainte se révéla d'un grand courage. Elle refusa de se coucher, dit qu'elle allait préparer le repas de midi, qu'elle en porterait à son frère, le ferait manger. Ses anciens collègues le traitaient évidemment avec douceur.

Les chevaux du cabriolet et du demi-coupé avaient été mis à l'abri par un ami de la famille. Émile alla les soigner et revint en disant que les frères Ginestre venaient d'être arrêtés. Ils avaient essayé de fuir et le cadet avait même menacé les gendarmes d'un pistolet.

Philibert remonta aux Courtales d'abord pour changer ses vêtements souillés de sang. Il apportait une liste écrite par Zoé. Mathilde et Eugénie, encore toutes peureuses, remplirent une panière de ce que demandait madame Torneilles. Elles avaient comme tout le monde fui la remise, été bousculées, leurs vêtements avaient été déchirés, Eugénie avait perdu un soulier. Tout le personnel avait fini par rentrer dans une longue file de charretées mornes.

Lorsqu'il repassa devant les ramonétages, Jérémie l'interpella :

— Venez dîner avec nous.

— On m'attend en bas.

Il avait pris le temps de se laver totalement, mais un goût fade de sang frais lui semblait flotter autour de lui et empâter son arrière-gorge.

— Il faut que je vous dise... Lorsque nous sommes rentrés cette nuit...

Il désigna la partie des bâtiments côté sud.

— Il y avait de la lumière derrière un volet.

— Chez monsieur Pétrone ?

Le ramonet des vignes inclina la tête, regarda derrière lui, avant de confier qu'il était allé voir aux écuries où Paulet, revenu de Mouthoumet le premier, s'occupait des bêtes.

— Le cheval de monsieur Pétrone n'y était pas. C'est en rentrant chez moi que j'ai entendu hennir sur le chemin des espacières.

Un raccourci en direction de Lanet avec un gué sur le ruisseau de Laval. Pour le traverser à pied on utilisait de grosses pierres, les espacières. Seul un familier de la campagne pouvait le connaître.

— Vous croyez qu'il était descendu hier au soir?

Monsieur Pétrone à Mouthoumet? Alors que le village était vidé de ses habitants, allant au ramonétage, y rencontrant Morchailles, le conduisant à la remise?

— Le mobile a emprunté la petite porte donnant sur une impasse que personne n'utilise.

— Monsieur Pétrone dispose de toutes les clés de la campagne, y compris de la maison de madame, des ramonétages. Un trousseau énorme. De la remise aussi bien sûr.

Josseline était allée faire manger son frère dans la geôle de la gendarmerie. Le parquet, le médecin légiste, le secrétaire général de la préfecture et une délégation de Républicains devaient arriver dans Mouthoumet.

— On va le transférer à Carcassonne, dit Josseline. Il veut que j'écrive le texte d'une procuration qu'il signera et que je devrais remettre au notaire de Villerouge. Dois-je le faire?

— Il vous faudra de l'argent, dit Zoé. Il lui faudra un avocat et vous aurez besoin de vivre.

Philibert la conduisit le lendemain à Villerouge où le notaire lui remit deux mille francs, en attendant leur décision pour le reste des vingt-cinq mille francs. Elle prendrait le lendemain matin la voiture de Villerouge jusqu'à Lézignan, puis le train pour Carcassonne où son frère serait incarcéré.

Ce fut Marceau Vernet qui accepta de la recevoir

pour la nuit, car elle redoutait les curiosités d'une clientèle d'auberge.

— Monsieur Philibert, je n'oserai jamais revenir dans ce pays où mon frère et moi avons connu le pire. Nous n'aurions jamais dû nous rendre la première fois chez maître Roques.

— La lettre aurait tout de même été remise à votre frère. Le notaire ne pouvait la conserver.

— Je lui ai demandé qui l'avait conduit depuis le ramonétage jusqu'à la remise, en passant par cette porte basse verrouillée, paraît-il, et dissimulée sous cette multitude de drapeaux. Il a refusé de me répondre. Je le connais, il n'en parlera jamais. Je suppose qu'il s'agit d'un ennemi féroce des Torneilles, de quelqu'un qui les haïssait assez, du moins qui haïssait l'aîné monsieur Albert, et a utilisé mon frère pour satisfaire sa vengeance. Avant ce dernier drame, j'ai cru comprendre qu'un certain monsieur Pétrone, régisseur de la famille, avait depuis quelque temps un étrange comportement. Croyez-vous que ce soit lui qui a conduit Louison ?

Philibert préférait ne pas répondre sur ce sujet-là. Il essaya de la réconforter en lui rapportant les dernières rumeurs. L'un des Ginestre aurait formellement accusé Albert Torneilles de lui avoir remis une forte somme d'argent pour incendier la forge, dans la nuit de ce mercredi à jeudi de décembre.

— S'il peut le prouver, votre frère bénéficierait de circonstances atténuantes.

— Je vous disais que je ne pourrais jamais revenir par ici, mais je voulais ajouter que je serais désolée à la pensée de ne plus jamais vous revoir.

Curieusement elle ne rougissait pas comme d'habitude, le regardait tranquillement, semblant avoir acquis dans ses malheurs une volonté nouvelle, la révélation qu'un bonheur de vie peut se rechercher sans en éprouver de la honte.

— Vous retournez aux Courtales auprès de madame

Zoé ? Dites-lui que j'ai apprécié son soutien durant les journées et les nuits horribles que j'ai vécues. Dites-lui aussi qu'elle a bien de la chance de vous avoir avec elle. Non, ne le lui dites pas.

Il faisait nuit lorsqu'il traversa Félines où, comme chaque fois, il croyait respirer une odeur de fumée. À Mouthoumet, celle de ce banquet calciné s'attardait dans la fadeur. On avait nettoyé la remise, rangé le matériel à l'intérieur, vidé l'arrière-cour. Mais le relent planait comme un regret de faim inassouvie.

Aux Courtales Mathilde et Eugénie montaient des brocs d'eau pour le bain du soir de madame Zoé, paraissaient exténuées. La louchon souffla à Philibert que c'était le deuxième bain de l'après-midi, mais qu'il y en avait eu un le matin.

— La chaudière va éclater, tant je la bourre de charbon. Là-dedans, ça bouillonne de colère. Madame Zoé a dit que vous montiez la voir à votre retour, mais attendez car elle doit mariner encore dans ses sels au jasmin.

Mais elle finit par appeler Eugénie qui escalada les marches, tout essoufflée, redescendit choquée : madame Zoé voulait voir Philibert sur-le-champ, bien qu'elle fût dans son cuveau. La petite servante aurait bien émis quelques réflexions bien senties, lorsque Mathilde lui ordonna d'aller chercher du bois. En sortant, le garçon entendit la plus jeune dire, d'un ton désabusé :

— Tout a commencé au ramonétage de Mouthoumet. Tu n'as donc rien compris ?

Lorsqu'il frappa, Zoé s'impatienta :

— Mais oui, entre !

Et tout de suite, elle lui ordonna de se déshabiller et de la rejoindre dans le cuveau. Il resta appuyé contre la porte refermée, désabusé.

— J'ai besoin de m'emmêler à toi, que nous nous tressions. Je suis morte de peur, si tu veux le savoir. Il paraît que monsieur Pétrone errait dans le coin le soir du banquet.

— Qui te l'a dit ?

— Eugénie. La rumeur persiste dans les ramonétages. Monsieur Jérémie aurait vu de la lumière chez Pétrone. C'est lui qui a conduit Morchailles dans la remise pour qu'il tue mon beau-frère, et il va s'arranger pour pousser quelqu'un, toi peut-être à me tuer moi.

— Et tu me convies à te rejoindre dans ce baquet alors que je pourrais devenir ton assassin ?

— Si tu me fais l'amour, je serai rassurée. Viens. Je te connais, tu es trop pur pour faire du mal à une femme dont tu aurais joui.

Voyant qu'il restait immobile, la regardant fixement, elle s'enfonça dans l'eau chaude jusqu'à ce que coincée dans le cuveau, elle ne pût s'effacer totalement.

— Philibert, gémit-elle, qu'y a-t-il ?

— Tu te vends ou plutôt tu m'achètes. Tu m'as toujours acheté depuis les nuits au ramonétage. Acheté pour que j'aille exhumer un cadavre inconnu, du moins pas celui de Constantin Torneilles, et tu m'achètes pour continuer à me masquer d'autres mensonges. Déjà à La Nouvelle...

Elle avait de l'eau jusqu'à la bouche, fermait les yeux.

— Aurais-tu aussi acheté monsieur Pétrone, qui sait ? Oui, qui sait ce que cette petite tête superbe peut contenir de calculs diaboliques, d'horreurs, de convoitises féroces, de désirs pervers.

Comme réanimée par ce mot de désir, elle ouvrit les yeux, sortit du bain. Exultant d'une sensualité exacerbée, les seins gonflés, le ventre houleux, elle enjamba le cuveau et marcha vers le lit, laissant une traînée d'eau mousseuse qui par son humidité même était désir, s'allongeait à plat ventre sur le dessus-de-lit, s'écartelait et de ses mains ramenées sur ses reins, s'ouvrait encore, s'offrant au plus intime.

Alors ce goût de sang qu'il traînait en lui depuis des jours accrut son trouble. Il marcha vers elle, abandonnant ses vêtements.

Lorsqu'il descendit à la cuisine dans le noir, seule la

chaudière ronflait. Dans la lueur orange de son foyer, il alluma une lampe, fouilla dans le garde-manger qui recevait de l'extérieur l'air glacé de l'hiver. Sur un plateau il chargea des viandes froides, du pâté, du pain, trouva du vin ordinaire mais que Zoé aimait. Il remonta le tout dans la chambre de la jeune femme. Du cuveau non vidé montait un lourd parfum de jasmin. L'endroit surchauffé coupait le souffle, faisait luire la peau. C'était la caverne d'une décadence luxueuse, un antre de voluptés suspectes.

— Je retrouverai Pétrone, avait-il promis, et au besoin je le tuerai.

La voir tartiner allègrement du pâté tout en picorant des olives était aussi un spectacle licencieux, par la grâce des gestes proches des caresses, la moue qui ourlait les lèvres de gourmandises, la brillance des yeux, les soupirs de bien-être, les langueurs apportées à savourer une cuillère remplie de confiture rouge à coups de langue.

— Je partirai demain à l'aube.

— S'il revenait pendant que tu seras à Cantaloups ?

— Je demanderai à Jérémie de veiller sur toi.

— Je ne quitterai pas cette chambre. Je me ferai servir.

Lorsqu'elle usait de ce mot, servir, elle devenait petite fille pauvre, du genre qui déclare à son entourage incrédule : « Un jour je serai très riche et j'aurai des domestiques. »

CHAPITRE QUARANTE-NEUF

Il emportait un fusil, canon basculé vers le sol à cause de la pluie. Son cheval s'appelait Manhac, l'équivalent de chéri, gentil, en languedocien. Comme le lui avait expliqué le domestique d'écurie, c'était celui qui possédait le dos le moins large de tous, et le seul qui acceptait d'être chevauché à cru durant toute une journée. Philibert avait trouvé un chapeau en toile cirée et le garçon d'écurie lui procura une cape de caoutchouc épais, affirmant que le père de monsieur Albert l'avait rapportée d'Angleterre.

— Vous serez de retour pour l'enterrement ?

— Je ne sais pas.

— On doit ramener le corps de monsieur Albert aujourd'hui ou demain. Les gendarmes l'auraient dit au maire de Mouthoumet.

L'étameur s'en alla sous la pluie, essayant de s'habituer à cet écart douloureux des cuisses sur l'échine large de Manhac. C'était un calme, ce cheval-là, et le gué du ruisseau de Laval ne le fit pas hésiter. Il eut pourtant de l'eau jusqu'à mi-pattes. De lui-même, il trouvait les chemins anciens, ceux des troupeaux, des chasseurs et des braconniers.

Devant une bergerie abandonnée, il s'arrêta, tendit la tête. Le garçon glissa sur le flanc aux poils humides, alla voir. Dans le râtelier, à hauteur des moutons restait du foin. Manhac le suivit et commença de tirer sur les touffes sèches, mâchonnant d'un œil distrait.

— Mettons-nous d'accord, fit l'étameur. Nous sommes partis depuis moins de deux heures, et des bergeries vides nous allons en rencontrer plus que des remplies de brebis. Si chaque fois, tu me fais le coup, on ne sera pas à Cantaloups avant la fin de la semaine, et monsieur Pétrone aura été prévenu dix fois que nous arrivons.

Manhac retint-il la leçon ou n'avait-il pas faim, toujours est-il qu'il marcha jusqu'à midi passé, où ils atteignirent un moulin ruiné. Un autre, plus récent, tournait en aval, mais comme il appartenait plus ou moins aux Torneilles, il préférait l'éviter. Pour traverser la rivière, il laissa faire l'animal qui d'instinct trouva le gué, donna un sérieux coup de collier pour remonter la pente escarpée.

La route était en haut, mais avec cette pluie épaisse elle s'annonçait déserte. Il comptait la suivre jusqu'au col où il essayerait de trouver le sentier de l'Escale. Il prendrait de l'altitude, espérait que la pluie ne deviendrait pas neige. La douceur de l'air le rassurait. Une année il avait emprunté cet itinéraire avec sa carriole, se souvenait qu'il avait dû à deux reprises la vider totalement de sa forge, de son enclume, de ses lingots, démonter les roues, porter la caisse sur son dos pour passer des endroits difficiles, revenir six, sept fois chercher ses affaires. Il aurait pu atteindre Cantaloups directement mais il allait surprendre son bonhomme, contourner la montagne où se quillait la borde fortifiée, la rejoindre, ou tenter de le faire comme s'il venait du nord, en souhaitant l'absence de neige. Faute d'une bergerie vide, ils s'abritèrent sous une roche basculée. Manhac eut droit à trois poignées d'avoine et aux herbes qui s'échappaient des fissures de la paroi. À la fin, Philibert y ajouta un morceau de pain qu'il ne pouvait avaler. Il n'avait pas faim mais n'éprouvait aucune angoisse.

Lorsqu'il dut descendre du cheval et le prendre par la bride, le sentier s'était gaspillé sous la pluie, perdant sa terre, montrant ses dents aiguës et Manhac souffrait.

— On a le temps, on a le temps, mais s'arrêter sur ces épines de pierre, c'est endurer un supplice de fakir.

Ils en sortirent. Avec la tombée de la nuit, une odeur de fumée se mit à flotter entre le brouillard stagnant et la terre. Philibert s'engueulait, se reprochait d'avoir trop poussé vers le sud, bien au-dessus de cette bergerie dont la cheminée pouffait en flocons joyeux, un peu suiffeux. Là-dedans ils étaient un ou plusieurs qui se préparaient une bonne soirée, avec un gibier bardé de lard sur les braises. Un lapin amaigri par l'hiver, *une* lièvre n'auraient eu que la chair sur les os. Tout de même pas un marcassin engraissé aux glands ? Dans ce cas méfiance ! Le ou les futurs soupeurs de chair défendue n'aimeraient pas qu'on les surprenne autour. Le secret de son voyage aurait voulu qu'il fît un grand détour, mais le cheval tremblait sur ses pattes, avait besoin d'être bouchonné et lui besoin de compagnie, même d'un regard hostile au pire.

— Ne hennis pas, qu'ils ne croient pas que c'est la maréchaussée. Te plaît-elle cette odeur juteuse avec dirait-on du thym, du romarin et même à se demander si on n'a pas un peu flambé la viande au trois-six.

À la réflexion, cette nuance de trois-six flambé dans la fumée le rassura. Ce n'était pas dans les habitudes des braconniers ou des bergers piégeurs de flamber le gibier, mais le procédé valait pour les viandes un peu anciennes, à la limite même de la pourriture. Alors, il n'éprouva plus de scrupules. Ceux-là dans la bergerie en contrebas, dans l'abri d'un val sec de végétation, avaient retrouvé une bête perdue depuis des jours, à demi bouffée par la sauvagine, l'aigle de Borelli ou les vautours fauves.

— Et si maintenant tu hennissais pour nous annoncer, mon Manhac. Cette fois tu peux.

D'une tape sur l'oreille, il obtint ce qu'il désirait.

— Un peu plus fort. Tu sais, une bergerie c'est comme dans une ruche, ça bruisse. Les toisons se frottant entre elles font plus de bruit que cent mille abeilles. Il en surgit des éclairs mais l'odeur curieusement vous rend sourd. À boucher vos narines, elle finit par boucher les oreilles.

Manhac hennit à sa demande. C'était un bon cheval avec lequel il s'entendait à demi-mot. Il continua de marcher à ses côtés pour l'épargner, se demandant s'il connaissait ce berger grillant sa brebis perdue. Il n'était pas des Torneilles celui-là.

Deux ou trois centaines de moutons enfermés pour cause de pluie et c'était l'enfer sur terre. La nuit, ils dormaient, seulement le jour ils cherchaient à brouter et pour approcher des râteliers se piétinaient. Il fallait des claies pour les séparer par âge, taille, sexe. Un berger par ce temps-là méritait bien sa viande, même verdie, sur un lit de braises de yeuse.

Si le cheval n'avait pas été entendu, il fallait prévenir et, les mains en porte-voix, il le fit mais sous un brouillard de pluie qui écrasait les sons. Il dut encore marcher avant que la porte basse, grise d'intempéries subies, ne libérât une silhouette auréolée d'une lueur de feu sans flammes.

— Qui vient par ici?

Ce fut un échange difficile. Celui-là ne connaissait ni de Philibert ni d'estamaïre de Leucate, il n'avait rien à foutre d'un estamaïre qu'il répondit, mais le nom de Torneilles, ni tout à fait sésame ni tout à fait suspect, le rassura à demi.

— C'est pas aux Torneilles ici, dit-il en apercevant l'homme et le cheval. Les Torneilles c'est en face, la borde de Cantaloups, que le diable l'emporte! C'est vrai qu'ils ont tué l'aîné de la famille par en bas, à Mouthoumet?

— C'est vrai, dit Philibert, et il comprit qu'il était le bienvenu avec son cadeau, cette histoire du crime arrivant comme une pâtisserie, une bouteille de bon vin ou un paquet de tabac. On allait s'en régaler. Lui Nicaise, sa femme Rosine et Pipiou le garçon.

— On l'a pas réussi le garçon, s'empressa de dire tout de suite Nicaise, pour éviter la curiosité et les questions, mais il est brave.

Pas réussi Pipiou non, mais un regard de petit chien câlin. Oui, il pouvait pousser le cheval à côté. Étroit au passage mais ensuite une litière et un peu de fourrage, dans une sorte de crèche creusée dans le roc contre lequel s'appuyait la construction. Toujours ainsi, pour épargner le quatrième mur. La chaux à venir ici coûtait trop cher. Une crèche pour la mule du frère qui, une fois par mois, montait de Lairière le pain, le vin, les haricots blancs et le sel surtout.

Le garçon avait vu juste avec la chair en train de griller. Une brebis tuée par un chasseur ou alors par le fou de Cantaloups.

— Monsieur Pétrone ?

— C'est possible, je cause pas avec et je me méfie. C'est pourquoi les Torneilles, c'est pas mon côté. Enfin c'est pas une raison pour les tuer à coups de fusil.

À l'entrée Philibert avait ôté, secoué son caoutchouc. Le couple ne vit que le fusil, canon vers le sol.

— On chasse pas, nous autres, dit la femme.

Dans les sursauts de flammes nées des gouttes de graisse, elle était belle de sa pauvreté, les cheveux coupés à ras des épaules pour ne pas s'embroussailler, l'ovale d'une vierge d'église et des yeux étoilés de naïveté. Une future Maguiloune, sans la malice.

Philibert dit qu'il allait bouchonner le cheval et, pour la confiance entre eux, accrocha le fusil à un clou. Pipiou le regarda béat d'admiration.

— Y touche pas. Il n'est pas chargé mais n'empêche.

Manhac bouchonné, son rastel rempli de foin, deux sucres sous la langue, lui fit les yeux doux lorsqu'il le quitta pour la nuit, emportant son havresac. Il en tira du tabac et une bouteille de vin cuit. Rosine battit des mains et Pipiou alla chercher les tasses.

La viande gardait un goût de charogne, mais la soupe de haricots était épaisse et parfumée. Il raconta le crime du banquet, parla de l'aveugle qu'un inconnu avait conduit à la remise avec son arme sciée. Maintenant, il pensait que Pétrone avait dû conseiller à Morchailles de réduire la crosse et le canon, trouvé les scies. Le mobile ignorait ce stratagème des braconniers pour chasser le sanglier. Mais par manque de longueur du canon, il fallait charger à la chevrotine et approcher le fauve. Dispersée en un faisceau, la chevrotine faisait un carnage. Monsieur Albert n'était plus qu'un tas de viande pissant le sang à partir de la taille.

— Macarel, fit Nicaise.

— Un fusil à deux coups.

— Y aura qu'à changer les canons et la crosse et il sera comme neuf, fut le commentaire du berger.

Ensuite, il expliqua à Philibert le chemin à suivre pour arriver à Cantaloups « par darnié », par-derrière.

— Y a la Devèse, avertit sa femme, avec son oreiller de neige encore.

— Faut passer par Salagriffe. Le Louquet a de l'eau avec cette neige et la pluie. Ou encore le col de l'Homme Mort.

Une rivière qui descendait de la Devèse en torrent, formait même un petit étang avec un barrage pour un moulin disparu.

— Non, peu de bergeries pleines, dit Nicaise, usant de cet adjectif pour une borde comme pour une brebis. À Salagriffe le chemin descend vers la route de Limoux. Déjà la brebis recule, la vache avance.

Ce nom de Limoux fit s'extasier Rosine qui une fois avait goûté de la blanquette, et avait l'air de sentir encore les bulles piqueter son nez.

— Là-haut à la borde, c'est le diable et son train, murmura Nicaise. Un temps on l'avait cru parti. Une procession était allée bénir la borde, sans y pénétrer puisque les Torneilles en sont maîtres.

— Le vieux berger tué la tête en bas dans une entaille de la roche, ça fait quarante ou cinquante ans. Il s'appelait Séraphin ?

— Mon père me racontait. Il était allé là-bas à la pêche aux ossements. Une fois le cadavre bien nettoyé.

— Cantaloups, Salagriffe, il y avait des loups ?

— Peut-être encore. On y faisait paître la semaine dernière. Ici c'est trop raclé, il faut attendre la repousse. Alors nous emmenons les bêtes jusqu'au pied de la Devèse, une bergerie qu'on loue. On n'est rentré que d'hier. Mon frère a monté du fourrage, le grenier est plein mais ces saloperies de biques m'ont rongé la claie qui le protégeait. Elles ont réussi à grimper là-haut et j'ai passé ma journée à réparer.

— Celle-là avait filé vers la borde fortifiée ? demanda Philibert désignant le reste de viande.

— Elle a grimpé dans les feuillus vers Cantaloups. Une balle, pas la chevrotine. Ici personne n'use de balles. Je l'ai gardée.

Il la prit sur le manteau de la cheminée, une poutre que des siècles de feux avaient calcinée. La balle était au pied de plâtre d'une statue de la Vierge, en offrande.

— En pleine cervelle. Un trou bien rond. Elle devait inquiéter cachée dans les fougères, faire croire à un homme préparant un coup.

— Ce monsieur Pétrone là-haut, il était pâtre de douze ans avec le vieux berger, qui s'est tué en basculant dans l'entaille de roche.

— Je savais pas.

Rosine se signa et l'innocent en fit autant.

— Et tu montes là-haut ?

— Il était ramonet-maître des Torneilles et puis il a quitté la campagne, n'est plus revenu travailler. Je vais lui en demander la raison.

— Il te tuera. N'y va pas. C'est diablerie et compagnie là-haut. Quelqu'un a vu quelque chose de pas catholique en ramassant du bois mort. Quelqu'un d'en dessous.

— Il y a aussi les aigles et les vautours, dit Rosine. Ils peuvent aveugler le cheval.

On racontait que les vautours se posaient sur la tête des moutons pour leur crever les yeux. La bête folle se jetait dans un vide où ils n'avaient qu'à la dépecer. Une histoire de veillée venteuse.

Avant de se coucher dans le foin, il visita Manhac qui dans l'obscurité secoua sa crinière pour lui prouver qu'il allait bien. L'étameur alla dormir au-dessus des moutons, sachant que le lendemain ses yeux seraient enflammés par leur puanteur. Mais jamais il ne dormait aussi bien que dans les bergeries.

Il y avait de la soupe de haricots et une petite tasse de café pour après le déjeuner. La pluie avait cessé et Nicaise se préparait à libérer le troupeau.

— Je vais prier pour toi, murmura Rosine, Pipiou aussi et la prière d'un innocent protège encore plus.

— Au revoir petit oiseau, dit Philibert au garçonnet.

Chez lui aussi on disait Pipiou pour désigner un oiseau. Le jour qui se levait paraissait navré de suinter entre deux barres de nuages. La montagne en était blême, frileuse avec des bruits d'eau clandestins sous la végétation. Lorsqu'il aperçut la rivière, il se demanda comment il la traverserait, et Manhac traîna les sabots sans enthousiasme. En remontant la Devèse, il trouverait un lit moins large, mais il choisit de descendre. En dessous de Salagriffe existait un gué. Et ensuite un chemin à ornières et la route de Limoux au loin, et Cantaloups sur sa droite, en haut des bois de feuillus rongés d'hiver.

CHAPITRE CINQUANTE

Il crut pouvoir laisser Manhac attaché à un arbre, juste en dessous de la borde fortifiée, et grimper droit là où un cheval n'aurait pu passer. Mais d'un hennissement bref l'animal le rappela. Il n'avait pas du tout envie de rester dans cette solitude et son poil de crinière se hérissait de détresse.

— Tu pètes de frousse. Tu crois que je n'ai pas peur peut-être ? Bon ! Va pour le chemin qui louvoie un peu trop à mon sens et perdons du temps. Mais je n'ai pas envie que tu affoles la région par tes cris. Quoique les oreilles soient rares par ici.

Il se souvenait du rouan de Morchailles qui hurlait avec une voix humaine, jamais retrouvé. Quelque jour d'été, quand la chaleur plomberait le trou où il avait trouvé la mort, la puanteur le signalerait. Mais en attendant, on devait s'en raconter de bien effrayantes aux veillées de Davejean, Maisons, Palairac et Dernacueillette.

Avec des coups de reins de bonne volonté, le cheval grimpait aussi bien que lui et, lorsqu'ils aperçurent la muraille nord de la borde s'agrippant à la roche avec des serres de silex, ils haletaient les deux. De ce côté, une falaise de pierres taillées souvent déjointées narguait un Languedoc d'antan. Il y avait même une coulée de ces gros blocs, dont un avait rebondi jadis si loin que Philibert le voyait, plus bas, rouillé de lichens. Il chargea son fusil, regarda le chemin qui d'un coup se débarrassait du bois, longeait cette façade maussade et le vertige. Le soleil dressait cette nudité rugueuse d'orgueil et, vue du bas, on attendait une citadelle, mais la borde encore que massive d'épaules n'avait rien d'une véritable fortification. Juste quelques fentes de fenêtres étroites pouvant se prendre pour des meurtrières, n'eussent été ces houppes de fougères salies par le froid qui en débordaient. Et le mur de côté pareil, plus bas de faîte, derrière de bergerie ou de fenil. On disait que les ancêtres Torneilles s'étaient perchés là comme des vautours, en ce temps où l'Espagne s'en venant d'au-delà des Pyrénées, à une portée d'arquebuse, ils rançonnaient les trafics, espionnant pour le roi de France ou celui d'Espagne selon l'aloi des pièces d'or. Ils en étaient descendus, lentement, achetant bergerie après bergerie, terres, vignes, comme une eau d'infiltration grignotant le pays jusqu'aux Courtales, terminus de leur sournoise équipée. Une conquête de parcimonieux honteux.

Lorsqu'il passa la longe dans un anneau rouillé, Manhac parut s'en accorder. Quelques touffes tamponnaient les creux de la muraille à portée de ses dents.

Un portail de bergerie. Aussi simple, aussi vétuste aussi double avec l'arc roman en travertin sec que celui de toutes les bergeries d'une époque en Corbières. De loin les plus dégradées leurrent l'étranger de ces arceaux d'aqueduc où ne coulent que les vents.

Rien d'autre que ce portail, à part quelques meurtrières. Le garçon guettait le bleuté d'un canon de fusil, tout stupide devant ce double vantail aux clous-rivets rouillés. Faire glisser la bretelle de son fusil pour le prendre à deux mains ne lui venait même pas à l'idée.

Si le portail était fermé, du moins il bougeait vers l'intérieur, maintenu de deux épars. S'appuyant de toutes ses forces, il put risquer un œil dans la fente large comme sa main, vit la cour ensoleillée de tristesse. Voilà, c'était accablant avec ce puits central à margelle, ces abreuvoirs taris, creusés dans des blocs de pierre, une fenêtre à volet déglingué, une porte close à croire que jamais monsieur Pétrone n'avait vécu là.

Il alla chercher Manhac, l'attacha sur le côté du portail, le pria de ne pas bouger tandis qu'il sautait sur son dos, ramenait ses pieds pour se dresser, gagnant ainsi le mètre et demi nécessaire pour agripper l'arcade et se hisser.

— Je reviens, murmura-t-il, enfin j'essayerai. Je n'aurais pas dû t'attacher pour que tu puisses t'enfuir. J'espère que tu penseras à ronger ta longe, comme le fit le rouan devenu fou. Bijou le pauvre n'eut pas cette idée.

Parlant tout seul, il glissa de l'autre côté et sa crosse cogna contre le mur. Ça sentait des siècles de brebis mais aussi le cheval, l'écurie étant à gauche et ouverte.

Tant qu'il était dans l'ombre chiche du mur, il pensait n'avoir rien à craindre, seule la lumière serait risquée à traverser. Il avala une dernière salive, ne sachant quand il en aurait d'autre. Il venait pour tuer monsieur Pétrone. Il l'avait dit. Parce que Zoé avait quelques raisons de craindre ce mystérieux bonhomme ? Il en avait tué deux de la bande à Ginestre et les deux frères étaient en prison. Monsieur Albert avait payé de la main de Morchailles. Pourquoi Zoé devrait-elle devenir la dernière victime ? Et Cochenille, pourquoi ?

Stupidement mais il le fit, il glissa dans l'ourlet d'ombre au ras de la bergerie, guignant l'écurie entrouverte. Elle aussi à double battant en hauteur et en largeur, pour que le cheval, s'il y en avait un, pût venir regarder la cour. Il n'y avait pas plus curieux que les chevaux et tout propriétaire le savait, qui découpait toujours un vantail d'écurie dans le milieu où les chevaux venaient reposer leur poitrail.

Et le cheval apparut effectivement, le noir que monsieur Pétrone attelait à la charrette anglaise. Il hocha la tête, la secoua sans que Philibert interprétât ce mouvement. Possible que celui-là ait flairé le copain au-dehors.

— Salut, murmura l'étameur, histoire de voir s'il avait encore un peu de voix.

Juste un filet menacé de sécheresse en fait.

— Il est où ton maître, hein?

L'idée lui vint comme ça. Il passa le bras, craignant tout de même les dents du noir. Mais docile celui-ci s'écarta, lui laissa tirer le verrou, recula quand le vantail fut poussé.

— Va, galope un peu dans la cour, profites-en.

L'animal flairait le sol, peu décidé. L'obscurité forte en urine et crottin, sans parler de la sueur chevaline, soulagea Philibert un instant. Il voyait du coin de l'œil la charrette anglaise, les harnais luisants bien rangés dans le fond.

— Va, mais va donc, tu as un collègue derrière le portail, va lui dire bonjour.

En même temps, il redoutait que le noir ne s'éloignât, ne provoquant la sortie stupéfaite de monsieur Pétrone. Possible que le ramonet-maître surgisse sans arme, furieux contre son cheval. Alors il pourrait le viser et le tuer. Mais il savait qu'il hésiterait et, s'il en laissait le loisir à monsieur Pétrone, ce dernier n'aurait pas les mêmes scrupules.

Le cheval se décida, musa de ci de là à la recherche d'un brin d'herbe rachitique, poussiéreux, alors que son râtelier débordait de foin de qualité, un foin de ces montagnes humides qui en séchant gardait sa fraîcheur de sève.

— Allez, va voir là-bas.

Le noir s'approcha du puits, le flaira, et affola Philibert quand il posa ses deux pattes avant sur la margelle haute de moins d'un mètre. L'imbécile était foutu de piquer une tête vers l'eau qui miroitait, environ dix mètres plus bas.

— Celui que tu vois n'est pas ton collègue mais toi-même.

Peut-être avait-il soif? Un seau à moitié plein attendait à côté de sa litière. Philibert s'avança, ne pouvant laisser cet animal tomber dans le puits. On ne pourrait jamais l'en tirer et, même s'il n'allait pas au fond, il resterait coincé, les pattes arrière ruant tout ce qu'elles savaient. Comme le vieux berger Séraphin que monsieur Pétrone avait fait basculer dans une faille trop étroite.

Il allait courir vers le cheval lorsque ce dernier abandonna le puits et s'approcha du portail. De la patte il gratta contre le bois, arrachant une sciure de vieillesse, s'obstinant, de plus en plus rageur.

Et monsieur Pétrone apparut, noir sur l'ocre de l'habitation ensoleillée.

— Mais dis donc, Noiraud, qu'est-ce que tu fiches là?

Jamais on ne l'avait entendu user de cette tendresse lorsqu'il régnait sur les ramonets d'une voix sans âme. Il traversait la cour à grandes enjambées, et le noir cessa de gratter le portail, tourna vers lui sa tête sans trop marquer de frayeur. Monsieur Pétrone tendit le bras vers Philibert.

— Ton écurie c'est là-bas. Comment as-tu fait pour tirer le verrou? Je te savais malin mais pas à ce point!

Voilà que l'homme mystérieux, diabolique, l'assassin de Capestan, du cousin des Ginestre, de Cochenille et de monsieur Albert par la main de Morchailles, venait vers lui. Il n'avait qu'à épauler et tirer sa cartouche de chevrotines. Il atteindrait aussi le cheval, mais qu'était la vie d'un cheval en comparaison de la sienne?

Il prit son fusil, l'épaula, sachant fort bien qu'il devait avoir l'air bien maladroit, mais dans l'ombre de l'écurie il restait invisible, monsieur Pétrone arrivant avec le soleil dans les yeux. Son index trouva la détente, la frôla un brin. Il ne savait même pas si elle était délicate ou dure. Il aurait pu s'entraîner quand il chevauchait en pleine solitude, n'y avait même pas songé. Noiraud allait le gêner pour viser le ramonet-maître et même s'interposer entre les deux hommes. Monsieur Pétrone en profiterait pour se dissimuler derrière le puits par exemple.

Le cheval, cherchant à jouer, feinta son maître, repartit du côté du portail. Monsieur Pétrone haussa les épaules, poursuivit son chemin pour vérifier le verrou de la demi-porte. Philibert avança d'un pas, la crosse bien coincée.

— N'allez pas plus loin.

Monsieur Pétrone portait son chapeau noir à large bord dont l'ombre voilait d'un loup de carnaval ses yeux. Il les rétrécit, ne reconnaissant pas cette silhouette mais la voix, Philibert fut très fier de sa netteté, le renseigna.

— Estamaïre, c'est toi?

Il s'immobilisa, tandis que derrière lui Noiraud piaffait d'impatience devant le portail, hennissait, et que l'autre invisible lui répondait joyeusement.

— Tu es venu avec Manhac? Le plus facile à monter à cru. Je t'ai attendu longtemps, depuis le soir du repas de cochon. J'avais allumé une veilleuse dans la chapelle mortuaire, accroché l'alliance. Je me suis demandé si tu l'avais trouvée.

— Elle est dans ma poche depuis ce soir-là.

— Elle est dans ta poche et tu n'as pas eu la curiosité de chercher à en savoir plus? Il y avait deux prénoms, un nom et une date.

— Cet anneau ne m'était pas destiné. Vous l'aviez accroché pour effrayer madame Zoé.

Penchant la tête, monsieur Pétrone regardait au sol la poussière, coagulée en cloques par la pluie violente de la veille.

— Pourquoi voulez-vous la tuer? Capestan, Cochenille, le cousin des Ginestre, monsieur Albert, en armant et en guidant le mobile aveugle jusqu'à l'estrade ne vous suffisent pas? Et j'oubliais Cambronne, Guérin Paget. Fallait-il le pendre ce pauvre vieux fou?

— Il voulait rencontrer le brigadier Wasquehale. Il devenait dangereux. Il ne dormait jamais, était toujours à sa fenêtre. Lorsque je suis allé fouiller dans les décombres, la nuit, il m'a rejoint. Il m'a raconté ce qu'il avait aperçu l'avant-veille avant la tempête et votre venue. Il en avait trop vu.

— Je ne comprends pas, murmura Philibert, qui réalisa que son index avait glissé du pontet protecteur de la détente. Et puis pourquoi cette haine envers monsieur Albert ? Parce qu'il avait essayé de faire brûler le cadavre de son frère ? Pour venger le pauvre Morchailles de la perte de ses yeux ? Parce que vous êtes devenu fou et que parfois reviennent en vous des besoins de sang ? Le vieux berger d'autrefois, Séraphin, ici-même, celui que vous avez rejoint à douze ans, qui vous a maltraité ou pis, que vous avez assassiné à quinze ans, une fois devenu un homme aux muscles d'acier.

— Ne mélange pas tout. Je ne tuerai pas Zoé Torneilles. Tu peux être tranquille. J'ai promis de ne pas toucher un seul de ses cheveux et je tiendrai parole. D'ailleurs je vais partir.

— Je ne vous crois pas, vous êtes en train de m'endormir. La preuve, vous parlez trop, vous le taciturne, vous qui n'avez jamais plus de trois, quatre mots à dire aux autres.

— Si je voulais t'abuser, regarde.

Il écarta cette veste en forme de redingote qu'il portait sur une chemise blanche nouée d'un lacet, et le garçon aperçut les deux pistolets enfoncés dans la large ceinture de flanelle noire.

— Ils sont chargés. Je peux les prendre en main plus vite que tu ne pourras viser et m'abattre. Il y a trop longtemps que tu appuies ta crosse à ton creux d'épaule, et ton canon vise la poussière à mes pieds.

Furieux Philibert redressa l'arme, mais son index ne chercha plus la détente. Il l'avait toujours su qu'il ne pourrait jamais et sa promesse n'était qu'un mensonge envers lui-même.

— Je suis content que tu sois monté. J'allais être

obligé de descendre cette nuit aux Courtales et de te laisser une lettre. Je l'ai écrite, elle est sur la table de la cuisine. De tous ceux que je connais, vieux ou jeunes, il n'y avait que toi de digne de confiance. J'ai pris chaque nom, j'ai réfléchi, et il n'est resté que le tien. Tu sais pourquoi ?

Philibert ne répondit pas, ne fit aucun signe de curiosité.

— Parce que toi, tu aimes. Tous ceux que je connais n'aiment personne. Toi tu aimes cette femme, cette Parisienne, cette pétroleuse. Tu sais que c'est une traînée, une ambitieuse, qui te gruge, qui t'entortille, mais voilà tu es amoureux et tu en es beau comme le plus beau jour d'été, celui de l'alouette montant des épis de blé vers le plus haut du ciel. Beau non seulement du visage ou du corps, c'est vrai. Mais beau de cet amour et tu lui ressembles, comprends-tu ? Vous aimez la même femme, une garce mais vous n'en devenez que plus merveilleux, et j'ai mis du temps à le comprendre, à l'admettre. Parce que moi aussi j'aime éperdument.

Il se retourna lentement, lança par-dessus son épaule.

— Accompagne-moi, vise mon dos si tu crains une entourloupe. Tu as beaucoup à découvrir.

Philibert le suivit, effrayé et furieux de se sentir presque en sécurité. La porte donnait dans une grande cuisine. Au fond, on avait construit en plâtre et briques une longue paillasse pour la pierre d'évier, pour la préparation des nourritures, pour la cheminée, pour les potagers surtout, ces fourneaux rustiques avec une grille en fonte au fond, d'où la cendre tombe dans des seaux et qu'on gave de braises pour les mijotages.

— Dans le temps, quand les Torneilles vivaient là, avec la frontière tout au pied, ils étaient trente, quarante au moins. La famille et les branches latérales. Des chiens en attente de terres qu'on prenait pour des loups. Ni seigneurs ni manants, mais chargés de veiller en armes dans les années 1640-42, lors de la reconquête du Roussillon voisin. Sur une poutre, on peut lire la date de construction, 1589.

Mais Philibert découvrait, accroché à une patère de fer, un vêtement noir, long, ni manteau ni houppelande.

— Ah, dit monsieur Pétrone se retournant, la souquenille t'intéresse ?

— Vous étiez donc l'homme noir qui nous a guettés du haut des montagnes de Fraïsse et tout le long ?

— Ce n'est pas ordinaire comme vêtement. Touche-le.

— De la peau ? De la peau coupée dans l'épaisseur.

— Non une peau venue d'ailleurs. Regarde à l'intérieur, il y a une étiquette de manufacture.

Philibert devait lâcher son fusil d'une main. Alors il le déposa contre le mur, retourna la souquenille.

— Jefferson, Sydney. Vous voulez dire que cette souquenille a été fabriquée là-bas en Australie ? Sydney c'est bien l'Australie.

— C'est de la peau de kangourou légère. Un cache-poussière pour les bergers de là-bas, à cause des vents de sable effroyables qui ravagent des milliers de kilomètres de désert.

— Vous portiez cette souquenille pour nous espionner, vous dans le haut de Fraïsse et nous dans la plaine de Sigean ?

Monsieur Pétrone désigna la table en bois au milieu de la pièce. Il y avait effectivement une enveloppe posée dessus. En s'approchant Philibert vit son prénom et son nom écrits d'une écriture très large.

— L'homme noir de Fraïsse, et d'avant l'incendie, ce n'était pas moi, fit monsieur Pétrone à voix basse. Maintenant suis-moi et ne laisse transpirer aucun sentiment, surtout ta compassion.

CHAPITRE CINQUANTE ET UN

La bouche de cet homme palpitait en bec d'oisillon, parmi ces nodules qui boursouflaient non seulement le visage mais tout le corps. Cette bouche expulsait les mots oints de salive plus qu'elle ne les prononçait. La tête était celle d'un hydrocéphale. Philibert en connaissait un dans un village, mais Constantin Torneilles était aussi monstrueux que Morchailles le décrivait dans ses cauchemars. Juste avant de perdre ses yeux, le mobile avait aperçu le lépreux surgissant du poulailler et, sur cette vision effrayante, était devenu aveugle. Morchailles n'avait jamais eu d'hallucinations, juste une image fantastique mais réelle, en dernier souvenir du monde visible.

— J'étais volontaire pour aider les missionnaires anglais et ainsi, bénéficier d'une certaine liberté. Tout de suite, j'ai contracté la lèpre auprès de malades contagieux. Ce que vous voyez sont des lépromes, une forme d'éléphantiasis. Je crois que je suis au dernier stade de la maladie, mais je peux survivre des mois, deux ou trois ans. Mon séjour dans la léproserie m'a fourni bien des enseignements sur mon cas.

En 1873, le refus de mourir aussi loin de chez lui et de Zoé l'avait conduit à s'évader, ce qui était facile, et à s'enfoncer à l'intérieur de l'île où il effrayait les Canaques et les colons, survivant difficilement. Un jour sur la côte ouest, il avait rencontré des contrebandiers australiens.

— Je n'ai pas compris alors pourquoi ils acceptaient de m'embarquer avec eux pour l'Australie. Ils refusaient de m'approcher, m'isolant dans la soute à charbon. Contrairement à ce qu'ils m'avaient dit, ils n'ont pas rejoint l'Australie directement, mais ont pillé quelques îles des Salomons. Ils me faisaient débarquer et les villages se vidaient, les habitants fuyant de crainte d'être contaminés. Nous avons fini par atteindre l'Australie et ils m'ont vendu à une famille qui présentait des phénomènes dans un cirque. Ces gens-là redoutaient aussi la contamination, m'isolaient dans une carriole fermée et m'exposaient à travers une vitre. J'étais incapable de m'insurger. Sous le coup d'une condamnation à vingt ans de bagne, je pouvais à tout moment être remis aux Français.

Cette famille, avec ses phénomènes, fut expulsée d'Australie à la suite d'une série de cambriolages. Ils utilisaient les nains, le géant, l'homme serpent pour pénétrer dans les lieux les plus inaccessibles.

— Nous nous sommes retrouvés aux Indes. Je vivais alors une période de rémission et j'ai réussi à fuir cette famille de négriers, d'autant plus facilement que dans ce pays les lépreux sont le plus souvent l'objet de vénération. Je pouvais aller à ma guise, j'avais toujours du riz, des fruits, du poisson, un endroit, souvent un lieu sacré pour dormir. Des paysans acceptaient de me charger sur leur attelage. Je progressais vers l'ouest. Mon but était de rejoindre la France, mais j'évitais de donner ma nationalité. J'évitais aussi d'écrire, sachant que les Anglais surveillaient le courrier suite aux troubles de la révolte des Cipayes.

Philibert s'était assis en face de cette couche où gisait le mari de Zoé. Pétrone avait craint qu'il ne manifestât sa pitié. Quelle absurdité alors qu'il pétrissait avec rage dans sa tête des images de bonheur, les déchirait, les émiettait en un pêle-mêle douloureux.

Depuis Sainte-Lucie, il n'avait été qu'un paltoquet. Une semaine de tendresse bucolique entre la mer et Félines, une semaine de crédule engouement, alors qu'il ne vivait jusque-là que de cynisme et d'ironie méchante. Pour n'importe qui, un gaspillage naïf sans importance, mais pour lui une chute effroyable. Le glas d'un bonheur qui l'avait suffoqué de son ampleur, le dépouillant de ses défenses, un glas qui ne cesserait plus.

— J'ai appris par hasard qu'un savant nommé Hansen venait de découvrir le bacille de la lèpre et qu'on espérait trouver un remède à partir de cette découverte. J'ai rencontré des médecins russes que mon cas intéressait et qui m'ont aidé à quitter l'Inde pour la Perse où de nombreux Russes vivaient.

Une mission sanitaire voulait l'emmener en Mer Noire, dans une léproserie, mais il avait réussi à fausser compagnie à ces gens-là. Sur le port d'Istanbul, il mendia jusqu'à la fin de l'été 75, réussit à s'embarquer sur un vapeur italien.

— J'imaginais que les gendarmes français possédaient mon signalement, que les autorités du bagne l'avaient diffusé largement en précisant mes transformations physiques. J'ignorais que j'étais déclaré mort. Les missionnaires anglais, de crainte d'être accusés d'avoir favorisé mon évasion — le gouverneur de l'île aurait bien aimé les expulser —, avaient déclaré mon décès, montraient ma tombe.

Non sans difficultés, il pénétra en France, écrivit à Zoé à Paris, mais sans réponse envoya une lettre à son frère.

— Fin novembre, il vint me chercher clandestinement au-dessus de Nice. Il avait loué une voiture fermée, genre tonneau. Nous avons mis une semaine pour nous retrouver dans un de nos ramonétages abandonné de Tuchan. Exactement sur la route de Ségure, non loin des mines. Mon frère Albert me laissait entendre que je risquais d'être arrêté, conduit dans une léproserie en Afrique. J'ai donc obéi en tous points à ses ordres. Plus tard il a accepté de me parler de Zoé, m'annonçant qu'elle était partie sur sa demande à Nouméa. À la suite d'une lettre annonçant que j'étais mort. Mon frère lui avait remis une forte somme avec charge de ramener mon corps. Vous imaginez sa surprise, et surtout ses terreurs qu'on découvre que je n'étais pas mort et que ma femme ramenait un cadavre qui n'était pas le mien. J'ai alors compris que jusque-là mon frère comptait utiliser le retour de mon cercueil, l'enterrement en grande pompe pour s'affubler du masque de républicain convaincu, et je contrariais ses plans.

Monsieur Pétrone débouchait un flacon, pompait un liquide vitreux avec une pipette et comptait les gouttes tombant dans un verre d'eau.

— De l'huile de Chaulmoogra qu'on trouve surtout en Inde. J'en ai fait provision. C'est le seul traitement connu intérieurement et aussi extérieurement en compresses. Une fois les flacons vides, je ne sais comment nous pourrons nous en procurer discrètement.

Monsieur Albert lui avait exposé la situation, non sans cynisme, espérant que son cadet s'effacerait, disparaîtrait le temps pour lui d'être élu.

— Député, il me promettait qu'il n'aurait de cesse qu'une loi d'amnistie ne soit votée, me permettant de ne plus rien craindre. C'est alors que j'ai décidé de me rendre à La Nouvelle pour voir ma femme. Mais une fois au-dessus de Fraïsse, je n'ai plus eu le courage de l'affronter dans l'état où je me trouvais. J'ai par hasard aperçu votre voiture escortée du mobile. Mon frère m'avait dit que le convoi ferait halte à Félines, en attendant que les Courtales soient prêtes pour recevoir Zoé, et la chapelle mon cercueil. Je n'ai pu me résoudre à m'y rendre directement et je vous ai suivis. Fraïsse où trempé jusqu'aux os je couchais dans une capitelle qui prenait l'eau, Matomègne, Durban, la bergerie du côté d'Albas et là j'ai décidé d'aller à Félines en passant par le haut de Quintillan. J'ai volé de la nourriture dans une bergerie.

— Celle de Maguiloune, une pastresse que je connais.

Depuis qu'il était dans cette chambre aux murs chaulés Philibert n'avait pas encore ouvert la bouche. Il vivait sa déchéance dans une souffrance tempérée d'ironie.

Étrangement Constantin Torneilles soupçonna ce désenchantement et lui sourit, mais les nodules coinçant ses lèvres les empêchaient de découvrir toutes les dents. Deux seulement apparurent dans une grimace amicale de lapin.

— Je ne vivrai pas longtemps, savez-vous. Mon frère a manqué de patience en organisant ma mort, celle de Zoé, la vôtre et aussi celle du mobile dans la forge de Félines. Il voulait être élu à toute force, conquérir Paris, le pouvoir. Je gênais, Zoé malgré sa duplicité gênait aussi. Le faux cadavre devait disparaître. Tout au long de votre voyage, il a multiplié les incidents pour que tout accuse les Blancs. La fausse tentative de vol à Fraïsse, le cheval empoisonné...

Que n'avait-il cherché refuge auprès de Pétrone? Pourquoi faire confiance à un frère dont il s'était toujours défié? Un frère qui s'agitait parmi les Versaillais alors qu'il s'exaltait lui avec les Communards. Bien sûr il y avait la femme, Zoé. Et Constantin savait que Pétrone détestait cette intruse, cette voleuse d'un être chéri depuis sa plus tendre enfance.

Comme s'il comprenait qu'un besoin de confidences naissait entre le mari et l'amant, monsieur Pétrone sortit, disant qu'il allait mener Manhac dans l'écurie, lui donner à boire avant toute chose. Il venait d'aider Constantin à avaler ses gouttes car l'ancien bagnard, avec des mains encore plus difformes que celles de Cochenille, ne pouvait rien tenir fermement. L'homme avait depuis longtemps retiré son alliance, déposée par Pétrone sur le tombeau de son faux cadavre.

— Zoé savait-elle que vous ne pouviez être ce mort dans le cercueil de plomb?

— Peut-être n'a-t-elle pas vu le corps mis dans ce cercueil par les missionnaires anglais. L'opération dut être discrète.

Il ignorait donc tout de cette scène au cours du souper, dans le ramonétage où Zoé, empêchant monsieur Pétrone d'aller exhumer le cadavre de son protégé, éveilla ses soupçons.

— J'étais entré dans la vieille forge par le poulailler. Petit j'y avais séjourné avec l'ancien forgeron. Je connaissais l'endroit. J'ai pu fuir l'incendie et j'ai osé gagner les Courtales, mais monsieur Pétrone n'était pas chez lui.

— Vous auriez dû lui écrire en premier.

— Il hait Zoé. Il haïssait toutes les filles, tous les amis que je connaissais et ce n'est que vers dix-huit ans que j'ai découvert, effrayé et troublé, que l'affection qu'il me portait n'était pas tout à fait celle d'un père même adoptif pour son fils. Dès lors je n'ai jamais pu revivre avec lui les joies simples de mon enfance et de ma petite jeunesse. Je ne voulais pas non plus commettre un abus de confiance, le prier de m'aider au nom d'une équivoque. Un soir, furieux d'une querelle avec Zoé il est rentré chez lui et j'étais là. Nous avons décidé que le mieux était de venir ici à Cantaloups qui est notre maison d'origine. Il y a trois cents ans, un Torneilles a racheté cette borde fortifiée. Il revenait de combattre les Huguenots, avait grade de sergent et un peu d'argent venant de pillages.

Monsieur Pétrone l'avait installé dans la vieille maison et en descendait pour châtier les criminels de Félines.

— Je sais depuis peu qu'il a accompli une terrible vengeance contre ceux qui ont voulu nous faire brûler. Mais il n'a pas voulu tuer mon frère de sa main. Il ne voulait pas que j'aie de l'horreur pour l'assassin d'Albert. Il a également tué ceux qui avaient pu m'apercevoir, comme Cambronne. Il doutait aussi de Cochenille. Si monsieur Pétrone est occupé, pouvez-vous me donner à boire, de l'eau coupée d'un doigt de vin cuit? Parler me sèche la bouche.

Philibert trouva l'eau dans un cruchon, le vin cuit et lorsqu'il alla prendre le verre il aperçut monsieur Pétrone qui traversait la cour, tenant la bride de son noiraud chargé de deux grosses sacoches. Il avait enfilé la souquenille noire. Il ouvrait le portail, faisait sortir le cheval, se retournait durant quelques secondes puis le vantail se referma.

Soulever cette tête énorme d'une main, essayer d'approcher le verre de cette bouche arrondie en une fleur malsaine, demandait plus d'expérience que de courage.

— Peut-être reste-t-il un chalumeau. Monsieur Pétrone les fabrique avec de petits roseaux qu'il transperce d'un fil de fer porté au rouge.

Il les trouva dans la cuisine, vit l'enveloppe à son nom, l'ouvrit, la lut, la porta à Constantin.

— Non seulement je ne pourrai pas la tenir dans mes mains, mais je n'y vois plus assez pour distinguer les lettres. Pouvez-vous me la lire? En trois mois, ma santé s'est fortement dégradée.

Pour le repas de midi il effilocha la nourriture, l'écrasa, en fit une pâte dont il nourrit le mari de Zoé à la petite cuillère.

— Nous quitterons Cantaloups un peu avant la tombée de la nuit qui nous prendra sur la route de Bouisse. Nous serons aux Courtales vers 3, 4 heures du matin. Manhac a été nourri, s'est reposé, il ira jusque là-bas. Je vous installerai sur un matelas en espérant que vous ne souffrirez pas trop.

Il prépara du café dont il remplit une bouteille en terre cuite ayant contenu de la liqueur, et qui conservait le chaud quelques heures. Au moment d'atteler Manhac à la charrette légère, il le prit par la bride, passa le portail, s'immobilisa, pensif, retourna dans l'écurie pour achever l'attelage. Il avait failli s'enfuir.

— Cette forme de lèpre est contagieuse, lui dit

Constantin. Si vous ne nouez pas un mouchoir ou une serviette pour protéger votre nez et votre bouche des inhalations, je refuse de quitter cette chambre.

Philibert lui obéit, le souleva ensuite dans ses bras, surpris de sa légèreté. Constantin, amusé, lui dit que ses nodules remplis de sérosité n'ajoutaient pas un gramme à son poids, et qu'il avait maigri en cinq ans.

Lorsque la charrette passa le portail, Constantin se souleva sur son coude pour regarder l'endroit :

— Ils étaient comme dans une aire, entassés bêtes et gens, violents, sans foi ni loi, crasseux, jouisseurs. Plus charognards que faucons. J'ai retrouvé nos archives. C'étaient mes ancêtres et je suis le dernier. Il était temps qu'on en finisse. Je l'ai dit à monsieur Pétrone. Je dois revenir aux Courtales pour mourir auprès de ma femme. Il m'a répondu qu'il vous préviendrait. Vous seul lui paraissiez digne de confiance. Je savais qu'il disparaîtrait. Sa lettre le confirme.

Zoé dormait dans la rougeur des braises encore vives, ayant rejeté ses couvertures, la chemise de nuit relevée sur ses jambes, d'une beauté à l'abandon canaille. Elle se dressa en sursaut, épouvantée, soupira de soulagement.

— Toi enfin... Je ne vivais plus.

— Mais tu dormais.

— Après une nuit précédente blanche.

— Habille-toi et suis-moi.

— Tu es fou?

— Ne m'oblige pas à te forcer.

Frissonnante, elle passa un peignoir puis alla chercher son manteau doublé de fourrure, une toque, se regarda dans le miroir de sa coiffeuse, grimaça de sa mine défaite.

— Mais où allons-nous?

Il lui tenait la main. Durement. Il la traîna jusqu'aux ramonétages, juste comme un coq insomniaque chantait.

— Non je ne veux pas le voir. Pourquoi as-tu

ramené le cadavre de Pétrone chez lui ? C'était de la folie.

Il pénétrait dans le ramonétage, lui faisait grimper le petit escalier de plâtre peint, la poussait dans la chambre où brillaient deux lampes, refermait la porte sur le couple.

Son sac lui battant les reins, il arriva haletant à Mouthoumet, juste comme la voiture allait s'ébranler, et voyant la place libre à côté du conducteur, il s'y installa.

— Tu vas où ? Moi aujourd'hui, je fais Lézignan.

— Je pourrais attraper un train pour Narbonne et de là chez moi, Leucate.

Le voiturier s'étonna :

— Tu es vraiment de Leucate ? Je croyais qu'on disait l'estamaïre de Leucate comme ça. Oh ! Des trains pour Narbonne ce n'est pas ce qui manque à Lézignan. Je croyais que tu travaillais aux Courtales.

— C'est fini.

— Tu as ton compte ?

Philibert sourit.

— J'ai mon compte.

— Toi qui n'as plus de raison d'épargner les Torneilles, à ton avis, monsieur Pétrone, qu'est-il devenu ?

— Personne ne le sait et ne le saura peut-être jamais.

En gare de Lézignan, vers 10 heures, le même voiturier l'aperçut devant un café à la buvette :

— Mais tu avais le temps de prendre le train pour Narbonne et tu l'as manqué ?

— Je sais, je l'ai vu partir. J'attends l'omnibus pour Carcassonne.

— Tu profites de ton temps ? Tu verras la Cité de Carcassonne. Autrement, c'est pas mieux que Narbonne et même moi je préfère Narbonne.

— Tout dépend de ce qu'on va faire à Carcassonne, murmura Philibert, encore tout étonné d'avoir choisi cette destination.

— En fait, ajouta-t-il, je ne suis pas encore certain d'y aller. Si un autre train pour Narbonne s'arrête avant, possible que je le prenne.

— J'ai toujours pensé que les gens du bord de mer étaient *fadorles,* dit le voiturier, écervelés si tu préfères. Je te paye un rhum, tiens.

Composition réalisée par Euronumérique

Impression réalisée sur CAMERON par

BRODARD & TAUPIN
GROUPE CPI

La Flèche
en juin 2001

Imprimé en France
Dépôt édit. 12997 – 06/2001
Édition 02
N° d'impression : 7976
ISBN : 2-7024-7971-5

52/6166/4